中国现代文学馆青年批评家丛书

丛书主编 吴义勤

傅逸尘 著

英雄话语的涅槃

21世纪初年军旅长篇小说创作论

北京大学出版社
PEKING UNIVERSITY PRESS

图书在版编目（CIP）数据

英雄话语的涅槃：21世纪初年军旅长篇小说创作论／傅逸尘著．—北京：北京大学出版社，2014.6

（中国现代文学馆青年批评家丛书）

ISBN 978-7-301-24330-5

Ⅰ.①英… Ⅱ.①傅… Ⅲ.①军事题材—长篇小说—小说创作—文学创作研究—中国—当代 Ⅳ.①I207.42

中国版本图书馆CIP数据核字（2014）第118444号

书　　　名：**英雄话语的涅槃：21世纪初年军旅长篇小说创作论**
著作责任者：傅逸尘　著
责 任 编 辑：徐文宁
标 准 书 号：ISBN 978-7-301-24330-5/I·2774
出 版 发 行：北京大学出版社
地　　　址：北京市海淀区成府路205号　100871
网　　　址：http://www.pup.cn　新浪官方微博：@北京大学出版社 @培文图书
电 子 信 箱：pw@pup.pku.edu.cn
电　　　话：邮购部62752015　发行部62750672　编辑部62750112
　　　　　　出版部62754962
印　刷　者：三河市腾飞印务有限公司
经　销　者：新华书店
　　　　　　650毫米×980毫米　16开本　19.75印张　286千字
　　　　　　2014年6月第1版　2014年6月第1次印刷
定　　　价：42.00元

目　录

丛书总序　吴义勤 5

序：整体视野中的军旅文学批评
——傅逸尘理论批评印象　杨庆祥 7

引言　裂变与生长　1

上篇　伦理叙事

一　父子伦理　17

1　从“审父”到“寻父”的嬗变　17

2　“父性文化”的重建　22

3　“子我”的主体性成长　27

二　历史伦理　35

1　从“宏大史诗”到“小写历史”的诗学转化　35

2　虚构叙事与历史真实的诗学探求　42

3　正面描写与正史讲述　48

三　军人伦理　55

1　“价值解圣”与“职场军人”　55

2　“新军事变革”与战争焦虑　63

3　“新型高素质军人”的文学想象　68

四　英雄伦理　76

1　英雄话语的重建　76

2　“另类”英雄的塑造　83

3 英雄悲剧的超越性 89

五 现实伦理 95

1 “强健而充分”的现实主义 96

2 守望“生活现场” 102

3 为军旅生活的“存在”作证 107

六 情爱伦理 116

1 “身体出场”的情爱叙事 117

2 “性爱诗学”的政治语义 124

3 “女性自觉”的主体觉醒 131

下篇 叙事伦理

一 通俗化转向 141

1 文学生态的大众化巨变 141

2 审美趣味的多元文化格局 147

3 故事讲述的通俗化 153

二 日常经验凸起 160

1 日常经验拓展题材边界 160

2 个人化写作与私语化叙事 167

3 挣脱主流价值束缚 174

三 回归文学性本源 180

1 文体自觉与技术创新 180

2 诗意的现实主义与智性写作 188

3 内在经验的叙事探索 194

四 类型化写作 201

1 小说类型化与反类型化叙事 201

2 小说写作的影视化 207

3 网络叙事空间的拓展 214

五 悲剧精神 221

1 悲剧精神与超越性 *221*

2 历史的悲剧 *228*

3 现实的悲剧 *232*

4 女性的悲剧 *237*

结语 浪潮的渐隐与文学的危机 *243*

1 审美的俗化与文学性的弱化 *243*

2 生命体验日渐稀薄 *246*

3 文学的精神性缺失 *249*

4 叙事就是一种伦理 *254*

附录 2007—2012 年度军旅长篇小说综评

颠覆“高雅”与“通俗”的二元对立模式

——2007 年度军旅长篇小说综评 *258*

日常经验的崛起与情爱叙事的强化

——2008 年度军旅长篇小说综评 *265*

期待更有难度的写作

——2009 年度军旅长篇小说综评 *272*

光芒与阴影

——2010 年度军旅长篇小说综评 *277*

强势的类型化与孱弱的现实性

——2011 年度军旅长篇小说综评 *281*

含混而暧昧的面影

——2012 年度军旅长篇小说综评 *286*

部分参考作品 *292*

后记 “新世纪文学”应该终结了 *297*

丛书总序

中国现代文学馆是在巴金先生倡议和一大批著名作家的响应下，于1985年正式成立的国家级文学馆，也是目前世界上规模最大的文学博物馆。中国现代文学馆的主要任务是收集、保管、整理、研究中国现当代文学书籍、期刊以及中国现当代作家的著作、手稿、译本、书信、日记、录音、录像、照片、文物等文学档案资料，为文化的薪传和文学史的建构与研究提供服务。建馆二十多年以来，经过一代代文学馆人的共同努力，中国现代文学馆的事业不断发展壮大，现已成为集文学展览馆、文学图书馆、文学档案馆以及文学理论研究、文学交流功能于一身的综合性文学博物馆，并正朝着建成具有国际影响的中国现当代文学资料中心、展览中心、交流中心和研究中心的目标迈进。

为了加快中国现代文学馆学术中心建设的步伐，中国作家协会党组决定从2011年起在中国现代文学馆设立客座研究员制度，并希望把客座研究员制度与对青年批评家的培养结合起来。因为，青年批评家的成长问题不仅是批评界内部的问题，而且是一个对于整个青年作家队伍乃至整个文学的未来都具有方向性的问题。青年评论家成长滞后，特别是代际层面上“70后”“80后”批评家成长的滞后，曾经引起了文学界乃至全社会的普遍担忧甚至焦虑。因此，客座研究员的招聘主要面向“70后”“80后”批评家，我们希望通过中国现代文学馆这个学术平台为青年评论家的成长创造条件。经过自主申报、专家推荐和中国现代文学馆学术委员会的严格评审，中国现代文学馆已经招聘了两期共19名青年评论家作为客座研究员。第三批客座研究员的招聘工作也即将完成。

两年多来的实践表明，客座研究员制度行之有效，令人满意。正如中国作协党组书记李冰同志在中国现代文学馆第二批客座研究员聘任仪式上的讲话中所指出的那样，青年评论家在学术上、思想上的成长和进步非常迅速。借助客座研究员这个平台，通过参加高水平的学术例会和学术会议，他们以鲜明的学术风格和学术姿态快速进入中国当代文学批评现场，关注最新的文学现象、重视同代际作家的创作，对于网络文学、类型小说、青春文学等最有活力的文学创作进行即时研究，有力地介入和参与着中国当代文学的创作实践，在对青年作家的研究及引领方面发挥了不可替代的作用。作为“70后”“80后”批评家的代表，他们的“集体亮相”，改变了中国当代文学批评的格局和结构，带动了一批同代际优秀青年批评家的成长，标志着“70后”“80后”青年批评家群体的崛起。鉴于客座研究员工作的良好成效和巨大社会反响，李冰书记在第一批客座研究员到期离馆时曾专门作出了“这是一件功德无量的事情，要进一步扩大规模”的批示。

为了充分展示客座研究员这一青年批评家群体的成就与风采，中国作家协会和中国现代文学馆决定推出“中国现代文学馆青年评论家丛书”，为每一个客座研究员推出一本代表其风格与水平的评论集，我们希望这套书既能成为中国当代文学批评的重要收获，又能够成为青年批评家们个人成长道路的见证。丛书第一辑8本在2013年6月由北京大学出版社推出后引起了巨大反响，现在第二辑12本也即将付梓出版，我们对之同样充满期待。

是为序。

吴义勤

2014年春于文学馆

序：整体视野中的军旅文学批评

——傅逸尘理论批评印象

一

在中国大陆的当代文学建构中，军旅文学是非常独特的存在。它一方面服务于中国当代文化史的规划设计，并在最极端的意义上呈现出鲜明的意识形态色彩。在中国当代文学史的版图中，军旅文学（除此之外，还有“军事文学”“战争题材文学”“革命历史题材小说”等不同的称谓）以及相关的文学批评一直是意识形态最关心的“高地”之一，围绕它的种种话语，往往最直接地体现出中国当代文学复杂的历史文化境遇。另一方面，与所有的普遍性文学一样，军旅文学在服务甚至服从意识形态规训的同时又不屈服地召唤自我的主体，并因这种紧张的矛盾张力而构成独特的自我意识、修辞风格和形式感。这么说并非就意味着以一种二分法或者二元论的东西来定义军旅文学的特质，恰好相反，不存在某种简单的对立和互补，军旅文学在其作为“文学”发生之时，已经构成了全部的复杂性，这种复杂性，使得军旅文学成为当代文学史研究中值得注意的微观个案，对它的观察、分析和研究，是进入当代文学最直接有效的路径之一。

但稍有遗憾的是，与军旅文学创作整体繁荣的局面相比，军旅文学批评似乎一直没有得到足够的重视和发展，尤其是进入新世纪以来，似乎很难得看到特别有力量的、别开生面的军旅文学批评家。个中原因，一方面大概与中国当代文学批评贫弱的整体局面有关，我们很难想象在文学批评整体气候不良的情况下，军旅文学批评会一枝独秀；另一方面，可能也与中国当代文学批评的专业分工不细有关，很多的批评家大概不愿意戴上某某类型批评家（比如儿童文学批评家、军旅文学批评家等等）的帽子，殊不知成为某某类型的批评家，可能正是成为一个全面型批评家的前提。这种种复杂的情况，一言难以道尽。说这么几点，是想为傅逸尘的出场稍作铺垫，正是因为有前面的几个或成立或不成立的前提，以军旅文学批评家身份亮相的傅逸尘难免就让人眼前一亮，别有一番风采。我和傅逸尘私交不多，直到他成为中国现代文学馆的第二批客座研究员的时候，才在几次会议中见到，尤其是在去年中国现代文学馆和人民大学文学院联合召开的“重返90年代”小型研讨会上，他的发言从军旅文学出发，直指1990年代以来文学创作的困境，引起了我的注意。据相关资料，傅逸尘毕业于解放军艺术学院文学系，早在大学本科期间就在《文艺报》上发表了关于军旅文学的一些评论文章，这可以视作其文学批评职业生涯的开始；其后又以评论集《重建英雄叙事》入选“21世纪文学之星丛书”，成为该丛书最年轻的入选者。前辈批评家雷达由此对其寄予厚望：“这是一位很值得重视的评论新人，80后，文学硕士出身，却已发表了大量文章。真诚，坦率，视野开阔，其中对新时期以来军旅文学的研究、对话；对现实主义的阐发；对‘英雄话语’的思考，均有探索意义。第三辑中对曹文轩、张者、莫言等人创作缺失的批评，敢于直陈己见。整体看来，书稿有锐气，有新见。”[①] 一个刚刚出道的年轻批评家能得到雷达先生如此评价当属不易，也可见傅逸尘文学批评的实力与锐气。

① 雷达：《重建英雄叙事》入选“21世纪文学之星丛书”评语。

二

从最近几年发表的文章来看，傅逸尘的批评实践主要集中在两个方面。一是作为一种特殊的职业要求，他几乎每年都要对军旅文学做一个年度综评，据我了解，这项工作从 2007 年就已经开始。在这个综评里，他不仅要对该年度的军旅文学创作进行一个全面的概括和梳理，更要有全局性的批评眼光，对该年度军旅文学的总体走向、得失成败进行点评分析。对于当下发生着的文学创作而言，没有比年度综述此类的工作更能全面把握、整体掌控当下创作情况了，傅逸尘正是通过这类具体而细致的工作进入军旅文学创作和批评的现场。军旅作家王凯在《傅逸尘印象记》[①] 中提到，他正是在某一年的军旅文学年度综述中发现了一段关于自己作品的介绍评论，才注意到傅逸尘其人其文的。第二则显得更为重要，傅逸尘没有止步于这种相对而言比较基础的综述式的批评，而是在这种现场介入的基础之上，去粗取精，宏观把握，力图建构起自己独特的批评理念，甚至批评体系，这是特别引起我注意的地方。年青一代的批评家，似乎更善于个案的批评和研究，宏观的东西不多。在 2013 年 7 月份中国现代文学馆青年批评家丛书发布会上，程光炜、陈晓明等前辈批评家都提出了这一点，并特别强调了宏观批评对于当下文学创作和批评的重要意义。而傅逸尘的几篇重要论文，比如《国家 / 民族核心价值观的建构与弘扬——当代军旅小说的叙事伦理嬗变》《新世纪军旅长篇小说的伦理叙事与叙事伦理》《生活质地、思想深度及文学性——当前军旅长篇小说创作随想》《重建英雄话语叙事》《“新生代”军旅小说整体观》等，可以看出其理论建构的自觉和努力，他试图以某种宏观的概念甚至是体系来勾勒、甄别、整合当下军旅文学创作的种种新变。这几篇文章可以说集中体现了傅逸尘文学批评实践的特色，我稍作展开论述。

---

① 王凯：《傅逸尘印象记》。

首先是一种历史化的眼光。在《国家 / 民族核心价值观的建构与弘扬——当代军旅小说的叙事伦理嬗变》一文中，傅逸尘开篇就指出："从叙事伦理的角度考察，中国当代军旅文学便是一个围绕'国家 / 民族核心价值观'不断建构与弘扬的过程；换句话说，'国家 / 民族核心价值观'是中国当代军旅文学的本然与自在的灵魂。这自然是与中国军旅文学的意识形态特质及军旅文学自身的品质与内涵特征有关，但最重要的还是军旅作家自觉地承担了'国家 / 民族'的宏大的历史使命和崇高责任。"[①] 傅逸尘将这种"叙事伦理"放入到历史的谱系中予以考察，从毛泽东的《在延安文艺座谈会上的讲话》开始，历经工农兵文学、"十七年文学"一直延伸到新时期文学，这里面是一条"国家民族核心价值观"渐渐被遮蔽或者被隐藏起来的历史过程。傅逸尘在这篇文章中几乎梳理了整整 60 年军旅文学的流变，通过这种历史化的梳理，他试图为军旅文学做一个本质化的界定，这一本质化就是叙事伦理上恪守"国家民族"核心价值观，而这一点，正是我在文中一开始就提到的军旅文学的意识形态。也就是说，因为与现代国家建构的同步关系，军旅文学一直就是共同体想象和规划最核心的部分，它几乎是天然地承担了为现代国家民族赋形的责任，这一点，与西方的现代文学似乎完全不同。国家民族的本位主义使得在叙事伦理的选择上，军旅文学一开始就选择了"人民伦理的大叙事"，这种人民伦理的大叙事使得中国的军旅文学呈现出某种史诗性的风格；但与此同时，"非文学"的东西似乎多了起来，正如傅逸尘所指出的："围绕着'组织一个现代民族国家'的政治诉求而展开现代性的集体想象与认同，导致了其'非文学'的因素过多：缺乏活跃的感官世界（'身体'的缺席和情爱叙事的稀薄），缺乏超越性的精神维度（二元对立的思维方式及日常道德宣教），缺乏丰满立体的人物形象（概念化、脸谱化的人物塑造方

① 傅逸尘：《国家 / 民族核心价值观的建构与弘扬——当代军旅小说的叙事伦理嬗变》。

式），缺乏日常生活经验（极端化的生存状态简化了生命的内在矛盾）等。因此，'红色经典'的一枝独秀在创造了一个繁荣的文学神话的同时，已经暗伏了一个文学的危机时代的即将到来。"[①] 很明显，在"人民伦理"和"个人伦理"的选择中，军旅文学陷入了两难之中，似乎很难调和这两者之间的矛盾。在"十七年文学"评价体系中，"人民伦理"天然就比"个人伦理"正确，而在 1980 年代以来形成的新批评体系中，"个人伦理"似乎又天然比"人民伦理"正确。由此出现的问题是，我们往往轻易以一种伦理来代替、批评、压制另外一种伦理，却没有意识到，正是因为有这不可调和的矛盾的对立，才构成了当代军旅文学发展的内驱力。试想，如果没有"十七年"的革命历史题材小说，哪里会出现莫言等人后来的新革命历史小说呢？如果没有"十七年"对感官世界的压抑，1980 年代以来的身体叙事也许就不会那么具有原始的爆发力。这种正反的二元互动是一种可贵的历史的辩证法，意识到了并尊重这种辩证法，或许就是一种典型的历史化的视野。

与历史化相关的，在傅逸尘的批评实践中，还可以看出非常鲜明的整体性。这里的整体性首先表现在其将军旅文学视作一个自足的整体来予以把握和考察。在这样的整体视野中，军旅文学被视作一个有其内驱力的、不断发展的、连续性的存在。傅逸尘主要通过"伦理叙事""叙事伦理""现实主义"这样几个点将其边界予以固定起来，在"伦理叙事"中，他提出了"父子伦理""历史伦理""军人伦理""英雄伦理""现实伦理""情爱伦理"等概念，从成长小说、史诗风格、主体意识等角度展开论述；叙事伦理则从"通俗化转向""日常经验凸起""回归文学性本源""类型化写作""悲剧精神"等角度着手。伦理叙事和叙事伦理构成了傅逸尘军事文学批评最重要的两翼，它们犹如内容与形式一样互为前提，互为目的，它既指向一种历史，在这个历

① 傅逸尘：《国家 / 民族核心价值观的建构与弘扬——当代军旅小说的叙事伦理嬗变》。

史中，军旅小说以严肃得有些刻板的态度参与国家民族的共同体书写；它又指向一种当下，在这个当下，流行的、消费主义的、欲望化的写作正消解着军旅文学赖以安身立命的本质，并将军旅文学引向一种未经辨别的所谓的“现代主义写作”。只有坚持两个方面的批评，历史的和当下的——也就是一种整体的批评，才可能回应军旅文学所面临的困境。在这个意义上，军旅文学的困境其实就是当下文学的困境，军旅文学与其他所有的文学创作是一种同构的关系。这是另外一种意义上的整体性，离开了这个整体性来谈军旅文学，意义不大，在这一点上，傅逸尘有相当的自觉。

三

在历史化和整体性的视野中来观察中国当代的军旅文学，望其来路，免不了追问前程，这几乎是任何文学批评避免不了的工作。在这一点上，傅逸尘没有流于浅薄的乐观主义，相反，他显得有些忧心忡忡，在《国家 / 民族核心价值观的建构与弘扬》一文的结尾，他担忧：“更为严峻的问题在于，一旦脱离了‘国家 / 民族核心价值观’建构与弘扬这一基调的军旅文学，将如何在中国当代文学中寻找她的独特价值与意义呢？”同样的担忧也出现在《新世纪军旅长篇小说的伦理叙事与叙事伦理》一文中：“进入 1990 年代中期以后，伴随着全球化语境的影响，市场经济体制的确立和深化，多元文化格局的形成和道德伦理价值体系的变迁，主流意识形态变换了自身的存在方式和表意策略，转而与重新崛起的‘大众文化意识形态’达成一种新的协商或共享的模式。启蒙性的、政治性的、宣传性的、说教性的硬性表达逐渐被商业化的、消费性的、娱乐性的、想象性的软性话语所替代，失去了‘政治’这一宏大主题的荫蔽，军旅文学的文学合法性受到了强烈质疑，不但逐渐退出了主流意识形态话语体系的核心，在文学领域也一再被边缘化，丧失‘核心竞争力’的军旅文学的文学史地位和现实处境变得从未有过的尴尬。”[①]

很显然，这种担忧并非多余，而是一种清晰的焦虑。这种担忧不仅仅是傅逸尘的，也不仅仅是关于军旅文学的，它有一种普遍性。有意思的是，傅逸尘以一种特有的年轻人的锐气，为这种担忧开出了批评者的药方，这就是他提出的“英雄叙事”和“现实主义伦理”。前者主要指以新的价值和主体来反对世俗化和欲望化的写作，后者则强调现实主义作为“一种精神气质，一种价值立场，一种情感态度，一种关照现实生活的方式，一种体察人性和灵魂的角度”对当下文学创作的意义。很有意思的是，我在2008年发表的《〈新星〉与“体制内”改革叙事》一文中，也曾经提出过应该重新定义“现实主义”，我以为“现实主义在中国当代文学的历史语境中决不是简单的一种文学（艺术）创作手法，而更是一种历史信念和国家想象，在其背后隐藏的是再造大众（新人观）、构建信念（理想主义）、改造社会（批判现实主义）、走向‘美丽新世界’（浪漫主义）的历史意识和发展理念。”[②] 这一观点或许可以与傅逸尘的“现实主义”互为印证，并在一定程度上呈现出中国当代文学的特质。

四

最近，傅逸尘的理论专著、中国作家协会重点扶持项目——《英雄话语的涅槃——21世纪初年军旅长篇小说创作论》将由北京大学出版社出版。据我所知，这是目前理论批评界第一部系统研究新世纪以来军旅长篇小说创作的专著，亦可谓傅逸尘十年军旅文学批评与理论研究的集大成。其价值与意义可想而知。

在这部专著中，我注意到傅逸尘摒弃了已经通行十余年的“新世

---

① 傅逸尘：《新世纪军旅长篇小说的伦理叙事与叙事伦理》。

② 杨庆祥：《〈新星〉与“体制内”改革叙事——兼及对“改革文学”的反思》，《南方文坛》，2008年第5期。

纪文学”这一概念，转而使用了“21世纪初年”的表述方式，这在文学批评界当是一个新的尝试。其实“新世纪文学”的概念当初提出的时候就颇有争议，它更多地指向一种简单的物理时间概念，而缺乏相应的美学内涵的支撑，从这一点来看，它缺乏严格的学理上的逻辑。傅逸尘提出“新世纪文学”的终结，既显示了他的批评的智识与锐气，在时间的结点上我以为也非常恰切。虽说只是一个概念或表述，但对一个批评家而言却并非随意为之，背后可以窥见对学术的谨严与敬畏的态度。傅逸尘十余年来坚持细读军旅长篇小说，并进行跟踪式的批评，积极有效地参与了“21世纪初年军旅长篇小说”的创作发展进程。从批评的角度论之，虽孑然独行，但成绩与影响在军内外文学界却是有目共睹。这充分体现了傅逸尘的文学批评观，即他所强调的“笔墨当随时代”。批评的根本确实不在于学问处，而是在文学创作与思潮中，这一点我在一定程度上是认同的。在这部学术新著里，傅逸尘从“伦理叙事”“叙事伦理”两个方面对百余部军旅长篇小说进行了详尽的分析与阐释，文学批评界引入“伦理批评”理论已经有十几年的时间了，但如傅逸尘这般持续地、系统地将“伦理批评”应用到某一类型的文学创作的批评与研究之中似乎还不多见。这些批评文章既有开阔的批评视野，又具学理品格，很有说服力。更为可贵的是，傅逸尘的研究始终保持着一种批评的鲜活与现场的状态，也就是说，他用批评的方式进行了一种当下性的参与，并在一定程度上将“军旅”这一文学类型与整个当下文学对接起来。总而言之，傅逸尘的军旅文学批评不仅是重要的，同时也是有效的。

杨庆祥

（作者系中国人民大学文学院副教授、著名文学评论家）

2014年4月20日改定

引言　裂变与生长

当我一遍遍回溯六十余年的中国当代军旅文学史，一点点梳理21世纪初年以来军旅长篇小说的优长与缺失，试图描摹出它的发展轨迹和整体风貌时，突然意识到，其实，我所研究的对象连同我自己一直以来都被一种强烈的“断裂感”所笼罩着。相较于地方文学于1990年代后期发生的“断裂事件”[①]，军旅文学尤其是军旅长篇小说的跨世纪转型显然更加滞后。缺少文学思潮和创作观念的激荡，缺乏具有主导性的文学事件的刺激与标示，1990年代的军旅文学看上去面目模糊，波澜不惊。从新中国建立到20世纪末的半个世纪以来，军旅文学始终作为主流意识形态话语体系的核心部分，在中国当代文学的各个历史阶段都占有极其重要的位置。从“十七年”到“新时期”，及至1990年代，无论是对“革命历史”的建构，对当代战争的书写，还是对现实问题的反思，军旅文学在主流意识形态的包裹之下，借助于政治话语的强势表达，建构起了崇高、壮丽的美学风格和张扬爱国主义、英雄主义、理想主义的精神传统。然而长久以来，军旅文学在意识形态和政治话语的双重作用下，始终是作为一个相对独立、自足的题材领域而存在着的。较之于世纪之交中国文坛变动不居、纷繁复杂的盛大景观，

---

① 1998年夏天，作家朱文做了一份问卷，寄给了70位约同年龄段的作家，9月，这一问卷及其答案以“断裂：一份问卷与五十六份答案”为名在《北京文学》1998年第10期上发表。同时发表的还有韩东的《备忘》。问卷在文坛引起一场轩然大波，以“断裂”为中心的话题在中国文坛持续发酵，进而在很大程度上影响了世纪之交中国文学创作与研究的走向。

军旅文学的生态环境相对僵化和封闭；较之于中国当代长篇小说思潮竞涌、“追新逐后”的创作态势，军旅长篇小说突破传统、自我更新的步履则显得异常蹒跚与滞重。1990年代中期，朱苏进的《醉太平》、朱秀海的《穿越死亡》、韩静霆的《孙武》、乔良的《末日之门》四部长篇小说相继问世，“四部作品，四个角度：一从当代军营，一从当代战争，一从历史，一从未来，全面展开对军人的塑造，对军人价值的沉重追问，对战争与和平的崭新思考。它们在恢宏的时空中包容了军旅生活的丰富性和多样性。它们的‘复合’，形成了一个立体、丰满而厚重的整体框架……它们的出现，给疲惫日久的军旅文学注入了活力，而且把新时期以来长篇军旅小说的水准推进到了一个新高度……它还标志着自新中国成立以返，继老一代长篇军旅小说作家之后，新一代中年的长篇军旅小说作家已经趋于成熟，也为我们送来了长篇军旅小说创作大潮的隐隐涛声。”①

进入社会转型期，既往单调整齐、铁板一块的军营文化在市场经济大潮的冲击下有所松动，思维方式和价值观念开始多元化；而军旅文学如何积极适应时代的潮流完成自我的嬗变，同时又要保持住军旅文学特有的本质属性和美学原则，成为所有军旅作家都无法规避的严峻现实，军旅文学开始了艰难的蜕变和转型。在世俗化、欲望化、私人化、低俗化等风气日盛的复杂背景下，军旅长篇小说没有随波逐流，而是选择了勇敢且近乎悲壮的“亮剑”姿态，以崇高、阳刚的理想主义精神为20世纪末的中国文坛坚守住了道德底线，挺起了世纪之交中国文学的脊梁。1990年代中期以后的军旅长篇小说尽管开始显露出某种“突出重围”的气势，但是囿于作家队伍的散落、作品数量的不足，整体上并未显示出别样的新质。回望来路，不得不说，军旅长篇小说创

① 朱向前：《中国当代军旅文学的第四次浪潮——军旅长篇小说十年估衡》，《南方文坛》，2005年第2期。

作要由涛声隐隐的“潮汛”变成“波涛汹涌”的大潮似乎还缺少了划时代的风云际会，军旅长篇小说正在积蓄着裂变与生长的力量。

果不其然，进入21世纪初年之后，军旅长篇小说异军突起，一朝爆发竟势不可挡，短短几年间，便收获了一大批精品力作。柳建伟和徐贵祥在第六届茅盾文学奖评奖中的双双折桂，不仅标志着军旅长篇小说作家在21世纪初年中国文坛的崛起，更凸显了军旅长篇小说在中国文学版图中的显赫地位。大量优秀的军旅长篇小说作品接连涌现，可供言说的文本年均达三四十种之多。曾经僵化的二元对立的文学观念被突破，小说叙事由突出经验到侧重体验，由反映生活到想象存在，由追求深度理想到讲究多元侧面，由追求逻辑性与思想性到凸显语言文体张力；此外，史诗情结并未完全消散，它以哲学化、历史化、个人化而非“意识形态化”的姿态继续演绎着时代、社会和历史风云，并在长篇小说结构中占据着重要地位；从军营走向市场，从精英走向大众，从一元走向多元，从焦虑走向自信，从边缘走向中心，21世纪初年军旅长篇小说呈现出多样化的发展格局，获得了强大的生命力和广泛的关注度。随着现实主义的深化、人道主义的强化，以及人本观念的确立，军旅长篇小说对人性和灵魂的关注，对军人精神和心理空间的开掘进入到了一个新的阶段，21世纪初年军旅文学的审美范式实现了多样化的主题变奏，军旅长篇小说也开始复兴、勃发并迅速成长为21世纪初年军旅文学的主潮。更为可喜的是，21世纪初年军旅长篇小说已然形成了一个开放性的场域，表现出自我转型与突破传统的创作态势，进而展现出多元性、开放性与求新求变的整体风貌。随着军旅题材电视剧和网络军旅小说对传统军旅长篇小说写作的剧烈同构，21世纪初年军旅长篇小说正在摆脱1990年代边缘化的历史境遇，并趋于进入主流文化与大众文化交织而成的新文化场域的中心地带，从而迅速融入21世纪初年中国文学变革前行的整体大势之中。

21世纪初年军旅长篇小说无疑经历了一次全方位转型，无论是在作家队伍的构成、创作观念的更新、写作伦理的嬗变，还是在文学生态的转型、美学风格的流变、题材内容的拓展等方面，都发生了显明而剧烈的变化。然而，理论批评界的关注视点总是过分拘泥于少数著名作家及获奖作品之上，这样管窥蠡测式的阅读、评论，既无法敏锐地发现21世纪初年军旅长篇小说创作中新鲜的生长点，也无法及时地廓清21世纪初年军旅长篇小说理论批评的边界；而过往的文学史写作对军旅文学的研究命名因其过分强调意识形态色彩，在相当程度上遮蔽、割裂了军旅文学的“文学性”和整体景观。因此，笔者提倡以“21世纪初年军旅长篇小说”的命名对进入21世纪以来的军旅长篇小说进行整体研究、现象解读，以期构建一个可以涵盖军旅长篇小说创作整体、评论军旅长篇小说现象、趋势的全新的理论批评视界和研究平台。惟其如此才能对自1990年代中期延宕而来的、以军旅长篇小说的繁荣为标志的“中国当代军旅文学的第四次浪潮”[①]进行实时监测和准确定位；惟其如此，才能对正在发展变化着的“21世纪初年军旅长篇小说”作出及时的评论和清醒的判断。笔者之所以要提出“21世纪初年军旅长篇小说”这一命名并提倡进行整体性的研究，大致基于如下文学事实。

1　数量与质量

粗粗数来，都梁的《亮剑》《大崩溃》、徐贵祥的《历史的天空》《明天战争》《八月桂花遍地开》《特务连》《高地》《四面八方》《马上天下》、项小米的《英雄无语》《记忆洪荒》、朱秀海的《音乐会》、马晓丽的《楚河汉界》、王海鸰的《大校的女儿》《成长》、庞天舒的《白桦树小屋》、李镜的《女兵营》、王玉彬、王苏红合著的《惊蛰》《黑鹰基地》、郭继卫（歌兑）的《赌下一颗子弹》《坼裂》、刘健的《战士》、

---

① 参见朱向前：《中国当代军旅文学的第四次浪潮——军旅长篇小说十年估衡》，《南方文坛》，2005年第2期。

李西岳的《百草山》《血地》、方南江的《中国近卫军》、张者的《零炮楼》《老风口》、阎欣宁的《来复线》《地平线》《遵义！遵义！》、刘猛的《狼牙》《冰是睡着的水》《最后一颗子弹留给我》、丁旸明的《悲日》、温亚军的《鸽子飞过天空》、柳建伟的《爱在战火纷飞时》、兰小龙的《士兵突击》、王霞的《家国天下》、冯骥的《火蓝刀锋》《我雷了》、魏远峰的《兵者》、邓一光的《我是我的神》、李燕子的《寂静的鸭绿江》《咆哮的鸭绿江》、刘宏伟的《大断裂》、王秋燕的《向天倾诉》、王棵的《幸福打在头上》、王锦秋、刘慧合著的《雪落花开》、温燕霞的《红翻天》、何存中的《姐儿门前一棵槐》《太阳最红》、刘静的《戎装女人》、周大新的《战争传说》《预警》、陈可非的《红菩提》、西元的《秦武卒》、裴指海的《往生》、党益民的《父亲的雪山母亲的河》、凌行正的《九号干休所》、王凯的《全金属青春》、李亚的《流芳记》、苗长水的《超越攻击》《军事忠诚》、黄国荣的《碑》、海飞的《向延安》、张品成的《红药》、李晓敏的《抗战枪王》《遍地狼烟》、麦家的《暗算》《解密》《风声》《刀尖》、王筠的《长津湖》、王甜的《同袍》等近百部颇有分量且产生一定影响的作品，使我确信我们正在经历一场中国军旅文学历史上前所未有的重大嬗变。

如此丰富和立体的文学景观昂然耸立于21世纪初年中国文坛，我以为用“丰收”和“繁荣”这样的词汇都不足以形容军旅长篇小说所取得的辉煌成绩。尽管单纯的数字并不能证明21世纪初年军旅长篇小说的实际成就，尽管“数量多，质量不高”已经成为当今中国长篇小说的集体症候，尽管上面列举的军旅长篇小说作品在质量上并非都达到了一流水准，但“数量多”与“质量不高”之间本不存在因果关系和逻辑必然。我们或许早已习惯了军旅文学无人喝彩的尴尬境遇，我们的耳畔也充斥着太多诸如“军旅长篇小说缺少扛鼎之作、传世之作”的笼统判断。“人们好像对质量比较重视，其实，数量也很重要。文学史绝非只是一个由质量构成的集合，它同时又是一个由数量构成的连续的过程。对于文学艺术来说，没有单纯的质量，质量总是以数量为前提的。只有以数量作为背景，才能将所谓的质量凸现出来，而且数量与质量总是相对的和变动不居的。在一些接受者看来，一些作品可能是具有‘质量’的；相反，到了另一些接受者那里这些作品却只能被视为‘数量’。正是这样的看似不可把握的变动不居造成了接收史的多样与丰富。从创作学的角度看，我们觉得应该把数量作为一个历时性的概念来考虑，而不应仅仅看作是一个共时性的概念。也就是说，应该把某一时段里的长篇生产作为一个内在的变化与演进来对待。数量无论怎么说都是一个积累，不能以简单的所谓‘精品’去否定其他数量的存在。”① 我觉得这近百部军旅长篇小说在 21 世纪初年的集体亮相，本身就是一个令人惊喜并为之振奋的文学现象。这种数量上的突破彰显了 21 世纪初年军旅长篇小说作家们的创作实力和创造力，探索了军旅长篇小说文体创新的诸种可能性和新的生长点，拓展并深化了军旅长篇小说创作的题材空间，标示出了 21 世纪初年军旅长篇小说的发展轨迹和文学版图。

2 通俗化转向

进入 1990 年代中期以后，伴随着全球化语境的影响，市场经济体制的确立和深化，多元文化格局的形成和道德伦理价值体系的嬗变，主流意识形态变换了自身的存在方式和表意策略，转而与重新崛起的“大众文化意识形态”达成一种新的协商或共享的模式。鉴于电视、网络和报纸等大众传媒对国家具有更加直接的形象包装和塑造作用，主流意识形态对文学明显有松绑的迹象。严肃文学也由此完成了其历史转型，填平了与大众文化之间曾经不可逾越的鸿沟，从作家心态到写作立场，从文学的营销策略到小说的叙事笔法，走向市场乃是不可阻

---

① 汪政、晓华:《有关当前长篇小说创作的断想》,《当代文坛》, 1998 年第 6 期。

挡的时代潮流。

进入21世纪初年，“中国文学在整体精神气象上与社会大众文化心理潮流的趋同、合流趋势，似乎变得格外突出起来。在以往商海奔涌的市场化环境中坚守了十余年的重量级的严肃文学作家，不分辈分和立场，相继自觉转入面向文学市场、亲近和依靠文学市场的新工作状态。另一方面，文学、文化市场也在相关机构、体制的改革、重组过程中趋于成熟、自足，过于生猛、鲁莽的一刀切、一竿子戳，直扑钱袋和直击眼球的初级阶段的市场策划和营销动作，逐渐被更加优雅、温婉、更有风度、深度和气度的专业化、特殊化和个性化、人文化的细分市场的精致打造和身段柔软的营销运筹所取代。”[①] 新旧并存的文学格局，在排除了严峻的代际淘汰机制的同时，也降低了文学创作的门槛，降低了21世纪初年文学价值起评标准和文学审美情趣的底线。当利益影响到社会普世价值观念时，很难直接转化成经济利益的纯文学日渐式微，而与市场经济结合紧密的娱乐性文学方兴未艾。在此过程中，军旅长篇小说也开始了“通俗化转向”。

“通俗化”了的军旅长篇小说，商品属性日益加强，无论是在语言、叙事、结构，还是在人物塑造、生活表现、精神书写、审美追求等方面都开始了类型化文学的审美重构。不经意间，21世纪初年军旅长篇小说已经拓展了存在方式和发展路径。“通俗化转向”无疑舒缓了军旅长篇小说文化身份层面的焦虑，使得军旅长篇小说可以不必肩负“启蒙”的社会使命和精英的文学观念，放低身段儿，轻松愉悦地步入生活现场，直面当下的军旅现实生活，近距离观察，第一时间反映正在进行中的新军事变革进程和部队信息化建设实践，军旅长篇小说对军旅现实生活的介入能力和快速反应能力相应也得以增强。在精神实质和思想

① 李林荣：《疆域与维度——中国现当代文学的跨世纪转型》，文化艺术出版社，2010年，第18页。

内核方面，“通俗化”的军旅长篇小说仍然坚守并高扬着以爱国主义、英雄主义、理想主义为核心的军旅文学的基本价值伦理；从技术操作层面来看，可以说是在以最通俗、最好看的故事表达最崇高的英雄精神和最深沉的爱国情怀。由此，小说追求“好看”的“通俗化”本源与军旅文学的意识形态的规定性相契合，军旅长篇小说所负载的“强健而充分”的现实主义精神传统与大众追求愉悦刺激的阅读期待达成了完美的遇合。军旅长篇小说在短时间里迅速聚拢了人气，培养并巩固了数量庞大的读者群。军旅长篇小说所高扬的崇高感和英雄气在全社会得以广泛且有效传播，进而形成一个牢固而强势的“军旅亚文化场域”，这对社会主义精神文明建设，对国家的崛起和民族的复兴而言都是一股无形但却巨大的精神动力。

“市场”这支隐形巨手的全方位介入与高强度参与，带来的是军旅作家群体文体意识和写作立场的深刻变化。启蒙性的、政治性的、宣传性的、说教性的硬性表达逐渐被商业化的、消费性的、娱乐性的、想象性的软性话语所替代，失去了“政治”这一宏大主题的荫蔽，军旅文学的文学合法性受到了强烈质疑，不但逐渐退出了主流意识形态话语体系的核心，在文学领域也一再被边缘化，丧失了传统核心竞争力的军旅文学的文学史地位和现实处境变得从未有过的尴尬。政治语境弱化和商业语境强化的“双重夹击”（朱向前语），使得军旅文学的集群性的写作冲锋开始瓦解，而商业语境的不断强化更加剧了军旅长篇小说作家队伍的离散。文学生态的倏然改变在一段时期内使得军旅文学不复新时期的辉煌和声威，并迅速滑落至中国文坛的边缘；然而，这种状态同时亦为军旅文学的变革前行带来了契机。“集群性写作冲锋”的瓦解使得军旅长篇小说作家得以回归到文学创作的本真状态，按照各自的文学观念、生活积累和生命体验，在各自的关注视野下寻找独特的个人视角。由于当代军营文化、军人生活在中国社会整体转型的大背景下正发生着新鲜而重大的变化，军旅长篇小说作家亦开始以全新的“个人化写作”姿态展开对军旅题材的全新的文学想象。

3　双重回归

一是回归长篇小说的叙事性文体本源，开始注重形式创新和语言探索，文体自觉性显著提升；二是回归文学对象的生命伦理和生活本体，开始关照复杂人性和个人命运，重视日常生活经验的表达。前者呼应了建构叙事虚构的本体性以获得文学合法性要求，注重个人化写作、自由地虚构、强调叙事及叙事主体自身的意义等等，标示着21世纪初年军旅长篇小说的叙事观念的觉醒和文体观念的自觉；后者则反拨了长久以来“政治话语”对军旅文学的规训和异化，开始关注军人的个人命运和个体经验，在历史、战争和现实层面探寻更为广阔的人性空间和精神存在。原本被抽离了的“政治性结构”空洞，得到了叙事性伦理话语的填充，在“人民伦理大叙事”的基础上，“自由伦理的个体叙事”得以伸展，这使得21世纪初年军旅长篇小说创作获得了新的更为广阔、深厚的精神资源，获得了新的观察、认识生活的角度，获得了新的叙事方向和动力，整体性地成为一种探寻生活质感、生命深度和生存状态的“伦理叙事”。

21世纪初年军旅长篇小说作家的“文体自觉”使得作品的文学性和表现空间得到了前所未有的扩展。创作主体在其创作中表现出了相当强烈的对长篇小说文体和叙述技巧的集体性自觉，这种自觉意识推动了21世纪初年军旅长篇小说对传统现实主义写作方式的自我更新。长久以来，军旅长篇小说都难以摆脱故事讲述的模式化、人物塑造的脸谱化倾向。即便军旅长篇小说作家们凭借其强大的思想能力寻找到一个较为独特的视角，模式化的写作倾向也会迅速将这种叙事方面的新意消耗殆尽。回顾当代军旅长篇小说的历史，不难发现，在思想主题、故事内容、人物形象、叙事结构方面近似、雷同的作品不在少数，由此军旅长篇小说作家的创新能力和技术水准低下就成为了许多批评家诟病军旅长篇小说艺术含量不足的理由。在我看来，军旅长篇小说作家确实不同程度地存在着文学观念陈旧、文学思维僵化、缺乏文体自觉和技术意识、不讲究小说叙述和语言的问题。而“决定一个作家与另一个作家及一个时代小说与另一个时代的差别、判定小说艺术是否在向前发展进步的唯一依据就只能是‘叙述与语言’。所谓深度、力度，甚至主题、题材等毫无疑问是相对的，只有‘技术’才是绝对的。”① 在21世纪初年军旅长篇小说这里，我看到了小说的“技术含量”和“语言含量”的大幅度提高。“技术和语言”不再单纯附庸于小说主题和内容之下，而是具备了一种相对独立的形式感和美学内涵。

伦理只有进入叙事，或者说进入生存才能凸现它的存在价值。在现代社会秩序的规范下，人们生存的压力与生命感觉的破碎，需要重新整合人的存在时空的叙事来弥补，而不是用冰冷空洞的理论来说教。在刘小枫看来，“所谓伦理，其实是以某种价值观念为经脉的生命感觉，反过来说，一种生命感觉就是一种伦理……伦理学自古有两种：理性的和叙事的……理性伦理学关心道德的普遍状况，叙事伦理学关心道德的特殊状况，而真实的伦理问题从来就只是在道德的特殊状况中出现的……叙事伦理学不探究生命感觉的一般法则和人的生活应遵循的基本道德观念，也不制造关于生命感觉的理则，而是讲述个人经历的生命故事，通过个人经历的叙事提出关于生命感觉的问题，营构具体的道德意识和伦理诉求。叙事伦理学看起来不过在重复一个人抱着自己的膝盖伤叹遭遇的厄运时的哭泣，或者一个人在生命破碎时向友人倾诉时的呻吟，像围绕这一个人的、而非普遍的生命感觉的语言嘘气——通过叙述某一个人的生命经历触摸生命感觉的一般法则和人的生活应遵循的道德原则的例外情形，某种价值观念的生命感觉在叙事

① 吴义勤：《长篇小说与艺术问题》，人民文学出版社，2005年，第4页。

中呈现为独特的个人命运。”[①]

“十七年”的军旅长篇小说始终笼罩着一层深重的“现代性焦虑”，围绕着“组织一个现代民族国家”的政治诉求而展开现代性的集体想象与认同。与国家主流意识形态的同构以及与大众读者“期待视野”的完美遇合，使得“十七年”军旅长篇小说在相当长的时期里被广泛阅读，并获得了文学史上的经典地位。然而，按照1980年代以来形成的“新启蒙主义”文学标准判断，这一时期的军旅长篇小说却具有了“反文学”至少是“非文学”的性质，缺乏活跃的感官世界（“身体”的缺席和情爱叙事的弱化），缺乏超越性的精神维度（二元对立的思维方式及日常道德宣教），缺乏丰满立体的人物形象（概念化、脸谱化的人物塑造方式），缺乏日常生活经验（极端化的生存状态扭曲了基本人性，简化了生命的内在矛盾），因而广受后人诟病。1980年代之后的二十多年间，相较于建国初期的“现代性焦虑”，军旅作家们更多地背负着“文学性焦虑”，所争取的就是如何从集体叙事走向个人叙事，从现实真实走向虚构叙事，从形式崇拜走向个体私语，用刘小枫的话说，是从“人民伦理的大叙事”走向“自由伦理的个体叙事”。“在人民伦理的大叙事中，历史的沉重脚步夹带个人生命，叙事呢喃看起来围绕个人命运，实际让民族、国家、历史目的变得比个人命运更为重要。自由伦理的个体叙事只是个体生命的叹息或想象，是某一个人活过的生命痕印或经历的人生变故……人民伦理的大叙事的教化是动员、是规范个人的生命感觉，自由伦理的个体叙事的教化是抱慰、是伸展个人的生命感觉。”[②] 然而事实上，这一伦理叙事的转向过程却异常艰难而缓慢，直到21世纪初年之后，才伴随着军旅文学在主流意识形态体系中的地位松动，而获得了转身的可能与空间。与这一趋向性的“伦理叙

① 刘晓枫：《沉重的肉身》，华夏出版社，2007年，第4页。

② 同上书，第7页。

事”转向相伴随的，在怎样进行“伦理叙事”的层面（即“叙事伦理”）也产生了新的变化，它们共同构成了21世纪初年军旅长篇小说的“属己性”特征标识和与其他文学史阶段区别开来的“新意”，归纳并分析这种变化，也就成为透析21世纪初年军旅长篇小说整体写作伦理和文化精神的核心所在。杨红旗认为，“叙事伦理不同于注重价值判断的理性伦理，它通过文学叙事来呈现生存的伦理状态，同情式地理解个体生活，叙事伦理是叙事的结构、形态、姿态、语调以及叙事意图、叙事功能所建构的伦理空间。叙事提供一种重新描述人的道德可能性，伦理认知和道德力量之所以能够在阅读中自然生成所依靠的叙事。因此，叙事伦理不仅是虚构性、形式化的伦理形态，而且是个体性、对话性的伦理建构。它来源于作者，存在于文本，生成于阅读，是读者与作者以叙事文本展开对话而生成的生命感觉共鸣。”①

基于对21世纪初年军旅长篇小说作品的大量阅读，笔者发现“伦理叙事”已经成为21世纪初年军旅长篇小说主导性的叙事主题学范畴。本书在借鉴当下正在兴起的伦理批评方法和其他相关研究成果的基础上，将“伦理叙事”和“叙事伦理”概念引入军旅文学研究领域，通过对占据小说叙事主题学本质内核的“伦理叙事”的分类、归纳和阐析，透视隐含其内的“叙事伦理”，把握21世纪初年军旅长篇小说整体写作伦理特征和文化精神诉求，进而对21世纪初年军旅长篇小说的艺术成就及其在军旅文学史中的地位给予客观评价。从伦理哲学和叙事学角度考察，小说文本是诸种伦理关系以叙事话语形式进行的叙事呈现。杨国荣认为，“从日常存在中的家庭纽带，到制度化存在中的主体间交往，伦理关系展开在生活世界、公共领域、制度结构等不同的社会空

---

① 杨红旗：《伦理批评的一种可能性——论小说评论中的“叙事伦理”话语》，《当代文坛》，2006年第5期。

间。”[①] 本书上篇“伦理叙事”，将21世纪初年军旅长篇小说的“伦理叙事”归纳、概括为“父子、历史、军人、英雄、现实、情爱”六个叙事向度，结合具体文本进行具象伦理关系样态分析。下篇“叙事伦理”，将通过对创作主体在进行伦理叙事时秉持的叙事姿态、价值判断、艺术观念和美学风格等因素的分析，从“通俗化转向”、“日常经验的崛起”、“类型化叙事”、“回归文学性本源”、“悲剧精神”五个向度，探寻21世纪初年军旅长篇小说的诗学诉求和叙事意旨。

当然，任何时代在历史发展长河中只能是作为“中间物”被认知，军旅文学强大的传统和相对封闭的自足性都决定了中国当代军旅文学60余年的历史呈现出一种同心圆式扩张的发展样态。一个时代的文学思潮、艺术观念、审美风格和叙事策略在下一个时代来临之初会受到剧烈的冲击，但并不会完全取消，会随着新的文学时代的延续而自我更新，并产生连绵不绝的影响。在本书的写作中，笔者需要在文学史的参照系中，建构21世纪初年军旅长篇小说的“属己性”写作伦理，惟其如此，才能够较为清晰地梳理出21世纪初年军旅长篇小说独特的新意，才能够较为客观地对21世纪初年军旅长篇小说的文学史地位作出判断。21世纪初年军旅长篇小说研究刚刚起步，还需要经过一个漫长的阅读、传播、筛选、评价、阐释和理论建设的过程。本书以较为宏观但难免粗疏的论纲形式探究并整合21世纪初年军旅长篇小说的伦理叙事与叙事伦理，试图寻找并搭建起一个“叙事伦理学”的理论研究框架，勾勒出21世纪初年军旅长篇小说的整体发展脉络。

---

① 杨国荣：《伦理与存在——道德哲学研究》，上海人民出版社，2002年，第13页。

上篇

伦理叙事

通常意义上，伦理（ethics）和道德（morality）常常被视为近义词或者同义词，但在伦理哲学领域，自康德在其后期伦理学著作《道德形而上学》将伦理和道德进行区分之后，伦理和道德从此被划分为具有不同内涵的两个概念。伦理被界定为自然意义上诸多关系，而道德则是从诸多伦理关系上人为建立的具有普遍意义和内在约束性的信念规范。所以在伦理哲学领域，伦理具有某种本体论意义。“从日常存在中的家庭纽带，到制度化存在中的主体间交往，伦理关系展开在生活世界、公共领域、制度结构等不同的社会空间……伦理关系如果进一步追溯，当然还可以深入到经济结构、生产方式等等领域……无论是日常的存在，还是制度化存在，作为实然或已然，都具有超越个体选择的一面：家庭中的定位（父子，兄弟等）、公共领域中的共在、制度结构中的关系等等，往往是在未经选择的前提下被给予的，它们在实然、自我规定等意义上，可以看作是一种社会本体。”通过以上论述可以看出，伦理关系具有社会本体论意义，在深层生成结构上，它体现为实然性和客观性的一切社会关系。从伦理哲学角度分析，作为社会本体的伦理关系就不仅仅囿限指涉着父子和性爱等中国文化传统意义上的伦理关系，作家个体和历史存在，作家内在自我和知识分子社会身份，在本质意义上构成的也是一种伦理关系。从伦理哲学和叙事学角度考察，小说文本是诸种伦理关系以叙事话语形式进行的叙事呈现，源自作家主体的叙事行为是对诸种伦理关系以文本形式进行的艺术展现过程。这也意味着小说文本的叙事特征和文化精神分析应建立在叙事了何样伦理关系和如何叙事这种伦理关系的互动阐释中。[①]

“伦理叙事”是主题学范畴的指向。伦理关系是人与人之间的一种最本质、最稳定、最具传统色彩和规范意义的社会关系。以叙事为中心的小说，在历史的发展和现实的进程中，逐步从纷纭的人际关系中梳理出有典型意义的伦理叙事模式。模式的表象性和象征性始终在承继、延续、发展，而其内蕴和寓意却在无穷变换着。[②]

---

① 张文红：《伦理叙事与叙事伦理——90年代小说的文本实践》，社会科学文献出版社，2006年，第6—7页。

② 李复威：《序一》，转引自张文红著《伦理叙事与叙事伦理——90年代小说的文本实践》，社会科学文献出版社，2006年，第2页。

一　父子伦理

父子伦理一直是中外文学屡屡涉及的“家族”叙事主题之一维，并且是最富有“能指”意义的叙述对象，它不断被塑写成各种隐喻性的伦理关系和价值意义载体。在中国儒家文化建构的传统“五伦”中，父子伦理是最具有“延伸性”和“本源性”的一伦，既可以向上延伸为“君臣”关系甚至“家国”关系的象征性载体，又可向下具象为家族中单纯的“父子伦理关系”。在“家”和“国”,“忠”和“孝”的两极对位关系中，父子伦理发挥着中介和纽带的作用。在小说叙事中，这种承载着传统文化价值隐喻意义的伦理关系，会传递出创作主体的价值理念和艺术观念。这也意味着，从父子伦理关系叙事中间，可以窥见创作主体意识形态性的文化价值诉求。

1　从“审父”到“寻父”的嬗变

在中国现代文学三十年中，父子伦理关系一直被简单化地叙写成线性历史观主导之下的文化象征符号对立模式，在反封建的主导文化精神下徘徊，父亲形象代表着“专制”、“残暴”甚至“愚昧”的社会制度和文化秩序，作家笔下的“父子关系”更多地被精神化并定格为彰显作家“文化批判意识”和“革命抗争意识”的价值叙事载体，体现了创作主体以文化隐喻父子伦理的叙写倾向和意识形态诉求。这种隐喻性叙事模式不但佐证着作家的历史进化认知理念，而且开启了中国新文学“宏大叙事”的艺术先声。

在“十七年”革命历史小说中，父子伦理关系完全成为“革命伦理”得以被合法演绎的必备载体；而进入新时期文学后，“审父”、“弑父”、“寻父”的主题开始进入文本，并成为这一时期的主流叙事。“在传统叙事，特别是西方文学叙事中，审父、弑父是一个永恒的主题，但在这种子对父的否定中，情形并不一样。一般来说，否定一个具体的父亲并不是为了取消父亲的身份、地位与权力意志，而是为了使自己成为父亲，反叛权威就是为了使自己成为权威，是子一代对于父辈主体先在的道德优越及话语霸权的反感与超越。因此，从实质上讲，子一代从家庭开始独立化、自我化的过程也就是社会角色获得的过程，就是一个对父权认同的过程，子一代将通过接受和顺应一定的先在的社会规范并将其内化获得与父辈同样的身份与地位，从价值观上讲，并没有本质的差异，所以，表面上刀光剑影，轰轰烈烈，代际转换之后，情形依然相似。但是，从现代主义文学开始，这种叙事模式发生了较大的改变，许多审父与弑父是从本质上的价值颠覆开始的，父权的地位似乎并不重要，荣耀、利益、秩序都是审判的对象，审父与弑父意味着旧的价值观的消亡，意味着新的价值与新人的寻找、建构。”①

在21世纪初年军旅长篇小说中，父子间的矛盾冲突首先源于沟通的无效和被悬置。正如石钟山在《父亲进城》的前言中所说的：“我的故事里，我的父亲、母亲的丈夫，是一台古怪的、过时的机器。人性的温暖与光辉在父亲那里是从来不曾存在，还是被无情吸走？这种冷酷无情的隔膜浸淫着我和我的母亲、我的兄弟姐妹。”石光荣的两个儿子，一个宣布与其断绝关系，一个患了精神病，唯一的女儿却像一个男人一样鲁莽，性别意识含混。父子关系一直是石钟山长篇小说创作非常重要的着力点，《横赌》聚焦极端情境下父子间的矛盾冲突，表现了抗日战争背景下东北大地上一对英勇、执拗、视承诺为生命的父子之间

---

① 汪政、晓华：《父与子——邓一光〈我是我的神〉断评》，《南方文坛》，2008年第5期。

的惨烈战争。所谓“横赌”是指赌徒在赌场上不顾自己的性命，甚至将自己妻儿的性命也当作赌资的强横赌博方式。主人公冯山娶了文竹，菊香上吊自杀，儿子槐不择手段地弑父，冯山被儿子槐杀死。小说故事情节的发展似乎可以解释为内在人性的推动，但归根到底，父子间与生俱来的仇恨如原罪般无法逾越和消解。文竹、冯山、菊香、槐，他们在石钟山笔下都是英雄，他们没有一个是肮脏的，是该得到厄运的，可结果是：文竹永远失去了冯山，冯山到死也没能听到槐叫一声“爹”，菊香上吊自杀，槐一生都将背负无法救赎的罪。整篇小说读下来，我所能触摸到的只有痛感，只剩沉默，父子间的有效沟通却从始至终没能达成。父与子的身份各自承载着的文化立场和价值判断的巨大差异，隐喻着新旧历史的断裂与演进。

在马晓丽的《楚河汉界》中，父亲周汉对枪的酷爱可以视作一种思想意识里根深蒂固、难以改变的在战争历史语境中形成并遗留下来的生活方式与思维方式。这种“革命传统”坚不可摧的牢固性把周汉与现实社会日新月异的变化发展的大势割裂开来。周汉所面临的困境便是在漫长的战争年代形成的思维定式、行为方式与生活习惯难以适应和平时期出现的新情况，其传统的“农民军人”的价值观念在很多情况下都与现实社会人们的价值取向相矛盾。实际上周汉一直没有彻底完成从过去到现实的过渡，他不知道自己在现实社会中的存在意义，更无法给自己一个准确的定位。于是，他性格中原本坚毅、粗糙、暴躁的因素便转化为古怪、偏执、任性，难以与周围人交流，甚至与自己的儿子之间都出现了沟通障碍，以至于他只能与枪为伴，向枪倾诉自己内心的苦闷。再就是耽于过去，陷入对过去战争年代的回忆与追索，在内心深处与油娃子（死去的魂灵）对话。在农村艰苦环境下成长起来，在战火硝烟中形成自己价值观念与思维方式的父辈革命军人，无法适应和平建设时期对他们而言完全陌生与新鲜的城市生活，更难以与新时期人们的价值观相融并接轨。周汉作为“父亲”的形象很有代表性，他在新的社会生活中扮演着一个虚无的角色，可有可无，面临着一种失位与失语的双重困境。周汉的儿子周和平在父亲眼中是无可救药的叛逆者，他毅然决然地摆脱了父亲的规训和革命家庭传统的羁绊，投身到商品经济大潮这一当今社会的强势语境中去。然而其对父辈的反叛也是复杂而不彻底的，他的叛逆行动最终还要依托被悬置起来的“父亲”的符号方能达成。表面上看他是那样轻易地摆脱了父亲的束缚，实质上儿子与父亲间的精神脐带始终未曾剪断。

对于子辈而言，父辈不仅仅是自身血缘的源头，更是历史和精神传统的象征。早在1980年代，邓一光就曾经在小说《父亲是个兵》中显示出在“现实经验”基础上叙写“理想之父”这样一种“寻父”的叙事诉求。“小说从两条线索叙写了父亲这一充满双面性格的军人形象。一条线索是叙写父亲在战争中诸种英勇表现，在这个层面叙事时，小说虽然留有1980年代军旅小说讲求‘宏大’的叙事痕迹，但整体而言关于‘父亲’叙事却是真实和可理解的。另一条线索是将父亲‘日常化’起来，叙写父亲在脱掉军装成为一个普通人后依然保留着强悍的男子汉作风的生活状态。因为作家的叙事立场是日常化和人性化的，所以小说中的军人父亲形象具有极强的‘现实感’，从而与观念化的军人形象区分开来。比如作家把父亲叙写成对战争和生命充满着辩证思考的军人，父亲以几十年戎马生涯为荣，同时在人性深处又极端鄙夷战争和军队，是一个尊重个体生命远远胜于追求战争荣誉的人，所以读完战争史就让人烧掉，还坚决反对自己的孩子当兵。父亲在‘我’这个子辈眼中是一个‘理想之父’还在于其对荒谬年代扼杀个体生命的‘政治伦理’的抗争。在日常生活层面，作家又将曾经叱咤风云的父亲从丈夫、爷爷和姥爷等不同伦理身份角度关照，于是，一个‘理想之父’在现实经验中‘立体起来’。”[①] 小说进而在与社会现实文化语境的

---

① 张文红：《伦理叙事与叙事伦理——90年代小说的文本实践》，社会科学文献出版社，2006年，第36—37页。

互证式叙事中凸显了父子伦理关系嬗变和建构父子伦理新叙事范式的叙事意旨。

从“审父”到“寻父”的嬗变其背后指向的是一个精神回溯的过程。最初，儿子人格中的“超我”很大程度上取自父亲的典范；然而，在儿子的成长过程中，“超我”将不断地发展，并且日渐远离父亲原型，从而变得非人格化了。种种社会文化机构（军营）无形地接管了父亲的言传身教，一旦在社会上（军营）倡导某种新的“超我”，那么，最初的父亲原型必将再度浮现，形成障碍。为了完成新的人格，儿子必须清算父亲的训导，甚至不惜与父亲决裂。真正置身于“无父”的状态，儿子在表面上得到了空前的自由与自主，用父亲名义传达的一切指令与戒律都取消了，儿子可以随心所欲，尊重生命所涌现的每一个愿望。然而，从另一个方面来看，儿子又是处于悬空的漂浮之中。再也没有权威向儿子提出什么、要求什么，一切都显得无可无不可，遵从与反抗、规约与放任已经失去了区别。否定的力量推翻了父亲，瓦解了父子等级秩序，儿子再也不知道该肯定什么以及为什么肯定。儿子的精神不再有任何给定的目标，它们不知所始，不知所终，不知所作为。完全弃绝父亲——包括精神上的父亲，那么，超我已经死亡，任何理想、道德、良心都失去了存在的根据。虽然抱有了最为原始的生命真实，但是，假如任凭生命冲动汹涌起伏，那么，这种无政府的混乱不仅将毁灭他人，同时也将吞噬自己。处于这样的境地，儿子如何管理自己？再进一步，他们又怎么可能接管世界，并在世界中找到自己真正位置？父亲就是在这样的疑问与忧虑之中悄悄地复辟了。尤其是当儿子长期游荡，饱尝无家可归的漂泊之后，人们将不知不觉地怀念父亲羽翼的庇护，甚至开始寻找父亲。当然，这种寻找在大多数时候是象征式的，寄寓于某种替代行为之中，同时，这种寻找更多是为了重建精神之父，完成精神的皈依。“寻父”经常是一个隐蔽的、但却富有诱惑力的意向。父亲的召唤来自父亲存在的意义，“寻父”意味着对父子等级秩序的认可。这表明，儿子即使反抗一个具体的父亲，但父子等级秩序最终却得到了保留。父子等级秩序业已成为文明历史的一种重要形式。“寻父”行为实际上出现了两种倾向：或者以崇敬的心情重新缅怀父亲的功绩，或者在敬仰父亲的过程中不知不觉地使自己成长为新一代的父亲——这两者分别从不同方面又一次巩固了父子等级秩序。按照弗洛伊德的构思，儿子弑父之后不久，父亲将有一个堂皇的回归，这一次父亲的神像是由儿子们自己迎回来的。失去了父亲统治的铁链之后，儿子却发现了父亲权威的意义。儿子看到，社会需要父亲所带来的秩序，同时，儿子感到无父状态是痛苦的。从反叛父亲到重新称颂父亲，这种循环在上一代与下一代之间，在权威与叛逆之间将屡屡重现，最后总是归结到“理想之父”或曰“精神之父”的回归。

2 “父性文化”的重建

从“审父”到“寻父”，21 世纪初年军旅长篇小说呈现出一种重建“父性文化”及精神秩序的诗性冲动。对“父亲”的书写实质上是一种面向当下精神状况的历史性沉入。“父性文化”的重建是一个拾掇起被时代击碎的文化残片进行重新整合、模塑并加以价值确认的过程，它意味着一种文化的寻找、皈依、认同以及再造主导权型权威文化的努力。

在 21 世纪初年军旅长篇小说中，出现了一批以“子辈”的视角关照“父亲”(父辈军人)、书写“红色家族”历史的作品，并构成了一道引人注目的风景。“这些小说作者绝大多数出身于军人家庭，这一点构成了他们创作此类作品的先天优势。在他们的笔下，那个曾使几代读者激动不已的英雄集体被分解成一个个富有质感的生命，趟过历史的河流走进文学的空间。由书写‘历史的父亲’到讲述‘父亲的历史’——在一个远离战争和英雄的时代里，军旅长篇小说这种叙述视点的位移无疑构成一种耐人寻味的复杂的文化现象。作为人类潜意识中的古老原型，‘父亲’不仅是一个源于血缘关系的家庭中特定成员的称谓，而且还承载着特定的文化内涵。在家、国同构的中国传统宗法社会中，‘父亲’作为一种文化符号更具有其象征意蕴，成为国家、民族历史文化变迁的外在表象。‘父亲’代表着一种传统，在社会的转型期，传统往往成为人们关注和思考的重要对象。”①

在中国文学史上，几乎每跨入一个新的时期都要对父亲的形象进行一次重新塑造与改写。可见，是否写父亲、如何写父亲的背后，潜隐着作家不同的文化选择和复杂的情感向度。在21世纪初年军旅长篇小说中，“父亲”扮演着文化载体的角色。历史与现实的间离感使父亲的形象遥远而神秘，作家通过对人物形象进行理想化、传奇化的处理，这使得父亲的形象进一步符号化因而承载和隐喻着某种文化象征意义。小说中的父亲已不再单纯地作为战争中的英雄而存在，而是化作了一段关乎历史的记忆，沉淀为一种象征着永恒的精神。对“父亲”的书写实质上是一种现实语境对历史存在的召唤，通过对“父亲”所隐喻着的特定历史的想象和重建，来填补现实境遇下人们心灵和精神的虚空。裘山山是在一种疑问和沉重中完成《我在天堂等你》的写作的：“在当今时代，人们所崇拜的往往是具有当下价值观的英雄人物……人们很难再把那些时间久远的英雄人物、英雄精神摆上神坛了……可是面对历史呢？我们的割舍就会那么决绝吗？我们的割舍就可以那么决绝吗？更何况这段历史还没有走远。即使酒神时代和太阳时代已经走远，那它们的精神呢？”②

在军旅作家们看来，父亲形象及其承载的历史恰恰构成了一重统摄现实的巨大背景，在这背景的纵深处潜隐着当下现实社会中最为稀缺的精神资源，父辈军人们钢铁般的意志力及其对精神信仰的坚定执守，都对现实语境中的庸俗、腐朽和堕落造成了巨大的冲击，与此同

① 胡玉伟：《重建“父性文化”及精神秩序——20世纪90年代以后军旅小说的文化解读》，《解放军艺术学院学报》，2005年第1期。

② 裘山山：《〈我在天堂等你〉创作手记》，《中国文化报》2001年3月29日。

时，也承受着现实给予他们的强有力反击。创作主体在勾连历史与现实的叙事中展现了“父亲”的生存状态和精神状态。在战场上勇武无比的他们，面对和平时期的政治运动、人际关系乃至家庭生活中的爱情和亲情四处碰壁、一筹莫展，如入“无物之阵”，英雄无用武之地。“父亲”光荣的历史被无情地尘封在他们的记忆中，昨日的英雄已不再是这个变革时代的“弄潮儿”，精神层面的困境和困惑使得他们在喧嚣的现实中显得格外落寞。《英雄无语》便展示了曾经的英雄们的现实生存困境。“父亲”的现实遭遇一方面使他们的形象被涂抹上一层悲剧的色彩，另一方面也通过历史的比照拷问着现实，揭示出时代精神的悲剧性匮乏。

21 世纪初年军旅长篇小说中普遍潜藏着一种“子辈”对自身主体性的忧虑和困惑，这种情绪可以视作一种英雄文化的现代焦虑。在小说中一些子辈身上隐约可见“父亲”精神在现时语境中的缺失和断裂。《父亲进城》中爱好文艺的石海敏感病态，暗恋着自己的姐姐，阳刚之气荡然无存。《楚河汉界》中的周和平从部队复原后成了一个寡廉鲜耻、唯利是图的商人；而最受“父亲”周汉青睐的周南征虽然在部队春风得意，但在现实生活的磨损下已失去了太多军人宝贵的品性。在这些形象的刻画中透露出作者对于“种的退化”的深深忧虑和内在恐惧，这种文化的焦虑与当下现实的精神境况密切相关。急剧裂变与转型的中国社会被一个商业化和技术化的文化环境所包围，历史所建构起的包括道德、情操、信仰等文化观念系统受到空前的解构而变得破碎不堪，平面化、世俗化、粗鄙化的欲望和利益追求吞噬着精神的空间。在这样的背景下，对于父亲这个形象的塑造便多了一重象征意义。

在 21 世纪初年军旅长篇小说中，“父亲”的历史远远没有终结。重述父亲的历史并非单纯的追忆与缅怀，而是一种精神意义上的找寻，寻找父亲实际上是寻找生活的支撑和精神的信仰。这种寻找激活了民族的英雄记忆，淡化了“父亲”的遭遇所具有的悲剧感，使作品获得了昂扬向上的精神气质。同时，更为重要的是，从这种寻找中我们感受到了创作主体的一种重建“父性文化”的诗性冲动。离弃“父亲”势必造成精神的痛苦，真正意义上的“父亲”的缺失也就意味着整个社会秩序的崩溃，如何重建“父性文化”与精神秩序便成为作家的叙述动力和作品的重大主题。所谓“父性文化”即一种具有至上权威性的主导型文化，是一种阳刚型的文化，它与信仰、理想、忠诚、责任、激情、浪漫、英雄、崇高、悲壮等字眼紧密相连，它规约着一个社会的精神秩序。这样的文化传统在“父亲”们的身上被真切地体现出来。以乌力图古拉、石光荣、欧战军、李云龙、梁大牙、周汉、爷爷等为代表的父辈军人都曾有过战功赫赫的辉煌历史，是叱咤风云、阳刚气十足的职业军人。他们都具有浓厚的英雄主义情结，在战场上机智果敢，不怕流血牺牲；他们固守着做人、做事的道德底线，与人肝胆相照，无私、大度、刚正不阿；他们无比珍视军人的尊严和荣誉，而这些又总是与军人的职责构成一种必然联系。李云龙对孩子们这样说：“军人的荣誉感比命都重要……在穿上这身军装之前，你们可要想好，一旦穿上，你们对国家和民族就有了一种责任，就应该随时准备把自己的命交出去，……如果作为军人怕死，那是世界上最丢面子的事。”[①] 在父亲们的精神结构中，释放着一种强大的人格力量。不管受到多大冲击，他们都不向命运屈服，豪气依旧，不改英雄本色。“父亲”始终处于文本的中心位置，在日常生活中，“父亲”尽管经常不在家，但是“父亲”的角色和功能从未缺席。尤其是当“儿子”们进入青春期，“父亲”会越来越强烈地意识到他们需要引导。“父亲”施展其精神的权威，按照自己的理想的模式塑造他的儿子们，为儿子们脱离家庭走向外面的世界提供有效的模式。“父亲”要千方百计地磨去母亲打在孩子们身上的印记，为此常常与母亲发生冲突，而最终的胜利总是归于父亲。父亲石

---

① 都梁：《亮剑》，解放军文艺出版社，2000 年，第 519 页。

光荣不顾妻子反对将儿子石林送到边远的哨卡当了一名边防军人，由妻子实施的调动计划在父亲的干预下也最终破产。“儿子”们对“父亲”既有依恋、崇敬的一面，又有畏惧乃至妥协的一面，他们按照父亲预设好的方式成长和生活，并以父亲为镜子检视着自己。在作者的精心安排下，“父性文化”成为文本中的一种合目的的现实存在，其权威性和合法性得到了有效的印证。

“对‘父性文化’的重建是一个拾掇起被时代击碎的文化残片进行重新整合并加以确认的过程，更多地体现为一种精神文化的现时认同。在这个过程中，作家的‘文化的焦虑’得以有效缓解。一个遥远的历史时代能够成为人们憧憬和崇敬的对象，并能够示范和评断当前将会流行的行为范型、艺术范型和信仰范型。相信人类曾经生活于一个‘黄金时代’，比人们现在的生活都更为淳朴和单纯，是思想史上的一个常见主题。每当新的情境出现，与之相适应的文化体系还未来得及建构起来时，历史便顺理成章地成为人们解决问题的参照系。可以看出，作家们在塑造‘父亲’形象时的情感态度多少有些复杂，在作品中，回荡着两种不同的声音，在描写父亲光辉形象的同时又对父亲表达了某种‘不满’。他们一方面是‘战争之神’，另一方面战争又‘异化’了他们，使他们过于好战甚至嗜血，在没有战争的年代里，他们只能面对军用地图和沙盘玩着虚拟的战争游戏，在家庭中‘寻衅闹事’以释放过剩的能量，变得性情狂躁、不近人情。他们一方面是顶天立地的英雄，另一方面仍然可见霸道、野蛮、粗俗的草莽之气或小农意识，甚至连温情脉脉的恋爱也被波及。对于妻子和儿女，他们似乎并未尽到应尽的责任，家庭在他们眼里只是部队的缩影和另一种形式的存在，军队的管理方式经常在家庭中得以强行运用。”[①] 尽管如此，“父亲”的

---

① 胡玉伟：《重建“父性文化”及精神秩序——20世纪90年代以后军旅小说的文化解读》，《解放军艺术学院学报》，2005年第1期。

种种缺点和暴行并未完全割裂父子之间的承继关系，在最后作者往往会流露出对父亲的深情回望和对“父亲”角色的理解与体悟。《英雄无语》以当代人“我”的视角讲述了“我爷爷”这位革命者对女性的歧视态度，对“奶奶”的辜负以及对儿女、家庭的不负责任；然而这些指责在透析“我爷爷”忍辱负重的襟怀和英雄品性的同时瞬间瓦解，在作品的结尾，子对父最终达成了心灵的妥协和谅解。

事实上，对“父性文化”的重建当中也蕴含着子辈的成长和自我确认的过程，必然需要由子辈——新一代军人来完成。当下中国的主流文化一方面受到西方强势的政治、经济、文化的威胁和挤压；另一方面，其中心和权威的地位也面临着国内社会转型和结构变动所引起的文化裂变的震动和颠覆。一个想实现伟大复兴的民族首先需要警惕的是思想的贫乏和精神的萎靡，必须具有一个令全民共同尊崇的文化价值体系。从这个意义上讲，21 世纪初年军旅长篇小说对“父性文化”的重建有效地达成了对革命历史的接续和重新理解，对当下混乱的精神秩序亦起到了反拨的作用。

3 “子我”的主体性成长

父子伦理从来不是单纯的家庭关系，而是具有很多象征意义；但是父辈对子辈的压抑，以及子辈对父辈的反抗和超越，从来都是主流认知方式。对于许多作家来说，父子冲突，尤其是儿子对抗父亲经常意味着不同寻常的题材矿藏，这种发生于家庭内部的矛盾冲突往往象征或映现了某些重大的社会现实情境。从小说主题学的层面考察，亦可以看出对父法的认同与对现实秩序的合法性建构之间存在着一种同构关系。根据小说《父亲进城》改编的电视剧《激情燃烧的岁月》在全国范围掀起了收视热潮，贺桂梅认为这部电视剧“以其关于一个军人家庭的历史书写，达成了多种意识形态功效。它以家庭老照片的方式连缀起了裂隙重重的当代中国历史，并通过选择性地重申共和国历史的辉煌时刻，强化了一种民族国家的自豪感。这样的自豪感事实上成为新世纪初年人们饶有兴趣地观看一部被镶上浓郁怀旧风格的电视剧所内在需要的。能够如此热情地观看'革命时代'的历史，似乎表明大众文化意识形态已经隐约摆脱了某种怨恨情结，或者被成功地组织到一种国家主义的想象之中。它尽管借用了'家庭'的表象，但所谓'激情'是超越了'家'这一私人领域的，而将其缝合到了更大的关于'党'、'国'的书写之中。"[①] 然而，回到家庭空间内部，父辈形象则被异化为一种抽象意义上的"精神之父"，永远高高在上，象征着先验的真理和不容置疑的权威，对子辈的情感和生命构成了一种强有力的压迫与威胁。

梳理21世纪初年军旅长篇小说中的父子伦理如同在观看一部由"统治、反叛、篡夺，再度统治"的主体情节连缀而成的连续剧，父子关系在血缘之情与剧烈冲突的夹击之下显得格外复杂。父之"严"总是和权威联系在一起的。权威一方面使父亲显得强大、有力、威严，令人在仰视之中不敢冒犯；另一方面，权威又使父亲显得专横、冷酷、傲慢，并且常常将自己的意志强加于人。这两个方面当然都是相对于儿子而言，它们将在儿子性格的形成过程中产生重要影响。人们已经十分熟悉这种观念：在父子关系中，父亲的过分权威将挫伤以至抑制儿子的个性和精神自由，使之无法成为一个具有独立意志的成人。假如儿子始终无力逃出父亲的权威，他就将为父亲权威的阴影所吞没。在这个意义上，反抗父亲经常成为儿子标榜成熟的第一个步骤。对于那些敢于以个人身份与社会势力相对抗的儿子们来说，父亲甚至是他们首先要跨越的障碍。父子之间所产生的冲突，显然必须依附于家庭的形式展开，父子之间的血缘关系以及他们处于家庭内部的等级秩序构

---

① 贺桂梅：《以父/家/国重叙当代史——电视连续剧〈激情燃烧的岁月〉的文本分析及意识形态批评》，引自"左岸"网站（www.eduww.com）。

成了冲突的契机。

在邓一光的《我是我的神》中，大儿子天健在乌力图古拉的安排下参军，在战斗中被破甲弹掀掉了半边脑袋而牺牲；三儿子天时十四岁就被父亲送去当兵，在一次施工事故中被砸截肢，成了植物人；老二葛军机一路听命于父亲的意志，最终成为没有独立人格的悲剧性人物；天赫和天扬因为叛逆的性格和举动，而成为“父亲”的眼中钉和心病。可以说，“父亲”控制着儿子们的命运，影响着他们的生命走向，客观上终结了“子辈”们人格的独立和生命的活力。作为“父亲”的乌力图古拉性格乖戾、粗暴、严厉、冷漠，不近人情，如同暴君一样控制着家庭中的每一个成员，尤其是儿子们。而“子辈”们稍有反抗，便会遭到痛烈的打压，生命甚至还会受到威胁：

> 乌力图古拉不说话，一伸手从门岗手中夺过五六式半自动步枪，哗啦一声推弹上膛，举枪瞄准乌力天扬。乌力天扬吓得一猫腰，抱着脑袋往路边的大槐树后窜。乌力图古拉扣动扳机，子弹尖锐地呼啸着，在乌力天扬脚跟后钉出一朵泥花，然后擦着乌力天扬的头皮飞过去。
>
> “你，你有可能杀了他！”萨努娅大惊失色，差点儿没有坐到地上。
>
> “不是可能。我是打算杀了他，遇上风大，算他运气好。”乌力图古拉冷冷地说。
>
> “你，怎么，可以，这样做？他是你儿子！”萨努娅脸色苍白，嘴唇哆嗦。
>
> “那他就做一个规矩的儿子。”乌力图古拉扭头就走。[①]

从这段描写中可以看出，“父亲”像在战场上对待敌人一样，沉着、

---

① 邓一光：《我是我的神》，北京出版社，2008年，第225页。

冷酷且坚定地实施了对“儿子”射击的全过程，没有丝毫的犹疑，其目的就是教训“儿子”不要反抗“父亲”的权威。事实上，“就算所有的儿子每人提着十把菜刀，他和他们一拥而上，他和他们也对付不了他们的父亲。他们会被他们的父亲活活打死，踩成肉泥。”[①] 和前述作品相比较，《我是我的神》将 21 世纪初年军旅长篇小说的“父子伦理”叙事推向了极端，出现了“杀子”的父子伦理关系塑写向度。当然，在小说中“杀子”向度是创作主体在诗学层面上对“审父”叙事理念扩展延伸的结果，意在经由残暴的“父法”与萎缩的“子辈”之间的对峙，构造激烈的叙事张力，从而最终达成建构“子辈”自我主体性成长的叙事意旨。

《我是我的神》在许多情节设置和细节描写上与 1990 年代的《我是太阳》相类似，在故事的基本形态上同样是家族叙事，同样是书写父子的故事；然而，经过十年的沉淀，邓一光再出手时，小说叙事的向度和意旨都发生了根本性变化，从对父辈英雄传奇的叙写，转到了对“子我”主体的成长性建构。如果说，在《我是太阳》中，邓一光是以崇拜的仰视目光塑造了一个充满了阳刚气、英雄气、凝聚着崇高与神性的“父亲”形象的话；那么，《我是我的神》正像其书名一样，“子我”成为了叙事的主体，“父亲”则成为了对象化的存在，成为“子我”在成长过程中需要战胜的对手和必须跨越的障碍。在这部我认为是 21 世纪初年中国文学最重要的收获，也是 21 世纪初年军旅长篇小说最具冲击力的作品中，邓一光变换了叙事策略，站在子辈立场上进行了双向度叙事：一方面展示了子辈与父辈在家庭空间内部激烈的对抗，一方面呈现了子辈寻求“自我主体”成长（乌力天赫在极端的环境下寻觅精神世界的自由，乌力天扬在世俗的场域里寻求独立人格的完善）的过程，将 21 世纪初年军旅长篇小说的“父子伦理叙事”在原有的“审父”

---

① 邓一光：《我是我的神》，北京出版社，2008 年，第 217 页。

意识的基础上又向前推进了一大步。

作为对“父亲”最激烈的反抗者——乌力天赫“不喜欢他的家庭。他眼中的家庭是那么冷漠和怪异，它由他的父亲，那个在传奇年代里获得了英雄称号的统治者凭着自己的意志建立，他是家庭的奠基者和生产者，他成功地完成了他和伴侣栖息地的选择、对家庭成员的生育繁衍、捕食和分配，并制定下家庭成员的生命路线。这个生命路线包括现在的吃喝拉撒睡和今后的未来。这个统治者从来不关心他的成员们在想什么，想要什么。那不是家庭，甚至连监狱都不是，而是一个巢穴，生活在这个巢穴里的生命和栖身在岩洞中的蝙蝠没有什么两样。乌力天赫被深深的内心隐痛煎熬得苦不堪言。他想战胜成长道路上那些看到和看不到的对手。他想毁掉这个令他痛恨的世界。他对家庭的专制痛恨不已，对家庭规定给他的严肃的暴力教育痛恨不已。他为这个而彻夜难眠。”[①] 乌力天赫身上体现出与理想相伴的哲人气质和英雄主义情怀。他的精神追求是与生俱来的，早在少年时代，便对这个世界充满了怀疑，杰弗逊和切·格瓦拉的观点指引了他的人生态度与成长道路。于是，他不再与父亲纠缠，选择了离家出走并且永不言归，在战争的极端环境中反思自己的灵魂，并逐渐进入更为深邃、高远的哲学层面审视人类生存的境遇和对自由的向往：“自由同时指向天堂和地狱，它是一孔双眼泉，既是善之源，也是恶之源。”正是通过这种超越了肉体苦乐的灵魂求索，乌力天赫最终完成了“自我”的成长与“主体”的建构：我是我的神。相比起乌力天赫，乌力天扬在世俗的境遇中，在与命运的抗争中体现出了更强的责任感和英雄色彩，他所寻觅的是一条经由生活本体而达至独立人格的完善之路。从战场上凯旋归来，他本可以开始相对稳定、顺利的人生；但是，面对失去生命、身体残缺的战友，面对破败的家庭，他选择了与残酷的生活现实抗争，在

① 邓一光：《我是我的神》，北京出版社，2008 年，第 223 页。

一次又一次挫折中，他从未放弃、从未止歇，从未想到为个人谋求利益。经历了“文革”的混乱、战争的伤痛和改革开放的躁动，乌力天扬最终找到了自己的生活和人生，成为一个勇于承担生活责任的成熟男人，以一种平凡但却富于理想主义情怀的英雄主义精神完成了灵魂的救赎，在“父亲”即将去世时达到了“自我”的升华：“他就像贴着地面飞的雨燕，根本不看咄咄逼人的颤抖着的天空，迅速地掠过春天里最后一道余霞，去寻找暴风雨到来的那个方向。他那样沿着走廊走着，无声而沉着，好像他是再生了，不再需要他的父亲，不再害怕找不到自己，而且他是孩子，不断地是孩子。”① 正像邓一光所说的，《我是我的神》“不在于回忆，而是进入，进入那个我们曾经经历过却没有留意记录的年代，进入那个年代中曾经年轻过、希望过、挣扎过，甚至堕落过，却始终不肯放弃救赎和自我救赎的人们的精神求索和心灵的重建之地。”② 作为“子辈”，邓一光试图通过对于“父辈”故事的回溯建构属于自己这一代人的历史，探寻与共和国共同成长的这一代人的心路历程和精神轨迹。

在21世纪初年军旅长篇小说中，作为父辈的“老革命军人”形象，贯穿了革命年代以至改革开放后的漫长岁月，他们的个体生命史与现、当代史是高度一致的。无论是关山林，还是欧战军、石光荣、“爷爷”、周汉，他们都是象征了革命历史本身的英雄，是革命历史的人格化，子辈们对其英雄的父辈们即便存有价值观的异见（如《我在天堂等你》中的木鑫），或者不堪忍受家庭暴力式的约束（如《父亲进城》中的石林），或者存有道德和情感上的批判（如《英雄无语》中的“我”），经过一番对抗性的“审父”之旅后，尽管这些老军人身上的“弱点”和“缺陷”暴露无遗，但最终还是被他们身上所传递出的高蹈

---

① 邓一光：《我是我的神》，北京出版社，2008年，第884页。

② 同上书，扉页。

的精神传统和难以抗拒的人格魅力所征服，最后均采取了认同的态度，小说文本的结尾处甚至还都或多或少地笼罩着一层家庭空间中“父子伦理”的脉脉温情。小说文本内部的子辈对父辈的情感认同，正隐喻着社会现实层面对革命历史“合法延续”的当代“有中国特色的社会主义”中国的认同。“所谓的‘审父意识’中的‘父’绝不仅仅局限于父亲，‘父’还可以被广义地理解，它能够上伸至祖辈，下衍至兄长等等，‘审’也不是审判，而是审度、审视与审察。站在子辈的立场上以一种平视的姿态对某类先验的秩序性存在（人情和事理）进行理性的、客观的、带有明显的现实主义意味的关照和审度”[①]，最终还是为了寻求对强健文化基因和英雄精神传统的继承，实际上这也正是21世纪初年军旅长篇小说“父子伦理叙事”的潜在修辞。

由此可见，反叛与颠覆这一在文学的现代性进程中积淀并被确立下来的“父子伦理”的经典写作立场在21世纪初年军旅长篇小说中已经发生了改变。军旅作家们不再执著于对作为“历史化存在”的父辈们的单向度描摹，而是开启了对隐喻着当下现实境遇的子辈们的“主体成长性建构”。军旅作家们在父子伦理叙事观念中更加强化了对于当下生存现实环境的体察与关照，不再单纯地局限于观念意义上的对父辈或“尊崇”或“丑化”的审视，而是将当下的社会现实语境作为考察父子伦理关系嬗变的主体背景。具体而言，21世纪初年以来，市场经济体制进一步深化与完善，与物质生活的极大丰富相伴随的却是传统道德价值判断标准的失范和人们精神世界的空虚与荒芜，后现代语境中的心灵困惑与精神危机开始逐步显现。1990年代以来，资本原始积累阶段的那种“卸掉负载，解脱束缚，不顾一切追逐物质利益”的“现代性观念”已经不能够完全覆盖现实人生的焦灼与困顿，人们急需

---

① 曾娟：《“父子”伦理：从消解到建构——王安忆小说中的伦理叙事》，《湖南城市学院学报》，2008年第2期。

寻求新的精神资源和理想信念的支撑。21世纪初年以来的“国学热”、“历史热”和“军旅题材电视剧热”的兴起已经从一个侧面显示了当下中国社会的现代性进程更加趋于理性和自足。在陈晓明看来,“断裂”是现代性的真实含义:“一方面,文学艺术作为一种激进的思想形式,直接表达现代性的意义,它表达现代性急迫的历史愿望,它为那些历史变革开道呐喊,当然也强化了历史断裂的鸿沟。另一方面,文学艺术又是一种保守性的情感力量,它不断地对现代性的历史变革进行质疑和反思,它始终眷恋历史的连续性,在反抗历史断裂的同时,也遮蔽和抚平历史断裂的鸿沟。”[①]21世纪初年军旅长篇小说的父子伦理叙事正是建构在创作主体对新世纪社会经济、政治和文化现实的个人化、生活化体验的基础之上,总体上体现着作家立足现实、批判现实,并向历史寻找文化资源和精神支撑的文化立场和叙事伦理诉求。

从“审父”乃至“弑父”到“父性文化”的寻塑与重建,再到“子我”的主体成长性建构,21世纪初年军旅长篇小说的父子伦理叙事展现出了丰富而立体的面相。毕竟当父辈们老去之后,当民族国家的集体想象与认同被固化之后,当曾经的“子辈”也早已成为“父辈”之后,将“父子伦理叙事”二维结构中的叙事重心从“父”转移到“子”,在相当程度上标示出了“父子伦理”作为一种伦理叙事模式的丰富性和继续深化及拓展的方向。

---

① 陈晓明:《现代性与中国当代文学转型》,云南人民出版社,2003年,第11页。

二　历史伦理

“历史，从伦理哲学和普通伦理学角度考察，是诸多伦理关系整合性的存在。历史和当下的创作个体形成一种基本的伦理关系。在中国伦理文化体系中，历史往往与‘起源’‘权威’‘传统’等具有伦理要义色彩内涵的词汇互为印证，历史认知和历史观念在深层意义与作家伦理认知和伦理观念具有同构性。历史伦理叙事不仅彰显着作家的主体选择取向，而且鲜明地体现着叙事目的、叙事规约、道德价值判断和文化意义选择等叙事伦理质素诉求。”[①]

1　从“宏大史诗”到“小写历史”的诗学转化

从21世纪初年军旅长篇小说创作实践来看，“历史伦理叙事”已经成为主导性的创作趋向，涌现出大量优秀的历史题材作品，如《我在天堂等你》《亮剑》《历史的天空》《英雄无语》《音乐会》《楚河汉界》《八月桂花遍地开》《城门》《寂静的鸭绿江》《流芳记》《长津湖》《大崩溃》《记忆洪荒》《陕北红事》等。不同于“十七年”革命历史小说“在既定的意识形态的规限内，讲述既定的历史题材，以达成既定的意识形态目的”[②]的“规范性”历史伦理叙事样态，21世纪初年军旅长篇小说鲜明地体现出作家借助于诗学诉求建构“非传统”的历史叙事伦

---

① 张文红：《伦理叙事与叙事伦理——90年代小说的文本实践》，社会科学文献出版社，2006年，第126页。

② 洪子诚：《中国当代文学史》，北京大学出版社，1999年，第106页。

理的主体性。整体来看，这种“非传统”大致可以被理解和表述为“非意识形态性”，它首先意味着作家对于“十七年”文学历史伦理“史诗性”宏大叙事模式的放弃与背离；其次意味着作家在个人化、边缘性和日常经验性的叙事伦理理念之下建构起消弭历史所指深度和崇高美学风格的“个人化历史”，彰显了迥异于传统的“个人私语”式叙事风格。

“十七年”革命历史小说在特定的文学发展时空中建构了“规范性”的历史伦理叙事样态。在叙事结构上，形成了一套“从失败走向胜利，从胜利走向更大的胜利”的“革命胜利大团圆”的结构模式；在人物安排上，大多以阶级二元对立学说统领人物两大阵营，两者之间“你死我活”的对抗最终必然走向革命阶级成功改造或消灭了落后阶级的结局，人物有时被叙述成因为“革命”需要而不食人间烟火的抽象“英雄”。线性历史发展观念开始取代了中国的循环历史观念，形成了一套“僵化”的固定叙事模式，在艺术风貌上呈现出叙事话语体系类型化、叙事情节简单化、叙事视角单一化和叙事节奏的单调性等艺术缺憾。“于是‘革命历史小说’中的历史在当代读者眼中成为匪夷所思的历史存在，它不但被抽空了具体的日常生活场景，而且人物在虚拟的单向度的抽象逻辑时空中呈现出纯粹精神化存在特质。‘革命历史小说’中的‘历史真实’更像是乌托邦情怀的虚构幻境，它被放大在线性历史发展逻辑观念和政治伦理之镜下呈现出虚幻的伪真实性。某种意义上，‘革命历史小说’中的历史真实是政治理念中的历史真实，建立在作家对革命历史意识形态性理解之上。”[①] 对革命历史进行“史诗性”宏大叙事是“十七年”革命历史小说创作主体普遍性的艺术追求，以“史诗”笔法再现历史真实和革命场面的壮观是作家构建革命历史小说“宏大”美学范式最为适合的叙事手法。同时，“史诗式”叙事结

---

① 张文红：《伦理叙事与叙事伦理——90年代小说的文本实践》，社会科学文献出版社，2006年，第134页。

构也契合了作家将历史叙事与“政治伦理”和“革命伦理”进行意识形态性能指同构的叙事意旨，因为，它在文体上体现出来的庄严性和不容亵渎感不但和作家宏大的历史认知观互相应和，而且只有史诗性叙事才可能恰切地体现“革命”主题的正义性和继往开来性。

黑格尔曾对“史诗”有精彩的总结：一、史诗必须对某一民族、某一时代的普遍规律有深刻而真实的把握；二、史诗从外观上讲，对某一时代、某一民族的反映必须是感性而具体的，同时又是全景式的，它必须将某一时代、民族和国家的重大事件和各阶层的人物真实地再现出来，在把握民族精神的同时要把这个时代民族的生活方式和自然的、人文的风物景观以及民风民俗等描画出来；三、史诗必须有完整而杰出的人物、宏大的叙事品格、漫长的叙事历史，它是阔大的场面、庄严的主题、众多的人物、激烈的冲突、曲折的情节、恢宏的结构的结合体。[①] 但是，史诗是与特定时代人类的审美水平与认识水平相适应的，从世界文学史的演进来看，史诗品格的丧失以及从复杂到简单的转化才是长篇小说文体变化的真实方向。对中国当代文学来说，“史诗”一度是评价长篇小说的最高标准，但恰恰在“史诗”问题上我们存在严重的误读，并走了太多的弯路。如果说，“十七年”军旅长篇小说出现了一大批“经典性”的“史诗”作品在今天被重读为一种“历史”误会或“伪历史”的话，那么在21世纪初年军旅长篇小说中，“史诗”作为一种绝对概念或单一的评价标准恐怕已经不再适用了。

海登·怀特认为：“历史叙事不‘再现’其所形容的事件；它只是告诉我们对这些事件应该朝什么方向去思考，并在我们的思想里充入不同的感情价值。任何一种‘历史’在本质意义上都是‘虚构’的，‘历史事件’之所以获得不同的意义，在于‘事件的时间顺序安排与句法策略之间存有张力’，但从历史意义的产生角度考察，任何历史叙事都

① 参见汪政：《惯例及其对惯例的期待》，《当代作家评论》，2001年第3期。

是叙事者以不同的方法施加情节，在完全不违反时间顺序排列的同时使事件获得不同的意义。"[①] 这也可以理解为任何历史叙事都是创作主体的个人化叙事，任何历史事实都是在想象中重生。进入 21 世纪初年以来，军旅作家们开始以"个人私语"式的诗学策略消解着"史诗性"的宏大叙事模式。创作主体背弃了"史诗性"的"宏大叙事"视角，从微观的个人化"视点"切入，以小见大，以点写面，把历史改写成了片断式的、具体可感的生命过程与人生经验。这样，宏大的政治历史场景被处理成了具体的生命流程与生存境遇，这既赋予了"历史"以生命性，又感性地还原了历史的原生状态，实现了从历史的"判断性"向历史的"体验性"、历史的"事件性"向历史的"过程性"，以及历史的"抽象性"向历史的"丰富性"的转变。总体来看，21 世纪初年军旅长篇小说的历史叙事是"个人"的历史和"小写"的历史。

罗兰·巴尔特曾经断言："历史'事实'这一概念在各个时代中似乎都是可疑的了"，而且"历史叙述正在消亡；从今以后的历史的试金石与其说是现实，不如说是可理解性"。[②] 21 世纪初年军旅长篇小说历史叙事的"个人化"立场正是在历史具有"可理解性"和"多元性"的观念基础上建立起来的。在都梁的《亮剑》和徐贵祥的《历史的天空》中，作家站在个人化叙事立场上重新展开对历史的理解和想象，前者将个人置于蜿蜒曲折的历史进程中，探寻个人生命不断成熟和主体意识觉醒的过程；而后者则将艺术视角聚焦于错综复杂的人性欲望与人际纠葛，书写个人在命运失控状态下的茫然与无助，展示了在变幻莫测的历史漩涡中，个体生命的成长轨迹。在《亮剑》中，个人命运是与历史演进同构的，历史作为一种时空参照，映衬出的是个人性格的复杂性和个人作为一种主体存在所蕴含的无限丰富的可能性。李云龙

---

① 张京媛主编：《新历史主义与文学批评》，北京大学出版社，1993 年，第 172 页。

② [法] 罗兰·巴尔特：《符号学原理》，李幼蒸译，三联书店，1988 年，第 60、62 页。

形象既具有复杂性也具有鲜明的个性，是“亦正亦邪”的人物。他有着传奇般的战斗经历，屡建奇功，深得器重；但他又是个不安分的惹事精灵，屡次抗命，不时弄出些麻烦。他是顶天立地、豪气干云的大英雄；又是脏话连篇、好酒吹牛、缺乏文化修养的粗人。他率真义气，性情粗犷；却又粗中有细，精于算计，也有些狭隘，从不愿吃亏。李云龙的形象就是这样一个复杂性格的集合体。与以往革命战争小说中扁平的英雄人物不同，李云龙是血肉丰满、性格立体的“人性化的英雄”，这种人物性格更加符合当代人的审美趣味，读完全书，我们很难一句话概括出故事情节，但却对李云龙这个人物形象印象深刻。巴赫金认为，现代小说的标志是一种“成长小说”，即主人公是动态的统一体，人的“成长”将表现出历史本质的生长过程：“他与世界一同成长，他自身反映着世界本身的历史成长。他已不是在一个时代的内部，而处在两个时代的交叉处，处在一个时代向另一个时代的转折点上。这一转折寓于他身上，通过他来完成。他不得不成为前所未有的新型的人。”[①] 在《历史的天空》中，梁大牙以原生状态登场，宛若“赤子”般，保留着生命的原始野性。订了亲的小媳妇因为厌恶他而不愿意嫁给他，宁愿上吊自杀。梁大牙逃脱日军追杀后，在八路军的营地里蹭了几碗饭，吃饱后又看不起游击队的破枪，算计着要到国民党军队去“混个团长司令干干”。即便最后留在游击队里，动机既不是为了抗日，也不是为了革命，而是因为看见了年轻漂亮的女八路东方闻音，这才脑子一热，脱口而出：“也好，这个八路咱就先当着试试。”可见梁大牙身上既有着农民的狭隘和狡黠，又有出身草莽的粗鄙和匪性，由于历史的偶然性，阴差阳错地参加了革命，在爱情的引领下，完成了灵魂的洗礼和人格的升华，在漫长的战争和政治斗争中，经历了重重考验，成长为一名优秀且坚定的革命战士，最终官至军区司令员。正是通过对从“梁

---

① [俄] 巴赫金：《巴赫金全集》第三卷，李兆林、夏忠宪译，河北教育出版社，1998 年。

大牙”到“梁必达”的人物个人成长历程的书写，作家主体深入到历史的深处与细部，把“历史的天空”遮掩下的各色人等驳杂的人性欲望充分挖掘出来，并对历史本体的外在偶然性和内在合理性，进行了“自我型塑”和主观化阐释。这种历史叙事理念一方面植根于作家“当下”的生存体验，一方面来源于创作主体对历史的多元性、复杂性和虚构性的个人化“理解”。

所谓“小写”历史，意指历史的日常化和边缘性书写，它与历史的“宏大”叙事相对，是21世纪初年军旅长篇小说“历史伦理叙事”重要的书写策略。“首先，作家在取材时有意识规避了宏大性历史事件的选择，在叙事时注重凸显历史罅隙中的日常性具象，借助于历史的日常经验性表达瓦解了历史‘宏大叙事’范式。其次，在小说叙事中注重‘日常’事件和‘宏大’事件双向对接，通过凸显前者来弱化后者，从而使小说中的历史呈现为‘小写’的叙事样态。”[①]李西岳的《血地》并非传统意义上的“宏大叙事”，亦不见对大的时代风云、历史背景以及战争场面的全景式书写，李西岳将视点聚焦于战争中的个体生命存在，尤其是女性人物的命运轨迹，以富于生命痛感和情感关照的笔触构建起一个凸显作家主体性和地域风格性的独立而完整的小世界。《血地》成功地借鉴了中国古典文学传统的表现手法，运用浓墨重彩的叙事抒情方式及民间传奇的语言结构形式，在整体上反映出抗战历史背景下的冀中军民所特有的审美意识和情感结构，在作品中深刻地揭示了我们这个古老民族的思想形态及心理轨迹，对残酷的战争大历史进行了微观重述和浪漫抒写。《血地》中的女性人物形象尤为出彩，李长生、李长在和香梅，李长生、郭文广和吴桂兰，郭文秀和刘涛，铁榔头和小白鞋等几条感情线索渐次铺开，推动着故事情节的发展，回环往

① 张文红：《伦理叙事与叙事伦理——90年代小说的文本实践》，社会科学文献出版社，2006年，第179、181页。

复、不疾不徐，缠绕纠结中蕴积着感人肺腑和动人心魄的力量。在李燕子的《寂静的鸭绿江》中，灵芝与九柱一波三折、感人肺腑的爱情故事贯穿了全篇，围绕在戏剧性的情感纠葛周围的是对赵家的家庭成员们生存状态、情感世界、生活场景的日常化且琐碎的描摹，经由对极富鸭绿江畔地域特色的民风民俗的浓墨重彩的呈现，通过对一个小家庭的聚焦，展示了“闯关东”的先民们在隐忍和苦斗中求生存、求发展的心灵史；而随着故事的不断推进，这个家庭和村庄又接连遭遇了日军侵略和国共两党政治斗争的洗礼。作家没有选择波澜壮阔的历史呈现，而是通过对灵芝如何忍辱负重、与各方势力斗智斗勇，最终最大限度地挽救了家族命运的书写，在一幕幕日常生活场景和一段段人生细节的细腻描绘中映衬出“大历史”的冷漠、虚幻和无常，折射出被“大历史”所遮蔽的富于痛感的日常生活本相，在对俗世男女的质朴且悠长的情感关照中表现出顽强且坚贞的人性辉光，在消弭了历史深度模式的同时，却重建了战争历史与英雄话语得以附丽的生活场域，挖掘并塑造了灵芝这样一个感人至深却极易被大历史所遮蔽的另类的“生命英雄”的形象，生发出独具个性的艺术魅力。

战争历史从来都被作家视为可供挖掘与探索的题材富矿。然而，随着时代的久远，战争历史对于当下的作家而言渐趋模糊与混沌，能否以“小叙事”有效介入战争“大历史”，对处于想象彼岸的“历史存在”进行富于主体性、时代性和真实感的新鲜叙述，着实考验着当下作家的文学智慧与写作伦理。所谓“小叙事”，就是关乎人物个体命运变幻的述说以及历史大背景中的小细节的特写。透过对个体的情感纠葛和命运轨迹的细腻展示进而折射出大的历史和时代的面影，甚至看到人类共同的精神和情感体验，小说并不因聚焦个体而渺小，却因为写出了人性的深邃和独特而丰富，反而在更深层次上抵达一个开阔且完整的世界。

2 虚构叙事与历史真实的诗学探求

1990年代以来，随着“新历史主义”理论的引入和批评方法的兴起，“新历史小说”作为一股文学创作潮流渐趋成熟，反思并重建历史观念，将“‘个人记忆’以碎片形式穿插进抽象历史时空，拆解‘宏大历史’的‘确定性’叙事，进而建立起‘日常经验’和个人化的历史叙事样态”[①]成为众多作家写作的普遍诉求。作家们之所以选择个人视角与民间立场，正是为了表现与探寻被宏大叙事所遮蔽了的历史缝隙与存在境遇，发掘个体生命在历史中面临的考验与存在的意义，并经由此凸显历史本身的复杂性以及人性的丰富性。

总体考察，21世纪初年军旅长篇小说的历史伦理叙事在由“宏大史诗”向“小写历史”的转化过程中，体现出以下几个方面的诗学特质：即“记忆”的诗学、戏仿与反讽、互涉文本和话语狂欢诗学。记忆，是人类自我对于外在世界和自我精神经验的具有潜意识性的心理行为，它在心理认知学层面被划分成“有意识记忆”和“无意识记忆”两大范畴。就文学创作过程而言，从理论上说，任何一部作品的完成过程几乎都是奠基在“记忆”基础上的“想象”流程，任何一个文本都是作家自我“记忆”经验以各种文体形式逐步文字化的结果。就“历史”而言，它在历史学领域可以理解为是人类群体和其生存过的世界环境被保留下来的“记忆”符号和轨迹。在《我在天堂等你》《楚河汉界》《音乐会》《记忆洪荒》等作品的历史叙事中，作家强化了第一人称叙事的“记忆”诗学。较之第三人称“全知全能”叙事视角，第一人称叙事本来在叙事的主观性和个人性方面已经有明显加强，而创作主体又进一步采用了更深一层的“第一人称记忆”叙事。无论是白雪梅、周汉，还是金英子的讲述，都是作为小说主体叙事结构中的

① 张文红：《伦理叙事与叙事伦理——90年代小说的文本实践》，社会科学文献出版社，2006年，第148页。

一个层级而存在的，他们的个人记忆游离于纯粹意义上的“历史”，成为一种个人性的、主观化的、感性的“历史”心灵体验，作为一种中介存在，从而将历史与现实勾连起来。在《楚河汉界》中，周汉昏迷之后，进入了纯意识的回忆和想象。这样，一方面可以回溯历史，超越现实语境的价值判断，以历史老人审视的目光对现实进行关照；另一方面，前史的叙事线索的展开，历史空间的架构也与现实世界形成了对立。浅层意义下，周汉对枪酷爱成癖，枪从某种意义上成了他生命中最重要的东西。这是基于对现实生活的无所适从和对战争年代生活方式的留恋而产生的内心矛盾的外化表现。这是他逃避“现实生活的无意义”而渴求与历史对接，寻求心理安慰与满足的一种极端方式。周汉这一代人跨越了时间的长河，经历了社会的沧桑巨变，个人的成长经历和知识体系决定了其不可能适应多元化的价值标准和生活方式。这是历史和现实的巨大差异造成的对立。深层意义下，在历史语境里，周汉曾经面临的困境在现实世界中，在自己儿子的身上又一次发生了。这种历史与现实的暗合实际上生发出了新的矛盾。油娃子的死，令周汉陷入巨大的困惑和内心矛盾之中。这一突发性的转折使周汉完成了一次艰难的心灵蜕变。对真假的判断实际上是二元对立的，现实境况迫使你必居其一，尽管你并不想涉足其中。历史境遇下的真假判断令周汉失去了油娃子这个唯一最亲密的战友。而面对现实世界中周东进所遭遇的困境，周汉竟无能为力，历史境遇下的真假选择已无法指导儿子作出价值判断，其内心又经历了一次艰难选择的痛苦煎熬。当初他的被动选择如今印证到儿子身上，需要他凭个性，凭直觉作出回应，这不能不说是历史的悖论。双重语境下的两难困境勾连了历史和现实，在亲历者的精神世界构成了尖锐的对立，这种对立即便跨越了历史的时空，在不同时代人的心灵世界依然无法消除。《记忆洪荒》以女主人公许北北的生命轨迹为主线，穿插有日记、梦境、与心理医生的对话及其手记、朋友的信件、父辈的传奇遭遇等内容。深刻的自我分析、怀疑以及对人性的叩问使得作品更贴近日常生活的本相，作品内部不同的文本之间相互印证和补充，提供了不同的观点和视角，既有对艰苦从军岁月和那场惊天洪水的追忆，也有对那个疯狂而荒谬年代的反思。裴指海的《往生》并非是以常规的结构和手法来描写抗战历史，作者以一名当代军人的身份，不断地进入对前国军连长李茂才的采访与追寻的过程。时空穿越般的对话与沟通，意在寻觅中国军人的精神本色和中华民族的精神本体。小说的故事情节不断穿行往返于历史与现实两端，第一人称的采访式叙事视角，既增强了小说的真实感和现场感，又人为地阻滞降低了叙事推进的速度，形成了较为强烈的个性化风格。

张者的《零炮楼》以戏仿和反讽的修辞手法介入对抗战历史的讲述，探索战争的荒诞本质和特殊生存状态下的喜剧性元素，颠覆和消解了抗战历史的传统叙写模式。作者不时地跳出故事情节以今人的视点发表议论，例如："如果有人骂咱：'我操你二大爷'。咱一般都和他急。这在小的时候咱抡起板砖就拍他，要是现在咱肯定去法院起诉他，告他侵害了咱二大爷的人身权。"再如："粮食才是立人之本。可见贾兴忠在那个时代就重视'三农'问题了，好呀，有远见。"再如："贾文清还真有点诸葛亮再生的架势。按照现在的话说，也算是两手一起抓，两手都够硬。"再如："咱大爷当年先挣钱再娶美女当老婆的方式对我们也有指导意义呀！"在全书中类似的作者议论俯拾皆是，消弭了历史与当下的时空隔膜，解构了历史宏大叙事的庄重和崇高的美学风格。《英雄无语》则采用了互涉文本的叙事策略，在追寻我"爷爷"革命秘史的同时，插入了一个并行的现在时的叙事线索，即"我"与申建合作客家文化研究的课题，形成了历史与现实，"爷爷"与申建互参关照的复调式叙事结构。申建是一个善于投机钻营的现代宠儿，刚开始交往时，"我"很欣赏他身上诸如体贴入微、善解人意、干净整洁等绅士风度，认为他是一个"完美"的男人。而在文本内部的叙事时间里，此刻的“我”刚刚了解到爷爷对奶奶的“暴行”，从心底里对爷爷非常排斥、反感。但是到了小说结尾处，情形发生了反转，原本看似完美的申建是一个十足的小人，而表面粗鲁无情的爷爷恰恰是一个真正的伟丈夫。创作主体通过复调或者说双重“故事”的形式，使小说叙事内容形成了“对话”性的存在格局，相互依存而又各自独立，将“历史”叙事和“现实”叙事对接，从而在叙事主体精神上显示出“分裂”和“错位”等诸多非统一的多元性品质。

张卫明的《城门》在叙事话语层面表现出“狂欢化”的诗学诉求，解构了传统历史叙事的“意识形态性”能指范式。“‘狂欢化’诗学是巴赫金文艺思想理论的重要构成，‘狂欢化’意味着消解一切权威、打破一切等级分野界限，在消弭所有的‘等级障碍’沟壑之后的‘集体大联欢’；‘狂欢化’叙事话语体系在诗学品质上直接对立于‘历史逻各斯’和‘文化逻各斯’等中心主义叙事话语表述体系。作家以叙事话语的‘狂欢化’颠覆着‘历史逻各斯’的传统历史诗学趋向，这就意味着叙事话语不仅不指向历史主题学，而且作家总是借助强化叙事话语的‘无指涉’和‘无意义’一面来印证历史主题叙事的虚构本质。”[①]《城门》的语言可以说是字雕句琢，大有“语不惊人死不休”的气势。下面举出的是小说叙事中相对比较清晰的段落：

> 青是在颠儿颠儿，青心里美颠儿颠儿。青美颠儿颠儿不是对军长不敬，青美颠儿颠儿是己个儿向己个儿庆贺秘密。才将意外地拿到了巴根之鞭的秘密，百年不遇，令青狂喜不已。不能吼，不能抡，美颠儿美颠儿就够委屈青的了。笨蛋瓜是耳王教的，犄角旮旯是耳王教的，耳王咬金咬得尿性呢。这些都是凌延骁预见到咬金教育，即军长说的说话和气教育，

---

① 张文红：《伦理叙事与叙事伦理——90年代小说的文本实践》，社会科学文献出版社，2006年，第160页。

凌延骁要耳王给大家提早咬了金。而至于耳王的秘密，那就不能蒲公英那样满处撒了。[1]

《城门》的叙事都是通过类似这样的“话语狂欢”完成的，除了倒叙、插叙搞乱了时空，没有生动的故事、激烈的矛盾冲突和悬念迭起的戏剧化情节，语言紧促、绵密、铺张、跳跃，加之生造了许多新词，不结合上下文语境和在正文之前作者给出的相关注释，阅读便会出现极大的障碍。在语言的狂欢中，故事、人物、事件都被语言消解，语言成为了小说叙事的本体，从而连宏阔的历史（小说故事描写的是中国最后一代弓箭骑兵在北方草原从抗日战争到解放战争再后来打入北京的历程）也被彻底文体化和语言化了，成了语言内部的自我指涉性存在。张卫明十年磨一剑，创造了一种个人独特的小说语言，体现出创作主体独异的历史诗学品格。

21世纪初年以来的军旅长篇小说表现出一种颠覆正史讲述，寻求个性化的历史叙事的整体趋向。宏大叙事也好，个性化讲述也罢，无论借助于什么样的形式和技巧，有一点是最为核心的，那就是作家们面对历史时所持的叙事态度。真实发生的历史事件一旦进入文学作品，就变成了被建构的“历史”。当然，究其实质，不仅仅是文学，即便是历史学，一旦由文字来加以表述，历史的本真状态就已经被改写了。在刘醒龙的《圣天门口》中，历史就被赋予了超越性的精神向度。梅外公、梅外婆、雪柠、柳子墨等主要人物被赋予了神性，似乎有些天赋异禀，与世俗的生活场域和价值判断格格不入。梅外婆和雪柠作为主要人物被施以浓墨重彩，二人的心灵世界和思想过程被夸张和放大，并且自成体系，构成主体故事情节之外另一重故事空间。作者将对人物的心灵世界和精神空间的探微提升至和主体故事情节同

---

① 张卫明：《城门》，上册“盘马”，解放军文艺出版社，2006年，第18页。

等重要的地位，因而大段大段的心理描写和辅助心理叙事就割裂甚至淹没了小说的主体故事情节。这种叙事结构不一定很讨巧，但却显得另类而有效，它的直接叙事效果就是将宗教神性对人性的提升和救赎这一主题，将中西方文明在中国近现代革命历史中的碰撞这一独特视角诗性而从容地展现在读者面前，作家这种自觉而深刻的历史意识、不拘泥于故事层面的超越性叙事构成了作品厚重但却不失灵动的主题表达。

“文学参与修史，它的目标是特定时空中鲜活的个体生命，文学中的历史主体永远是具体的个体而不是抽象的国家、社会、民族以及见不出个体的如集体这样的集合概念。文学中的历史叙事相应地也是个体命运的具体描绘，而不在乎什么有据可考的重大事件。至于文学中的历史追问也就自然而然地不去寻求普遍的结论与最大的公约数的判断，也不会屈从于社会政治力量的既定话语，而是一个作家从人道情怀出发所进行的独立思考。他将去发掘特定历史对个体的影响，特别是个体的应对和对自我的建构与创造，从而认定生命的历史价值，甚至去关注被历史选择所遗弃的生命的意义，他们的唯一性与不可重复性，去缅怀在历史杠杆作用下那些牺牲的力量，去反思在历史进步的旗号下，在政治力量一时功利行为中所付出的代价，从而再现与复活被重大事件所掩盖、忽视和强迫遗忘了的个体的生命体验与情感意绪。”[①] 在21世纪初年军旅长篇小说中，创作主体站在当下立场，以个人化视角重新审视现代历史，注重对零散插曲、轶闻轶事、偶然事件等非逻辑性和非宏大叙事性历史因素的挖掘，经由个性化、微观化的历史叙事建构起了一整套深刻而极具超越性的价值体系。而“个人私语”化的历史叙事对“宏大史诗”叙事范式的消解，最终改变并突破了既往“政治”历史叙事中的线性思维模式，建构起了多元化的历史阐释

① 汪政、晓华：《父与子——邓一光〈我是我的神〉断评》，《南方文坛》，2008年第5期。

体系，将创作主体的生存经验和生命感觉渗透进历史人物的内心，通过革命历史与世俗现实交融又互为隐喻的象征性结构，有效地打通了历史与现实的“意识形态”阻隔，彰显了消费时代历史审美的现代性诗学诉求。

3 正面描写与正史讲述

战争题材文学始终是军旅文学的“正宗”，是军旅文学作为一个独立的文学品类得以存在和发展的基础。建国后的“十七年”，战争题材文学空前繁荣，一大批正面描写抗日战争和解放战争的长篇小说的出现，是军旅文学光耀中国当代文坛的一次滥觞，并且几乎成为了中国当代文学的表征。这其中虽然有着巨大的政治背景和历史因素，但不可否认的是诸如《新儿女英雄传》《烈火金刚》《平原枪声》《铁道游击队》《敌后武工队》《战斗的青春》《苦菜花》《野火春风斗古城》《保卫延安》《红日》《林海雪原》等一大批战争题材长篇小说的确可以代表当时中国长篇小说的最高水平。战争题材文学不仅仅是过往的峥嵘岁月在经历过战争的人们的精神和心理上的延续与投射，也是后人了解战争历史、激发爱国情感的重要方式。然而随着战争年代的渐行渐远和社会的全面转型，在丰富多彩的现实生活和更新迅猛的文学观念的挤压与冲击下，战争题材逐渐走向了当代文学整体景观中的边缘。1980年代以来的作家们对战争历史的理解与关照也渐趋多元化，纷纷寻求突破传统的政治和历史观念的制约，从不同文化的视角切入战争，试图探寻战争历史的“真实”情境。周而复、张廷竹、周梅森、莫言、黎汝清、苗长水等一批作家以新的文学观念与方法，追求小说意蕴内涵上的多重性和多向性，为战争小说实现题材的超越，由有限的战争走向无限的文学探索了新的道路。他们在思想和艺术上的追求虽然赋予了抗战小说以更广泛也更深刻的文学内涵，但却存在一个共同的倾向：就是在追求历史“真实”和人性深度的同时，在某种程度上削弱了对战争场面的正面描写和战争历史的正史讲述。进入1990年代以后，在“新历史主义”文学观念的统摄下，一批更年轻的作家诸如刘震云、苏童、余华等人的作品中，战争小说的性质发生了根本性的变异，战争历史已经不再是一个独立的创作主题和题材，而仅仅变成一个可有可无的时间性概念和模糊的历史背景了。解构和戏仿战争常态，颠覆历史的真实境况，淡化战争场景的正面描写成了部分作家重构战争小说的叙事策略。任何一个时代对战争历史的书写不但无可厚非，而且因观念视角及创作者的不同会呈现出崭新的面貌与意义。问题在于，近年来很多战争题材小说都采取娱乐化的叙事策略，正面抗战历史退隐，民间立场与视角凸显，演义传统和传奇叙事得以张扬。诚然，“虚构”原就是文学艺术的本质，克罗齐所谓的“所有历史都是当代史”与文学艺术的“虚构”本质亦无二致；但“虚构”的前提是创作素材与创作者的经验、想象构成一种逻辑关系的真实，从伦理的角度形成叙述的可靠性。而综观近年来的战争历史小说，叙事伦理的可靠性先在地缺失，娱乐化叙事策略则进一步导致那些令人啼笑皆非的，甚至完全置战争基本法则与常识于不顾的传奇故事的泛滥，读者与观众不经意间已经在捧腹大笑中解构并消费了可歌可泣的、正义悲壮的、残酷流血的战争历史。对战争历史的正面描写和正史讲述不复存在不说，我甚至于怀疑创作主体的审美心理是否发生了畸变，进而，其叙事的合法性也颇可质疑。

以纯粹的文学标准观之，战争历史题材对于当下的作家而言，已经构成了某种难以言说的焦虑甚或是一道不易穿透的“隔膜”之墙。没有强大的思想能力、没有痛切的生命经验、没有真挚的情感融入、没有扎实的生活积累、没有充分的知识储备，便很难走进历史的深处和细部，更难呈现历史的繁复与厚重。战争生命体验的缺失以及对于战争历史的时代距离都使得作家们难以客观、准确地把握战争的真实图景。仅凭查阅史料和主观想象使得这些作家们只能绕到战争和历史的背后去寻觅一条鲜为人知的小径，当无法全面、准确地把握战争历史时，颠覆和戏仿便由不得已而成为必须。然而，徐贵祥的创作却偏偏反其道而行之，不同之处正在于，他笔下的战争历史显得很“专业”、很有“生活”、看起来很“像”。这个“像”字虽然不是评判文学作品的最高标准，但对于战争文学，尤其是抗战题材长篇小说而言，这个“像”字又恰恰是最为稀缺的。在《八月桂花遍地开》中，既有对整个战役的宏观展示——共产党的天茱山游击队、国民党的一二五团、日军松冈联队、“皇协军”等多股政治和军事力量围绕着陆安州进行绞杀。从政治博弈、军事对峙、战争准备、文艺宣传到战斗中的军事指挥、战略战术、敌后情报、离间策反，徐贵祥全景式地描绘了整个抗日战争背景下的一场局部战争的方方面面；又有对这场局部战争中的具体战斗场面的微观描写——“攥拳行动”的最后决战中敌我力量犬牙交错，包围与反包围，具体到士兵个体冲锋肉搏、挣扎、死亡，徐贵祥细腻地刻画了战场形势的瞬息万变与战斗场面的悲壮惨烈。徐贵祥笔下的战争场面包含着非常巨大的信息量和细节量，其中涉及到战略战术、军事指挥、通信情报等等一系列军事专业的知识，远远超出了一般作家靠查阅史料和主观想象所能达到的程度。长期的部队基层生活和“南线战争”的经历，使徐贵祥在面对战争场面描写时具备了其他作家无可比拟的优势，由此徐贵祥才能够穿越时空的阻隔，逼真地再现抗日战争的战场环境和战斗进程。

对于1939年国民党长沙会战那段悲壮历史的回望，徐晨达《滴血的刺刀》选择了直面战争的残酷、集中用力于对战争细节纤毫毕现的展现。他善于描写战争的胶着状态，且沉湎于对每一辆坦克、每一发炮弹、每一架机枪、每一发子弹的性能、过程和效果的描写之中，尽力触摸战争中最微小的瞬间和剧烈的伤痛，以求还原战斗中的因果动力，抵达战场的酷烈真实。他会写到子弹爆头后“一股血雾从他后脑勺上喷溅开来”，以及“脑袋上的军帽由于子弹的惯性而被击飞，整个脑袋好像熟透的西瓜一般炸裂开来，两股鲜血从额头和后脑勺几乎同时喷溅而出”；当日军坦克碾压过来时“吱呀作响的履带上犹自还印着中国士兵的血渍，碎肉伴随着鲜血滴滴答答地顺着履带的缝隙滴落”；在阻击战中“一个浑身着火的人，挣扎着，从火焰包裹之中的草丛之中窜了出来，在地上痛苦地翻滚着，好似受伤的野兽一般嘶吼着”，却绝不让出阵地，把人在战场中的具体情境、战争损伤和心理意志，非常清晰、细微地描画了出来。这种大量用力于细节的历史书写并不多见，它显然得力于作者对于各种型号武器性能、单兵作战能力、作战组织形式的谙熟，否则很容易把战争场面写成概括、轻飘与虚弱。之所以敢说是“最血性的战斗”，是“铁血之作”，就在于写出了每一滴血怎么流，每一个伤口怎么破碎，每一名战士怎样倒下。如写到与鬼子杀红眼的战士被三八大盖、92式重机枪打成了血葫芦后，“高大的身躯在弹雨之中剧烈地抽搐着，终于双脚一软，身子直挺挺地向前扑倒下去，重重地砸在满是杂草的泥地上，愤怒的双瞳却依旧好似要喷出火来怒瞪着。”这一情景就好似置于眉睫之前，逼真而切近，形象感、动态感和画面感都很好。就像胶片一帧一帧流过一样，落幅和定格很清晰，读着读着，就好像在眼前拍摄和放映了出来。这样把战争微观场景的充分展现，使每一段文字都好像具备了血与力的张力，写出了战争的节奏、残酷、紧张，甚至气味和色彩来，在当下战争题材文学中并不多见。

构成王筠创作《长津湖》的本源或原动力便是历史的真实，或本相。王筠在钩沉打捞尘封了半个多世纪的历史遗迹的时候，一定是被真实的历史本身所震撼了。对抗美援朝或曰朝鲜战争，除了亲历者，人们更多的是通过文学或艺术作品获得了一些感性的认识；当然也会知道一些数字，但那些数字过于抽象，它不能将历史真实呈现在人们面前。震撼之后，王筠想到了还原长津湖之战的历史真实，他似乎相信，真实的长津湖之战本身的力量足以感染思想与精神虚弱得无法从现实泥沼中自拔的人们。我这样的判断依据是，王筠没有采取此类题材通常使用的宏大叙事的策略，也没有史诗的艺术架构，而是将笔墨集中在一个前卫营，浓墨重彩地描写了几个低级军官和普通士兵的战斗与死亡。王筠甚至也没有采取抒情的方法，去渲染那些低级军官和普通士兵的战斗与死亡，也就是说，没有如影视剧中的音乐和歌声伴随着那些低级军官和普通士兵的战斗与死亡，他们最后听到的只能是枪炮轰鸣的余韵与绝响。王筠在《长津湖》里尽可能地祛意识形态与宏大叙事之魅，《长津湖》让我看到了王筠在向着历史的本相与真实的方向所作出的努力。

都梁的《大崩溃》是21世纪初年以来为数不多正面描写战争历史的长篇佳作，被冠以“全景式大战略军事小说”的名头，在我看来并非仅仅是书商的噱头。都梁以宏阔的整体视野、强悍的思想能力和充分的知识准备，大规模重返历史现场，多角度介入战场时空，全方位审视国内政治、国际舞台的风云变幻。围绕着1944年日军发动的“一号作战计划”展开叙事，层层推进，抽丝剥茧般细腻而生动地呈现出前线、后方、高层、民众的战时状态。都梁一改《亮剑》中“性格英雄 + 传奇故事”的叙事模式，将笔触聚焦于历史本体，人物命运则要服从于历史的进程和事件的逻辑。《大崩溃》第一部的主要人物是国军督战官蔡继刚，飞行员蔡继恒和普通士兵满堂、铁柱兄弟，三条情节线分头并进，从不同侧面展现大的战略态势，最终汇聚在抗日战争中最为惨烈的衡阳之战中。蔡继刚对国军数次战役的冷静观察和充满智慧的战场突围，蔡继恒桀骜不驯的性格及在空战中的彪悍表现，满堂兄弟由对战争的迷茫、绝望到成为坚定的铁血战士，都梁都分别用浓墨重彩的笔法耐心细腻地给予呈现，既遵循了历史的真实发展轨迹，又借助不同人物的所见、所闻、所思，串联起作家对整个大战场不同角落、不同层面、不同领域的深度思考。如果仅仅将历史视作背景或者容器，随意布置或装填那些无需证明亦无从证伪的故事，就很容易把战争历史写成虚无；而如果把历史理解成一种精神、一种情绪，甚至一种生活的话，就会将小说视作“活着”的历史，因为小说所保存的是日常生活中枝枝蔓蔓的部分，是有生命力的。如果没有这些枝枝蔓蔓，所谓的历史，可能就只剩下干巴巴的骨架，小说家看似虚构的笔触，可以为历史补充许多真切实在的细节和肌理。在战争背景下，传奇人物是存在的，也更能吸引读者；但是对于真正的历史而言，传奇是变量，普通和平凡才是常态，战争进程中的日常生活经验和普通生命情态是更为复杂也更为幽微的“存在”。在《大崩溃》中，没有一个人、一件事是孤立的，上到最高统帅，下到底层士兵、一般民众，他们经历的并非单纯的传奇，而是在长久持续、反复纠缠的战争中的无奈、痛苦、隐忍和决绝。历史的构成，离不开这些肉感、琐细、坚韧的细节，而对战争历史的接续和塑形正是在这些鲜活的生命细节中达成的。

中国作家在骨子里的确普遍怀有一种浓烈的“史诗情结”，而长篇小说基于自身庞大的体量和特定的文体特点，又最适宜于进行宏大叙事，当史诗情结和宏大叙事的激情被特定的“文学场机制”所唤醒，并被激发为一种叙事欲望时，21 世纪初年军旅长篇小说的历史伦理叙事的繁盛就变得不难理解了。然而，21 世纪初年军旅长篇小说的历史伦理叙事整体上并未达到令人满意的水准，根本原因就在于当下的部分作家丧失了对历史真实的把握能力，丧失了对战争历史这一神秘而厚重的题材资源进行正面强攻的能力。务虚的前提是务实，没有历史真实作为支撑，务虚就有如“皮之不存，毛将焉附”。当下的部分军旅长篇小说作家既不具备陈忠实十年磨一剑写作《白鹿原》时对待大跨度历史的严谨而虔诚的态度，也不具备姚雪垠写作《李自成》时进行实地勘查的勇气和对历史资料反复论证的学术精神，就连最基本的写实能力似乎都在退化。于是乎，21 世纪初年军旅长篇小说中的部分历史伦理叙事文本，要么仅仅把历史虚化为道具布景，放置在括号内；要么用滑稽模仿的方式颠覆和重新改写历史；要么将历史真实仅仅理解为细节真实，躲躲闪闪，采用各种现代的甚或后现代主义的文学技巧疏离或拒斥对历史的本原性叙述，从而打造出一部部情节上充满硬伤，价值判断甚至道德立场上都惹人质疑的作品。波诡云谲的战争历史与当下和平生活之间宛若此岸与彼岸的关系，相互映照。对当下军旅长篇小说作家而言，个人经验是有限的、外在的，更是碎片化的，以当下的眼光穿越时代的迷雾，重新理解并建构战争历史并非易事。因而，重建虚构叙事与战争历史的关系既是重要的，也是艰难的。

三　军人伦理

军人，历来是人们敬仰甚或膜拜的对象，骁勇善战和飒爽英姿是他们留在历史和人们记忆中的形象。军人一般被认为是为战争而生的，因其身份和职业的特殊性，常常被作为一个特殊的群体加以关照。虽然军人有比较特殊的职能，承担着保家卫国的重任；但军人也是人，也食人间烟火，也处在人际交往的圈子里，也渴望寻常的幸福，也希望实现个人价值和职业理想。和平年代里，日常生活、尤其是伦常生活中的军人，其感情和担当相对复杂，绝非单纯的“英雄”甚至“战神”式的传奇人物。进入21世纪初年，社会环境的转型变化，对军队也产生了多方面的深刻影响。军人作为一种职业，获得了社会层面更为广泛的理解。职业意识的增强反映着人们对一定职业的职能地位和权责义务等方面的认知和行为态度。正常的职业意识影响人们的择业动机和敬业精神，对维系职业的内聚力、稳定性、履行职业义务至关重要。在这样的背景下，21世纪初年军旅长篇小说的军人伦理叙事，由涵盖浓厚意识形态的家国形象的塑造，转而寻求立体化、个体化的军人本体呈现，军人形象的多样化姿态也由此铺展开来。

1　“价值解圣”与“职场军人”

1990年代之初，“农家军歌”的唱响和以朱苏进等人为代表的“大院小说”作为当代军旅文学“英雄主义写作”主潮之外的一种变调，较为敏锐且及时地触及了军人伦理的职业属性；但是“农家军歌”写作因为对农民军人狭隘性和功利性的过度戏剧化表现和片面性的价值评判，丧失了对军人职业一般属性和生活基本面的把握。“农家军歌”与“大院小说”正是在这样一种扭曲的职业意识导引下，描绘出军人身份转换后的庸碌人生。审视“农家军歌”与“大院小说”中的农民军人与大院军人，他们身上所剩的军味已经可以忽略不计了，而充斥小说当中的阴谋诡计、鸡毛蒜皮、三角关系等情节，也早已超出军旅文化的主流范畴。且不说这些作品是否对当代军人和当今军营的真实写照，仅是其中表现出的对理想信念的放逐、对凡俗人欲的迷狂、对军旅人生的误读，就使之缺失了关乎时代、关乎军队的应有的精神气度，缺失了军旅文学应有的个性与风骨。诚然，在安逸而又沸腾的市场经济年代，军人的许多优秀品质淹没在世俗平凡之中，但这是否就一定意味着精神的蜕化、道德的崩塌、价值的失落？这一判断在一开始可以说是对市场经济中贪婪人性的深刻剖析，是对农民军人与大院军人发生改变的真实人性的写照，的确不乏真实性存在；然而，将这种局部真实一味地推衍和扩大，并且不加节制地夸张和渲染，就在偏颇和狭隘中走向了真实的反面，甚至表现出道德失位和美丑不分。不可否认，“农民性”是农民军人与生俱来的，官僚气也是大院军人无法回避的；但更为重要的是，农民军人和大院军人始终都是军人。“农家军歌”也好，“大院小说”也罢，他们的叙事伦理和写作立场是建立在对军人职业特性的扭曲把握的前提之上，其所描绘出的所谓人性原生态，只能让读者在小说主人公平庸的人生境界中看到人性的贪婪和欲望，以及碎片化的灰暗偏激的人性图景。

1980 年代以来，军队建设由战争时期转入和平时期，面临着我国从计划经济向市场经济、从封闭状态向全方位开放状态转变的巨大变革。社会环境的变化对军队产生了多方面的影响，对军人职业意识的影响则更加突出。职业是随着社会分工而产生的，每一种职业都满足社会的某种特定的需要。按照社会分工，军事活动能够满足社会的特定需要，应该有一些人从事这项工作，从这个意义上讲，军事活动无疑是一种职业。但是军事活动又是一种特殊的职业，在战争环境下，因军事活动的危险性较大，军人生活不稳定，多数人没有把从事军事活动作为一种职业选择。也就是说，人们从军的动机，并不是以谋生为目的，而是一种义务性行为。“当前，我军官兵职业意识增强，首先是由于新的历史条件下，和平持续的时间比较长，军人履行职责的危险性降低，军队的流动性减少，军人生活相对处于稳定状态。在长期和平环境下，人们从军不可能有战争状态下的那种投笔从戎、保家卫国的崇高感情和政治热情，把当兵作为一种职业选择，或作为职业选择的过渡，越来越成为许多人从军的主要动机。穿上军装被看作是一种荣誉，当过兵被公认为有贡献，这是对军人价值的直接肯定。在战争环境下，社会对军人价值的充分肯定，军人对自身价值的正确认知，使我军官兵普遍有一种职业自豪感，成为凝聚军心的重要精神力量。在新的历史时期，由于市场经济客观规律的作用，人们的自主意识、竞争意识普遍增强，军人对自身价值的直接表现更加重视，对军人价值的社会承认更加关注。但是，另一方面，军人的成就感、荣誉感也极易受挫。首先，在和平环境下，军队履行自己的职能是立足长期准备，推迟战争，延缓战争，争取避免战争。在短期内，军队的价值很难有具体的现实表现，军人的个体价值也很难有独立的辉煌的表现，军人很少有叱咤风云、横刀立马的机会，当几十年兵没有打过仗成为普遍现象。军人职业的特点不如战争年代突出了，造成了军人的职业荣誉感受挫。其次，军队这个职业群体，担负的是保卫国家安全的任务。在和平环境下，人们对军队的需求是间接的。它不同于其他职业群体，如有的职业，一旦停止工作，人们立即就会感到不方便；而军队只是当国家安全面临现实威胁时，或者人们的生命财产直接受到它的保护时，才感到对它的需要。和平环境下，人们对军队的作用容易产生模糊认识，这样，军人职业价值的社会承认发生困难，表现在军人实际社会地位的下降，军人职业得不到应有的尊重。第三，目前，国家以经济建设为中心，活跃在历史舞台上的多数必然是科技、经济方面的人物。在我国社会主义初级阶段，多种经济成分并存，允许一部分人先富起来，少数先富起来的人领导社会消费大潮，与军人的消费差距拉大，这又会导致军人对自身价值认知的危机。军人职业价值的社会承认产生的偏差，军人对自身价值的认知危机，导致军人职业自尊心和荣誉感的降低。”[①] 应当说，伴随着和平状态的不断持续和市场经济体制的不断深化，军队也实实在在地发生着巨大变化：精简整编的推进、形势任务的变化、社会地位的降低、经济收入的减少、军地差距的加大，使得军人对于物质有了更多的关注与更高的要求。尤其是在无仗可打、无兵可用的和平安逸的时代环境里，军人职业所具有的高尚的精神气质与道德人格难以显现，反而是与日常生息相关的经济收入与政治地位，成为推动军人履行职责与使命的重要力量。曾经笼罩在军人头上的崇高光环渐渐褪去，“价值解圣”之后的军人职业日益退至社会的边缘。

在现代社会，似乎不再有建立在某种立场上的因为战胜对手而可以引领道德与人格追求的那一类人，只有因为社会分工而在某一领域敬业并且技术熟练因而相对出色地完成工作的人，这样的“职场英雄观”尽管有悖传统，却已经成为全球化语境下全社会普遍认同的职业伦理。以“职场”为表征，军人伦理的丰富内涵反倒得以在较为广阔的生活空间中展现。我认为，当下军人伦理的内涵，简言之，主要包含三个方面：一是使命任务的特殊要求，决定了军人的生活方式、生活环境、生活内容都有着独立于社会，即地方的特殊性，军人生而为战争，要在战争和战争准备中追求其终极理想和价值；二是军人职业的一般属性，决定了军人生活与社会生活之间的通约性，在特定的体制之内成长，军人也要面临“职场”的竞争，职业命运的选择，职务的晋

① 王光保、晨光：《军人职业意识初探》，《空军政治学院学报》，1999年第2期。

升、婚恋问题、琐碎的日常事务和家庭生活；三是英雄的军史和优良的传统对军人的理想信念、精神追求、立场原则、价值判断、道德规范等等方面的传承性影响。这三个方面在现实生活中的缠绕、渗透和交融，构成了现代军人伦理体系，也成为21世纪初年军旅长篇小说“军人伦理叙事”的内在要求。

作为“军人伦理叙事”的重要向度，21世纪初年军旅长篇小说对“职场”的守望，主要是在军队特定体制所形成的“职场”氛围中，观照军人的个人前途和职业命运，如马晓丽的《楚河汉界》、黄献国的《炮兵家园》、方南江的《中国近卫军》、刘静的《戎装女人》等作品。《中国近卫军》中最重要的情节线索是武警K省总队参谋长贺东航（军门子弟）和副参谋长甘冲英（普通农民）之间长达几十年的围绕着个人进步和职务提升而展开的竞争。总队长、政委、后勤部长、司办主任等机关中的中高级干部之间的微妙而复杂的人际关系和官场百态占据了小说大部分情节内容。刘静的《戎装女人》以女性视角写军队机关生活，作者在主人公吕师追求“将军梦”的职务晋升之路上，设置了重重陷阱与玄机，在看似平静实则暗流涌动的“职场”打拼中，吕师始终保持着女性细腻温婉、优雅平和的气质，虽然结局有些无奈与伤感，但是这部涉及军人亲情、爱情、友情、婚姻、家庭伦理和职业操守的长篇小说通过对平凡生活状态下女性军人温暖而率真的内心世界的细腻描摹，为当下军营生活抹上了清新、活泼的亮色。《楚河汉界》中的周东进和魏明坤围绕着“职场升迁”和个人进步的明争暗斗也贯穿了小说情节的始终。周东进作为周汉的儿子，其骨子里继承了父亲正直顽强的个性，他作为部队高干子弟的特殊家庭背景和与生俱来的浪漫特质使其具有了一种绝对的纯粹化的理想主义的职业军人情结，他对“军人”的理解是纯粹的、崇高的，无法容忍它受到污染；而在现实生活中，他的这种纯粹的个人化的理想则处处碰壁，时常使其陷入现实与内心的两难境地。归根结底，他的这种刚烈耿直的个性和他的价值观念中对“军人”这一职业的纯粹化、理想化的理解是与现实语境下世俗观念的强力相排斥的，是与这种世俗的话语言说方式、思维方式和行为准则相矛盾的。在现实生活这个五颜六色的大染缸里，“一尘不染”的他是那么格格不入，“明知不可为而为之”，周东进这一人物被赋予了一种浪漫主义悲剧色彩，而其理想更是无从实现。魏明坤这一人物的设置明显带有作者的主观意图，他出身于平民阶层，和军队大院一墙之隔，从小和周东进等部队高干子弟一起长大。他始终把周东进作为自己的对手与假想敌，试图超越他；然而，在他与周东进贯穿了全篇的对抗竞争中，丝毫看不出他人性中闪耀的光辉与人格魅力。在小说中他似乎是作为周东进的影子而存在，其人生目的也可以简单地概括为一要超过周东进，二要改变个人卑微的社会地位。军人家庭生活条件的优越，高干子弟的凌驾于平民子弟之上的傲慢与轻狂对于魏明坤幼小的心灵来说，是一种沉重的压力与巨大的刺激。对军人子弟的态度也由羡慕转为嫉妒，进而深化为一种改变个人命运，超越以周东进为首的军人子弟的强烈愿望和迫切要求。通过努力，他最终实现了自己的理想，最终在官职上超越了周东进；而在精神世界里，从周汉到周东进，他们的崇高人格和精神境界始终是魏明坤视野内的一座高山，必须仰望而无法超越。周东进作为高干子弟，其性格上、心理上的缺陷也是显而易见的，这导致他在与魏明坤的对抗中屡屡受挫。可以说在这场二元维度下的对抗中，周东进与魏明坤都显示了其个性与人格的复杂性，由于其隐含了不同社会阶层的对立，判断谁胜谁负是很困难的。可以肯定的是，在社会转型与社会结构发生翻转的大背景下，精神旗帜的高扬和人格丰碑的屹立更显得弥足珍贵。

军人职业道德人格的阶段性和连续性的统一，是由军人的人生轨迹决定的。军事职业的特点决定了军人不是天生为军人，也不是永远为军人，对绝大多数的军人来说，军事职业生涯、“当兵的历史”虽然是其人生的闪光亮点，但也只是生命历程的一个阶段。军人职业道德人格正是这个阶段中的军人的道德人格的相对稳定的表现形态，与人生其他阶段的道德人格相比，不论是从内在特质还是外在表现上都具有自己的特点，正是这些特点使军人职业道德人格在军人人生的道德追求中表现出自己独有的阶段性。但同时也要明确，军人的职业生涯是军人整个人生连续过程中的一个阶段，入伍是以前生活的延续，退伍又是新生活的开始。

“退伍”或者“转业”这都是职业军人无法回避的一个复杂且有些沉重的话题，也是职场军人“职业生命”的延续和另外一重存在空间。

梅国云就将叙事的视角瞄准了军人“转业”之后的人生。《第39天》展示了转业军人牛大志的个体孤寂、艰难的身份转换和历史困惑，这是军人个体的难题，也是时代面临的难题。这无疑是一部带有自传色彩的长篇小说，梅国云调动自己在部队生活多年的个体生命经验，着重塑造了牛大志这一核心形象，经由对其生命历程的呈现凸显了“转业”这一职业军人无法回避的人生课题，进而展示了鲜活的军队与社会生活场景。这无疑是一部反思的小说，也是一部触碰到人物内心痛感的小说，其深刻之处在于其文学关怀层次的提升：从社会批判到个体探究，再到存在反思。作品的聚焦点不再是利用人物角色的设置来展示军队内部的某些阴暗面，描摹一种亚社会景观；而是着重于探索牛大志这个特殊个体在面对“转业”这一人生转折点时的内在的生命体验，发掘牛大志个体生命经验的幽微角落，并将其推进到精神分析的深度——“转业症候群”的叙事表征是大段的心理独白与意识流。小说家不仅解剖出复杂缠绕的情感枝蔓，还在独白中迂回地揭露了部队建设中存在的问题。小说的结尾则以情节的突转和牛大志的牺牲来呼唤一种英雄主义精神的复归。

同样是关注转业之后的人生状态，刘春光的《成都老鬼》书写出了一曲别样的“农家军歌”。主人公许猛子尽管军事素质突出，由班长而代理排长，八年中荣立了两个三等功，最终还是无“功”而返，回到了大山里。经过 8 年部队大熔炉的淬炼，他的秉性一如既往，又加上了军人的勇敢顽强、不屈不挠和正义感、荣誉感，其实已经由一个农民式的军人变成了一个军人式的农民。农民的血液遗传加军人的骨气熏陶，使许猛子在一贫如洗的山村艰辛创业和随着中国城镇化大潮挺进成都的过程中，“正唱”了一曲千回百折、命运多舛、愈挫愈勇的“农家军歌”。他在一个乡下人向城里人转变或“进化”的过程中，没有丢掉一个农民的本色，坚决捍卫了一个退伍军人的荣誉和尊严。比如他可以不计报酬、不计后果挺身而出，在大街上抢救牟氏母子，或在护城河里抢救朱秀英；但也可以为了 20 块钱勇斗歹徒，以致身负重伤而不言悔。前者是他善良的农民的天性使然，后者则是他勇敢的军人的血性使然。“我们的战友许猛子，是我们这一代人的典型代表。他当了八年兵，复员回农村苦干十多年，又进城拉了二十年的三轮车。有人说，他是新时代的骆驼祥子，我说他是一个兵，一个真正的战士。他靠诚实劳动，用自己的血汗，赡养父母并为老人送了终，拉扯大几个儿女，现在他们个个成才。他在省城拉出一套三室两厅的住房……他活得认真，活得踏实，活得硬气，活得干净清白，他对得起我们这个国家，对得起亲人战友，对得起天地良心！”这与其说是柳东升代表首长、战友、亲朋对许猛子的衷心赞扬与总结，还莫如说是作家借将军之口表达了他自己的人生观、价值观、职业观——“军人农民”观。

小说中的人物，并不是生活在真空和理想中，他们的思想、气质、性格、心理，乃至生活中的一点一滴、行为上的一举一动，都是在无意识中依傍着特定的文化而发生；因此，作家必须在相应的物质性文化与精神性文化场域中塑造人物。军旅文化对军人和军队的影响是最为深广的。“军旅文化是一种亚文化，是在相对独立、封闭的军队内部形成的一种相似的基于价值规范、道德准则和生活风尚的意义系统。这种亚文化是军人作为群体本身存在的基础内容，并在无形中规范着军人的行为、活动和价值观。有学者早就发现，新兵进入军营之后会出现一种‘文化休克’(cultural shock)现象。文化休克的概念是美国人类学家奥博格首先提出的，它是指当人进入一个不熟悉的文化环境时，因失去自己熟悉的社会交流的符号与手段而产生的一种迷失、疑惑、排斥的感觉。这种文化休克，在使新兵产生手足无措的困惑的同时，也将军旅亚文化灌输到新兵的意识之中。可以说，这是由老百姓转变为军人的重要环节和必经阶段。正是在军旅文化的熏陶之下，拒绝诱惑、抵御平庸、向往崇高、成为英雄，才化为每一个军人雕心镂骨荡气回肠的庄重誓言。”[①] 可以说，正是军旅文化和职业意识的缠绕纠结和共同形塑，构成了21世纪初年军旅长篇小说中的“职场军人”丰富且立体的形象。

2 “新军事变革”与战争焦虑

1990年代初期盛极一时的“农家军歌”与“大院小说”尽管偏离了军旅文学一贯张扬的理想主义英雄美学追求，象征着创作主体“英雄梦”的破灭，但却历史性地开启了当代军旅文学对军人职业伦理的正面书写。进入1990年代中期，随着“农家军歌”的式微和朱苏进从军旅文坛淡出，军人职业伦理叙事刚刚启动便戛然中止。进入21世纪初年，社会生活飞速向前发展，在“新军事变革”大潮中，军队、军营和军人也在发生深刻变化，如何紧跟新军事变革的步伐，以文学的方式及时而深刻地反映军旅生活的新变和新型军人的生存状态，已经成为军旅作家责无旁贷的历史使命，以文学的方式构建军人伦理的时代意义正日益凸显。和平年代里，由于国家、民族、社会对战争的疏离和拒斥，军队、军人和军旅文学都不可避免地面临着边缘化的窘境。长久以来，军旅长篇小说的主题基本上都是军人对和平的向往和对和平生活的适应。军人的理想主义和英雄主义情怀在战争缺席的背景下自

---

① 周徐：《英雄在途：祛魅·消解·重构》，解放军文艺出版社，2011年，第179页。

然会处于压抑和失语状态。这种压抑和苦闷的情绪在1990年代初期朱苏进的长篇小说《炮群》和《醉太平》中曾得到过较为充分的表达。朱苏进更多地关注理想主义的军人个体（如苏子昂和季墨阳）在“马放南山、刀枪入库”的和平环境中对战争失落状态的焦虑。理想化的军人对个人英雄主义和将军情结的迷恋，使得他们无法平静面对英雄无用武之地的“平庸”生活而心生对战争的焦虑和渴望。朱苏进在军人理想情绪和现实境遇之间构建起一种二元对立的紧张关系，这种个体化的出于近乎偏执的理想而产生的战争焦虑和战争渴望，在作品的情绪基调和思想意义的表达过程中都显得过于低沉，且缺乏对现实生活的涵盖性和概括力。

进入21世纪初年，随着高新技术在军事上的大量应用，战争形态发生了根本的转变，引发了军事思想、组织结构、军队编制、训练方式等的重大变革。“‘新军事变革’出现了。最开始，人们曾认为这是一次技术革命，常见的理论是将信息技术与历史上枪炮、飞机、导弹等的出现分别归类为第X轮军事变革。后来，认识进一步深化，将其定义为技术突破、体制调整和作战理论革新的综合结果。时至今日，如果我们避开那些生涩的军事术语，而用人文的视角来解读这场变革，就会得出一些新鲜的论断。首先，这场变革不是‘一轮’，而是一场持续性的变化。自从这个幽灵从海湾战争的魔盒中被释放出来，就在出其不意地更改既往的一切。就美军的实践而言，在变革进程中至少已经抛弃了鲍威尔和拉姆斯菲尔德两代新军事变革先驱。那么，以人类演进的名义来疑虑，我们不禁要问，未来战争究竟要把古老的军事神殿翻修成什么样子？其次，这场变革不是‘技术’的盛宴，而是文明进步与创造力的解放。变革正在挑战传统战争大肆消灭有生力量和攻城略地的基本样式，而胜出的标志是某支军队能够接受新的文化重塑的尺度。新概念武器、无人作战平台、全空间即时打击、网络作战、隐蔽暴力系统……这些概念挑战的不是敌人而是人类的想象力。过去是有什么‘家伙什儿’才打什么仗，现在，可以用一个叫‘概念’的小推车去军事超市中选购搭配某场‘战争 Party’所需的装备。因而，战略设计若是走错或走慢一步，便有可能产生惊天逆转。这样的话，我们习惯上依赖并重金投入的军事安全，还能继续提供温馨发展的福利吗？第三，这场变革正在改变战争与人的关系。战争中人与人有组织的杀戮被转化成这样一个过程：在人工智能、机器学习和数据处理等技术的驱动下，将信号转化为数据、数据组合为信息、信息提炼为洞察力，最终以洞察力促成军事行为和效果。当士兵在电脑前操作‘食肉动物’——无人机向地球另一面行驶的汽车发射精确制导炸弹时，那种感觉和狙击步枪对一个生命的直瞄绝对是不一样的。通过网络瘫痪一个国防部，比用‘战斧’式导弹打进参谋总长的办公室更有成就感。能杀敌建功，那叫本能；能少杀而毕其功，才是本事，否则就可能‘在赢得每次战斗之后输掉这一场战争’。指向人的生命的战争破坏力正在逐渐演变为对装备与系统的破坏力，作战要对付的首要敌人是一堆科技群组（而不是多少军队或武器），否则就进不到这个游戏界面当中去。军事文学，这个借助战争音符放歌的报春姑娘，还能将从前讴歌的战争价值观原封不动地下载到军事文明的下一季吗？”[①]

可以说，新军事变革的新奇图景已经远远超越了军旅小说的文学想象，军旅文学落后于新军事变革实践是不争之事实。与此同时，从内部看，随着社会转型的不断深入，军队也面临着改革和调整。个人主义对集体主义的影响和功利主义对理想主义的冲击，对军营文化产生了诸多消极影响。从外部看，21 世纪初年以来，我国周边安全环境的日益恶化和战争威胁的逐步升级，亦为解放军的改革发展指明了前进的方向，“一切为了打仗”、“能打仗、打胜仗”成为全军上下高度一致的目标和追求。面对复杂而严峻的现实，军旅长篇小说作为一种重

① 郭继卫：《论军事变革及文学使命》，《解放军报》2013 年 5 月 9 日。

型文体即使无法从战略和技术层面及时踏上新军事变革快速跃动的频率，至少应该从价值立场和精神取向层面发出自己强硬而积极的声音。军人的思维与普通人有着本质的不同，军人血液里流淌的首先是“英雄主义”和“尚武精神”，其次才是对和平的向往。诚然战争是悲剧性的、是可怕的、是可恶的，而和平是美好的，但是和平不是向往来的。军旅长篇小说如果究根溯源，其本质属性也是“生而为战争的”。在21世纪初年军旅长篇小说创作中，传统的“英雄主义写作”被注入了新的时代主题，发生了本质性的新变，对“战场”的想象性、模拟性重建，使得英雄传统和崇高精神得以在和平状态下的新型军人身上复活。重塑“战场”与守望“职场”象征着21世纪初年军旅长篇小说“军人伦理叙事”齐头并进的两翼，在彼此交融和互参观照中，突显了军人伦理的时代性、丰富性和当下性。统而观之，21世纪初年军旅长篇小说“军人伦理叙事”对“战场”的重塑主要包含以下两个向度：

一是在和平环境下建构对抗性的“战场”形式，通过演习、突发性军事行动或对过往战争的回忆来“虚拟”战场环境，“设计”战争行动，书写新型军人的英雄情怀。如苗长水的《超越攻击》、徐贵祥的《特务连》、刘猛的《狼牙》、冯骥的《火蓝刀锋》《我雷了》等作品。与前辈作家们相比，战争对于刘猛和冯骥们而言更加遥远和陌生；但在这些年轻作家笔下，战争焦虑和战争渴望被赋予了更加充沛的激情和更加丰富的想象。刘猛的《狼牙》突出塑造了刘晓飞、林锐、张雷、方子君、何小雨、刘芳芳等70后新型军人群像，与以往背负着国仇家恨而从军的革命军人不同，他们自愿放弃丰富多彩的社会生活和充裕的物质享受，依凭着对父辈军人血统的继承和理想信念的坚守而选择了艰险多舛的从军之旅。小说以改革开放和中国军队的现代化转型为背景，以新一代年轻军人的成长历程和心灵轨迹为主线，在社会与军营价值观念的碰撞中，突显了诸如牺牲、奉献、勇猛、坚毅、顽强等等崇高的军人品格。《狼牙》中的所有主角都是天生的战士，其存在的最大意义就在于战场。战争结束了，但战士还存在，此种悲剧性矛盾构成了极具煽动性和感染力的戏剧冲突。支撑着何志军们度过无兵可带、无仗可打的艰难时期的就是一个简单而纯粹的信念——如果明天战争来临。《狼牙》对战场的“虚拟”，既不同于柳建伟《突出重围》中的“演习模式”，也不同于其他网络“铁血小说”对未来战争场面的逼真呈现，而是借助于突发性军事行动，将和平与战争状态对接，让主人公们在日常生活与战斗行动中跳入跳出，为平庸的现实生活增添了一抹激情的光泽。《狼牙》中的老中青三代军人，对于战争尽管有着不同的生命体验，但却葆有相同的军人理想，即“军人生而为战争”，和平亦是战争的延续，他们的生活状态被圈限，价值判断被纯化，理想追求染上了浓重的浪漫主义色彩。这种对“战争伦理”的追求与坚守，在同时期的市场经济浪潮中无疑是弱势而失语的，在以金钱与利益为核心的社会整体价值取向面前，他们的个人命运注定是孤独与悲壮的。因之，小说中对同志情、战友爱的极力渲染，对军人爱情跌宕起伏的戏剧性呈现，便不再单纯是吸引读者眼球的噱头，而是在小说的文本内部建构起了不同家庭出身、不同知识背景、不同现实处境中的军人们对“战争伦理”的集体认同。

二是围绕战争准备和部队建设，抒发和平年代军人的战争渴望和战争焦虑，表现新型职业军人一心一意谋打赢的责任感和使命感，如王玉彬、王苏红的《惊蛰》《黑鹰基地》、徐贵祥的《明天战争》、刘猛的《利刃》、刘克中的《蓝狐突击》等作品。在21世纪初年军旅长篇小说中可以看到，战争焦虑和战争渴望已经上升到国家、民族和军队集体的高度，成为一种普遍且有代表性的军人职业情绪。这种转变，我想除了作家本体创作观念的因素，最重要的原因来自于文学以外。进入21世纪以来，随着我国综合国力和国际地位的提高，人民军队面临的挑战和威胁也日益复杂和迫切，中国军队和军人的战争意识及价值观念亟待进行加强和调整。21世纪初年军旅长篇小说中战争焦虑和战争渴望之所以被提升至主题层面进行表达，正是基于“现实生活内容”复杂而深刻的变化。《明天战争》中以岑立浩为代表的一代军人在时代大潮的反复冲击下矢志不改，对部队现实满怀忧患之情，时刻站在部队改革和发展的前沿等待“明天战争”的召唤。《惊蛰》围绕着空军高科技变革进程中新旧两种训练体制和思想的激烈交锋，以及战争观念和意识的艰难对立展开故事。以萧广隶、季浩苏为代表的新一代高层军官身上凝聚着强烈的紧迫感和使命感，他们对军队现实状况的担忧和焦虑，以及在“明天战争”中大显身手的豪情和勇气强烈地感染和震撼了笔者。在刘健的《战士》中，一群个性叛逆的青年学生参军来到边疆，他们渴望以青春热血在战争中燃烧激情、建功立业；然而，军旅生涯的短暂与在国界上日复一日的守望，使得他们承受着巨大的心灵煎熬。他们对战争的焦虑和渴望更多地是存在于心灵世界的躁动不安和脑海深处的激情想象。

《明天战争》《惊蛰》《利刃》《蓝狐突击》等作品都把关注的目光投射到了和平年代军队和军人是否做好了应对“明天战争”的各种准备这一复杂而严峻的问题之上。新一代军人对战争的焦虑和渴望既是小说情节的内在推进力量，同时又构成了作品的主题和意义内核。战争焦虑和战争渴望在 21 世纪初年军旅长篇小说中得到了主题性的充分表达，这一主题所表征的爱国主义、英雄主义精神，不仅切中了军队新军事变革的现实脉搏，强化了军旅长篇小说直面“明天战争”的硬度和质感，同时也必将在广大官兵和普通读者中间产生凝聚人心的作用和不可估量的精神动力。

3 “新型高素质军人”的文学想象

21 世纪初年，随着新军事变革的逐步深化和军队信息化建设的快速推进，“新型高素质军人”早已取代农民军人成为军营中的主角，但比之“农家军歌”，经过了十余年的发展，21 世纪初年军旅小说中的许多军人形象依然显得单薄苍白、模糊且僵硬。这种差距，除了和作家的生活经验、情感投射及写作资源有关，还勾连出一个亟须对军人职业伦理进行重新认识、深化认识的问题，也即一种文学观念的自觉。职业化的军人伦理与传统的英雄主义精神之间的张力，是书写新型军人和当下军旅生活的重要向度。和平年代，庸常且碎片化的生活导致对军人的心灵世界和精神图景的描摹难度加大。“新型高素质军人”的形象该如何塑造？我认为，本质上还是要写人的心灵和精神。毕竟，再高科技的军事变革，也是以军人为主体，再高精尖的武器装备也要由人来操控。

对“新型高素质军人”形象的塑造，在显在的文本层次，是指作品中描写的青年军人。文学形象是多种因素造成的“综合创造物”，故而对此形象的解析，也应尽可能还原出构成因素的多样性。在作家塑造青年军人的过程中，首先参与其间的是作家的气质、心理和审美意识；而这些又联系着具体的历史语境中人们的情感态度、认知方式和思想观念。上述因素在渗入创作过程中显然又和历史条件、社会现实、意识形态等形成互动。“形象的创造史密切关联着创造者身内身外的历史处境。文学仿佛一面‘镜子’，通过其所映射的青年‘镜像’，既可发现作者的气质、心理和审美意识，也能考掘出创造过程中参与其间的历史条件、社会现实和意识形态。”[①]“新型高素质军人”，是国家、军队、社会和当今时代对年青一代军人的呼唤和定位。这个提法本身就涉及两个维度内的“青年”：一是作为现实军营中的年龄群体，在知识构成、思想观念、科技素质、军政素质甚至身体素质和精神气质等方面都要与前辈军人们拉开一定距离和代差；二是被历史地、社会地建构起来的青年军人形象，这种形象源自国家民族和社会历史的期待和召唤，也混合着青年军人自身具备的角色意识（呼应社会期待而扮演相

---

① 金理：《历史中诞生》，复旦大学出版社，2013年，第8页。

应的角色）。“‘角色’是社会学的核心概念，其定义是‘在社会结构中占有特定地位的人士应有行为的模式或规范’，这种‘应该成为什么样的人’的期望经常出自同时代的人或社会群体。”[①] 由此可见，“新型高素质军人”这一形象本身便是一种“角色化的生成”，而非“主体性的成长”。台湾学者黄金麟在身体史学的视野中提出“身体生成”的概念：“这个概念指称的并不是一种身体的生物性诞生或创造，而是指称一种在肉体既存的情况下所进行的政治、经济、军事、社会或文化模造。这种社会加诸自然条件上，从而产生的身体改变，是身体生成这个概念想要凸示的景况。”这样一种存在于特定历史背景下，“因随着国族命运的更动而被积淀、形塑出来的”生成形式，逐渐变成“一个普遍、共通的身体开发形式”[②]。而文学可以作为上述普遍、共通的形式在一特殊领域内的显现。小说中青年军人形象的塑造也受到政治、经济、军事乃至思想教育等外力的规约。在小说中的表现则是：个人时间依附于巨型、线性的历史时间而存在，身体欲望处于社会理性的调适和监控之下，外力的召唤更多是着眼于“青年军人”社会角色的功利性，而对年轻军人的特性、欲求、内在权利、精神自由及生命原初意义关注不够。

以往，我们在军旅长篇小说中看到了太多传奇英雄、个性军人，然而脸谱化、扁平化的人物形象塑造使得传奇的经历并未加速主人公的“成长”；而价值观稳固、静态而不再成长的军人形象，显然距离“新型高素质军人形象”的时代召唤还有相当的距离。“价值观和生活方式尚未牢固确立”的青年军人，实际上是最富于“变量”的存在，也只有他们才可能提供丰富的历史“可能性”。可喜的是，以“新型高素质军

① 金理：《历史中诞生》，复旦大学出版社，2013 年，第 15 页。

② 黄金麟：《历史、身体、国家——近代中国的身体形成（1895—1937）》，新星出版社，2006 年，第 2—3 页。

人”形象为表现主体的“军旅青春叙事”正在成为21世纪初年军旅长篇小说一个极具发展潜力和现实概括力的生长点，也标志着新的题材资源的激活和表意空间的生成。在王甜的《同袍》、赵江的《王牌班》、王凯的《全金属青春》、魏远峰的《兵者》、吕怡慧的《女生楼404》、冯骥的《火蓝刀锋》和《我雷了》、孙彤的《红妆·武装》、丰杰的《斑斓》等作品中可以看出，年轻的新生代军旅作家更擅长讲述青春故事、成长故事，极力渲染现实生活对军人理想追求和精神意志的考验，并展现时代军人在卓尔不群的修炼与砥砺中那各不相同的情感旋律、心路历程和人生选择，着力探索和反映年轻军人的成长历程。

王甜的《同袍》洋溢着浓郁的青春气与时尚感，以崭新的视角塑造了置身于消费时代语境中的高学历年轻军人群像，拓展了21世纪初年军旅文学的题材领域。《同袍》也可视为成长小说，成长不仅仅体现在年龄上，更重要的是在思想与心理上。二十几位地方大学生被安排到一个封闭的、枯燥乏味的集训队进行为期一年的三个科目的军训，王甜居然将这么一个看似波澜不惊的题材书写得风生水起，甚至惊心动魄。王甜的小说技巧，或曰想象的高超之处在于她设置了一个“末位淘汰制”的情节，于是，被逼入绝境的大学生之间便展开了一场残酷的“生”与“死”的争夺战，本来平静如水的集训队也成了明争暗斗的战场。我不想细致地去分析小说中的主要人物，我只想说，王甜意识到了《同袍》不可能像那些富于传奇色彩与战争残酷性的小说那样通过戏剧性的动作来塑造人物，她只能是细腻地表现人物心理的微妙变化。即便如此，王远、肖遥、路漫漫、三班长、连长等也都有了自己清晰的面貌，而且完成了自己人生重要转折时期的成长。作者深入开掘了这种成长蜕变过程中的丰富性与复杂性，塑造了一个个极富魅力的青年军人形象。尤其是王远、肖遥、路漫漫等，不仅完成了成长，他们还在军训最后的科目演习中升腾出了英雄精神与人性光芒。王凯的《全金属青春》以新学员韦佳节的视角展开叙事，叙述了某军校406寝室的7名学员从新生到毕业的完整历程，为我们展示了他们截然不同的心路历程和成长轨迹。在王凯的笔下，这些怀揣热情与梦想而又有些懵懂的学子们，一踏进军校的大门，便在这迥异于地方院校的文化、心理与环境中，按照异乎寻常的节律迅速开始了兵之初的绿色青春期。最受班长赏识、表现最优秀的肖明，因为过于严苛和不通人情，得罪了全体同学，把自己陷入完全孤立的境地，最终因为严重违纪被作退学处理，结束了自己的将军梦。表现平平的将门之子穆欣意外当选班长，他勇于担当、以身作则，靠自己的努力赢得了威信和友谊。还有率真的汪奇、书呆子彭子君、会拉关系的白建生等，都让我们看到了属于这个崭新时代的青春岁月，看到了这些年轻学员不同的入伍动机、叛逆的少年天性和激情的军旅人生。随着一个个冬去春来，在严格的纪律与青春心理的交织与碰撞中，他们完成的不仅仅是军事专业知识的学习，更是精神的洗礼与蜕变，从而在跌跌撞撞中走向成熟。

青春总是与浪漫成长、怀旧感伤并肩前行，缠绕纠结中酝酿着诉说不尽的故事。吕怡慧的《女生楼404》是典型的80后青春军旅叙事。军人的青春同样的美好，但是在“少年不识愁滋味”的岁月中又多了些许理想的重量，它和责任相关，关乎精神的成熟和生命的成长。这部小说没有把焦点直接对准演习场、训练场和战场，而是深入探访毛豆、米粒、麦苗、胡璐等几个军校女学员的生活状态和成长轶事，饶有兴味地呈现出当代青年军人在思想观念、精神气质和行为习惯上的新特点，让我们领略到了女军人的青春魅力和别样风采。孙彤的长篇小说处女作《红妆·武装》同样聚焦于一个女大学生的从军经历，讲述了一个女兵的成长。和众多军旅青春叙事作品不同的是，她的这部小说不再是简单的明朗、轻快与单纯，伴随女兵苏红果成长的是温柔与疼痛的蜕变，拓展了同类题材的深度，显示着作者可贵的探索与努力。“军旅成长小说并不好写，它有着一条清晰的轨迹，从单纯到复杂，从反叛到归顺，在军队‘集体认同’的规约下，最终都要磨光棱角，成为集体大军中的一员。同样的操课，经过血与火的锻造，最终将浇铸出标准的军人正面照来。但孙彤的小说不是这样的，主人公苏红果有着复杂的身世，养父做生意，身为军人的母亲完全扑在工作上，有意无意地忽略了她……所有这一切，驱动她在大学毕业后参军入伍，想去寻找一种纯净和真诚。军队无论如何严丝合缝地改造每个人，但仍会有例外——苏红果貌似像一个真正的军人了，但倔强与执著还在她的身体里深深地蛰伏着。在大学生入伍和他们到军营后的实际境遇之间的冲突中，女兵陈菊妹选择了功利的做法，顺利提干，而苏红果却仍然保留着大学生的单纯。她勇于追求爱情，敢爱敢恨，甚至瞒着父母与军官男友回了一趟老家。但爱情带给她的不是幸福，而是一种无可奈何的绝望。蓬勃的青春遭遇钢铁般的军队，其中的摩擦与碰撞必是尖锐的，亮丽的外表下已经是遍体鳞伤，而那些隐痛只能在黑夜中独自品味。这可能更接近真正的青春。更多的时候，成长是一种痛，就像蝉蜕一样，生生地把身体的一部分舍弃，虽说得到的是更美好的，但这个过程的酷烈应该也是惊心动魄的。《红妆·武装》中苏红果青春蜕变的抗争与突围让人心痛而又有微醉之感。这种微醉之感是因为孙彤的文学表达能力，她敢于在军旅文学中深入开掘，探索心灵，畅言人之窘言与难言，为军旅成长小说的书写发掘了新的可能。”①

赵江的《王牌班》在描写新一代年轻士兵的军营生活上所表现出的眼力和心力值得称道。仅就兵员成分而言，那种如熊大臣般到部队来寻找前途、追求进步、实现梦想的，已不是当下每个士兵入伍的动机和主流。有的士兵甚至是带着强烈的功利诉求被迫来到部队，希望在这个依旧被称作大熔炉的地方，经过一番锤炼敲打变为一块有用之才。由于每个兵的前史与入伍动机不同，因此这些来自五湖四海的兵，就具有了更为千姿百态的想法与个性。在这个由青春组合起来的集体

---

① 裴指海：《孙彤：青春叙事的一种解读》，《解放军报》2013年8月6日。

中，每个兵都十分自然地，有时又是刻意地表现着自己的性格与意愿，使得这个尖刀班意外情况层出不穷。作者以高度写实的手法艺术地再现了当下的军营生活，呈现出每个士兵变化的真实轨迹。魏远峰的《兵者》“创作手法新颖而又独特，每一个章节的标题使用的都是军事术语，而且比较贴切，其中蕴涵了一定的象征与寓意，让人仅从这些军事术语中，就能感受到浓浓的军营气息，感受到共同科目的正常训练，感受到兵戈铁马的冲杀酣战，感受到高科技条件下现代化战争的风云莫测。小说描写始终跟随着卓越的身影，从连队日常生活中最普通不过的集合站队、起床熄灯，到火焰燃烧的模拟战场，到战争观念的心智交锋，乃至部队生活的其他各个角落，几乎全都写到了。这部小说就是一部当代连队生活的百科全书，有些篇章甚至超越了小说概念的界限，坦然而又流畅地以军事教材的面貌出现于读者眼前。正因为如此，打破了常见的小说结构和叙述模式，也大大增强了小说的社会信息和知识信息量。《兵者》借用孙子兵法中：‘兵者，国之大事，死生之地，存亡之道，不可不察也……’这句话，语带双关地显露出作者对当下士兵生活的关注和思考。主人公卓越作为一个携笔从戎的大学生士兵，带着浑身的知识和对部队生活的憧憬踏入军营，军营里有着跟他与生俱来就气脉相通的那种氛围，但也有许多他所不适应，或者说与他的认识和观念发生冲撞摩擦的地方。正是在这些冲撞和摩擦中，军营在改变、铸造着卓越；而充满忧患意识的卓越，也以自己的知识和胆识影响、冲击着某些陈旧落后的东西。可以说，《兵者》就是新时代的大学生士兵卓越的一部心灵成长史，是对我军未来发展前景的展望。”[①] 新生代军旅作家的现实题材作品，塑造了大量有个性、有光彩、有故事的新质人物，不仅丰富了军旅小说的人物画廊，真实展现了当代青年军人在思想观念、精神气质、行为习惯上的新特点，也让我们真切体验到新

① 唐栋：《序》，转引自魏远峰《兵者》，花城出版社，2007 年。

一代军人抗拒平庸、坚守平凡的生活态度和精神状态，同时也响亮地回答了青年军人应当如何实现自身价值，成长为不辱使命、勇立潮头的“新型高素质军人”这一重要课题。

进入21世纪以来，军旅作家始终被“创新的焦虑”所困扰，研究者也一直在呼唤军旅长篇小说要突出历史题材的重围，开辟新的更为广阔的现实表现空间。比之于历史战争题材的过度兴盛，现实军旅题材则显得较为羸弱。军旅长篇小说在题材和价值取向上的失衡，除了有诸如军旅作家不熟悉当下部队生活、认为直面部队现实会受到某种限制等等原因之外，我以为最根本的原因还在于，当代军旅文学始终未能建立起现代性的军人伦理认知体系，未能在创作中建构起独立自足的“现代军人”审美价值，尚未形成以职业化“军人”为表现主体的文学传统，军旅文学研究也长期缺乏从理论上和审美层面的对“和平年代军人书写”的文学合法性建设，因而导致军旅作家集体性的对战争历史背景下英雄传奇的尊崇和对职业军人当下现实生活的疏离。事实上，职业化已经成为当下“军人”最为核心和根本的伦理属性，也应该成为军旅作家认识当下生活、认识新型“军人”的基本观念和逻辑支点。21世纪初年军旅长篇小说“军人伦理叙事”经由对“职场”的守望，满足了当下读者对军旅文学的双重阅读期待。一方面，商业文化浸淫之下的社会风尚和道德水准普遍下滑，日常生活的平庸，人心的荒凉鄙俗，呼唤着激情、理想和英雄的回归；另一方面，“价值解圣”后的军人，其日常生活状态长期被“宏大叙事”所遮蔽，当下军人平凡但并不平庸的生活状态、真挚而炽热的情感世界、乃至欲望化的世俗追求，对社会大众而言具有一种“陌生化”效应，从而生成为一种潜在的阅读期待。可以说，建构“军人伦理叙事”既是21世纪初年军旅长篇小说创作主体的自觉意识，也是大众文化“召唤结构”的强力使然。

四　英雄伦理

“英雄”是人类固有的普遍人性之一，早在魏晋时代的刘劭就把“英”与“雄”分别作了这样的界定：“聪明秀出谓之英，胆力过人谓之雄”。而欲“成事”者必须结合起来集于一身，即“夫聪明者英之分也，不得雄之胆，则说不行。胆力者雄之分也，不得英之智，则事不立。”[①]广义的“英雄”是泛指一切才能勇武过人者，故而智慧超群和体力过人是衡量英雄的两大尺度。中华民族是个英雄民族，英雄叙事是中国文学的耀目亮点，英雄理念是中国人根深蒂固的思想意识。崇拜英雄、崇尚英雄主义或许是人类固有本性之一，因此，英雄豪杰作为人类本质力量的对象化，在文学作品中出现频率之高是无与伦比的。“英雄”在各种斗争实践，尤其是战争中显示了巨大能量，他们的存在或多或少地改变过一场战斗乃至整个民族和国家的命运。“英雄”作为人的理念具有无坚不摧、无攻不克的话语威力，作为美学范畴的英雄形象更是广为流传、深入人心。

1　英雄话语的重建

当代军旅长篇小说所创造的一个个光辉夺目的英雄形象感染、激励了几代中国人，这种影响在今后相当长的时间段内仍将延续。“英雄话语”的构建不仅积极回应了宣传英雄业绩、弘扬英雄主义精神的

---

① [魏]刘劭：《人物志》，王玫评注，红旗出版社，1996年，第106—107页。

时代需要，也形成了中国当代军旅长篇小说最重要的叙事资源，更成为一种主流话语的言说方式。长久以来，当代军旅文学对“英雄话语”的建构在思想形态上由于受特定的社会学说和政治意识形态的影响，其叙事实践基本上游离在纷繁复杂、矛盾重重的近现代世界思想文化背景之外，其教化目的和功利性质往往使其只凸现特定的社会政治理性，而遗弃了诸如对爱与恨、生与死、战争与和平等更为深远广阔的哲学文化命题的思考，渐趋僵化和狭隘。这种阶级和政治色彩浓郁的“英雄话语”难免会使得中国当代军旅长篇小说的英雄观念以及人物谱系相对单调和趋于雷同。评判一部军旅长篇小说成功与否，往往要看它能否塑造出一到两个性格鲜明且令读者印象深刻的英雄形象；但是，过于关注英雄形象一点而不计其余的创作倾向，在某种程度上也迟滞了中国当代军旅文学深入探究战争本质和人性心理深度的脚步。

1980 年代以来军旅文学的英雄叙事，在艺术审美视角上明显发生了质的变异：英雄人物已由超人的“神性”回到了世俗的“凡性”，英雄在现实人生的悲剧面前，以往那种无所不能的主宰作用几乎消失殆尽，英雄面对邪恶所表现出来的无奈和悲怆也得到了充分的挖掘和展现，并逐渐形成了“民间化”、“个人化”的英雄理念。这种倾向在“新写实小说”、“新历史小说”中得到进一步深化和发展；尤其是以个人生活的卑微记忆来解构“大历史观”下的“英雄神话”，成为新历史主义小说的创作追求。进入 21 世纪以来，随着社会语境的转换，置身于一个没有英雄或不需要英雄的时代，在革命军人向职业军人转换的时代背景下，如何塑造英雄，特别是如何塑造与军队和战争相关的英雄，如何释放在没有战争的情况下当代军人被压抑了的理想和激情，构成了 21 世纪初年军旅长篇小说作家对于“英雄话语”的现代性焦虑。

基于此，军旅作家们一方面聚焦世界新军事变革、海外战争，以及和平时期的军事演习，塑造了一批具有前瞻的理论修养和过硬的军事素质，能够驾驭未来高技术战争的新型高素质军人形象；另一方面，重新开掘革命历史和战争历史的资源宝藏，以正面叙述的姿态，重新燃起人们对曾经激情岁月的记忆和对日益淡漠的英雄主义精神的呼唤。一群血性十足、亦正亦邪的革命英雄人物从历史的硝烟中挺立起来，成为物质丰富而精神疲软的市场经济时代的精神灯塔。在此基础上，作家们还将英雄置于更为复杂的社会环境、情感纠葛、利益冲突、人生抉择和精神碰撞之中，充分展现他们的正面与侧面、行为与灵魂、优点与缺陷、成长与烦恼，从而使得 21 世纪初年军旅长篇小说的“英雄话语”建构显现出全新的面貌。

军旅作家对“英雄话语”的重建首先是基于对英雄观念，即“什么是英雄”的思考上，如项小米的《英雄无语》对“我爷爷”的思考。“我爷爷”是一位中共特科成员，他对革命忠心耿耿，为革命奉献终身，抛弃妻子，出生入死。如果单纯从政治角度看，爷爷绝对算得上响当当的革命英雄；但他人性中近乎残忍的冷漠，不得不使人重新来评价爷爷的英雄史。面对本可以救出的被拷打的女共产党员，他可以面不改色心不跳地喝酒玩牌；为了暗杀敌对的重要人物可以炸掉火车；把自己年仅九岁的儿子放进鸡笼里让大雨淋了一夜；对奶奶甚至二奶奶一再的背弃；他的无情直接导致与奶奶相依为命的小女儿“每”的死。所有这些似乎都有悖于传统革命英雄的所作所为，却都存在于爷爷身上。然而，历史是复杂的，历史中的人更是复杂的。爷爷这样一位复杂的传奇人物，能不能算作英雄呢？如果说儿时的作者在奶奶的回忆与叙述的影响下对爷爷产生了畏惧和道德谴责，认为他是位负情的丈夫和冷酷的父亲；那么成为女学者后的作者则从更加理性和客观的角度来理解爷爷的行为，并基于历史揭开围绕着爷爷身上的重重迷雾，对其作出公允的评价。“爷爷”是英雄，却并不是“英雄”一词就能概括得了的。他坚忍刚强，为送情报打掉四颗门牙，挽救八万红军于生死一线；他舍己为公，在国家困难时期拿出存款，为家乡修建公路；他忍辱负重，面对红小兵的殴打，保持着特科人员坚守的铁的纪律，守口如瓶，保密终生。这一艺术形象的魅力也在这种丰富的内涵中发出灼人的光辉，他吸引读者不断去言说破解，在追寻与思考中体会一位迷雾一般的革命英雄的传奇人生。

都梁的《亮剑》通过别具一格的英雄形象的刻画，达成了对中国当代文学中既有的“英雄话语”的拓展，这种拓展首先建立在作者对“英雄”一词的重新体认上。英雄，不但应该具有顽强的意志和过人的胆识，还应该具有强大的不可战胜的精神力量。后者比之前者在英雄品格的构成中显然更为重要，如果没有后者，前者充其量只是一介莽夫，只有具备了清醒的头脑，才具有了不可战胜的精神力量，而只有具有了不可战胜的精神力量的人才是真正的英雄，这是作者力图通过作品传达出来的重要内容。如果从传统意义上来看，抗日战争时期作为独立团团长而叱咤风云、解放战争时期为了民族更加美好的未来而驰骋疆场的李云龙当然是英雄，不过这样的英雄和“十七年”时期文学作品所塑造的英雄是没有本质区别的，充其量就是性格更为丰满而已。显然，创作《亮剑》时的都梁心中被某种情绪或者是意向激动着，也许那正是作者改写中国当代文学英雄话语的渴望。在小说中，作者曾经两次通过人物道出其对“英雄”的思索。

在田雨和母亲的对话中，作者借田雨和母亲沈丹虹的对话说出了自己的英雄定义。沈丹虹问田雨：“你懂什么叫英雄吗？我认为一个人能够通过自己的努力和行为造福于人类使世界走向光明，这或许可以称为英雄。譬如希腊神话中的普罗米修斯为人类送来火种，使全世界得到温暖和光明……你这位李先生在战场上或许是一个能征善战者，但这能说明什么？为了一党一派的利益便是鞠躬尽瘁，血染沙场，充其量不过是他一党一派的英雄，别的党派会认为他是英雄吗？仅仅是党派间政治见解有分歧或者是政治利益的不均，就在战场上刀兵相见，大动干戈，动辄便是数百万人的厮杀，而且是同一种族间的厮杀，这有意义吗？这就叫英雄？”如果说母亲对于英雄的界定还过于抽象，或者多少还带有当时自由派知识分子的政治偏见的话，那么女儿对于英雄的见解既是为李云龙争辩，也同时反驳了母亲话语中的偏颇：“他是抗日战场上的英雄，当我们的民族受到侵略和奴役的时候，就是这些民族英雄用血肉之躯抵抗了敌人，夺回了我们民族的尊严，这些在战场上与敌人以命相搏的人如果不是英雄，谁是英雄？……在一个共和政体的国家里，一部分公民不应该欺压另外一部分公民。党派之间的政治分歧应该通过政治协调来解决。抗战胜利后，各民主党派要求成立联合政府，通过广泛的民主选举选出执政党，共同治理国家。这是中国走向现代民主政治的最好时机，可是蒋介石政府要搞独裁，压制别的党派，在政治上搞法西斯式的统治，把中国变成警察国家，这么一个独裁腐败、黑暗的政府难道还不该推翻它？”田雨和母亲的对话，不但从更为宽泛的文化意义上对“英雄”一词做了界定，而且从深层次上肯定了中国共产党所领导的抗日战争和人民解放战争，从而也肯定了在这两场战争中浴血奋战过的李云龙身上的英雄性。颇富意味的是，作者强调的李云龙所表现出的只是英雄性而非英雄精神的全部。

如果说田雨与母亲的对话显示了作者力图改写中国当代文学中英雄话语的意图，那么赵刚与冯楠的一段对话则使作者的这种意图更加具体化，也显得更为精彩：

> “一个青年学生投身革命二十年，出生入死，百战沙场。从此，世界上少了一个渊博的学者，多了一个杀戮无数的将军，请问，你在追求什么？为了什么？”
>
> “我追求一种完善的、合理的、充满人性的社会制度，为了自由和尊严。”
>
> “说得真好，尤其是提到自由和尊严，看来，你首先是赵刚，然后才是共产党员。那么请你再告诉我，如果有一天，自由和尊严受到伤害，受到挑战，而你又无力改变现状，那时你

会面临着一种选择，你将选择什么呢？”

“反抗或者死亡，有时，死亡也是一种反抗。冯楠，你要说什么？”

“我想任何一种理论的正确与否，都需要社会实践去证明，如果这种理论出现偏差，而社会实验已经展开，你考虑过会付出什么样的代价吗？”

“老实说，想过，但没有结论，因为任何社会变革和社会实验都要付出代价，不能因为有代价就什么都不做，我们共产党愿意和各民主党派一起去创建一种新的社会制度，不但要完善这个社会制度，也要完善我们自身和理论，尽量少付出代价，我现在做的，就是为这些。”

这段对话，集中体现了作者对于“英雄”一词的理论上或者说是美学上的思考，这番思考的意义在于，《亮剑》对“英雄话语”作出了开风气之先的思考，它更以作品主人公的行动为新的“英雄话语”作了注解。整部作品，就贯穿着作者的思考，并通过其精心塑造的李云龙和赵刚等艺术形象得以体现。李云龙和赵刚两个人物所起到的是相辅相成的作用。抗日战争和解放战争中的李云龙虽然具有英雄的举止，也具有英雄的秉性；但还不能说他就是一个英雄，因为他还不具备英雄的精神气质。为了活命而走向革命队伍的李云龙，身上具有农民的质朴与狡猾。前者赋予了他对革命事业的农民式忠诚（尽管他可能只是从实践上而非理论上认识他所参加的这场革命），后者则给了他更多的随机应变的智慧，使得他创造出一个又一个英雄的业绩。但也仅仅是英雄的业绩而已，是他所参加的那场代表着中华民族进步理想的求解放、争自由的革命赋予了他以无穷的力量，而非他自身的自觉认识，在这方面，他显然无法与知识分子出身的赵刚相比。也许他对其所置身的革命的认识还仅仅停留在感性阶段，这从他解放以后相当长的时期内的表现中可见端倪。尽管他娶了年轻貌美且书卷气十足的妻子，但他的内心深处却鄙视知识、鄙视知识分子，对于不符合他的思维习惯的思想观念统统斥为异端邪说而加以排斥，这也充分体现了他作为农民式的革命家的褊狭之处。这一切，是与战争年代作为“英雄”的李云龙一脉相承的，或者可以说，它们就像一枚硬币的两面，不可分割地存在于李云龙的身上。不过对于李云龙这个艺术形象来说，这只是一个过渡，处于21世纪初年文化和思想语境中的作家都梁是不会让他的人物停留在“十七年”文学的起点上的，他将让小说中的人物完成历史性的跨越。

在李云龙从量变到质变的过程中，赵刚所起的作用不可低估。可以说赵刚的形象是《亮剑》的另一个成功创造，他一改以往军旅文学作品中知识分子被工农兵所改造的传统的叙事模式，为我们提供了一个工农兵为知识分子所改造的文本，这是对文明战胜愚昧的热情礼赞。不过赵刚的最初出场，却并没有太多的亮色；相反，作为不受李云龙所欢迎的学生官，他的形象甚至有几分晦暗。是他的韧性使他留了下来，并不断地改造着李云龙，同时也为李云龙所改造。尤其是战争结束之后，李云龙与赵刚之间改造与被改造的关系完成了反转，李云龙成了被动者，而赵刚则成了主动者，尤其是赵刚以生命捍卫尊严的抗争给了李云龙很大的触动，使他逐渐地学会以自己的目光看待周围的人和事。可以说，李云龙之死是《亮剑》的浓墨重彩之处，这时的李云龙不但具有超乎常人的英雄意志和英雄业绩，同时还具备了大彻大悟的英雄精神。尽管他也曾经有过思想上的迷惘与困惑，但其最后的死亡是在面对更加强大的外在力量的一种抗争，是明知不可为而为之的一种清醒理智的自主选择。至此，李云龙形象的塑造才最终完成，而都梁也终于通过人物形象完成了他对于中国当代文学“英雄话语”的拓展，或者说是改写。

《历史的天空》中的“英雄”人物梁必达一身匪气，阴差阳错地参加了八路军，其自身人格、思想认识和革命觉悟都存在较大缺陷。就是这样一个先天不足的“英雄”经受住了战火的洗礼和政治运动的考验，脱颖而出，化蛹成蝶。《英雄无语》中的“爷爷”既是坚定的红色英雄，又兼具黑色的封建性和匪性，两种相互对立的色彩在“爷爷”身上共生共存，此消彼长，模糊而晦暗的紫色将“爷爷”幻化成一个人格分裂的“英雄”。以上两部作品均表现出对“英雄是人”文学观念的进一步深化，这种对传统英雄观念的突破既使作品展现出更为扑朔迷离的历史和文化景观，又为英雄话语的重建带来了新的美学精神。

2 “另类”英雄的塑造

当代军旅文学中的英雄人物，其形象尽管多有生活原型，但并非是“现实中人”，不是文学与现实严丝合缝的对应物，而是精心“提炼”、“拼接”、“塑造”出来的“典型”。创作主体常常徘徊游移在原型与典型之间，既要在政治层面服务于革命理想，又要在文学层面忠实于历史与生活的真实。包括典型与真实、先验与经验等在内的一系列矛盾与悖论，内置在英雄人物的起源，有时偏重平凡人的血肉与个性，有时又臣服于意识形态的召唤。如何能够做到完美的平衡，着实困扰着那个年代的写作者。一方面，国家意识形态规约下的历史想象往往对英雄的构形施加“定型作用”；但是另一方面，英雄构形在自我创制的同时，也不断释放出突破“定型”的冲动。

在1980年代的英雄主义写作中，作家们都认识到了回到人的立场尤其重要，也正因为此，张扬个性成为体现人性的一个主要手段。这一时期的英雄主义写作一个突出特征就在于以人道主义的视角对战争或者战争中的人以及人的命运和心灵世界的关注。但是作家们在思想上因袭的负担却始终无法摆脱，一些曾轰动一时的作品，依然存在着以道德评判代替审美评判、思想大于形象的弊端。骤然转型的1990年代初期，在商品经济大潮的冲击下，世俗化倾向获得了巨大的物质支持并蔓延开来，与此相应，地方文坛的“新写实思潮”也应运而生。新写实小说在视点下沉、还原生活、直面人生的观念引导下，力图在文本中呈现琐碎平庸的生活原生态，而厌弃和排斥激情四射的英雄和唯美浪漫的理想。“军营新写实”作为“新写实主义”在军旅文学中的回响，就是在这时候孕育而生的，代表性的文学现象就是“农家军歌”与“大院小说”；而“后农家军歌”倡导军人职业意识，回归英雄话语，抵制庸常人生，显示出对“农家军歌”世俗性的校正，人物也挣脱世俗束缚，从平凡中体现英雄性，英雄叙事的重建初露端倪。

进入21世纪初年以来，英雄形象的塑造由过去的理想化逐渐向人性化回归，英雄主义写作呈现出一个由理想化书写到本色书写，再到另类书写这样一个嬗变过程。作家们在英雄塑造上开始进行更为大胆的突破，他们将人性的发现、个性的张扬提高到前所未有的高度，于是，我们看到了另类英雄形象活跃在文坛上。他们是英雄，但按照传统英雄的评判标准，他们行事往往有些出格，甚至有时候很离谱；他们个性张扬，甚至连军纪都无法约束；他们思想大胆，甚至到了无法无天的地步。不同于传统的英雄形象，这类“另类”英雄，是人格个性过度放大了之后的英雄。《历史的天空》中的梁大牙及《亮剑》中的李云龙堪称是另类英雄中闪光的“双子星座”。这两个人物有着共同之处，都是杰出的军事将领，在战场上屡建奇功；他们身上都带有浓郁的民间色彩，霸气与柔肠兼具；他们都是革命英雄，又带着明显的草莽之气。

《历史的天空》最大的特点是摒弃了阶级、党派、甚至简单的好人与坏人的习惯眼光，“代之以顺乎人物个性与梦想的，以一种对人物行为描写不定性的写作方式，潜含着一种公正的价值取向，用大写的人格来烛照小说中的一个个人物的发展与汇合。”[①] 梁大牙是我军的高级指挥员，但他参加革命之初，既不是受剥削遭压迫而要求解放（这是我

① 王久辛：《波诡云谲望天空》，《解放军艺术学院学报》，2000年第4期。

们大多数传统英雄参加革命的动力)，也不是因为思想觉悟而献身革命(这也是我们传统英雄必不可少的思想意识)；梁大牙参加革命纯属偶然，他是误打误撞碰上了新四军，而他本来是想参加国民党军队，好吃好喝，升官发财。在狼吞虎咽了两大盆面鱼儿后仍执意投奔兵强马壮粮饷充足的国民党部队，直到貌美如花的东方闻音的出现，才使他萌生了留下来“先干干看”的想法。他的出场，完全是一个贪财、好色、匪气十足的无赖形象。参加革命后的梁大牙，身上的匪气和流氓无赖相依然十足，粗话脏话满天飞，调戏妇女、与组织讨价还价、我行我素、唯我独尊等行为毫无收敛，以至于很多领导都忍无可忍地骂他是十足的“土匪”，几次党组织会议开会讨论是否应该杀掉他。

《历史的天空》在塑造英雄时，突破了阶级性和政治性的藩篱，将英雄和环境隔离开来。梁大牙的军事才能几乎是天生的，他在共产党里是优秀的指挥员，如果去了国民党，也许一样可以成为优秀的军人。正是因为这种先验的质素存在，作者有意在梁大牙的成长过程中剔除了组织纪律、党性原则对梁大牙的规训。当代理司令员窦玉泉向梁大牙下达命令时，他只是凭直觉判断代理司令员的军令不利于战斗，因此不但拒不执行，居然掏出手枪下令要把代理司令员捆起来。在他心里，根本没有组织纪律的概念，也没有一个革命军人的规范，我行我素，胆大妄为。但耐人寻味的是，梁大牙违抗军令的做法从战略和战术上看却往往又是正确的。和以往那些有智有谋的英雄相比，梁大牙没有修养，没有文化，但有着过人的战争天赋，这种天赋与政治信仰、成长环境都完全没有关系(与之相类似的，在《马上天下》中，徐贵祥对“战术天才”陈秋石的塑造也是因循着这一理路)。

在抗美援朝的战斗中，已成为志愿军师长的梁大牙在津江阻击战中，面对二团惨重的损失，顶着公报私仇的嫌疑，拒绝了所有人的建议，坚持不动预备队。一直认为梁大牙公报私仇的陈墨涵为此耿耿于怀，他素以善于作战而著称，自认为受过教育，打过正规战；但当他仔细研究了那场战役的详细资料后，不得不承认梁大牙的决策是正确的，不得不承认梁大牙敢于坚持己见顾全大局的气概是真正的英雄气概。与梁大牙的另类有相似之处的是《亮剑》中的李云龙。李云龙身上也具有明显的草莽气，在同日本人作战时，他召集全团排以上干部开会时这样说："只当自己是啸聚山林的山大王，……大碗喝酒大块吃肉，论秤分金银。酒肉和金银是怎么来的？对了，是抢来的，不抢能叫山大王吗？凭什么他鬼子汉奸吃肉喝酒，就得咱们喝西北风？咱们也得吃肉喝酒。鬼子汉奸有的咱们就得有，没有就抢他娘的……"只是因为英雄惜英雄，他就和国民党团长楚云飞惺惺相惜，兄弟相称。

李云龙作为老革命，却在组织纪律上无法无天，"什么事都干得出来"。长征时，因筹不到粮食，他下令部下抢藏民的粮食，这是严重的违纪行为，被连降两级，但他毫不在乎。因为有了粮，过草地时他们团没有饿死人，他觉得这处分背得值；他为了给自己的警卫员"和尚"报仇，不顾他人的劝阻和拦截，甚至下令将前来劝阻的团长孔捷和他的警卫员关了起来，愤然刀劈了已经被我军收编的土匪，再次受到降职处分，他仍然不在乎，认为"只要能给和尚报了仇，就是降成战士也值了"；因为被敌人偷袭，自己的妻子被掳，政委赵刚负了重伤，全团牺牲五十多人，赵家峪的乡亲被杀光，他拍案而起，擅自动用万余人围攻平安县城，牵动了整个晋西北的战事；"文革"中，他收缴了造反派"井冈山兵团"的武器，"井冈山兵团"率先开枪，一大排解放军战士倒在了血泊之中，李云龙愤怒了，他暴怒起来："操他娘的，他们竟敢开枪，给我打……"他一把拽过小吴的冲锋枪边拉动枪栓边要向上冲……为此，他背上了"镇压'文化大革命'的刽子手"的罪名，并付出生命的代价，真可谓"世上没有他不敢干的事"。

李云龙的"另类"出了名，就连日军也对之予以肯定，在日军情报部门的档案中，是这样描述他的："胆识过人，意志坚毅，思维方式灵活多变，多采用逆向思维，处事从不拘泥于形式，是个典型的现实主义者。纪律性差，善做离经叛道之事。”由此可知，李云龙的“出格”到了何等张扬的地步，其无法无天在敌我友三方面都出了名。胆大妄为的梁大牙和无法无天的李云龙，最显著的特点就是个性张扬，人性——无论缺点还是优点都是如此的突出，在这类英雄身上，我们看到的是被放大的人性。

“英雄不问来路”，这可以说是另类英雄塑造在思想意识上的一种突破。首先，过去的英雄人物大多苦大仇深，其革命目标也是崇高的——为解放自己和劳苦大众，肩负保卫祖国的神圣使命；但另类英雄的革命目标并不一样。梁大牙参加革命完全是误会，他稀里糊涂地撞进了八路军的营地，又由于出水芙蓉般清丽的东方闻英，使他临时改变了主意，留下来当了八路；但他还是有言在先：“不过呢，咱还是先当着试试。合适了咱就当到底，不合适了再说。”由于有着美人的吸引，“大牙狠狠地想，要是能娶上这个城里的女八路做婆娘，自己这个八路那就算当到如来佛的屁股底下了。”这样的动机，哪儿有点革命者的味道？简直是背道而驰。梁大牙参加革命虽然带有很大的偶然性，但这并不妨碍他成为英雄，这恰恰正是这个人物独特之处。革命是个大熔炉，它需要“海纳百川”的胸怀，才能吸引千千万万的人投入到其中。

其次，另类英雄模糊了阶级性。同“十七年”小说中的众多革命者一样，梁大牙也有家仇，父母为土匪所杀；但另一方面，他的父亲是个商人，土匪姚葫芦杀他们是由于生意上的私仇，而且是梁大牙的父亲先割了姚葫芦的耳朵，这就混淆了过去小说中传统意义上的阶级性，仇恨的阶级意义淡化了。收养梁大牙的朱二爷待梁大牙如己出，梁大牙活得很滋润，因为阶级仇恨而走上革命的意义至此荡然无存。梁大牙参加革命的动机不纯并不奇怪，在老家蓝桥埠，他就是出了名的混混。梁大牙参军之前，是那种“除了有副盘死蛤蟆踢死猴的顽劣相，还有一身张牙舞爪的打人功夫”的人物，把“成家立业的大洋多数打了水漂”。他未过门的媳妇韩秋云明着对他说：“有钱你能买我的人，可是你买不了我的心。”但“梁大牙眯着眼睛，鬼里鬼气地斜睨着韩秋云，阴阴地笑：‘嘿嘿，老子不买你的人，也不买你的心，老子有钱买你的……那个。’”为此，韩秋云恨恨地说：“梁大牙，你救我也是枉然，我嫁给东洋鬼子也不嫁给你。”因此，梁大牙既是农民，又并非“水深火热”中的穷苦农民；既非自觉的革命者，又有民族的正义感；既是痞子式的无赖，又能够明白一些善恶之分。这种善恶之分，主要得益于传统文化的熏染，他从乡村民间演义里知道了岳飞和文天祥。他大字不识几个，有限的知识从说书中听来，还常常搞得颠三倒四。娶不到身边的人，他自嘲说是“兔子不吃窝边草”；“天涯何处无芳草”他改成“天涯何处无香草”，自以为得意；平时说成语也是似是而非，说不周全。参加革命之前，梁大牙顶多算个草莽人物，参加革命之后，在相当长时间内，他也还只是一个草莽英雄。一方面，他在战斗中屡屡取得胜利；另一方面，又暴露出他的个人英雄主义、本位主义、小农意识、刚愎自用等毛病。

其三，另类英雄的塑造过程中，英雄和非英雄人物的分化也饶有意味，甚至带有了反讽的色彩。梁大牙是作为英雄人物塑造的，但我们可以看到，尽管他在革命的熔炉中获得了政治觉悟、军事才能和文化修养，但顽劣的本性却自始至终未曾稍减，尤其是对于他公心之外的心胸褊狭、个人算计之处，作者也毫不回避。如对陈墨涵的不信任、不公平，在工作中的霸道专权，在荣誉面前的患得患失，以及在与李文彬等人明争暗斗中的种种手段，这些显然都不应该是革命战士、英雄人物的品质。相对于梁大牙由顽劣、无法无天逐渐走向成熟，作品中另外几个人物的命运却是很耐人寻味的。当初抱着革命理想、满腹革命理论，一看见梁大牙就想摸枪的“正宗的布尔什维克”李文彬叛变了，江古碑成为革命的投机者。即使是那些一直坚持革命真理的老革命，如张普景和窦玉泉，也只是勉强能够跟上梁大牙的步伐，而且最后也都成为了梁大牙的生死之交，甚至是追随者。这种命运变化的巨大落差，带有特别的意味，它似乎是在告诉我们：所谓的革命者，并不等于他参加了哪一个党派就是革命者。革命者有可能来自多种渠道，甚至来自反革命阵营，如陈墨涵；相反，反革命也很有可能出自革命的政党，如李文彬。这就很清楚地告诉我们：所有人参加革命的过程，都不仅是一个逐步提高思想认识的过程，也是一个不断自我净化灵魂的过程；反之，革命道路中的种种考验和挫折，也是检验真革命或反革命的试金石。那些在困难和考验面前的失败者，即使口头上表现得再革命，也一样有可能逐步走向反面。这种揭示在英雄叙事中，无疑具有创新价值。

21 世纪初年军旅长篇小说所面临的不仅是读者更为现实、更为严苛的多元化选择，还有长期的和平生活所造成的人们对于军事、战争和英雄的普遍的淡漠，这个时候英雄也应该以新的面目走进读者的期待视野了。“期待视野”是接受美学中的一个重要概念，它指的是读者的文学阅读经验所构成的思维定向或先在结构。因此，读者不是被动接受作者塑造的英雄形象，而是积极地参与，甚至影响和改造作者的创作。读者更希望看到的是当代人的目光对历史的穿透，以及富有当代意识的现实生活。为满足这种阅读期待及其审美需要，新的英雄话语和英雄形象应运而生。部分军旅作家的创作重心逐渐发生转移，其英雄主义写作的重点转向了寻找和挖掘英雄的个性特征等方面，一大批个性鲜明、性格复杂的军人英雄形象，成为 21 世纪初年军旅长篇小说中的典型人物形象。从这些“另类”的英雄形象中，可以看出英雄话语价值取向的多元化、英雄情感的人性化和内心世界的复杂化。

3 英雄悲剧的超越性

中国当代军旅文学中对于战争的悲剧本质有着深刻把握和深入表现的作品并不很多。早在 1920 年代，胡适、鲁迅等人就指出了中国文学中悲剧精神的缺乏，并呼吁作家们正视现实，揭示出人生的病苦。

鲁迅先生把悲剧定义为“将人生有价值的东西毁灭给人看”。那么什么是“有价值的东西”，而“毁灭”又应该产生什么样的美学效果，则是后世作家们力图解决但始终没有彻底解决的问题。“十七年”军旅文学，因为特殊的时代和社会环境使得作家们更多地专注于英雄精神的张扬上，既然英雄们已经在道义上处于优势，作家们也便毫不吝啬地为他们安上一个“光明的尾巴”，让最后的胜利属于他们，即使他们的个体生命必须毁灭，也必然让他们的同伴为他们报仇雪恨；于是，本应具备的悲剧内涵也被胜利的光环冲淡了。革命英雄主义和理想主义的张扬，一方面使得中国当代军旅文学创作形成了一种“革命胜利大团圆”的结构模式，另一方面也狭限了作家们对于战争悲剧性质的理性认知和情感体验。在“十七年”的军旅文学创作中，这一特点尤为突出。当时作家们秉承着政治的、阶级的革命情感，大都将注意力放在了对阶级敌人、民族敌人的深仇大恨的渲染，以及英雄人物的历史功绩的宣扬上了；因此，那一时期描写战争历史的作品几乎全都是以我方的胜利和敌人的惨败作为结局的。由此，战争的悲剧内涵就在军旅文学的正剧表现模式中被悬置起来，这样的叙事模式贯穿了整个当代军旅长篇小说叙事。1980 年代之初，理论界曾就“社会主义应不应该有悲剧”的问题展开过争鸣，以今天的眼光来看，这样的争鸣论题的确显得过于幼稚；但它却传达出一个重要的信息，那就是我们的作家再次将目光投向现实，开始注意表现现实中的悲剧性了，但也仅仅是表现生活中的一种悲剧性而已。对于怎样才能揭示出悲剧美的问题，无论是理论界还是创作界都没有作出具有说服力的回答。

从 21 世纪初年军旅长篇小说中，我欣喜地看到军旅长篇小说作家们已经就如何摆脱狭隘的英雄观念，进而对战争形态的悲剧本质以及战争所包含的诸如复杂人性和多元价值判断等深层问题作出了新的思考和选择——在英雄的悲剧中寻求和拓展超越性的意义空间。在《音乐会》和《悲日》中，作者不再浓墨重彩地集中描绘一个主要英雄形象，而是重在突出民族和国家的整体英雄主义精神。此外，不同于以往战争历史长篇小说对“胜利大团圆”模式的激昂表达，这两部作品均将笔锋下沉，转而探索战争本质的悲剧色彩和战争历史沉郁悲壮的美学内涵。在《悲日》中，丁旸明并没有简单地把“淞沪抗战”的失败归因于国民党上层的腐败无能，也没有将悲剧的根源归结于政治上的复杂而微妙的矛盾对立；而是深入到历史过程中具体人物的内心世界，并分别从处于不同境遇、有着不同心理欲望的人的内心深处探究这场悲剧的丰富而复杂的历史与文化根源。丁旸明彻底颠覆了“革命胜利大团圆”的结构模式，揭示出了日本侵略战争给我们国家和民族，以及所有不期而然的卷入者所造成的无法抗拒的悲剧命运。《悲日》大胆突破了塑造单一英雄形象的传统写作模式，转而寻求一种更为宏阔的整体英雄观。小说塑造了一组人物群像，并把十九路军这一集体作为英雄价值的承载核心。上至统帅（蔡廷锴、蒋光鼐），下至普通军官（庄逸飞、马德胜）、士兵（张不歪、豆芽）都是作为这一价值体系的组成部分而存在的，被凸显的并不是某一个人的行为，而是这一集体所凝聚着的中华民族的血性和不屈的国魂。作者舍弃了对单一英雄人物的集中塑造，转而平均笔墨，描摹了一组人物群像，将高大的英雄人物实体转化为一种基于悲惨的生存处境和个人命运而升腾出来的爱国激情的超越性存在，体现了创作主体对战争悲剧性质的理性认知和哲学思辨。

《亮剑》对悲剧美学的超越性探索达到了相当的高度。与许多“文革”题材的作品中人物被动地接受强大的外力加之于他们的悲剧不同，都梁让他的人物自觉地走向毁灭。其实，毁灭的只是他们的生命，而在这种毁灭中升华了的则是超乎世俗的英雄气质。毁灭并不是他们唯一的结局，在生与死的选择中，李云龙有无数的生的机会；赵刚与丁伟的面前也并非只有一条死路，在他们的周围就有无数的苟活者；还有田墨轩先生，也完全可以保全生命于乱世，尽管当时知识分子的普遍处境并不美妙。就连两位美丽、柔弱的女性的选择也带有更多的明知不可为而为之的豪气。面对大量战争功臣被淘汰被清理的政治局面，赵刚拍桌而起，慷慨直言，作了人生最后一次反冲锋；面对残酷的肉体和精神的折磨，赵刚将军和冯楠像俄国十二月党人一样慷慨赴死，以自己的生命实现了“死亡也是一种反抗”的誓言。李云龙之死是《亮剑》文化内涵更高的一个层次的体现。决定赴死的李云龙“不但有着超乎常人的英雄的意志和英雄的业绩，同时也具备了大彻大悟的英雄的精神力量。尽管他也曾经有过思想上的迷惘与困惑，但其最后的死亡是在面对更加强大的外在力量的一种抗争，是明知不可为而为之的一种清醒理智的选择。”被“文革”煽动而失去了理智的革命群众攻占了部队的师部大院，抢去了大量现代化武器，眼看一场大规模武斗的局面即将发生，身为军长的李云龙将军被推上了矛盾的焦点。如果任其发展，必将造成大量无辜群众的伤亡和社会灾难；如果采取措施，自己必将背上破坏“文革”、镇压群众的刽子手的罪名。这个时候，李云龙以自己军人的使命毅然选择了后者，他像赵刚一样，甘愿以自己的死和罪名来换取无数人的生命和社会稳定。可以说，当他当着政委的面，把手枪对准自己的太阳穴时，他毁掉的是自己的生命，但在生命的毁灭中，他超乎世俗的英雄气概却得到了升华。从他们的性格与品性来看，毁灭又是他们性格发展的必然结局。作者已经赋予了他的人物鲜明、生动的性格特点，为他的人物奠定了总体的基调，也就难怪他的人物要随着自身性格发展的轨迹而奔向其最终的悲剧结局了。他们是在以死来肯定生，张扬着生命的高贵与尊严。可以说《亮剑》是一部真正的英雄悲剧，作者借他笔下的英雄群体生命的毁灭所奏响的是悲壮、高亢的英雄颂歌，其所产生的不是凄美与悲怆，而是崇高与壮美的美学效果。“文革”是中华民族的一场精神劫难，都梁不但勇敢地正视并淋漓尽致地揭示了这场劫难所蕴含的悲剧性；而且在悲剧的揭示中张扬了民族精神和人性的崇高与伟大，这在普遍缺乏悲剧精神和超越向度的当代文坛，不能不说是一次成功的创造。

《我是我的神》是当代中国人的精神史，是精神在宏大历史和庸常生活之间觉醒、挣扎、存续、自证的历史，是英雄的成长史，是人的精神转换和成长史。小说集中塑造了以乌力天赫、乌力天扬为代表的1950年代出生的人物群体，呈现了他们从迷茫、混乱到觉悟、抗争并最终走向成熟的过程，以及从这一复杂的精神成长过程中表现出来的理想主义和英雄主义的光芒。在《我是我的神》中，父亲的暴虐和儿子的叛逆在特定的年代彼此砥砺，那一条英雄的血脉因此而得到了奇特的延续——既有乌力天赫那样从一个战场走向另一个战场（从珍宝岛到越南、阿富汗）的切·格瓦拉式的战争英雄（他也许没有意识到，他以这样的方式延续了他父亲的战争事业），也有乌力天扬那样自称为战斗英雄，可回国以后在和平环境中再度迷失自我，在堕落中放纵自我的"多面人"。而在这两兄弟之间，也存在有敌意：乌力天赫不喜欢弟弟的胡乱碰撞，乌力天扬则讨厌哥哥的自以为是，同时又不得不承认自己不如哥哥那么坚强。到此，作家就写出了英雄的另一种悲剧：他们格外地躁动不安，同时也常常彼此难以相容。在父子之间的仇恨、兄弟之间的龃龉中，英雄们永远在咀嚼着自己难为人知的痛苦：成为了英雄又如何？他们一直想战胜父亲，"对抗了30多年，断搏了30多年"，结果呢？"谁也没有战胜谁，谁也没有赦免谁"。他们也想"战胜自己"，但到头来，遭遇的仍然是困惑。"这是一场与别人不相干的战争，他自己就是战争的双方"——常常"不知道自己是谁"，还常常被人们误解，还因为左冲右突以后终于发现："人类向往的自由……同时指向天堂和地狱。"在这样一些无法摆脱的困惑前，显示了英雄的苦闷，那当然也是人类的苦闷。而当作家在小说的结尾部分反复渲染这样的迷惘情绪时，他实际上也是披露了自己的困惑：在人类的困惑越来越多的今天，英雄主义也已经伤痕累累了。这个时代是需要英雄的，只是，许多英雄都在阴差阳错中遭遇了末路，又从另一个方面反衬了世俗化力量的强大和这个时代以强大的体制化力量消泯英雄主义浪漫激情的冷漠。于是,《我是我的神》就在开掘英雄主题方面达到了繁复的阔大境界:关于英雄的性格悲剧与代际冲突、关于英雄与英雄之间的矛盾与龃龉、关于英雄的内心苦闷与大彻大悟、关于英雄末路的深长叹息,都构成了一种超越现实生活的精神性存在。

李云龙的精神力量集中体现为“亮剑”精神——“明知是个死,也要宝剑出鞘”,不畏强敌,坚持正义。为了这种精神,李云龙在自我生命和政治生命与人民的安宁之间选择了后者,以生命的结束树立起英雄主义的新的丰碑。如果说赵刚和李云龙是以死亡作为灵魂的升华;那么《我是我的神》则可以说是在动荡的历史进程和难以掌控的命运沉浮中,建构一种抗争与不屈的英雄主义,是一种在迷茫中冲撞、在沉沦中崛起、在彷徨中觉醒、在毁灭中涅槃的富于超越性的英雄主义。

英雄不同的结局,尤其是悲剧意味,呈现出更为丰富多彩的英雄内涵。英雄主义不是战争的专有产物和代名词,英雄主义也不仅仅是只有战争中的军人才有的精神气质。英雄主义应该是一个历史范畴的概念,在不同的历史进程中,在社会的变革中,人们在社会历史中创造自己的生活和历史、改变和掌握自己的命运,都不断吸取英雄主义的力量,同时也不断在丰富英雄主义的内涵和边界。21世纪初年军旅长篇小说的英雄叙事在人性的深度与命运的广度上,在包容了作家对英雄主义的繁复思考的基础上,树立了当代英雄主义叙事的新的标高——这里,有“原生态”遮蔽不了的崇高,有“狂欢”淹没不了的悲壮,还有“小资”的“唯美”不能取代的粗犷。

五 现实伦理

近年来，当我持续地大量阅读21世纪以来的军旅长篇小说，并对诸多军旅作家作品进行批评的时候，我不得不说，真正描写当下纯粹的军营生活的作品实在太少了，少到几乎被悬置和遗忘的地步，对现实的担当已经无人理睬。这样讲并不是说军旅文学在当代中国文学现实格局中已经式微；情况正好相反，21世纪初年的中国文学恰恰以军旅长篇小说为主潮，建构了21世纪初年文学的“主流意识形态”，并对21世纪初年的中国社会思潮与人们的精神理想施加了极其重要的影响。但回顾这一主潮时不难发现，构成军旅长篇小说的主体部分却是历史与传奇。当代读者对历史与传奇的迷恋显然与理想的虚无和思想的贫乏有关，于是，在1980年代末被人们轻易抛弃的革命理想与道德伦理重新成为一种思想资源与理想乌托邦。问题是，这一源自革命战争时期并延至建国初期的革命理想与道德伦理毕竟已经远离了人们的现实生活，它可以在瞬间里抚慰一下人们空幻的心灵与浮躁的情感，却不能真正解决当下人们的思想困惑与精神虚无。这也是1990年代末以来的“新历史小说”及“红色经典”改编剧的历史性宿命。换句话说，文学终究还是要面对当下现实，还是要面对当下人们的存在，面对人们的思想与精神的困境。并不是说所有的作家都要在自己的作品中给出挣脱这一困境的方式与方法，但你一定要去触碰它，这才是文学存在的价值与意义，才是真正的文学之境。用文学滞后说来搪塞远离现实的现象说明其并没有进入文学的本质，甚至是一种反文学；因为对书写当下现实的强调并不拘泥于生活的表层，而是关乎对时代精神的把握与表现，对人性深度的探索与掘进，对生命存在的丈量和关照。

1 “强健而充分”的现实主义

建军八十余年来，无论历史风云如何变幻，政治环境如何更迭，文学生态怎样嬗变，中国军旅文学，伴随着人民军队成长演进的全过程，始终坚守并自觉完成着对“英雄叙事”的建构。作为当代文学的重镇和“精神写作”的旗手，军旅文学始终居于历史发展的潮头，站在时代精神的高度，坚持先进文化的前进方向，坚守主流意识形态表达，坚定弘扬爱国主义、理想主义与英雄主义，将中华民族的伟大精神融进了魂魄和血脉。爱国主义、理想主义和英雄主义作为人民军队的光荣传统与核心价值观，在各个不同的历史阶段都指引并召唤着人民军队，牺牲奉献，勇往直前，从胜利迈向了更大的胜利；亦作为军旅文学最为核心的精神伦理，赋予了军旅文学勇于担当的现实意识、崇高阳刚的文学气质与壮阔丰饶的美学品格。

“现实主义”与“军旅文学”是一对天然的盟友可以说是不争之事实。回望中国当代军旅文学半个多世纪的历史进程，不难发现，“现实主义”始终是军旅文学自觉遵循并积极倡导的理论资源和文学观念，并且渗透进军旅文学的深部和细部，构成了军旅文学的精神骨架和风格底色；军旅文学也凭借着自身丰富的文学实践和辉煌的创作成果印证了“现实主义”强大的历史穿透力、准确的生活概括力和不竭的艺术生命力。然而，“现实主义”在中国是一个非常复杂而又模糊的概念，随着主流意识形态话语不断地发生着变化，其意义内涵与理论边界一再发生着扩展和漂移，时至今日，我们已经不得不依靠各种前缀和定语来从“广阔无边的现实主义”范畴中选择和提炼我们所需要的理论资源。伴随着中国社会现代性转型的不断深入，尤其是 1980 年代中期中国文学的“现代主义”转向，“现实主义”一度俨然成为“反本质主义时代”各种后发文艺思潮和文学观念急欲“解构”和“妖魔化”的对象；进入21世纪之后的中国文坛，以泛私语化、过度世俗化、欲望化和冷酷叙事等等创作现象为表征的“伪现实主义”文学倾向也在不时地敲打和考验着文学研究者的神经。在半个多世纪的关于“现实主义”的论争中，胡风的观点似乎更能让我接受，他认为：“现实主义”是“主观精神和客观真理的结合或融合”，创作必须具备“与人民共命运的主观思想”，作家应把自己的“血肉”融入现实，才能“达到沉重的历史内容的生动而又坚强的深度”。半个多世纪以来的中国军旅文学正是体现了这样一种“沉重的历史内容而又坚强的深度”，从而赢得了几代读者的青睐，并在精神的层面上支撑起他们的理想与人生。进入21世纪以来，军旅长篇小说创作在广泛吸取现代主义文学观念与方法的基础上，依然奉“现实主义”为创作圭臬，从转型期中国文坛多元共生、纷繁复杂的文学生态中突围而出、变革前行，呈现出一种“强健而充分”的“现实主义”精神伦理与艺术风格，为21世纪初年的中国文坛带来一股强劲的清新气息，使得21世纪初年军旅长篇小说重归中国文坛重镇。因之，对军旅文学半个多世纪以来所始终坚守的“现实主义”文学观念作一番梳理与概括，借用恩格斯所谓“充分的现实主义”的表述，突出和强化军旅文学的特有属性，从而在军旅文学研究领域建构起相对完整而特色鲜明的军旅文学写作伦理，这对于21世纪初年军旅长篇小说的理论建设和创作实践，乃至于排除诸种病态残缺的“伪现实主义”倾向的干扰，都有着极强的历史和现实意义。

可以说，整个20世纪，在西方文论界，种种形式主义批评占据主导地位，它们主张文学的事实与价值、内容与形式分离，重事实和形式而轻价值和内容。这种理论批评观在1980年代中期被中国理论批评界几乎照单全收，然后作为批评的武器，对文学创作与批评界轮番轰炸，而且直接影响和带动了1980年代的文学创作，那十年间，“现实主义”文学几无立锥之地。而美国批评家布斯则认为，小说不可能没有伦理的尺度，总是含有一定的伦理价值观，进而提出“所有的叙事作品都是‘道德教诲的’”。长久以来，“现实主义”一直被狭隘地理解为一种创作方法。事实上，创作方法只不过是“现实主义”意义构成中的一个部分。从根本上讲，“现实主义”主要是指一种精神气质，一种价值立场，一种情感态度，一种关照现实生活的方式，一种体察人性和灵魂的角度。也就是说，在文学创作中（当然包括“现实主义”文学）“伦理”的意义永远都是至为重要的。因此，在我眼中，“充分的现实主义”之于21世纪初年军旅长篇小说的意义就远非当年恩格斯仅就“典型化”和“时代性”问题而提出它时其本义所指的那样单纯而具体了，它理应包含更为广阔和宏大的历史 / 现实的背景与意义。我之所以在“充分”之前加上“强健”二字，意在凸显21世纪初年军旅长篇小说健康雄壮的文学品格和积极完善的美学追求。概而言之，“强健而充分”的现实主义作为21世纪初年军旅长篇小说所坚守和高扬的写作伦理，大致涵盖了以下四个较为核心的思想和精神向度：即理想化、多元化、真实性和当下性。

理想化：英雄精神、爱国主义精神、牺牲奉献精神、庄严而崇高的使命感等等理想化的精神主题一直以来都是军队、军人最为核心的价值观念，而这种理想化的思想和精神体系却是高悬于现实生活之上的，往往会随着下层物质基础的发展变化而出现偏移和松动，因之需要反复强调。进入21世纪初年以来，军旅长篇小说对于崇高感和英雄主义精神等等理想境界的美学追求使其得以在当下中国精神漫漶、道德矮化、理想崩塌的现实语境中闪耀着璀璨夺目的光芒。21世纪初年军旅长篇小说由于其所依托的战争和军营文化的特殊性，具有迥异于其他题材类型文学的独特功能。首先，军旅长篇小说以战争和军营生活为主要题材，以塑造优秀的军人形象为手段，发掘人物形象身上所具备的崇高感和英雄主义精神，这就决定了军旅长篇小说对于军队乃至全社会都具有一种理想示范和精神激励的作用。其次，由于军旅长篇小说真实全面地反映战争和军营生活的各个方面，不仅成为普通百姓了解军营文化的最为便利的认识工具，反过来，也是军人感受战争、认识自己的一面镜子。第三，军旅长篇小说有着雄浑阔大、沉越激昂的美学品格，较之于其他题材类型文学更能弘扬“崇高”与英雄的民族精神；而这种昂扬向上的精神正是军人乃至全民族最可宝贵的精神财富，影响着当下中国人的人生观和价值追求。因此，在21世纪初年的社会转型期，当社会共同理想、道德伦理和崇高精神面临市场经济与世俗文化带来的理想价值观的剧烈冲击而渐趋消解之时，军旅长篇小说所积聚的理想化、崇高感和英雄主义精神能量便得以最大限度地释放。21世纪初年，都梁的《亮剑》、徐贵祥的《历史的天空》等军旅长篇小说在社会上产生了持续而广泛的影响，人们经由这类军旅文学作品填补了内心的空虚、理想精神的虚无，求得了心灵的慰藉和精神的提升，进而满足了对英雄理想、崇高观念乃至强悍甚或粗砺的健全人格的新一轮的文学想象。这是21世纪初年军旅长篇小说所特有的理想化精神追求所蕴含的强力而持久的审美品格，是其他题材类型文学所无法企及的。

多元化：军旅文学尽管天然地负载了很多意识形态化的政治因素，在每一个不同的历史阶段都承担着一定的时代责任，但就军旅文学本身而言，艺术创作形式和文学观念的多样化还是得到了相当程度的尊重。正如列宁所指出的那样：“无可争论，写作事业最不能作机械划一，强求一律，少数服从多数。无可争论，在这个事业中，绝对必须保证有个人创造性和个人爱好的广阔天地，有思想和幻想、形式和内容的广阔天地。”中国当代军旅文学的发展进程还是十分鲜明地体现出了艺术探索和创作手法的多元化特点。“十七年”的革命历史小说尽管由于政治的因素，在思想主题和表现题材方面多有雷同，但其表现方式和艺术手法依然相当丰富，从中国古典文学经典到民间话本艺术，从西方宏大的史诗叙事到革命现实主义与浪漫主义相结合，军旅文学广泛吸收借鉴了古今中外各种优秀的文学传统和资源，在短短十几年间创造了中国当代文学史上最为辉煌壮丽的一页，成就了一个堪称“红色经典”的文学时代。1980 年代以来的军旅文学更是大踏步地突破了种种教条思想的束缚，在反映现实生活的深度和广度，在题材领域的扩展和艺术视角的转换，在对人性深度的体察和关怀等方面都取得重大突破，极大地丰富了军旅文学的审美和意义空间。进入 21 世纪初年以来，军旅长篇小说已然形成了一个开放性的场域，其题材内容、表达技巧、写作媒介、阅读人群都在急遽扩展，诸如“网络小说”、“影视同期书”、“跨文体写作”、“个人化写作”、“类型化叙事”、“底层叙事”等等 21 世纪初年中国文坛上的新鲜甚至芜杂的文学现象都迅速地在军旅长篇小说创作领域中开花结果。开放性、广阔性和多元化无疑是 21 世纪初年军旅长篇小说的真实表征。

真实性：真实是艺术的生命。20 世纪八九十年代文学就是从这一由痛定思痛得来的真诚艺术信念出发，告别了从前的“假大空”文学，走向现实主义的回归和现实主义的深化的。“写真实”，成为 20 世纪八九十年代文学最具感召力的一个艺术口号。然而，真实并不完全等同于事实，生活真实应当是生活的表面现象与深层本质的统一，艺术真实应是生活真实基础上的升华，应该融入作家主体的生命体验、客观审视和形上思考。经典现实主义理论更强调文学“除了细节的真实外，还要真实地再现典型环境中的典型人物”，并且特别强调这种典型化与时代性的关系，强调作家对历史运行趋势和时代发展态势的高瞻远瞩。“优秀的现实主义创作不仅要真实地描写当时的社会现实状况，而且应该反映出历史发展的趋向。”在这一原则指导下，21 世纪初年军旅长篇小说始终坚持对“真实性”的艺术追求，敢于直面矛盾问题，拒绝遮蔽与粉饰，敢于揭示与批判，体现出强烈的忧患意识和批判精神。21 世纪初年军旅长篇小说作家将目光聚焦于军队改革转型和现代化建设带来的巨大变化，以冷峻而犀利的笔触对现实发问，揭示阻碍军队现代化转型的各种积习，批判现实军营中的不正之风，生动呈现传统军人在面对部队编制体制调整、思想观念更新、战法训法创新、新装备列装等巨大挑战时所承受的压力和艰难抉择；细腻地刻写军人个体在面对走与留、情与法、公与私等人生关头时，内心的困惑、焦虑与抗争，以及他们付出的难以想象的代价和超乎寻常的坚毅；深刻体察当下军人的精神困惑、心理创伤和情感危机，真实记录并见证着21世纪初年中国军队乃至国家社会的发展变迁。

当下性："关注现实，立足当下"始终是军旅文学赖以存在和发展的重要基石。21世纪初年，社会生活正以飞快的速度向前发展，如何应对新军事变革的挑战，以文学的方式及时而深刻地反映出军旅生活的新变和时代的新质，也已成为21世纪初年军旅长篇小说责无旁贷的历史使命。"三贴近"理论（即贴近实际、贴近生活、贴近群众）指引下的军旅长篇小说创作，不仅要及时地反映现实生活，更要积极地介入现实生活。在21世纪初年军旅长篇小说中，我们感受到了扑面而来的军营生活气息，感受到了军旅作家强烈的忧患意识和理性思考，感受到了"科学发展观"催生出来的新思维、新观念，感受到了立足"打赢"的军人本色和豪情壮志，感受到了越来越多的人文关怀和与时俱进的创新气象。事实上，以军旅长篇小说的全面繁荣为标志的中国当代军旅文学的"第四次浪潮"的勃兴，正是建立在军旅作家们长期积累的扎实而丰富的生活体验之上的。放眼当下中国文坛，下基层体验生活对于大多数作家而言仅仅流于一种口号或曰形式；但对于相当多的军旅作家而言，军营生活永远是他们文学梦想的起点和支点，军人的意识、军人的情怀亦是在长久的军营生活里磨砺和练就的。因此说，"贴近实际、贴近生活、贴近群众"对于大多数军旅作家而言并非来自外部的要求，而是源于他们文学心灵的自觉诉求。21世纪初年军旅长篇小说所收获的不仅仅是上百部的长长的一串优秀作品清单，更彰显出"贴近现实，关注当下"的文学自觉。此种"自觉"在当下中国文学动辄投入到历史的角落，动辄隐匿于个人化生活经验的整体态势中更显弥足珍贵。

21 世纪初年军旅长篇小说坚守着“强健而充分”的现实主义写作伦理，坚守着对理想精神、英雄主义的张扬，坚守着对现实生活积极介入的勇气，坚守着主流意识形态包裹下的“正面价值观念”的文化塑造，为 21 世纪初年中国文学精神谱系的营构源源不断地输入强大的精神动力。“强健而充分”的现实主义既是一种特定的文学传统，也是一笔宝贵的精神财富；既是一种独立的文学品格，也是一种高贵的美学追求；既是读者想象军营、想象军人的根据，也是 21 世纪初年军旅长篇小说最为根本的写作伦理。

2　守望“生活现场”

总体而言，对战争历史的重构和对军旅现实生活的书写构成了 21 世纪初年军旅长篇小说的两翼。相对于书写军旅现实生活，军旅作家们似乎更加偏爱重返战争历史，这是由军旅文学的本质属性和战争历史天然的题材优势所共同决定的。然而，相对于战争，和平才是当今时代进步和社会发展的主流，经过了长期的和平年代，军队、军营和军人也正在发生着深刻的变化。20 世纪八九十年代军旅文学因其始终密切跟踪当代军营和军人生活的新变，深刻洞悉社会文化心理转型，经由对重大历史事件和社会热点问题的生动描摹与深度透视，展现出了军旅作家强大的思想能力、真诚的文学态度和崇高的精神立场而成为万千读者关注和追捧的焦点，亦对新时期文学深刻“介入”现实生活的独特品格的构建起到了至关重要的作用。进入 21 世纪初年以来，市场经济的飞速发展和大众消费文化的勃兴，快餐化、欲望化、世俗化、私语化写作泛滥，致使当下很多作家放弃了知识分子精英文化立场，并直接导致对生活“现场”的疏离。作为军旅作家，始终处在书写军营生活的第一线，首先应该努力介入复杂丰富的军营生活现场和军人精神世界，进而去深入探究和描摹军人这一特殊职业投射在军人行为和军人内心的光影。这光影若隐若现，如同迷彩般斑驳，一部分肉眼可见，而另一部分则被遮蔽，有时甚至远远超出文学的想象。生活的复杂性决定了小说的复杂性，而表现这种复杂性，是抵近现实的重要一步。自真而善而美，如假则变恶变丑。当然，军旅小说自有其与众不同的品格和质地，更需要作家把握生活的光与影、实与虚。要真诚反映当下的军营生活，真正做到为官兵代言，不仅需要作家熟悉自己笔下的生活，更需要有敏锐深刻的洞察力和处理复杂生活素材的能力。特别是后者，往往是军旅长篇小说作家所缺乏却又不知该如何提升的短板。这一短板的存在最容易导致的后果就是，我们常常会不自觉地对生活加以随意简化和任意切割，为的只是让它满足我们事前勾勒的草图，哪怕明知笔下出现的并非我们所真正了解的军旅生活。

军旅长篇小说创作之所以无法真切地表现军旅现实生活，甚至于远远落后于军旅现实生活，一方面是因为军旅作家对日新月异的军营生活的陌生，当下的部队现实生活变化实在是太快了。进入21世纪初年，我们这支军队的建军思想、指导方针，已经与时俱进地发生了深刻的变化甚至是变革，已从“打得赢，不变质”，经过“三个提供一个发挥”，发展到了今天“能打仗，打胜仗”的新阶段；在这十几年里，我们这支军队已经初步进入了由传统的陆海空一体，陆军独大，到陆海空天电五位一体协同发展的新时期；在这十几年，我们这支军队已经初步完成了由机械化时代到信息化时代的发展和蜕变；在这十几年里，我们这支军队官兵的成分、受教育的程度、接受新观念、新思想的能力和速度，已经发生了革命性的变化，连征兵的时间都从冬季改到了夏秋季。陈怀国的《毛雪》中的第一句话——“当天空降下第一场毛雪的时候，我就当兵了”已经成为50后、60后军旅作家们遥远的怀想与记忆。另外一方面，军旅作家对“军事科技理论”的陌生和对我军“高科技变革”与“现代化进程”的疏离，也使得真正深入当下部队生活、全面塑造当代军人形象成为一种“有难度的写作”。相较于战争历史题材，无论是在数量上还是质量上，21世纪初年军旅长篇小说的现实题材写作都更显孱弱。军旅作家们的目光或“向后看”（表现战争历史），或“向外看”（书写非军旅生活），偏偏无法聚焦到“当下”（反映部队现实生活）来。部分军旅长篇小说，即便从题材上看，表现或涉及了部队现实生活，但却远未体现出军旅文学应有的“强健而充分”的现实主义精神和崇高、阳刚的文学气质与美学品格；未能深入到军旅生活的深部、细部，未能切中时代精神的脉搏，未能跟上新军事变革前进的步伐。长期的和平生活，已经使得军队和社会水乳交融，平凡庸碌、琐碎世俗的日常生活亦成为军旅生活的常态。部分军旅长篇小说对当下军旅生活的把握流于经验的表层，甚至呈现出过度世俗化、欲望化、私语化和快餐化的写作倾向。在这种情形之下，如何应对新军事变革的挑战，以文学的方式及时而深刻地反映时代的新质和军旅生活的新变，已经成为军旅作家们责无旁贷的历史使命。而当前较为活跃的军旅作家，大多人到中年，达到了相当的级别，长期脱离基层生活，真正意义上的军旅生活已经成为他们记忆中的外在之物。应该说，个别作家在军旅文学创作中的迷茫与走失，应当归咎于对军事生活的隔膜与疏离。生活层面的缺陷，直接导致作品精神品质和思想魅力的弱化。这就对业已成名的军旅作家们提出了更高的要求，也为更多来自基层的年轻作家提供了施展和发挥的空间。基于此，“老作家”苗长水的《军事忠诚》所展现出的关注当下军旅现实生活，直面新军事变革实践的文学立场和写作伦理是十分宝贵的，也是值得提倡的。

《军事忠诚》所聚焦的国防后备力量建设从题材上来说很新鲜，“陟辉”这个英雄形象在当代军旅文学的人物长廊上亦显得很独特。小说主人公对党的忠诚和对事业的尽责精神令人感动，作品所表现出的强大的生活概括力和穿透力也值得称道。为了写好国防后备力量建设这个相对陌生的题材，苗长水进行了长期的跟踪采访。深入生活，扑下身子，全情投入，在军分区系统琐碎而繁重的日常工作生活中浸泡了一年多，与底层百姓和基层官兵进行面对面、心贴心的交流，掌握了大量一手素材，并进行了调查式的采访研究。书中对关于如何征兵，如何抓好民兵预备役建设，如何搞好社会治安，如何支援地方政府进行经济建设，如何处理突发事件，如何抢险救灾等都描述得非常翔实生动，堪称是一部国防后备力量建设的"百科全书"。小说艺术地再现了焦作军分区司令员阚辉、政委王继元的工作、生活、思想和情感，具有极强的典型性和代表性。近年来，苗长水个人创作风格的现实主义转向，也是21世纪初年军旅长篇小说关注当下，直面现实的整体发展趋势的一个缩影。苗长水聚焦当下军旅现实生活和国防建设实际，正面、全面且生动、深刻地表现了军民融合式发展遇到的新情况、新问题，从题材上填补了军旅长篇小说的一个空白。《军事忠诚》就是苗长水在生活现场中浸泡出来的，从原型人物身上发现和感受得来的。他花费了一年多的时间接触走访了上百个人物，记下了数十万字的采访笔记。在与困难户的对话中，苗长水一次次泪流满面；在与小说主人公的原型——焦作军分区阚辉司令员交心时，苗长水一次次受到了心灵的震撼。正面塑造当代英雄，以纪实方式打通文学虚构与现实真实的生活和情感阻隔，无疑是《军事忠诚》的最大特色。以至于，我可以因此忽视甚至是理解作品的匆促、粗糙和缺陷。客观地说，这部可以说是"赶"出来，甚至是"抢"出来的长篇小说，纪实的味道很重，在小说语言和人物内心世界的经营上还显得粗糙，文学性层面尚有不小的提升空间；但是苗长水深入生活、沉入生命的写作伦理，无疑是非常令人感佩的。苗长水近年来频繁地下部队、走基层，积累了大量关于新军事变革、重大军事演习、抢险救灾以及国防后备力量建设等方面的素材。年近花甲的作家动情地告诉笔者："趁着现在还跑得动，多跑跑基层，多下下部队，多掌握些部队的新变化、新情况，等再过几年，跑不动了，就好好沉淀和思考，争取写出一部全景式反映新军事变革的重量级作品。”看着苗长水满头灰白的头发，我不禁为他真诚的军人情怀和宏阔的文学理想所感动。《军事忠诚》在他庞大的写作计划中，或许只是中间的一级台阶，但是有了如此扎实而厚重的生活体验作支撑，苗长水更加优秀的现实题材军旅长篇小说的问世，是多么令人期待啊。

“守望生活现场”是一种“有难度的写作”，21 世纪初年军旅长篇小说要达成对“难度”的克服和超越，首先就必须完成对当下军队现实生活的正面强攻，就要在深度、广度和硬度这三个向度上做文章。所谓“深度”，是指军旅长篇小说要真正深入到军事生活的深部和细部，紧密围绕“新军事变革”条件下部队在军事训练、武器装备、军事思想、兵员成分等方方面面的深刻变化，书写出具有浓厚军味、兵味的纯正的部队生活。在 21 世纪初年军旅长篇小说中，“现实主义”不再是一个陈旧的概念，不再是一种死去的写作方式，在军旅作家笔下，现实主义已经被现代叙事精神所激活，成为作家理解存在的最好解码。军旅作家需要更深刻地卷入当下现实，沉入现实军营生活，更深入地理解当下军人真实的生存状况。“存在”就是“现实”，作家写得有现实感不难，但要有存在的深度就不易了。在这里，“存在”是富于哲学思想的一种意味；因此，我喜欢有现实感又有存在感的小说。所谓“广度”，是指军旅长篇小说应该尽可能地覆盖军旅生活的重要领域，而不能仅仅局限于训练场和机关大院。当前我军正在完成由“机械化”向“信息化”的跨越式发展，例如军事科技、战争准备、反恐斗争、军人生活、军人情感等等复杂新变都可以，而且应该成为军旅文学表现的对象。时代的发展已经使得今天的军营生活前所未有地纷繁复杂，有太多精彩而珍贵的题材资源等待着军旅作家们去发现、去挖掘。所谓“硬度”，是指军旅长篇小说作家置身于多元共生、泥沙俱下的 21 世纪初年文坛，在面临着精神境界的矮化与文学意义的漫漶时，在面对来自文学消费机制的诱惑时，能够排除种种非文学因素及欲望、利益的干扰，始终葆有自身硬朗坚实的质感，坚守并发扬“强健而充分”的现实主义精神和崇高、阳刚的文学气质与美学品格。

脱离现实生活的军旅文学是苍白无力的，没有英雄人物的军旅文学是残缺不全的。军旅长篇小说理应坚守"强健而充分"的现实主义写作伦理，守望新军事变革大潮下激情燃烧的军旅生活"现场"，创作视野不仅需要广博开阔，更需要具象细腻而沉实。军旅作家们需要持续细致描绘时代巨变在军营中的影响和波动，将创作的笔触伸展到整个民族、国家的转型巨变的时代脉搏上，敢于挑战和直面"有难度的写作"。守望军旅生活"现场"可以说是新世纪军旅长篇小说作家正在追求的文学理想与写作姿态，而"有难度的写作"对21世纪初年军旅长篇小说的文体品质提出了更高的要求，更考验着军旅作家的文学立场与写作伦理。21世纪初年军旅长篇小说，不仅要及时地反映现实生活，更要积极地介入现实生活；不仅要塑造出和平年代的英雄形象，更要彰显出立足"打得赢，不变质"的军人本色和壮志豪情。当下现实是军旅长篇小说最为根本的题材资源，当代英雄是军旅长篇小说梦想的起点和支点。

3　为军旅生活的"存在"作证

卢卡契曾说过："一切伟大艺术的目标都是提供一幅有关现实的图画。"[①] 长久以来，军旅文学始终坚守并积极拓展现实主义的精神与品格，积极表现波澜壮阔的革命战争历史和如火如荼的军队建设实践。然而伴随着文学生态的剧烈变动和军队建设的转型发展，现实题材的军旅长篇小说越来越难以与现实生活"同步"，有的作品观念陈旧、缺乏时代精神，有的一味追新求异，脱离部队实际，还有一些天马行空的作品过分沉溺于对"现代化"武器装备和"高科技"战场态势的精雕细

---

① [英]拉曼·赛尔登编：《文学批评理论：从柏拉图到现在》，刘象愚、陈永国等译，北京大学出版社，2003年，第53页。

琢，而忽略了对生活本相的探寻、对人物心灵的描摹和对军人精神世界的关照，因而整体上失去了对现实生活的反映和认知意义。

进入21世纪以来，以李亚、王棵、王凯、王甜、朱旻鸢、裴指海、卢一萍、曾剑、兰宁远、李骏、曾皓、刘猛等为代表的“新生代”军旅作家进入读者的视野，并逐渐在文坛崭露头角，创作实力不容小觑。“新生代”军旅作家大都出生于1970年代以后，他们的军旅生涯伊始，恰逢我军新军事变革浪潮开始涌动，军队从战术、武器、兵种到部队官兵的知识结构都发生了历史性遽变，这为他们的文学创作提供了极好的机遇和表现领域。从接受美学的角度论，无论是部队读者，还是地方上数量众多的“军事发烧友”，也都希望从军旅文学中获取新军事变革的诸多信息，感受当代军人的风采与“亮剑”精神。军营生活的新变和读者的阅读期待，无疑为“新生代”军旅作家提供了创新的空间和施展才华的舞台。“新生代”军旅作家的现实题材创作，重新回归真实可感的、具象沉实的军旅现实生活，努力开掘和拓展新鲜的题材资源和叙事空间。这也充分发扬了“新生代”作家与当下军营“零距离”的优势：一方面，他们中的大多数都有过或长或短的基层部队经历，有很多都是从战士一步步成长起来的，对当下的军旅生活感受真切、体验深刻，甚至可以说，基层——部队——战士，这就是他们最为熟稔的生活体验和最为本真的生命状态。另一方面，他们都还相对年轻，与基层官兵属于同代人，有着天然的亲近感，更容易深入体察他们的精神状态和情感世界，这使他们较之前辈作家，对于发生在当下军营中的故事，更有发言权。

在他们的作品中，我们会看到部队基层生活的酸甜苦辣、普通官兵的喜怒哀乐、甚至连队生活的方方面面、边边角角：诸如整理内务、开班务会、体能训练、宿舍夜谈、连队帮厨、野外驻训等生活内容，在他们的笔下都成为生动鲜活的经验，被赋予崭新的意义。虽然以经典的文学标高来衡量，“新生代”军旅作家的长篇小说作品还有较大的差距；但从反映军旅现实生活的深度和广度而论，都让我们刮目相看。“新生代”军旅作家作为一个日渐活跃的写作群体，他们以其独特的审美体验与视角，关照着当代军人的生存境遇和情感状态，为和平时期的军旅文学写作开拓了新的题材资源。他们更愿意将自己的文学目光聚焦于高强度压力环境中的个体，表现逼仄空间内小人物的内心世界和命运轨迹。在取材上，他们更善于挖掘日常生活中人物丰富而驳杂的生命情态和生活经验，对细节进行放大甚至夸张化处理，探索柔软敏感的人性与人的内在心理，外化到文本层面便是作品中无处不在的伤痛痕迹。“新生代”军旅作家普遍具有本体的、异质的独特审美体验，具有重构日常生活之诗学理想的文学自觉；在叙事内容上，他们倾力展示平凡个体与世俗现实之间的种种纠葛，揭示新型军人面对军营与社会的急速变化所遭受的各种尴尬的精神处境和命运遭际，在伦理叙事与叙事伦理两个层面上呈现出鲜明的文学特色，为21世纪初年的军旅文学增添了一道别样的风景。

北乔的小说总是执着于对当下军旅生活现场的抵近和守望。阅读北乔的小说，我想起中国的一句历史久远的俗语——“铁打的营盘流水的兵”。北乔用数十万字极其耐心与细腻地讲述和描摹武警普通士兵的生活，其写作伦理一定是与这句俗语有关。在我的想象里，这句俗语真实地描述了北乔内心与情感的深处之痛，虽经世事沧桑，却难以平复。这句俗语后来又幻化成了一种诗的意象，这意象与北乔的生命与灵魂叠印在一起，召唤着他的文学之路。数十万字的“营区系列”作品一方面阐释了这句俗语的内涵，另一方面则舒缓了北乔难以平复的心灵深处的痛感。曾经的武警基层生活肯定让北乔无法忘怀，甚至刻骨铭心，这是北乔写作上述作品的基础，或者叫源头。那么起因呢？就是我前面提及的那句叫做“铁打的营盘流水的兵”的俗语。也就是说，这句俗语在触及了北乔生命与情感的痛处的同时，点燃了他写作的激情，这种激情持续了十年之久，而且至今欲罢不能。北乔要用一系列的作品还原那些普通士兵们的生活，要复活他们质朴的青春时光，为他们曾经的“存在”作证。写作“营区系列”的北乔并没有停留在感性的想象之中，他显然把这句俗语进行了形而上的提升与概括，于是这句俗语成了他作品的核心思想，或者叫做灵魂。但这并不能决定北乔要历十年之久，以如此之多的文字予以抒写。因为北乔对此必须要有一个基本判断，他的营区生活资源能否支撑他的写作？他的营区生活的写作究竟有多大价值与意义？尤其是面对当下世俗化与欲望化的文学语境，作家们与普通大众一样，都变得从未有过的现实与实际。这就触及作家的社会责任与使命；但当下的批评家们为了回避意识形态的浸染，而使用了写作伦理这一概念。这一西方式的表达显然具有中性的意味，无疑增加了言说的丰富性。

如果说北乔最初的武警普通士兵生活的抒写是源自他曾经的经历、对那段生活的缠绵之情以及生活本身给他的痛感；那么，他后来的持续的抒写与坚守就不能不与他对当下社会现象及文学思潮的理性思考有关，他显然意识到了上述问题与他的文学理想的本质性差异。北乔的写作无疑是 21 世纪初年军旅文学纷繁背景下最为纯粹独特的风景，他的文字清新通透，质朴自然，绝无矫揉造作，亦少华丽辞藻；但却往往在静谧的叙述中蕴藉着温婉的感伤，积聚着动人的情绪。没有“好看”的故事，没有曲折的情节，没有传奇的人物命运，没有夸张的戏剧冲突，没有引人眼球的噱头，没有世俗生活的喧嚣；有的只是一幅幅基层官兵的速写，寥寥几笔，单个看只是一个轮廓，甚至眉眼都不清晰，但将他们拢到一起，整体观察，却是一尊巨大的军人灵魂的雕塑。可以说，北乔的叙述和描写是沉静耐心的，也是平实深刻的；你甚至会觉得安静得有些笨拙，孤独得有些悲壮，他就像一个忠实而隐忍的守园人，年复一年地看护着沉寂的营区，见证着军旅生活的“存在”，守望着职业军人的精神家园。北乔对众多武警普通士兵形象的鲜活塑造，一方面更接近于生活本身，另一方面更加强调了生活细节的文学性再现。这当然是文体使然，但更是由于北乔对生活本身的“自在”性的重视，他将“存在”本身审美化了。北乔刻意于生活背后所蕴含的“有意味”的东西的开掘，不是简单的哲理性阐释，而是生活自身的蕴含，明显地多了层厚重。在特别看重故事与情节的长篇小说中，北乔却置“好看”于不顾，仍然是描写生活本身的“自在”状态。21世纪以来，“英雄传奇”模式的复兴和“通用写作”的大行其道，在炮制出了大量形象雷同、性格扁平的英雄人物的同时，也淹没了“基层官兵”在军旅文学中的生存空间。形象普通、经历单纯的“基层官兵”几乎成了沉默的大多数；但在北乔看来，沉默坚忍正是军人的精神质地，平淡无奇恰是军旅生活的本质“存在”。长篇小说《兵们》写了一支武警中队，重点是一个排，主要人物也有十余个。小说没有中心故事与冲突，虽然着重写了诸如上街执勤、追捕逃犯、看守监狱等几个情节；但因缺少一根主线，这几个情节只是情节而已，并不具有推动长篇小说向前发展的动力，小说便呈现一种自在状态。北乔对生活自身所蕴含的价值与意义似乎充满自信，所以，他在最重视人物形象塑造的长篇小说中依然不去人为地拔高，他们或者为了提干，出人头地；或者为了入党，回家后脸上有光，且在村里寻个主任与书记的职位；或者为了脸面，而过分强调自己的个性，等等。他们是一群毛病和问题多多，但却有个性，亦不乏军人血性的普通士兵。《兵们》让我感受到了北乔军营生活的深厚，那种只有长期浸泡才会有的兵的味道。

北乔的长篇小说立体地展示了当代军营生活图景，从中我感受到了扑面而来的军营生活气息，感受到了北乔作为军人的责任意识和强烈的理性思辨。也许这样一种写作姿态过于纯粹而显得孤独，但它却使军旅文学得以回归本源，回归到那个承载着军旅文学光荣与梦想的起点和支点。我相信，“营区系列”作品的价值和意义必将随着现实“存在”境遇的不断复杂和严峻而得以凸显。也许，在这样一条直抵精神窄门的文学小径上，北乔依然要孤单远行；北乔甚至于不惜“匍匐在地”，只为面向军旅现实生活的“存在”，正因为有了大地的托举，他随时可以飞翔。当军旅文学一边倒地倾向于历史传奇故事之时，北乔偏偏采用了一种颇不讨巧的方式，以散文化的笔法正面强攻军旅生活的常态和细节，探究职业军人的情感世界和精神存在。如此条分缕析式的理性写作，要求作家具备坚实的生活储备与丰厚的生命体验，在我看来这恰恰是当前许多活跃在文坛的军旅作家所不具备的；而北乔多年深厚的基层经历和真诚炽热的士兵情怀使他获得了独特的观察视角、丰厚的精神资源和宝贵的作家立场。

和许多“就事论事”的军旅现实题材长篇小说不同，歌兑的《坼裂》在全景式还原救灾现场的同时，又在文学之外延伸出一派洞察世事的哲学观和存在感。小说“对于灾难的认知，包括对人与自然、人与人关系的认识，主要是通过主人公的个人感悟来表现的，这种反思的起始不是出于人物的自觉，而是灾难对于惯常生活方式的破坏。男女主角在性格上都有专业精英的自恋和轻狂，作者没有规避他们的弱点，而是让他们在深入灾难的过程中找回人性的本真。作者揭露了现代化带来的‘科学让人更近而技术使人更远’这一现实悖论，新文明的物欲负荷压迫下的人们懒得去爱，懒得去正视道义，懒得去敞开真诚，甚至对施救行为本身也很快心生厌倦，如果一旦世人竟懒得去反省了，那真是人类的灭顶灾难了。林絮跟俏妹儿讨论的‘几下子’和‘72 小时’理论很真实，读来令人惊心动魄。即使在这么重的天灾面前，人跟人心灵的靠近也只是以小时计，更多地体现出一种疑惑，信奉的还是自我。林絮和卿爽之间一直有一条感情线在维系，即便他们如此渴望，也无法摆脱孤独，无法走到一起。靠着近乎残酷的发泄方式在生活，这些都揭示出现代人的一种病态心理，也非常符合当下许多年轻人的心态。这部小说还注意把文学和自然科学、包括医学从文学价值层面集结起来，从头至尾以医学为背景，把科学知识写得如此丰满细腻、准确到位，并且让所有这些东西‘化’在小说里，成为提升文学艺术感染力的重要组成部分……歌兑在当下活跃的军旅作家中属擅长哲学思考的一位，哲理性和文学性结合得比较好，显示出一种文采和灵动。甚至在性爱描写方面也显得大胆、独特，写得深入彻底、淋漓尽致，又透出一种形而上的象征意蕴，确实比较少见。”[①] 作品里贯穿整体的“坼裂”文学意境更是颇值得玩味的。

首先关乎身体：无论是女军人，女护士，还是女性雕塑，都是带有裂痕的。地震来了，女性雕塑从胸部裂开一道缝；卿爽原本洁白无瑕的身体在救灾中变得伤痕累累；护士长伤痕的设置具有某种荒诞感，她的胸是假的，并且是误诊切掉的，这可以理解成更隐形的裂痕；更有地震时为护住丈夫而流产大出血死去的新娘、不得已被直接剖切的孕妇老师、要去找孩子而自断手臂的农村妇女、在截肢与保命间哭泣的女孩……很多裂痕均是藉由女性的身体阐释的，在营造了勇于承受伤痛的母性壮美感的同时，反复强化了崇高的人类生命繁衍主题。其次是心理上的“坼裂”。从一开场，男女主人公一方面是带着心理上的现代病的被救赎者，另一方面又是无数灾民赖于求生的救赎者。他们和灾难是互生互存关系，于是，才让人们剥离灾难反思人性庸常的一面：即便没有现代性，你也一样是“坼裂”的；即使没有地震，你生活中也充斥着“坼裂”。因此可以看出这本书的主旨其实远远超越了地震，甚至并不在主写地震，只是巧妙地搬借了偌大一个场景罢了。第三层意向，是更直观的大地的“坼裂”，这也算是全书的前提和线索。作者不但写到了人体、精神和大自然的裂痕，并且阐释了三者之间的关系。这集中体现在“趋近：向死而舞”一章，面对大自然的暴虐，当男女主人公可以选择各自逃生的时候，却为了明明到不了一起的现状而枉自努力，抛开理智去追逐那无可回归的梦想，不惜自陷濒临死亡的困境

---

① 参见朱向前、徐艺嘉：《英雄主义与浪漫主义的激情变奏——关于歌兑长篇小说〈坼裂〉的对话》，《文艺报》2011 年 8 月 31 日。

当中。这种痛苦挣扎是非常惨烈的，又是唯美的和极具尊严的。作者在表现分裂的矛盾时又是富于温情和同情的，一再强调女性和母性的柔性色彩，包括泥石流中的那具女尸，都被赋予了托举生命与渴望生活的气息。

这部小说暗藏了大量供人掩卷沉思的寓意空间。如夹住腿的小赵和绊住腿的林絮、舍己保子的闵老师和舍子图新的卿爽，构成了一层层的暗喻。而“坼裂”就是当下现实中的行尸走肉状态，是美丽生存的对立面。让人们爱不到一起的不是命途多舛，而是存乎内心的“坼裂”。作品的潜台词已上升为“拯救”的人生态度，呼吁人们反思的意旨力透纸背。如果不是作者历经真实困苦的冲击，绝不会有这么深的感触、这么强烈的诉求。所以，这部小说艺术上的成果，并不仅仅是文学的，而恰恰是生活的磨炼所赐。通过大灾难的非常态，作家窥见了某些生命的奥秘和本质，并实现了顿悟。那些不尽如人意的作品，说到底还是生活本身的问题。由此昭示：一旦作家置身于生死涅槃之中，他的文学也就获得了浴火重生。

当文学越来越成为消费时代人类精神漫漶的表征，它的基本使命是否还是为了抚慰心灵，探究存在？至少，在我的内心，是一直对文学存有这样的梦想。然而，在具体的阅读情境里，文学带给人的往往是一片轻盈的迷惑，它既不能帮助人解决生活问题，也不会减少这些问题。也就是说，文学并不具有真实地解决人们现实生存中所存在的问题的功能。谢有顺说：“文学在任何时候，都是人类心灵里一种隐秘的奢侈念想，也是人类了解自身存在境遇的一条细小管道。假如文学不再集中描述存在的景象，也不再有效解释精神的处境，那么，文学也就不再处于它自己的世界之中了。”[1] 文学之所以是文学，或者说文学数千年来与人类社会的发展不离不弃，就是这样的不可思议，甚至吊诡。

---

① 谢有顺：《为破败的生活作证——陈希我小说的叙事伦理》，《小说评论》，2006 年 1 期。

荷尔德林说，文学是为“存在”作证。“存在”是文学的精神边界，“存在”也是文学的永恒母题。那些伟大的文学一直在为人类的基本在场作出描述、解释和辨析——这是它的根本价值所在。21世纪初年军旅长篇小说的“现实叙事”正是在这一意义上见证了作家们探寻军旅生活“存在”的执着努力。

六　情爱伦理

战争和情爱是人类生存状态中两种既普遍又特殊的存在境遇，是集人性的丰富性、复杂性和极致性之大成的表现场域，是人类最重要的极致生存遭遇和永恒文学表达。在这两种境遇中，人的理性和非理性、劣根性和光明面都表现得极为深刻，表现形态也最为丰富繁多，深刻细致。战争小说让我们能够凝眸战争中人的生存境遇，探索战争中人性的凸现和隐藏，感受个体生命情爱在战争与动荡的社会中的遭遇，更让我们能够从文化反思层面和诗意审美层面来关照群体战争史如何影响和规范每一个卷入其中的个体命运及其情爱场景。战争小说中的情爱叙事既彰显着各民族文学特质，又体现出人类文化心理的相通；既诉说着个体微细的生命体验，又昭示出人类整体的宏观生存寓言；既传达出显层的社会文化心理，又蕴含着深层的集体无意识。另一方面，战争小说在现实世界中的生产、传播与接受状态，也使我们不得不深深地思索，战争过后，在和平时期各个不同历史阶段的政治、经济、文化语境下，创作主体是如何对这两个最能表现人性深层内核和繁复内涵的领域进行关照和叙述的，战争性质、历程及其具体语境是如何发挥和制约情爱叙事行为的，具体的文学文本是如何把这些内容呈现出来的，它们又有着怎样的叙事形态和审美特性。对批评家而言，上述任何一个题目都蕴含着巨大的文化阐释空间。

1 “身体出场”的情爱叙事

谈到爱情，古往今来无数的平凡者和伟大者都曾为它唱出了自己的赞歌，这是一个令人感觉无限美好的字眼。“爱情，在中国文化传统中与‘责’、‘情’、‘性’等伦理要义互相打通，是普泛性道德规约考察的主要范畴之一。爱情是人伦关系中富有情感张力和言说价值的伦理关系，它和永恒的死亡一起皆是文学永恒的主题。纵观中外文学发展历史，情爱伦理叙事在文学发展的任何时期都没有被遮蔽过。”[①] 笔者之所以选择“情爱”来定义本节所论述的伦理样态，是因为与“爱情”相比，“情爱”更倾向于对身体性的强调，又兼容了“爱情”所对位的精神性存在，处于“爱情”与“性爱”两个向度的中间状态，具有较为完整的语义内涵（即生物性肉体的强烈互相吸引和人类高贵精神性的互相欣赏）。“爱情”在许多情况下存在着被心照不宣地“纯净化”和“柏拉图化”的契约性使用，尽管实际上人类的生物性内容与精神性内容的相互融合本就是它的题中之意。而在“情爱”一词中，由于词序的调整，使这两类内容受到了同样的重视，在实际使用中自然而然地把人类之爱“性”的向度上的美妙纳入其中了。“仔细观察人类文字或口头的语言行为，我们就会发现，人类在语言行为中有一种把自我崇高化的情结，在‘爱情’的词义中巧妙地排除掉许久以来被认为是肮脏和不洁的肉体性行为实质，正是这一语言自我崇高情结的表现，并且这一行为在文学描写及其他许多言说领域中都仍在继续。但事实上，情爱的产生恰恰源于异性之间自然生物性本能的强烈吸引，这是最根本的；在此之上才萌生出情爱的种种社会文化的精神性内蕴。我们永远没有办法把爱贬为仅仅是纯粹属智性的或全然属于意志的成分，因为爱的本质，既不是观念，也不是意志；爱或可是欲望，是感受，爱本

① 张文红：《伦理叙事与叙事伦理——90年代小说的文本实践》，社会科学文献出版社，2006年，第59页。

身就是精神中的某些肉欲。由于爱，我们才得以了解，凡是精神必有属于它的实质的肉体的成分。”[①] 人类情爱作为研究对象，包含着生理的、心理的、道德的、美学的、宗教的、政治的、历史的等丰富内容，其中影响最大的要算哲学、伦理学和美学。“男女之情爱内蕴是如此广阔丰厚，一切人类的、民族的、个体的心理和精神现象，一切政治的、经济的、文化的、宗教的、哲学的等等人类文明史上的各个范畴和各种现象，几乎都可以在男女情爱行为中聚集和显现；而男女情爱的存在形态的个体性、独特性、不确定性和发展变化性，又使得在世界上如此众多的情爱绿叶形态中，很难找到完全相同的两个，即使表层故事脉络相似，其内在的微妙生命感受和个体心理特异性也是不同的。情爱的诸种根本属性和独特内质表现为文学话语，形成了文学情爱话语的审美存在样态。自根而果，文学中的情爱话语表达（尤其是情爱叙事话语）就具有了人类生存境遇的象喻性，文学中的两性关系问题亦成为探测人性与社会图景的‘窥豹之斑’和多界互联通道。”[②]

在中国当代文学史中，情爱伦理叙事随着时代政治主题和社会文化语境的潮动而变迁，经历了由政治历史到社会文化，由宏大叙事到私人化叙事的演变过程。1980 年代文学伊始，情爱伦理叙事呈现为“爱情能指叙写”，1980 年代中期呈现为“情爱能指叙写”，先锋文学崛起后，则呈现为“性爱诗性诗学”，1990 年代更是成为了欲望化时代，“下半身写作”、“女性私语写作”夸张并放大了男女情爱中的欲望质素，强调身体的解放和感官的觉醒，拒绝情感和精神的超越性形上表达。然而，在当代军旅文学中，“情爱伦理”始终笼罩在“革命伦理”的宏大叙事模式中，关涉个人心灵和身体的生命体验式爱情书写被“政

① 乌纳穆诺语，转引自洪治纲、凤群：《欲望的舞蹈——晚生代作家论之三》，《文艺评论》，1996 年第 4 期。

② 赵启鹏：《中国当代战争小说中的情爱叙事研究》，山东师范大学博士学位论文，2008 年 4 月，第 13 页。

治话语”规约和“净化”，更多是以点缀性的情节设置和“功能性”的修辞方式而存在。在“十七年”军旅长篇小说中，“情爱本身不具有自足的合法性，阶级斗争的政治理性把个体生命的爱欲从它自身所属的层次彻底分离出来加以剪裁、重组和硬性升华，力图通过生硬的话语切割和抽象的意义编码，把人的爱欲本能所具有的巨大力比多组织进政党意识形态工程的构建中去，以政治置换术使它成为政治的助推力。由此，个体情爱故事的‘实然’和‘本然’，在阶级政党构建自身意识形态新文化工程的宏大叙事中，被纳入社会政治意义体系的价值构造工程，成为表现社会政治文化和人的阶级属性的‘可然’与‘必然’。”① 战争极端状态下的情爱表达，不仅受制于战争环境，更被赋予了强烈的意识形态属性，具备重要的政治言说和文化表意功能，从而丧失了诗学和审美的本体性。情爱伦理的主体——人的身体，是被公共世界所排斥的；而公共世界中的政治话语和权力意志却被强行注入到了情爱世界中，并且统摄了人的身体，可以说身体与思想、情感等精神性存在是割裂的，甚至是二元对立的。《林海雪原》中少剑波与白茹间的爱情被严格限定在了欲言又止、似有还无的精神层面上，而对两个人的身体描写则较为典型地体现了“革命伦理”和“战争语境”的双重影响。少剑波是“精悍俏爽，健美英俊”；白茹是温柔漂亮、活泼可爱，身体“精巧玲珑”又“很结实”，有着一对美丽明亮会说话的温柔多情的大眼睛，一对深深的酒窝。这很符合中国古典小说中英雄美女、才子佳人的组合模式，对“精悍健美”和“很结实”的强调，又凸显了战争美学的要求。

在中国传统文化与社会中，身体都被视为藏污纳垢的容器，被投以可疑、猜忌的目光，贬低肉体是为了完成精神上的升华；因此，在漫

---

① 赵启鹏：《中国当代战争小说中的情爱叙事研究》，山东师范大学博士学位论文，2008年4月，第13页。

长的历史阶段中，身体作为精神的对立面一直处于被压抑、被隐藏的境地。由于意识形态的强烈介入，中国当代文学中的身体历来都是模糊不清的，若隐若现的。小说中的身体叙事多居于边缘性的陪衬地位，甚至可有可无，无足轻重。作家一遇到身体就会选择绕开或回避，文学最终指向的是精神、思想和灵魂等形而上的层面。这种趋势在“文革”叙事中发展到极限，当时的英雄人物心目中只能有国家、民族和启蒙等主题，在宏大叙事的统照下，身体成为堕落与腐朽的象征，不得不描写身体时也一定要遮遮掩掩才行。而从“身体伦理”衍生而来的“性爱叙事”，则更是成为文学中不可触摸的禁区，即使写到，也是作为“抹黑”敌对阵营的叙事策略，秉承着传统道德观和现代阶级 / 民族战争铁血规则，书写敌对阵营成员的丑恶嘴脸、罪恶本性和必将灭亡的命运。《林海雪原》中，女匪首蝴蝶迷被描写为先天地喜欢与不同的土匪恶棍鬼混：她先是和土匪许大马棒的大儿子许福乱搞一气，被许福抛弃后转而当了许大马棒的小妾，她不以为耻，还得意地宣称自己是“阔小姐开窑子，不为钱，为图个快活”。许大马棒死后，她还做过郑三炮的情妇，再次被抛弃后，她获得了充足的淫荡自由，“每天尽是用两条干干的大腿找靠主”。然而，即使是对蝴蝶迷淫乱的书写，小说也是通过观念性的叙述和交代来完成的，也没有正面描写性爱和淫乱的场面。在“十七年”军旅长篇小说中，无论是对正面英雄的歌颂，还是对反面敌人的鞭挞，“身体”都是缺席的。

“身体”对于当代文学来说无疑是一个关键词。当代文学对于身体的态度和书写在五十多年的历史变迁中经历了非常戏剧性的变化，可以简单描述为三个时期：20 世纪 50—70 年代是一个回避身体的感性欲望，让这种欲望缄默与转移的时期；70 年代末及整个 80 年代是一个身体与身体描写复苏的时期；90 年代至今是一个身体崇拜时期。身体书写的不同背后隐含的恰是身体伦理的不同，正是身体伦理的变化给当代各阶段的文学带来了迥异的思想和美学风貌。而深掘起来，身体伦理不同的背后隐含的则是不同的政治、文化意识形态对人的塑造以及人的反塑造的本能。1980 年代以来，新启蒙主义解放了“人性”，对人性的描写具有了天然的合法性，军旅小说得以冲破政治话语和文学观念的禁区，开始正面描写英雄的情欲，正面描写身体，正面描写性。政治去蔽和身体出场成为新时期军旅小说英雄话语涅槃的隐喻性结构。然而，20 世纪八九十年代军旅小说“情爱伦理叙事”对“十七年”军旅长篇小说的超越并非一蹴而就，而是经过了一个量的积累过程。《高山下的花环》中梁三喜与韩玉秀的爱情感人至深，虽然仍未能脱离牺牲个体情爱以求取国家民族大义的“奉献模式”，但从中可以感受到曾经僵化的意识形态框架已经具有了某种弹性。此后，作家们在塑造情爱主体时，有意识地降低以抽象政治意蕴生硬比附的程度，增强了人物形象的性格化和生动化书写力度，开始更加真实、更加深刻地探索战争和人性的关系，对人物情爱行为的价值评判更加宽容开放。“以身体伦理的叙事呈现来重新阐释群体战争与个体情爱之于中国现代性/非现代性质素的话语表现，成为新时期战争小说情爱书写的基本叙述主题与最重要的叙事策略。可以说，对政治的去蔽与对身体的高昂实际上转换成为了一种身体对政治的‘情爱置换术’；而这恰恰是对既往战争/情爱叙事模式中以政治置换情爱伦理的‘政治置换术’思维方式的异向反拨。这种叙事策略的翻转，隐含着对既往政治性话语语境中战争/情爱书写模式的有意反拨，是一种对抗传统话语影响的深层书写焦虑。”[①] 如果说，徐怀中的《西线轶事》标志着当代军旅文学“新时期”的到来的话，莫言的《红高粱》则将当代军旅文学“情爱伦理叙事”提升至了一个前所未有的高度，开创了“身体出场”的新时代。

莫言在《红高粱》中展示了他作为创作主体的强悍意志，描写了

---

① 赵启鹏：《中国当代战争小说中的情爱叙事研究》，山东师范大学博士学位论文，2008 年 4 月，第 13 页。

高密东北乡一群“地球上最美丽最丑陋，最超脱最世俗，最圣洁最龌龊，最英雄好汉最王八蛋，最能喝酒最能爱”的土匪英雄。土匪英豪余占鳌不顾伦理藐视王法，基于对自身生命原始野性的张扬和情爱本能的热烈呼唤，在狂野的高粱海中上演了一场极具象征意味的“野合”好戏，让爱欲与性欲得到了完美融合。在小说中，余占鳌是雄强伟壮野蛮凶悍的奇男子，他不是意识形态所规训的现代政治英雄，而是任凭自身强悍的生命意志和炽热的爱欲本能自在行为的民间草莽英雄。他的生命情欲和生活创造力与战场战斗力一样旺盛，他的英雄壮举中渗透着强烈的生死爱欲，或者说根本就是强烈的生死爱欲本能决定了他的英勇壮举。创作主体通过把同样蓬勃泼辣的生命欲求赋予女性形象的叙事策略，把女性人物同样塑造为在历史与战争中情爱激荡的欢乐精灵。“我奶奶”先天茁壮，丰满秀丽，“身高一米六零，体重六十公斤”，作为一个拥有健壮身体，充盈着旺盛生命热力的民间女子，她的生命本能与爱欲释放是极其热烈豪放而又激情荡漾的，彻底颠覆了民间传统伦理道德对女性情欲体验的束缚。“性解放”作为人性解放最本质也最有力的象征，构成了小说叙事的内在推力。“情场”与“战场”不再是一种二元对立的紧张关系，而是融为一体。某种意义上，“情场”成为另外一个“战场”，情欲的强烈程度象征着原始生命的伟力，也托举起了英雄们的战斗力和英勇壮举，显示着英雄们内在的生命激情。“性”与“身体”成为英雄话语建构的本体，寄托了创作主体追求生命的自在自为，追寻民族生命意识的强烈渴望。“身体出场”的情爱叙事伦理与既往军旅文学压抑个体生命体验、净化人的身体感觉的“精神叙事”形成了鲜明对照，身体的出场召唤回了被抽象政治话语掏空和放逐的生命情爱。

进入21世纪初年，回应着多元文化语境的社会背景，创作主体开始努力探寻阶级政治去蔽后的历史“真相”，其解构、建构、反思等多重意图得以彰显；他/他们对战争本质、人性本相的深层思考使得以往着重于书写现代民族/国家建构的宏大过程的战争小说逐步淡化阶级政党政治的意识形态色彩，而更加关注战争中的“人”：人的生存境遇、人的命运、人心人性……因此，其战争与情爱的叙述互动则更关注战争与人性繁复缠绕的存在状态，更直指彼时的男男女女“徘徊于政治与身体、信仰与欲望间、现实与虚构间，所串演的一幕幕悲喜剧”。①由此而观，以身体伦理的叙事呈现来重新阐释群体战争与个体情爱之于中国现代性/非现代性质素的话语表现，成为21世纪初年军旅长篇小说情爱书写的基本叙述主体与最重要的叙事策略。这种身体伦理的叙事呈现，也即政治的去蔽与身体的高昂，常常通过对战争/情爱主体两性特征与生命本能力量的突出和强化实现。

权延赤的《狼毒花》里，常发是一个“结实精壮”的汉子，他有着“铁扇似的胸脯、三角形的背脊和宽直潇洒的肩膀”。他“骑马挎枪走天下，马背有酒有女人”，把旺盛的生命同时播散在硝烟弥漫的战场和风光妖娆的情场上。他十三岁就杀人出逃，十八岁闯世界，也干劫富济贫的买卖，也干“采花”的勾当。据说他刺了一身锦绣，很能勾女人的心，到手的女人最后都心甘情愿在马背上随他走天涯。据说他“腰上的青带一丈长，里层绣满红花。一个女人绣一朵，他自己也搞不清上边有多少朵。”刘醒龙的《圣天门口》以天门口镇的杭家男人作为昂扬生命伟力的载体，他们都是能够逞勇斗狠的人物，性能力异常地强壮，远近一带的女人只要晓得过路男人姓杭，就会想尽办法同他们激情共度。小说的男主人公杭九枫在八岁那年见到雪家少奶奶阿彩，就为她神魂颠倒，发誓非她不娶。当他的二叔以淫秽的暗语同他开阿彩的玩笑时，“杭九枫对自己的二父也不客气，当即用那嫩嫩的嗓音警告他，不许在阿彩身上打歪主意。好像阿彩已经是他的女人了。”在一系列血腥、死亡的摸爬滚打之中，杭九枫最终和阿彩结成了革命战友式

① 王德威：《现代中国小说十讲》，复旦大学出版社，2004年，第4页。

的夫妻。但是杭九枫的生命力依旧充满丰盛，后来他还娶了柔顺的丝丝为妻，在对手兼连襟马鹞子丧命之后又占有了其妻线线，把自身的强悍生命力表现得淋漓尽致。

在21世纪初年军旅长篇小说中，性与身体成为创作主体对历史叙述发出质疑的话语言说手段，承担着作家们探寻和阐释历史“本相”的意志。借助于对英雄人物身体生命爱欲本能与情感状况的翻转性书写，21世纪初年军旅长篇小说表达出对于既往战争/情爱书写模式中政治意识形态“革命”话语宏大叙事的颠覆，开始重塑“人”的存在“历史”。

2 “性爱诗学”的政治语义

《红高粱》中的“我奶奶”丰腴健壮、博大包容，其“地母”式的形象塑造隐含着性爱的身体伦理向度，充分体现出了新时期军旅小说作家对笼罩在战争历史之上的政治话语所采取的颠覆和解构的叙事策略。而在《我是太阳》《历史的天空》《亮剑》等21世纪初年军旅长篇小说中，乌云、东方闻音、田雨等众多女性形象，则被塑造为美丽柔弱娇小可人的仙女型形象，她们以自身的政治素质或思想深度引领着匪性十足的男性战斗英雄，由自在自足的状态成长为具有现代政治理念与成熟理性的时代英雄。男性作家对“地母”与“仙女”这两种情爱对象理想状态的塑造，照亮和呼应着男性的自我中心意识，也体现出创作主体强烈的意识形态重建诉求。

从“地母”到“仙女”的转换，虽然并不具有性别意义上的质变，但却也体现出21世纪初年军旅长篇小说与“十七年”战争小说的一个重大不同，那就是情爱对象的价值取向从阶级性的藩篱中跳脱出来。这类女性形象大都十分年轻，在年龄和阅历上远远幼于男性主人公，且多出身于智识阶级，她们不再是有产阶级改造自己向工农兵无产阶级靠拢的被改造对象。这群容貌美丽气质超脱的“仙女”们，昭示了21世纪初年军旅长篇小说中古典气息和优雅情调的回归，显示出21世纪初年军旅长篇小说对既往战争/情爱叙事模式中阶级本质论的叙事反动与意义颠覆。但是这种古典气息与优雅情调的回归，是和创作主体隐含在情爱关系组合所寄寓的意识形态喻义相关联的，其深层的叙事心态颇为耐人寻味。与智识阶级出身的优雅女性相比，书中的男性战斗英雄却多出身于无产阶级：贫民、地痞混混，甚至是土匪。粗鲁、野蛮、强悍的下层男性与温柔、儒雅、娇弱的十分年轻的上层女性，这种情爱搭配模式尽管看上去有些怪异，然而却成为了21世纪初年军旅长篇小说中非常普遍的情爱叙事模式（如石钟山的“父亲进城”系列等）。

“男性战斗英雄配地母式女子的情爱叙事策略，虽然也着意于后者对男性自我形象强化深层文化心态的呼应与支撑，隐含着一定程度的男权意识的前现代式的陈腐痕迹；但毕竟也同时赋予了女性强健自由的生命热力和情爱自由，女性并不是完全被动的消极战争/情爱主体；因而这种两性关系在一定程度还是蕴含着互为主体的主体间性的。但是‘英雄配仙女’式的情爱组合就不同，代表了典型的英雄配美女的古典理想，小说对这些女性的描述带有清晰的男性中心主义的痕迹，隐含了男性欲望化的目光，她们的存在似乎只是为了印证丈夫的男性力量与强壮的生命力，包括他们出色的性能力。同为革命者的女性只不过是欲望的对象而已，它表征出了浓烈的父权文化秩序中的男性中心的性别霸权意识。比起身体丰满壮硕的地母式女子来，优雅娇弱的仙女式女子，更能激发出男性对女性的保护欲和占有欲望；而作为具有良好教育背景的上层智识阶级的女子，出身底层粗陋野蛮的男性战斗英雄除了可以实现她们的情爱欲望，同时还泄露出叙事者更深层的潜意识心理诉求：那就是作为男人和作为被压抑的底层人自我价值的双重实现，也即生命本能和文化价值层面上的双重拥有。”①

① 赵启鹏：《中国当代战争小说中的情爱叙事研究》，山东师范大学博士学位论文，2008年4月，第183页。

这种双重占有的文化心理首先表现为对女性容貌与身材的古典化与欲望化描写。东方闻音(《历史的天空》)的美貌与气质自然是不用说的，这个美丽的女八路出场的时候，就让梁大牙有触电的感觉，她“制服穿得得体，小皮带把腰一束，身段子苗苗条条的，小脸蛋儿白里透红，让人看着心里舒坦。”于是，“一个临时性的念头就在梁大牙的脑子里出现了，于是转过脸去，对八路官长说：‘也好，这个八路咱就先当着试试。’”而《亮剑》中的田雨，刚出场时才十八岁。她“是个典型的中国传统美学认定的那种江南美人，修长的身材，削肩，细腰，柳叶眉和樱桃小口一样不少，若是穿上古装，活脱脱就是中国传统工笔画中的古代仕女。”就连素有君子之风的政委赵刚初见到她时，心里也“咯噔”响了一下，脑子里跳出了“芙蓉如面柳如眉”的诗句。而且这个“如同古画中的美人竟引起他对胜利的思考，我们的军队真正强大起来，连这样的美人都参加了解放军，胜利还会远吗？”赵刚看似独特的逻辑隐含着浓重的意识形态意味。美人参军，说明这支队伍及其政治理念已经渗透到了社会各阶层中，这是比强权更为有力的思想征服与民众服膺的具有整体象征意义的细小症候。李云龙对直爽质朴的农村地母式的秀芹的主动献身采取的是退避与躲闪的态度，而对于知识分子出身的小仙女田雨，他就积极主动且颇费心机地采取了迂回包抄、思想渗透、诱敌深入与后发制人等多种战术，才最终赢得美人归。这种态度的不同，极为典型地表现出底层出身的战斗英雄李云龙对于上层知识分子小仙女在生命本能与文化心理上的双重占有欲望之急切。

莫言所开创的对男性英雄的“匪性化”叙述和“身体出场”的情爱伦理叙事观念，深刻影响了其后军旅作家们重述历史、重塑英雄的创作实践，并一直延伸到了21世纪初年，在《我是太阳》《亮剑》《历史的天空》等“新革命历史小说”中得到了深化和发展，形成了一类“男性话语”支配下的单面的“身体在场”的“性爱诗学”。这类小说中充满了对英雄们激情如火的性爱场景的书写，相较于“身体出场”的情爱伦理叙事，“身体在场”的“性爱诗学”显然更符合当下的文学观念和审美趣味。《我是太阳》《亮剑》对新婚以及征战间隙的热烈情爱给予了热情的笔墨，它表明着男性对女性的征服、占有、施予的绝对权力，小说经常以军事化的语汇将床榻比喻为“另一个战场”：

那天夜里关山林将滚烫的土炕变成了他另外的一个战场，一个他陌生的新鲜的战场。他像一个初上战场的新兵，不懂得地势，不掌握战情，不明白战况，不会使唤武器，跌跌撞撞地在一片白皑皑的雪地上摸爬滚打。他头脑发热，兴奋无比，一点儿也不懂得这仗该怎么打。但他矫健、英勇、强悍、无所畏惧，有使不完的热情和力气。在最初的战役结束之后，他有些上路了，有些老兵的经验和套路了，他为那战场的诱人之处所迷恋，他为自己势不可挡的精力所鼓舞，他开始学着做一个初级指挥员，开始学着分析战情，了解战况，侦查地形，然后组织部队发起一次又一次的冲锋。他气喘吁吁，大汗淋漓，精神高度兴奋。他看到他的进攻越来越有效果了，它们差不多全都直接击中了对手的要害之处。这是一种全新的战争体验，它和他所经历过的那些战争不同，有着完全迥异但却其乐无穷的魅力。他越来越感到自信，他觉得他天生就是个军人，是个英勇无敌的战士，他再也不必在战争面前手足无措了，再也不必拘泥了，再也不会无所建树了。对于一名职业军人来说，这似乎是天生的，仅仅一夜之间，他就由一名新兵成长为一位能主宰整个战争局面的优秀指挥官。乌云始终温顺地躺在那里，直到关山林把战争演到极致，直到关山林尽兴地结束战斗，翻身酣然入梦，她都一动不动。（《我是太阳》）

在具体的两性情爱交合的场面描写中，21世纪初年军旅长篇小说往往采取“作战如做爱”的叙事策略，来彰显以个体生命爱欲驱除政治迷魅的反拨传统的书写渴望。这种以“作战”的动作性来传达男性战斗英雄对女性对象的攻占与拥有的“做爱”场景的隐喻式象征手法，在21世纪初年军旅长篇小说中比比皆是，再如《亮剑》：

> 李云龙已经什么也听不见了，他仿佛又回到战场上，指挥着自己的部队排山倒海地向敌人掩杀过去，子弹头划破空气发出尖锐的哨音，在人耳边嗖嗖地掠过，大口径炮弹爆炸时发出巨大的、橘红色的火光，部队海潮般地涌进敌阵地、短兵相接，刺刀铿锵，碰出点点火星，攻击，攻击，再攻击……李云龙勇猛的攻击点燃了田雨的激情，她好像回到了童年，诗兴大发的父亲带她夜游洞庭湖，船至湖心时风雨大作，她躺在乌篷船的船舱里，感到汹涌的浪涛使脆弱的乌篷船剧烈地颠簸着，狂风夹着暴雨一阵阵掠过湖面，像无数条鞭子抽打着乌篷船……

稍有不同的是《历史的天空》，这部小说写梁必达在与东方闻音激情相拥的幸福眩晕中称呼东方为“我的小政委，我的小爱人，我的小妹妹，我的小孩子”，东方被他有力汹涌的拥抱“击中了女子心底最敏感和柔软的地方”，她动情地回应着这个昔日痞里痞气而现今英雄气十足的男人“我的大司令，我的大旅长，我的大爱人，我的大男人”，并在他面前打开了自己的身体，“洁白无瑕，光彩照人，流畅夺目”，“在那无底的深渊里安详地等待，只要他纵身扑下去，他就会在一片湛蓝的海域里纵情畅游”。虽然已经敲掉了“大牙”的梁必达最终以理智控制住了自己的欲望，决心不仅做她的“男人”，更要做她的“爱人”，这似乎让梁必达脱离了关山林和李云龙式的肉身欲望上升到精神之爱的境界了。但他面对东方美丽的身体之时首先想到的是，“他梁必达天生就是一个英雄，这是苍天对一个英雄最慷慨的赐予”；而且他决定：“选择在一个阳光灿烂的日子里，以一个司令员或者旅长的方式，集合部队，宣布一桩重要的决定，在鲜花的簇拥下，在掌声和欢呼声中启动我们爱情的第一道程序。”这两种欲念（最终得到的欣慰、向世界宣布对一个女人的拥有）都更加证明了他内心更真实更强大的要在身体与心灵上完全实现双重的拥有。我们看到，在这些场景中，主动进攻的、运动着的男性身体与消极等待的、静态的女性身体都形成了鲜明的对照。无论是乌云的无语温顺，还是田雨类似于受虐式的幸福快感，抑或是东方闻音对于梁大牙的呼唤，都在肉身与心理上表现出对男性攻击占有欲望的顺从和呼应。这正如劳拉·穆尔维所指出的，对积极的、运动着的男人的凝视与消极、被动的女性身体的凝视具有不同的意识形态内涵，“在一个由性的不平衡所安排的世界中，看的快感分裂为主动的男性和被动的女性。起决定作用的男性的眼光把他的幻想投射到照此风格化的女人的形体上。女人在她们那传统裸露的角色中被人看和展示，她们的外貌被编码成强烈的视觉和色情感染力，从而能够把她们说成是具有被看性的内涵……”①

这类小说把女性面对强悍雄劲的历史与男性战斗英雄的姿态，描述和定格为全身心的顺应、承受、迎合与呼应，在英雄与女性的情爱伦理关系上，隐含着一定程度的男权意识的前现代式的陈腐痕迹。当然，这样说，并不是要指责作品中的男权意识，更重要的是想通过男性英雄与女性情爱对象之间最私人最身体的交合场景来分析和指出：“国家意识形态永远都是与男性中心主义的意识形态同谋的，它自身就是一个父权制的象征秩序与权利结构。在英雄与女性的权力关系上，也铭写着意识形态的意义。女性的身体起到了双重作用：一方面，作为价值客体，女性印证着英雄的魅力；另一方面，在潜在的意义上，女性还

① [英]劳拉·穆尔维：《视觉快感和叙事性电影》，《影视文化》，1989年第1期。

构成了对于‘人民’的隐喻与象征。她们的情感认同正是为了引导阅读者对革命者的认同。”[①] 由此，在具有浓重传奇气质的 21 世纪初年军旅长篇小说中，寄托着叙事者对既往战争、情爱叙事模式的政治语义书写的颠覆与结构，对真实历史真相的寻求和对战争生存境遇下真实鲜活的“人”的生存状态的探讨。实际上，以对战争与人性为探索终极目标所采取的种种战争、情爱叙事策略，也在文化意义上昭示着，男性战争、情爱主体人物从禁欲的政治正义与革命伦理神坛上走了下来，但是他们并没有被还原成真实的人，而是又走上了另一座神坛——生命的本能。他们就像奥林匹斯山上的众神，自在自为地挥洒着身体强劲的爱欲本能，在作战和做爱的疆场上任意驰骋，在肉身和精神上都攻陷了战场敌手和性爱对象，实现了双重的占有。21 世纪初年军旅长篇小说在竭力摆脱既往战争、情爱书写模式的时候，又走向了以肉身爱欲与生命本能替换政治理念的另一种模式化。“这种反向的偏执现象，呈现出了对‘十七年’战争小说情爱叙事模式的深层承袭和变相认同。在体现‘生命之神’对‘政治之神’的价值超越时，也昭示出其在逐步拥有相当现代性质素的同时，所包含着的深层缺失。这种在身体欲望 / 生命本能与自我身份认同 / 意识形态建构两个层次之间的意义连接和跨越，正是文学‘形式的意识形态性’的话语症候体现，‘身体政治学’与‘政治意味的快感’仍然是紧密地结合在一起的。”[②] 这种以男性主导下的两性关系来隐喻新的国家意识形态父权制秩序结构的情爱伦理模式，是以女性形象主体性的弱化为代价的，这类小说对男女情爱的书写依然没能完全摆脱政治话语的规训和改写，依然负载着沉重的意识形态内涵。

---

① 刘复生：《历史的浮桥》，河南大学出版社，2005 年，第 189 页。

② 赵启鹏：《中国当代战争小说中的情爱叙事研究》，山东师范大学博士学位论文，2008 年 4 月，第 186 页。

3 “女性自觉”的主体觉醒

人类社会是由男人和女人构成的，他/她们各自生活领域、思想资源的不同，导致男女思维的逻辑方式、核心关注点与归纳演绎途径的差异。相对而言，男性更关注世界的宏观意义与文化结构，女性最看重的是自我身体感觉与生命体验。体现在文学话语的叙述和修辞中，男性创作主体往往着眼于以人民伦理的宏大叙事来总结、归纳和整合生命伦理的个体叙事，因而在他们的文学创作中往往是“历史的沉重脚步夹带个人生命，叙事呢喃看起来围绕个人命运，实际让民族、国家、历史目的变得比个人命运更为重要”；而女性创作主体的文学话语叙述的出发点和落脚点，往往多是以生命伦理的个体叙事来言说、呈现、体验和映照，她们的作品中充满了“个体生命的叹息或想象”，或“一个人活过的生命印痕和经历的人生变故”，其最终意旨“不是某些历史圣哲设立的戒律或某个国家的道德宪法设定的生存规范”，而是“一个个具体的偶在个体的生活事件”；因此，即便是在遵循意识形态诉求加入到时代共鸣的大合唱当中，宏大的政治理念一般也不会完全湮没女性书写中关注生命的细节呢喃和内心私语。“十七年”文学中常以一己私域的一滴水来映照主流意识形态光芒的细语呢喃式写作，就往往出自女性作家之手，如宗璞的《红豆》与茹志鹃的《百合花》等作品。而当1980年代以来意识形态不再以强力禁锢的方式来钳制文学创作之后，对身体经验和生命感觉的着力描写，就更为经常地出现在女性作家所创作的战争小说中；它们往往以“具体”而“偶在”的呢喃话语，照亮了以群体正义之名所书写的历史记忆的内在虚妄。

进入21世纪初年之后，军旅长篇小说的情爱伦理叙事延续并深化了“身体在场”的叙事策略，对于情爱诗学的建构则更为纯粹，涌现出大量描写军人情爱和婚恋生活的作品，如，张慧敏《美丽行旅》、王海鸰《大校的女儿》、王霞《家国天下》、柳建伟《爱在战火纷飞时》、邓一光《我是我的神》、王秋燕《向天倾诉》、王棵《幸福打在头上》、何存中《姐儿门前一棵槐》、歌兑的《坼裂》、温燕霞的《红翻天》等。伴随着女性创作主体对这一题材领域的持续关注和集中书写（军旅女作家占大多数），部分21世纪初年军旅长篇小说试图颠覆既往男性主导下的两性关系，改变女性对男性英雄的被动、依附和从属的姿态，从女性的生理感受和生命体验出发，将男性置于关照视野中进行审视，开始寻求女性主体意识的自觉和女性情感生活的独立，并且有意识地规避政治话语的束缚和意识形态负载，建构起一种“女性自觉”的情爱伦理叙事样态。

《大校的女儿》展现了一个女军人对爱情从憧憬、矜持、幻想到失望、妥协、弃绝的全过程，女主人公不再是被动茫然的怨妇，不再是自怨自艾的小女人，作为单身母亲的她坚韧倔强，经历了对男人的希冀和失望之后，变得平和从容、自信独立，从一个普通女兵成长为军内知名作家。小说通过对韩琳大半生的情感际遇和人生境况的细腻描摹，写出了一个女人成长的痛感，更写出了一个女人成熟之后所拥有的平和宽容的气质，健全完善的人格和独立坚韧的力量。王海鸰站在女性写作的立场上，以敏感纤细的细节描写，家常般熨帖的叙述语气，扎实深厚的生活经验，鲜活而又富有哲思的生命体验，塑造了一个生动丰满、独具个性魅力的“女人”形象。“女军人”首先是“女人”，这似乎是一个常识，但以往的军旅文学更多的是强调女军人的职业身份，在医院、通信等较为有限的生活场域中和男军人一样工作、战斗，而有意识地遮蔽了其作为女人的性别意义，即使有，也无非是作为“万绿丛中一点红”的点缀，突出她们的青春、美丽、活泼、可爱的一面，以充当男性占绝大多数的军营中一道清新、靓丽的风景。《大校的女儿》彻底颠覆了这种暴露在男性欲望与审视目光之下的女性书写模式，而是从女性生命经验出发，耐心而冷静地书写了韩琳从女孩到女人成长的全过程，通过对女军官“韩琳”的爱情、婚姻、家庭生活抽丝剥茧般的描写，细腻展现了一个首先是“女人”，其次是一个“女军人”的生活状态，建构起一段当代女性军人的心灵史。这是一种女性意识自觉的写作，但并非是一种“女性主义”式的写作，小说对男性人物丝毫没有贬损、拒斥和嘲弄，反而充溢着理解和包容的美好情感，堪称绝妙。彭湛是一个外形俊朗、棱角分明、个性鲜明的男人，但其精神世界却一片混沌，对于外在世界无力理解，对于内在世界无力控制，这样的男人在现实生活中不可谓不多矣，但在文学作品中描写如此准确、到位的却并不多见。女主人公韩琳敏感脆弱，自负且自我，对生活有着足够的感受能力和悟性，对爱情怀有理想主义情结，既渴望、幻想又矜持、焦虑。王海鸰在接受媒体采访时坦陈这是一部自叙传，有着自己生活经历的影子，作家凝望、记录并刻画了女主人公，也塑造了创作主体自身。相较于男性作家，军旅女作家在军旅作家群体中处于数量上的绝对劣势，在“影响的焦虑”之下，和男性作家比着搞宏大叙事，因而女性意识向来比较淡漠。即便是姜安《走出硝烟的女神》这样几乎纯粹表现女军人题材的作品，其对于“女性身体经验的描写并没有独立的意义，它们已被融入了一个先验设定的意义结构：女性的孕育其实是新中国的诞生的隐喻式表达。女性的身体被这种叙述所圣化、升华，从而被抽空了肉身的实在性，成为‘意识形态的崇高客体’，‘女人性’消失了，成为‘女神’，伟大的母体。母性——女神，这些女性指代受苦受难的中国，她们在硝烟中的磨难与分娩象征着旧中国的重生。”[①]《大校的女儿》恰恰显示出王海鸰鲜明而坚定的女性写作立场，以娓娓道来、口语化的方式讲述故事，以大量触手可及、贴近日常生活经验的细节支撑起作品，剔除了主题性的意识形态负载，代之以融合了女性生命痛感、人生体悟的形而上思考，建构起一个较为纯粹、具有本体意义的情爱叙事文本。

《向天倾诉》将笔墨聚焦在一位女航天气象工作者的事业、情感、

---

① 刘复生：《历史的浮桥》，河南大学出版社，2005年，第193页。

婚姻和家庭上，反映了航天人不为人知的精神世界和情感隐秘。小说塑造了苏青、马邑龙、司炳华等个性鲜明、极具魅力的人物形象，生动传神地讲述了苏晴和马邑龙旷日持久、轰轰烈烈的精神恋爱，极富艺术感染力。单纯地看，这样的精神恋爱书写，并不新鲜，甚至有点老套，让我联想起新时期之初张洁的短篇小说《爱，是不能忘记的》；但同样是描写一种精神恋爱，《向天倾诉》中的情爱关系更加纯粹，女主人公的主体意识显然更加强烈，小说对人性的描摹也更加复杂。尤其是，在当今这样一个物欲横流的年代，在情感和婚姻像商品一样用作利益的交换的筹码的情况下，如此纯洁、真挚、矢志不渝，带有浓烈古典主义、理想主义气质的爱情因为稀缺而更显得无比可贵。《向天倾诉》对纯真爱情的期冀、珍惜、经营和坚持，在军营特殊的环境中显得艰难而曲折，对于苏晴这样一个工作在特殊战线、承担着极端重要且繁重责任的女性军人来说，这种精神恋爱无疑是一种生命中不能承受之重，最后主人公以生命的消逝印证了对爱情的忠诚，不能不说是一出悲剧。但是处于情感漩涡中的人物并没有对错之分，马邑龙、司炳华、姚一平性格迥异，沿着各自的人生轨迹行进，并没有道德和人格的污点和瑕疵，在世俗的眼光中甚至都是好男人的代表，只不过在命运的捉弄下，苏晴在患得患失中一次次错过了唾手可得的“幸福”；但也正是在一次次错过后，女主人公收获了生命的成熟与厚重，逼近了爱情之海的彼岸。作者以闪回和追忆的手法，从女主人公的视点出发，梳理其对人生、事业、情感和命运的选择。其实在每一个关键的人生节点，苏晴原本都可以作出更加符合世俗价值判断且更加容易的选择，但她的超凡脱俗、她的偏执和理想主义都使她注定将要跨进命运的窄门，将生命融入对事业、职责、使命的忠诚和对理想爱情的永恒追求。作者绝非是在想象一个生活中不存在的理想人物，而是试图走进并深入广大航天人的精神和情感世界。由于工作性质和生活环境的特殊性，航天人长期承受着常人难以想象的工作和生活压力，在事业、爱情、家庭、集体、个人等方面往往只能作出非此即彼的选择，无法兼顾；因而，苏晴、马邑龙、司炳华这样的人物形象和人物关系就有了更为广阔的生活概括力、普世的关照价值和广泛的认知意义。小说细腻描摹了女主人公苏晴错综复杂的情感世界、心理世界，是一部女性主义的情感挽歌，一部女性情感成长和成熟的心灵史诗。在这个意义上，《向天倾诉》和《大校的女儿》有某种相似之处；但苏晴比韩琳更加纯粹，更加极端，也更加理想化，更具诗性气质。

《我是我的神》在很多细节方面与《我是太阳》存在相似之处，乌力图古拉的形象较之关山林几无发展，显得较为平淡；但在女性人物形象如萨努娅、简雨槐的塑造上却超越了乌云，体现出强烈的女性自觉意识。萨努娅与乌力图古拉的爱情是“斗争性”的，萨努娅一生都从没有向丈夫低头，从恋爱到结婚到其后漫长的家庭生活，可以说萨努娅一直处于主动地位；而简雨槐在知道乌力天赫还活着后，近乎残酷地拒绝她身边的一切关爱，即使伤痕累累仍然要追求真爱。在这一点上，简雨槐与苏晴又有着相似之处，她们的真挚、热情，甚至决绝、自戕式的执著，尽管悲壮，但却在当下人们荒芜冷漠的情感园地里树立起了一座灵魂之爱的女性精神的丰碑。特别值得一提的是小说中性爱场面的描写，更代表了21世纪初年军旅长篇小说“性爱诗学”建构的高峰。《我是我的神》颠覆了《我是太阳》中男性绝对视角之下的新婚之夜描写，从女性视角和女性生理感受出发，描写了女性对于性爱的主动、自觉和大胆追求：

> 乌力图古拉像是被一粒子弹击中，身子踉跄了一下，跨出一大步，捉住萨努娅，急不可耐地去撕她的衣裳。萨努娅在乌力图古拉扑向她的时候下意识地僵住身子，闭上眼睛，但很快的，她生气了，越来越生气。她把眼睛睁开，把自己打开，咬紧了牙，怒火中烧地去扒他的衣裳。两个人就像两

头在森林里遭遇到的野兽，在最初充满敌意的对视之后，急促地扑向对方，互相撕扯着，很快把对方撕光。现在他们是一对真正的野兽，赤身相见了。他目光炯炯地搜索着他的对手——富有弹性的优雅长腿，执拗而充满活力的腰肢，饱满的乳房像一对果实充盈的粮仓，温润鲜嫩的皮肤在台灯的暗光中熠熠闪光。因为优雅、执拗、充盈和温润不再被遮蔽，她感到羞耻，脸蛋儿憋得通红，高傲地仰着下颏。不知道是不是因为这个，他突然变得温柔起来，伸出手，试探着，小心翼翼地握住她丰挺的乳房。他很快膨胀了，变成情欲饱满的孩子，把她摁倒在初春草地般尚未萌动的地毯上，衔住她，生硬地嗆吸她……她疼痛地叫了一声，扬手抽了他一个耳光。她把他推开，推得远远的，然后，她眸子锐亮，跃身而起，气喘吁吁地骑到他身上。壁炉里的火开始蔓延。蒲公英爆裂开，蓝色的飞绒弥漫了整座天宇。阳光被森林里巨大的植物切割成一道道栅栏，她在那些淡蓝色的栅栏中困住自己，再由绝望中挣扎出来，让自己变成另一种栅栏，困住他。他由进攻变为防守，有点儿惊讶，有点儿生气，开始反攻，撕咬她。但她的撕咬更厉害，更致命，完全让他失去了主动。他受伤了，咆哮起来，威胁她，要置她于死地。这正是她所要的。她不在乎是不是死。她喜欢同归于尽，好比如矢而下的苍鹰与纠缠不休的毒蛇，好比腾挪辗转的黑豹与绝地跃进的雪地狼。她瞪着一双美丽无邪的大眼睛，用她扑鼻的芬芳自上而下罩住他，用她的吻套住他。窒息的甜蜜。醉醺醺的温馨。通向死亡的激烈。渴望再生的疯狂。她把他拉进岩浆里，再让他坠入冰河中，让他喘不过气来。[①]

① 邓一光：《我是我的神》，北京出版社，2008年，第79、80页。

如此到位，闪烁着“身体”光泽的“性感”书写，遍寻中国当代军旅文学史，可谓绝无仅有，从中不难看出邓一光在小说中有意识地建构女性主体自觉的创作诉求。

《家国天下》的书名便隐含了作者一种颠覆性的写作意图。家为先，国为后，作者巧妙地疏远宏大视角，从微观的、女性的、个人化的视点切入，把半个多世纪的武警历史巧妙地改写成了李雨依和楚泰之间绵延大半生的真诚感人、惊心动魄的情爱之旅。王霞在后记中写道：“爱是不能够忘记的。爱是不可以遗失的。爱也是不能够重来的。这个爱，既有热爱祖国、热爱人民的爱，更有爱女人、爱男人的爱。我不知道，一个心中连个女人或是男人都装不下的人，他或是她会爱祖国、爱人民吗？”这段作者的自述，清晰、完整地表露出了21世纪初年军旅长篇小说创作主体对待情爱伦理叙事的共同的文学观念和写作立场。个人情爱得以凸显，身体经验和生理感受得到尊重，两性关系趋于平等和谐，对真情真爱进行本体性书写，这些根本性的变化标志着21世纪初年军旅长篇小说的情爱伦理叙事摆脱了意识形态宏大叙事的观念束缚，真正回归到了人性立场，回归到了文学本体，回归到了精神和心灵的至深至柔之处，建构起了一种本体性的军人情爱诗学。

下篇

叙事伦理

叙事伦理是在小说文本分析中同时指涉着小说伦理主题学和艺术诗学的叙事意旨判断，它借助于文本中具象伦理关系样态分析和诗学诉求考察，透析创作主体在伦理叙事时秉持的叙事姿态、文化立场、道德价值判断、艺术观念和美学风格诉求等叙事意旨性因素。叙事伦理在“伦理叙事”中建构自身和彰显自身，是对“怎样进行叙事”和“为什么如此叙事”的阐释评价……叙事伦理偏重于小说艺术理论范畴，它是进行小说叙事学研究的一个较为新颖的理论角度，在根本的意义上打破了“主题学”和“诗学”截然分立的对立研究方法，将其统一在皆体现了作家主体性的叙事伦理层面进行互动性理解，象征着阐释学领域一个小说批评范式的确立。[①]

---

① 张文红:《伦理叙事与叙事伦理——90年代小说的文本实践》，社会科学文献出版社，2006年，第8页。

21世纪初年军旅长篇小说的创作实践，体现了对“人民伦理大叙事”的消解和“自由伦理的个体叙事”的建立。所谓自由伦理的个体叙事，它意味着创作主体对既往宏大叙事伦理理念的主动放弃，军旅长篇小说作家的写作姿态从启蒙者、宣教者转变为领受者、呈现者，在叙事意旨层面关照生活本体和个人生命体验、张扬自由艺术精神，在文化立场上则表现为迎合大众的阅读期待，注重文本的接受和传播。总体来看，21世纪初年军旅长篇小说自由伦理的个体叙事主要表现为通俗化转向、日常经验的崛起、文体自觉与文本实验、类型化叙事和悲剧精神这五个叙事维度。

一　通俗化转向

1　文学生态的大众化巨变

近年来，军旅长篇小说在图书市场和电视剧领域持续火爆，成为大众读者与观众重点关注的文化现象。这意味着21世纪初年军旅长篇小说自身的生长吗？抑或相反，日益远离小说的文学性而使军旅长篇小说身陷“俗文学”之泥沼无法自拔？这种困惑或困境在我看来几乎是一个哲学悖论，也是中国传统文化观念与思维的二元对立定式或模式的文学呈现。一个世纪以来，中国作家与评论家们就是在这样的状态或场域里痛苦地折磨着自己，也折磨着读者，甚至小说自身，其状无异于西西弗斯神话。当固有的理论思维已经与创作实际脱离，甚至对立的时候，沟通与理解似乎就显得尤为重要而宝贵，至少我们急需重新认识军旅长篇小说的方法和角度。21世纪初年以来，以市场为导向，以网络写作、电视剧改编、类型化叙事和商业出版为媒介的“通俗化”浪潮已成无法回避的席卷之势，21世纪初年军旅长篇小说已经完成了自我转型，变换了存在方式和发展路径。面对这种情势，我不想在这两者之间作出一种非此即彼的生死抉择，却想进入历史的现场，审视文学本身。在我看来，文学生态的巨变是我们认识和理解21世纪初年军旅长篇小说的基点。

可以说，大众文化是21世纪初年军旅长篇小说最重要、最核心的文学生态属性，置身其中，接受重新塑形，返身又参与到大众文化自身的建构当中，21 世纪初年军旅长篇小说已成为当下大众文化的最为重要的标签和组成部分。“所谓大众文化，主要是指兴起于当代都市的，与当代社会改革实践密切相关的，以全球化的现代传媒（特别是电子传媒）为介质大批量生产的当代文化形态，是处于消费时代或准消费时代的，由消费意识形态来筹划、引导大众的，采取时尚化运作方式的当代文化消费形态。当代大众大规模地共同参与社会文化公共空间或公共领域，以及种种具有广泛影响的文化事件，是大众文化取向的现实基础。”[①] 而 21 世纪初年军旅长篇小说，无论是小说文本的畅销还是改编电视剧的热播，如《激情燃烧的岁月》（小说文本《父亲进城》）《亮剑》《历史的天空》《士兵突击》等军旅长篇小说作品，之所以在当下社会上产生广泛而持久的影响，正是得益于大众的热烈追捧和深度参与。

大众文化有其自身的特点。首先，大众文化最重要的特征便是它的商品化或市场化。当代文化工业已经与社会经济发生了直接的联系，这种联系导致文化产品的生产和消费为价值规律所左右，具有了商品形式和特性。在此，一切艺术退化成宣传的大众文艺或商业性的大众文化。大众文化的生产和消费被纳入市场交换的轨道，必须服从于市场机制和价值规律。也就是说当大众文化与市场和资本结合起来后，赚钱就成为大众文化生产的第一动机。大众文化的从业者既是文化人也是唯利是图的商人，对文化、艺术作品的欣赏变成了对产品的消费行为。其次，大众文化作为商品，利用当今发达的科技（网络），快速地成批制造、大量复制，复制性是大众文化的重要特征。趋于一律化的文化产品被大众所购买，又将扼杀大众艺术欣赏的自主性与想象力；因而，大众文化的生产和消费都呈现出伪个性和非个性化倾向。再次，大众文化是面向世俗生活的，本质上是一种在现代工业社会背景下产

① 苏晓芳：《新世纪小说的大众文化取向》，中国社会科学出版社，2009 年，第 4 页。

生的与市场经济发展相适应的市民文化。大众文化的传播实际上是一个去神圣化过程，表现为对宗教、理想等终极目标的反叛，而追求一种世俗的幸福。最后，大众文化具有感性化乃至感官化的特点。“大众文化作为一种消费文化必须满足消费者的需求，特别是满足消费者个人生理上的需要，用声色官能的刺激给予消费者生理上的快感、愉悦身心，起到消遣、娱乐的作用。文化、艺术产品的教育功能不是大众文化关注的焦点。大众文化的生产与消费表现出对大众‘享乐动机’的直接认同。‘欲望的解放就是感官的解放和躯体的解放，快乐原则和市场化在欲望心理学方面的结合，把新的消费主义和享乐主义当做正当的选择广泛传播开来。’相对于压抑人的肉体欲望、片面弘扬人的道德价值和精神追求的时代，大众文化对感性欲望的刺激与满足极大地丰富和改善了人的生存状况，提高了人的生活质量，促使人们从神圣的政治、宗教世界中解放出来，向人的日常生活世界回归，使现代人一反那种过分沉重的政治中心和伦理本位的生存状态，并由自在自发的或异化受动的生存方式向自由自觉的创造性方式提升。”①

消费时代的大众文化里，文学不再是高高在上只为少数知识分子所欣赏的象牙塔里的“阳春白雪”，而必须面对和接受更为宽泛的读者选择。在中国的文化传统中，小说就其本质来说就是通俗的，离开了大众接受的小说是不可想象的，也是很难生存的。进入 21 世纪初年以来，“后现代思潮进一步催生了中国的泛娱乐化时代。娱乐是一种表面化的生活方式，是文化妖娆的假设，与灵魂相隔，与梦想无关，更无法解决精神困境的种种问题。正是在这样一种‘伪语境’（尼尔·波兹曼语）里，中国当下走向‘笑声替代了思考’的危险境地；写作已然失去了审美接受的时代性心理基础，消费主义生存原则下的人们再也不向

① 苏晓芳：《新世纪小说的大众文化取向》，中国社会科学出版社，2009 年，第 6、7 页。

往战争荣光，走向了人性极度张扬、审美多于思考、娱乐至上的时期。”①

随着后现代与泛娱乐化成为生存的背景，新的消费主义文学生态的建构成型并逐步深化，传统的军旅长篇小说生产方式、接受渠道和审美标准都发生了剧烈偏移。宽松自由、多元选择的文化环境既给军旅长篇小说带来新的生存契机，也从审美接受的角度决定了军旅长篇小说的呈现形式。在此过程中，21 世纪初年军旅长篇小说开始了“通俗化转向”。告别了昔日浓烈意识形态色彩的包裹，逐渐走出政治化、走出宣传化，回归与创造更加艺术化更加审美化的军旅文学似乎已成昨日梦想，逐渐与市场接轨、与媒体联谊则成为它必然的选择。在市场和读者正共同打造时代的宠儿——畅销文学时，军旅长篇小说也开始在个性化与军旅属性以及读者三者之间寻找新的交叉与平衡，呈现出一种通俗化、大众化的创作倾向。

对于军旅小说的通俗化，早在 1980 年代末，朱向前先生就曾撰文鼓呼：“通俗不等于庸俗，它无非是比较注重小说的故事性，比较尊重审美习惯的民族性，比较看重表达形式的大众化，从而以明显的可读性去争取不同层面的广大读者”，而且提出了三点倡导原因：“1、从创作对象看，军旅（战争）生活紧张激烈，惊心动魄，充满刀光剑影和生离死别，最富悬念与变数，是培育通俗文学的肥沃土壤，从《三国演义》到《林海雪原》，成功之作不胜枚举；2、从接受对象看，广大军营以青年战士为主体，他们正处在生理、心理、思想、文化的全面发育期，精力旺盛，求知欲强。与其让庸俗、恶俗之作泛滥其间，造成诱导和误导，还不如为他们提供健康好读的通俗军旅文学作品，变堵为导，岂不妙哉？3、从创作主体看，一部文学史告诉我们，任何时候能创造经典作品的作家都只是少数，军旅文学也不例外。大部分军旅作家如果一味地眼高手低，将会无形中将自己困于一种‘武大郎攀杠子，两头够不

① 陈建光：《泛娱乐化时代军旅小说的文化身份》，《中国现代文学研究丛刊》，2012 年第 2 期。

着’——既雅不起来又‘俗’不下去的尴尬境地，扼制了自己艺术生产力的进一步解放与发挥。与其如此，倒不如大胆地正视自己，扬长避短，为创造通俗军旅文学并形成多样化的军旅文学新格局贡献才华。”①

二十多年后，依21世纪初年军旅长篇小说的现状重新审视朱向前先生的观点，似乎依然适用。军旅文学的通俗化进程也是渐进的，并非一蹴而就。1990年代就文学发展而言，是一个相对沉寂但分化剧烈的年代，与1980年代相比较，那是一个单纯的雅文学精神被逐步世俗化的年代，同时也是以娱乐为审美的世俗化时代的开始。文学不仅进一步确认自身对象和主体，而且异常鲜明地培植着自己的消费者，甚至文学消费还被当做文学的第三种价值，深刻影响着文学发展的趋向。1990年代军旅小说的世俗化倾向，突出表现为对金钱、物质欲望的叙述。1980年代后期至1990年代初的“新写实小说”的世俗化价值取向表现为从崇高理想向世俗观念、从神圣信仰向日常行为、从精神性超越向物质性烦恼的转变。与此相对应的就是军旅文学“农家军歌”的兴起。其次，是对性欲的过度渲染，对应的就是军旅文学情爱叙事的强化。再次，就是对崇高进行颠覆和调侃。进入21世纪初年以来，大众文化传播“自主”地沿着“资本——市场”的设定模式，不以任何人的意志为转移地加速运转，这就是所谓的“媒体意志”。21世纪初年军旅长篇小说从“政治意志”的藩篱中挣脱出来后，日益深陷“媒体意志”之中。一种新的文学关系：作家（文本生产者）——传播者（媒介传播）——受众（文本消费者）的形成，造就了一种新型的文学生态。21世纪初年军旅长篇小说所置身的文学生态环境和所追求的审美价值取向不可避免地发生了相应的变化。

在笔者看来，2005年似乎是21世纪初年军旅长篇小说发展历程中的转折点和分水岭：此前，在现实主义的底色上，新一代中青年军旅

① 朱向前：《倡导通俗军旅小说的创造》，《光明日报》1989年8月15日。

作家勇于进行形式探索和技术创新，文体意识的自觉性与文学视野的开阔度显著提高，这使得 21 世纪初年军旅长篇小说呈现出了前所未有的繁复而盛大的多元景观。然而，伴随着新的大众文化语境和消费主义文学生态的建构成型和逐步深化，军旅长篇小说在文学性层面亦开始了“通俗化”转向，绝大多数作品尽管依然较为均衡地维持在“水平线”之上，却鲜有令人耳目一新的重要作品问世。军旅长篇小说逐渐丧失了艺术探索和形式创新的锐气。近年来的军旅长篇小说在图书市场和电视剧市场风光无限，产生了巨大而广泛的社会影响。“通俗化”了的军旅长篇小说，商品属性日益加强，在生产、传播、消费、评价等各个环节都开始了文学生态的重建，无论是在语言、叙述、结构还是在人物塑造、生活表现、精神书写、审美追求等方面都开始了“通俗化”的审美重构。“通俗化”的军旅长篇小说渐渐远离了纯文学话语，而自觉融入了强势的大众文化空间。事实上，图像时代的到来赋予了雅俗文化的继续分化和融和的多种可能性的情境，问题当然在于作家自身的理想追求与价值选择，存在本身已经确定了它们的合理性与合法性。“通俗化”无疑舒缓了军旅长篇小说文化身份的焦虑，使得军旅长篇小说可以放下架子，轻松愉悦地步入泛娱乐化时代的文化现场。卸掉了过重的意识形态负载，军旅长篇小说的叙事容器功能得到解放和强化，各种时尚的大众文化元素得以添加进来。尽管如此，军旅长篇小说作家们也在力图深入开掘军旅题材自身特有的审美价值、文学品质和人文内涵，以及相关的表意策略和通俗化的叙事技巧等，为广大读者生产出一部部充满现代气息的通俗军旅长篇小说文本。

为读者写作已经成为创作主体的集体自觉，可以说，读者的期待视野从没有像现在这样强烈地影响甚至牵引着军旅长篇小说的创作。21 世纪初年军旅长篇小说写作整体性地由一种英雄主义的崇高人文关怀转为了一种直抵大众身体与心底的精神慰藉。

2 审美趣味的多元文化格局

在主流文化、大众文化和精英文化三元并立并且互相渗透的多元文化格局下，大众媒体的发展促进了军旅长篇小说的繁荣；而21世纪初年军旅长篇小说表现出的通俗化倾向及叙事策略，亦越来越被大众所接受。事实上，21世纪初年以来的军旅长篇小说一直处在转型的焦虑之中，在渐趋边缘化的文化窘境中寻觅着自身的定位，探索着属于自己的表达方式，一批颇具探索性与文学性的长篇小说无疑为军旅文学重归当代文坛重镇奠定了坚实的基础。但问题是，21世纪初年以来的文学艺术已被纳入产业化范畴，没有观众喝彩的演出便是它们最为现实的命运。任何时代的作家都不会无视作品被社会接受的可能性，也就是接受美学所谓“期望的疆界”的作用，文学史不仅由作家和作品这两个要素构成，读者的反应与接受也将决定作家的创作视角和表现方式。由此可见，21世纪初年军旅长篇小说不仅属于军人，更属于大众和当下这个时代。

当下是信息时代，各种大众传播媒介各显神通，现代人们的生活节奏日益加快，各种文化快餐也应运而生，能在读者中有市场的文学创作必然是能符合当下大众的审美趣味，能适应当下大众的阅读习惯的。在这样的大众阅读背景下，人们对军旅长篇小说的阅读期待及阅读心理也产生了一系列与时俱进的变化；而期待视野的变化反过来必然影响和规制21世纪初年军旅长篇小说的审美趣味。军旅长篇小说的题材属性决定了它讲述的大多是大众读者在日常生活中不曾接触过的军人的生活，大众对军人的神秘感有一种与生俱来的向往。当下的大众读者对这种神秘感的向往，已经不仅仅是以前那种想要知道军人有着怎样崇高的精神追求，军人有着怎样的坚强意志，有着怎样的爱国主义精神等等；大众更想知道的是一些传奇历史的“解密”、一些未知领域的敞开、武器装备的新变化，甚或是军人的日常生活状态和细节、军人的爱情和隐私…… 对诸如此类的好奇心也是大众读者的阅读动力所在。从这个意义来说，徐贵祥的《历史的天空》《明天战争》《特务连》、都梁的《亮剑》《血色浪漫》《狼烟北平》、兰晓龙的《士兵突击》、权延赤的《狼毒花》、石钟山的“父亲系列小说”、麦家的《解密》《暗算》《风声》《刀尖》等军事特情小说，刘猛的《狼牙》《冰是睡着的水》《最后一颗子弹留给我》等特战小说的畅销和成功，正在于迎合了大众的阅读心理和阅读期待。

2000 年出版的长篇小说《亮剑》堪称通俗化的典型文本，成功地把军事题材与通俗小说叙事方法结合，亦堪称 21 世纪初年军旅长篇小说审美趣味转型的突破之作。军事题材作为公共题材资源，能够最大限度地聚拢中国的大多数有消费能力的读者，并最大限度地“陈列”他们感兴趣的话题。《亮剑》的前半部分是“武戏”，后半部分是“文戏”；后半部分以“思想”能力的展示为主，兼具悲剧精神，前半部分是展示讲故事的能力。情节以“横断面”的方式加以呈现，章节间跳跃性极大，只用几个单句稍加过渡，将一个个故事如珍珠般串联起来，这种手法在现在的很多类型化小说作品中都广泛采用。《亮剑》还有“政治小说”的一面，大量的对话和心理描写，都为“亮剑精神”这个核心来服务。所谓“亮剑”精神，即含有深刻的悲剧意识，“明知不敌，也要亮剑”。一时间白领小资大谈“李云龙”，公司企业热议如同心灵鸡汤般“亮剑精神”。在此基础上，《亮剑》的文本内部糅合了多种叙事元素，文体杂糅，戏谑、反讽等类型交叉排布，意识形态属性暧昧，以此可以迎合不同的消费群体的阅读快感。《亮剑》产生在大众文化语境中，为了在经济上获得最大利益，必须为形形色色的读者提供各式各样的兴趣资源，能够弥合各方的差异和“协商”各种审美趣味，使作品能在一系列差异之中进行流通。“都梁是商人，他解释自己的创作动机出于‘打赌’，‘写一部一定能畅销的小说’。‘作为上层文化和通俗文化的接榫处’，商人可以通过丰富的经验和阅历，最大限度地生产出最多元的意义和快感。都梁选择了军事题材，更多是因为这个题材可以聚拢中国的大多数有消费能力的读者以及最大限度'陈列'他们感兴趣的话题。同时，多关注'利益共谋'，与读者相通。他不要文人式的刻意启蒙，也不怕触碰禁区，更不会一心献媚主流。商人都梁历经磨难，善于取得'信任'，精于'洽谈'。《亮剑》的文本像是一个'超级市场'，每一个读者都可以在里面游荡，挑挑拣拣，然后把所选出的东西组合在一起，做成自己爱吃的口味。"[①]《亮剑》同时也是通俗小说视觉影响写作与阅读观念的典型例证。蒙太奇的跳跃性叙事手法被大量运用，作品的章节可以视为分镜头剧本。小说出版后，评论纷纷叫好，读者大加称赞，继而风靡网络，成为一再重印的畅销书。五年后，同名电视剧在中央一套黄金时间播出，《亮剑》热潮仍然持续，在各大图书销售榜上依旧名列前茅。对于商业时代的阅读热情来说，五年无疑过于漫长。五年时间，多少曾被"隆重推出"（首发式、前期宣传、组织评论、专家研讨会）的长篇小说都被无情地湮没；而《亮剑》这样的通俗军旅长篇小说却能在这场漫长而残酷的生存竞赛中取胜，并带动了军旅长篇小说的热潮。究其缘由，当是"通俗"资源被成功地引入军旅题材，两者成功接轨所迸发出的优势。

当下社会已经不需要政治说教式的军旅长篇小说，所以大众对于军旅长篇小说的创作价值与意义的期待已经不再是以往的英雄主义精神教育，而更多的是一种情感的寄托与慰藉。我们每个人的心灵深处，都储藏着许多的渴望，尤其是一种对心灵关照的渴望，这种渴望需要满足。当个体的渴望得到满足，个人为之感动；当大众共有的渴望得到满足，就会形成社会轰动。当下，就我们的精神和心理需求来说，处在红尘滚滚的社会，在这个被认为没有信仰的和平时代里，满眼都是物

---

① 李小婧：《把"通俗"引入军事文学——论〈亮剑〉的畅销》，《解放军艺术学院学报》，2007年第4期。

欲横流和感官刺激，人性被异化，都市生活的灯红酒绿中，人们常常会迷失自我，常常会感觉到一切都是那么无所皈依，这时必然会产生强烈的精神需求。这时候人们需要的就不再是那种政治的宣教和所谓的英雄主义，而是一个可以寄放心灵、寄放信念的纯净的叙事容器。21世纪初年军旅长篇小说则适应了大众的心理需求，以军队特殊的环境背景在当代喧嚣的社会中为大众开辟出了一块净土：这里的军人和英雄们追逐的不是都市的奢华享受，追求的也不是无止境的权力、欲望，他们都是一群有着崇高信念，有着不变坚持的可爱的人们。最重要的，他们并不是不食人间烟火的神性化的英雄，他们是生活在和平时代中的人，和大众一样经历诱惑、喧嚣和欲望，承受世俗和伤害，面对压力和竞争，所以他们的性格是多样化的，而非既往的崇高模式。然而，小说中主要人物多样化的性格背后所体现出来的核心价值观念品质是一样的，都是在当代社会中大众都渴望、珍惜、呼唤，却又似乎已经慢慢消逝在各种诱惑与欲望中的最宝贵的英雄气质和坚贞信仰。这块净土无疑会给现代人带来一种情感的寄托与慰藉，带来一种喧嚣中难得的笃定和安宁。兰晓龙的《士兵突击》立身人类文明制高点上的精神张扬，产生出一种直指心灵的精神抚慰。许三多这样一个普通得不能再普通的士兵，做着一些平凡得不能再平凡的事，可在当代社会里却显得弥足珍贵，他触动了每个人心中最柔软的角落，让每个读者看到了自我在物欲横流的时代中丢失的最真，也最宝贵的东西；经受了“不抛弃、不放弃”的精神洗礼，产生了一种对最本真的原始而单纯的向往，使得在物质生活中迷失的心灵得到了慰藉和鼓励。

现代城市能够而且确乎给予其居民人身的自由和多元的价值选择，但其代价却是要能够忍耐枯寂和苦闷。不仅如此，现代城市中还有太多失落，太多无奈，更有太多的英雄无用武之地的不平感慨；因而读者需要有一个可以让他们实现自我，满足自我超越的精神宣泄途径，军旅小说创作的英雄主义主题以及它本身的题材魅力，即是对这种情感需要的最好慰藉，这和通俗小说有异曲同工之处。所谓“通俗”就是以流行的社会价值观与俗众相通。21世纪初年军旅长篇小说能够给大众读者带来一种阅读快感——“身体失控后那种极度兴奋的快感——即自我的丧失——是一种躲避式的快感，是从自我的控制、社会的控制中逃避出来的。”[①] 通俗化的军旅长篇小说能够满足读者在现实社会中无法满足的自我实现与自我超越的精神需求。21世纪初年军旅长篇小说塑造的英雄人物大多都是“大错不犯，小错不断”式的人物，在这些英雄的身上我们可以看到一些纪律、规章并没有约束到他们，他们经常是在犯错误的同时立功，完成了常人完不成的任务，这对于生活在现代社会中的人来说是一种极大的自由和超越，让被现实社会中种种游戏规则约束的人们在小说中找到了一种心灵的满足与归宿，让人们在现实中无法实现的理想与愿望在这种阅读快感中得到缓解。其实这和当代流行的玄幻小说和令许多人痴迷其中而不能自拔的网络游戏有一些相似之处，它们最大的共同点都是叙述一个平凡的人（甚至在某些方面低于平凡人，如许三多）如何成功，如何成为英雄，成为神话的。大众所代表的就是最普通的阶层，所以他们需要的是一种从平凡人甚至下层人开始的叙事，他们需要的是普通人的神话，而不是王子公主的童话。在阅读这些平凡英雄的传奇故事的时候，大众得到的是一种狂欢式的快感，感受到的是一种“从社会所构造出来与规训出来的主体性中得以逃遁的某种解脱……这是狂欢式的自由瞬间，它与巴特的狂喜观念有密切关联。”[②] 这种阅读快感让大众在他人的故事中，在小说抑或媒体所营造的第二个世界中得到了他们在现实社会中得不到的自我肯定、自我实现、自我超越的成就感，这种审美快感即成了大众

---

① [美]约翰·费思克：《理解大众文化》，王晓珏、宋伟杰译，中央编译出版社，2001年，第62页。

② 同上书，第100、101页。

沉迷于通俗化了的军旅长篇小说的重要原因。

“好看”标准和“抚慰”功能可以视作21世纪初年军旅长篇小说审美趣味大众化的突出表征，也是21世纪初年军旅长篇小说能够走进大众，赢得市场的原因所在。“好看”是通俗文学最为核心的价值追求，它以阅读快感的最大化为标志，建构一种顺畅无障碍的被动审美过程。“好看”已经成为军旅长篇小说近年来最为突出而显明的审美特征，甚至是军旅长篇小说成功与否的决定性因素。直白干净的小说语言、曲折生动的故事情节、个性鲜明、多姿多彩的人物形象、浪漫传奇的爱情、扑面而来的英雄气息、以爱国主义、英雄主义和理想主义为核心的价值伦理与电视剧同构的生产、宣传、消费机制、网络时代视频文化的崛起所延伸出的反馈与交流平台，所有这些都使得21世纪初年军旅长篇小说可以最大限度地满足不同社会阶层、职业背景、教育程度、年龄层次的人们的阅读期待。因此，“写好故事、写好人物”成为军旅长篇小说作家的集体共识和自觉追求就不再让我们感到疑惑与诧异。以一个“好看”的故事和“好看”的人物为蓝本，还可以衍生出多种艺术形式，实现社会效益与经济效益的最大化。曾经持续热播的军旅题材电视剧《士兵突击》就是横跨了话剧、电视剧和长篇小说等多个艺术门类，且都取得了骄人的成绩。追求“好看”的21世纪初年军旅长篇小说往往采用线性的叙事结构，毕竟一个连贯完整的故事和连续清晰的人物命运更适合大众读者的阅读。军旅题材也迅速地成为了一种公共的题材与话语资源。

军旅长篇小说中“爱拼就能赢”的英雄人生模式是对当下疲于竞争的读者的心灵抚慰。在严苛的社会竞争中深感苦闷的现代男性（25—60岁的男性是21世纪初年军旅长篇小说的阅读和消费主体）希图从军旅英雄身上找到精神抚慰、心理补偿与自我实现的满足感；因此，21世纪初年军旅长篇小说消弭了英雄与凡人小民之间历来无法超越的距离，把两个看似矛盾的范畴融合在一起，使英雄主义具备了日常生活的可实践性，并且着意突出英雄人物的草根出身与草根品性。《士兵突击》中的许三多是一个出身于农民家庭的孩子，笨拙、呆板、胆小、怯懦、智力不及中人，但正是他的平凡、他所信奉的“好好活”、“做有意义的事”的朴素的生活真理，使他成为众多出身卑微又想获得成功的底层大众的“镜像”。新的英雄主义观念因融入了大众的日常生活实践特征而大行其道，大众也在新英雄主义的文本中不断创造着自身的价值和意义。英雄形象“平民式”的价值判断和审美标准，使文本真正实现了“庶民的胜利”。和平年代里，社会上不可避免地充斥着钩心斗角、尔虞我诈，相形之下，军旅长篇小说中的主人公在枪林弹雨中的你死我活就显得单纯许多，从审美的角度也过瘾许多；而且，这些玩命的战斗中不乏大男人的大智慧和大成功。军旅长篇小说文本建构英雄形象的这种“游戏模式”，可以说是一种巨大的世俗寓言，是平民渴望的一种替代性满足，一次个体欲望和想象的迁移。军旅长篇小说的文化身份更多地呈现为“平民心态”文化表达的一种，而军旅长篇小说的审美趣味也成为一种极为表层化的审美幻觉。

3 故事讲述的通俗化

21世纪初年中国文学格局发生了渐变，通俗文学与高雅文学之间的差距越来越小，界线越来越模糊：一方面，高雅文学逐渐呈现出“俗化”的倾向；另一方面，通俗文学却有一股“雅化”的趋势，使得多年来雅俗文学相互对峙、抗衡的紧张关系正逐渐趋于融合与互补。通俗文学正稳步跻身于主流文化，并以自己独特的审美品格和鲜活的时代精神在21世纪初年中国文坛争得了重要地位。文学的雅与俗虽然是个老话题，但是对于主旋律文学却另有特殊的意义。因为主旋律的独特内涵使作家在审美趣味上弃俗从雅，容易造成创作的曲高和寡，不被一般读者和观众看好。事实上，主旋律完全可以借鉴通俗化的艺术手法，军旅题材亦可经过匠心独运的通俗化处理，让不同层次读者共赏同乐的同时，照样可以发挥积极的审美和潜在的教化功能。这也就是说，在21世纪初年军旅长篇小说这里，雅与俗不再以二元对立的方式矛盾与冲突；相反，融合与互补可能是它更真实的存在。创作主体在创作时追求的不再是简单的崇高意义上的爱国主义和英雄主义的颂歌；而是追求小说的故事性、传奇性，运用传统的民间文化元素和侠义小说中夸张、浪漫、通俗、生动的写作手法，将小说的故事性和传奇色彩推向了极致。可以说，传奇故事才是最能抓住当代大众读者眼球的关键。

21世纪初年军旅长篇小说在故事情节的设置上强调生动鲜活、紧张曲折，甚至浪漫奇崛。比如，徐贵祥的《特务连》开篇不久便设置了耿尚勤生死之谜的悬念，直至结尾才揭开其真实死因，极具宿命感和神秘感。围绕这条主线展开故事，在三十多年的时间跨度中将兄弟情、战友义表现得真实生动、细腻感人，在悲壮沉郁的氛围中升腾起军人的尊严与豪迈。柳建伟的《爱在战火纷飞时》更是出奇制胜，小说主人公张世杰本欲与未婚妻杨紫云一起参加新四军，却阴差阳错地看着爱人上了抗战第一线，而自己却在上级的安排下，做了一名地下经济工作者。情场、商场、战场的多线并进，家族恩怨、亲情与爱情、革命与战争的缠绕纠葛，使得故事情节跌宕起伏，一波三折。王霞的《家国天下》以人民武装警察部队半个多世纪波澜壮阔的战斗历程为背景，书写了武警将士不畏艰险、舍生忘死报效祖国、守卫边疆的战斗经历，将楚泰与李雨依的生死之爱书写得真挚浪漫，感人肺腑。曾皓的《战争黑客》，故事情节险象环生，悬念迭出，屡屡出人意料，以强烈的忧患意识探索了未来高科技条件下的战争形态。冯骥的《火蓝刀锋》更是凭借着奇崛瑰丽的想象，编织出了一个充满神奇和玄幻色彩的故事，全景式展现了海军特种兵的神秘生活。

21世纪初年军旅长篇小说以塑造人物性格，挖掘人物心灵，描写人物心路历程为主要创作手段，让形象丰满的人物出场“表演故事”，使得作品的文学性含量大大增强，也提升了作品的美学品位。为了迎合阅读者的心理需求，追求新奇性和刺激性，小说中的人物在性格、命运、道德等方面一般对比强烈，又互为依存。传奇的人物与生动的情节有机结合所产生的独特的审美效果强烈地吸引着阅读者；因此，个性鲜明、独具人格魅力或某些现代气质的“新奇”人物成为军旅长篇小说的一大看点。比如，王霞的《家国天下》，浓墨重彩地塑造了楚泰和李雨依一男一女两个主人公：楚泰刚猛顽强，敢爱敢恨，浑身洋溢着纯粹而理想化的男人气息；李雨依柔弱中蕴含着坚忍，历尽坎坷，命运多舛，依然执着于真挚坚贞的爱情。这两个理想化了的人物，其思想与情感的纯粹、明丽，多少给人以不食人间烟火的感觉，但却在半个世纪的历史风云里，演绎了一场痴情不悔、荡涤世俗心灵的爱情传奇。王霞正是经由对人物内心世界的深入挖掘和细腻呈现，建构了一段超越功利、超越时代的心路、情感历程，处处闪耀着高尚而可贵的人性光辉。徐贵祥凭借着扎实而深厚的部队生活体验，在《特务连》中再次塑造了一组生动鲜活的基层官兵群像：牟卜、耿尚勤、陈骁、武晓庆等人物形象性格迥异，个个身怀绝技，有着很强的典型性和生活概括性；但是作者并未停留于对单个人物形象的外部塑造，而是着力在对他们的成长过程的叙述中建构一代军人的心灵轨迹，最终呈现给读者的是纯粹军人的精神质地。柳建伟的《爱在战火纷飞时》通过对张世杰、杨紫云、郭冰雪等人物形象的去功利化的个性张扬，凸显了时代和政治风云对人物命运的控制伟力，不无悲壮地细腻展现了历史对鲜活人性的强力改写。魏远峰的《兵者》塑造了“卓越”这样一个时代感极强的新型士兵形象：作为一个超级军事发烧友，卓越知识渊博，素质全面。上了大学，却退学参军；头脑灵活，个性张扬，极具现代精神。在他身上看不出任何旧的时代痕迹，突破了以往军旅小说塑造人物的条框限制，当属距离当下生活最近的新型军人形象。在阎欣宁的《来复线》中，主人公龙海山和楚天雷身上都存在着狭隘自私和利己主义的农民劣根性，但同时他们作为革命英雄的勇敢、坚毅、顽强、阳刚的一面也体现得淋漓尽致。作者借用游击队扑朔迷离的革命战斗历程为背景，探索了革命英雄人物真实而复杂的人性。谢颐丰的《气血飞扬》重在勾勒人物关系，通过对一群犯人在抗战中的英雄壮举的生动描摹，塑造了梁满柜、赌三、大白菜、小耗子等一组另类人物群像，于生存的本能之上升腾起了中华民族的血性和力量。

自《亮剑》《历史的天空》开辟了21世纪初年军旅通俗化叙事的成功之路后，有战争经历的人的热情重新被点燃，没有战争经历的人的胃口被刺激打开，人们发现，近现代的战争与革命原来这么"好看"：因为背景的真实，情节因而具有更大的刺激性；又因为非都市化题材、非现实题材的间离效应，使惯于在娱乐里寻求刺激的人们获得了更大新鲜感与审美愉悦。"深入透视泛娱乐化时代的艺术形象生产机制，我们发现，当下军旅长篇小说基本以遵循历时性结构的传统创作方式迎合着市场的口味与需求。历时性结构小说是以主要人物的行动为基本叙述方向，故事的讲述始终紧紧跟随着主要人物的经历，它的优点是结构模式简洁明了，易于建构，更易于大众接受。对于娱乐化的中国大众来说，只要好看就行；而好看的前提是要让人看懂，这正是历时性小说结构最拿手的地方。其次，'好看'还必须要有曲折引人的情节，这也是历时性结构的长处，在一个单纯的线性结构中，作家轻而易举地就能做到情节的曲折生动。当然，历时性结构最遭人诟病的问题也在这里，在结构的简单架构与情节的引人入胜的同时，人物性格的多面性、发展性往往被牺牲。以《亮剑》中李云龙为例，从故事之初到故事结束，性格基本上没有什么变化。他的说话的方式，行为的方式，甚至是生活的小细节，如惯于骂人，在他一出场的时候就成为固定的审美元素。因此，这种以故事为中心的小说建构方式，在小说的功能上，存在着一定的现实性和反思深度上的欠缺。"①

① 陈建光：《泛娱乐化时代军旅小说的文化身份》，《中国现代文学研究丛刊》，2012年第2期。

当下比较畅销、且在社会上影响较大的军旅长篇小说，几乎都采用了第三人称叙事，叙述者以旁观者的身份，站在故事外部来讲述故事，从而达到了“全知全能”的自由叙述的目的。这种重“讲述”而轻“显示”的叙述方式，比较方便叙述者随时出场，对小说中的人与事进行评析与解释，袒露他对于那些人与事的感情倾向和价值判断。这种传统的叙事方式，阅读的门槛较低，可以最大限度地吸引一般读者。事实上，在现代小说和后现代小说那里，随着对人类问题探索的深入，作家越来越多地关注个人的体验与情感，创作主体强行介入文本的叙事方式，早已被长于心理分析和哲学思辨的现代小说抛弃。但在当下这样一个“娱乐至死”的年代，人们宁愿避重就轻，进行无重量无深度的浅阅读，这样的文化语境，决定了 21 世纪初年军旅长篇小说不得不投其所好，降格以求。此外，喜剧叙事与成功叙事，也是时下流行于军旅长篇小说中的景象。《我的兄弟叫顺溜》，尽管最后不得不安排顺溜走向生命的终结，但整个作品还是透露着自我实现的圆满。顺溜如愿参加了战争，成为战绩累累的革命英雄，完成了复仇的过程。这个结局，非但不会影响整个故事的市场化，反而会因为顺溜从辉煌的成功里突然消失而形成更大的叙述张力，令阅读者更感余味绵长，欲罢不能。更多的美满则表现在小说中俯拾皆是的革命英雄事业爱情双赢的传奇叙事模式：石光荣得到了褚琴，李云龙得到了田雨，就是看似最不可能的《地上地下》（石钟山）里的刘克豪与王迎香，最后也圆满地走到了一起。诙谐、紧张、人物的美满情感与辉煌前程……这些喜剧叙事元素，极大地满足了人们的娱乐心理，成为军旅长篇小说成功走向市场化运作的又一制胜要素。

21 世纪初年军旅长篇小说正在全方位跟进泛娱乐化时代人们的文学消费习惯，建构起通俗化的审美形式。但是同时，也必须正视后现代的解构性娱乐元素对军旅小说经典型审美品质的冲击与影响。军旅长篇小说在向着小说通俗好看的故事性本源回归的进程中，小说的艺术性和思想性当以怎样的面目存在？毕竟独具个性的文学性探索才是伟大文学的本质性规定，远离了文学性与思想性的军旅长篇小说，长此以往，其品质肯定让人怀疑，更不要奢望驻足于文学史了。简单梳理一下，便不难发现，近年的军旅长篇小说全面退出了主流纯文学期刊这块传统阵地，转而经由出版社、书商、电视剧制片人建构起了一套完整而时尚的生产、传播和消费机制；这迫使军旅长篇小说写作进入了一个批量制作的时代。产量要多、速度要快的市场机制与小说写作要不断沉淀与思考、艺术上要精益求精的文学规律之间的矛盾在短时间里无法统一，而且迅速导致作家“库存”积累的不足和创作状态的浮躁。就像被推上了过山车一样，军旅长篇小说开始被大众传媒本身所拥有的巨大动能裹挟着，一路狂奔，在短暂的不适应症和磨合期过后，21 世纪初年军旅长篇小说迅速进入了一种熟极而流的惯性发展阶段，即我所谓的快餐化写作。其突出特征概而言之：透支作家有限的写作资源，自我重复，批量生产，小说剧本化、情节戏剧化、故事世俗化、意义大众化。快餐化写作作为军旅长篇小说通俗化转向的深化和延伸基本排除掉了小说的艺术性和思想性，完全成为一种文化消费品；因此，全面提升军旅长篇小说的文学性和思想性，也便成为 21 世纪初年军旅长篇小说“通俗化”转向过程中无法规避的重要课题。

当发行量、码洋、收视率、点击率、版税、稿酬、版权交易不断涌上文学传播的前台的时候，文学的功能结构发生了相应的改变，不再作为“经国之大业，不朽之盛事”；而是作为茶余饭后的谈资而存在，今天的读者更加看重文学的消费性和娱乐性。作为严肃小说样式和经典的文学题材，在时下泛娱乐化也就是大众化的文化语境中，能获得一席之地，不得不说是军旅作家们努力探寻和积极创造的结果，也不能不说是军旅长篇小说旺盛生命力的表征；然而其代价却是，军旅题材与军旅精神的经典性质，在娱乐的作用下，遭遇了失重而部分地被消解掉了，军旅题材也成为娱乐表达的符号之一。米兰·昆德拉说：

"被大众传播媒介主宰的时代精神与真正的小说精神是背道而驰的。"[①]当21世纪初年文学整体上呈现"向内转"的倾向时，军旅长篇小说却开始全面地"向外转"（通俗化）；而军旅长篇小说所包含的精神、思想、情趣等无形之物，以及其与当代的社会意识、思想观念之间的多方面联系，依然需要从大众文化的喧嚣浪潮中跳脱出来，使文学的独特性从大众文化的丰富性中凸显出来。毕竟，写作不仅是"高尚的娱乐"，而且是"美好的避难所"。文学如果书写的不是理想的诗篇，建构的不是梦想的诗学，那么文学的存在本身就值得质疑。对21世纪初年军旅长篇小说而言，真正意义上的"突围"，我以为一定是在诗意与思想相融合的本真存在方式中，对人的存在、人性的深刻体察与发现，以及小说存在的历史开放性和未完成性的继承与推进之中才有可能完成。21世纪初年军旅长篇小说也只有在这种意义中，沿着军旅文学光辉的来路，才能持续、健康、快速和可持续地发展下去。

---

① [捷]米兰·昆德拉:《小说的艺术》,孟湄译,生活·读书·新知三联书店,1992年,第17页。

二　日常经验凸起

1　日常经验拓展题材边界

关于文学书写的经验，捷克作家克里玛将其分成两大类，即“极端经验”与“日常经验”。从认知角度讲，生活中的超出我们日常生活规律与节奏的事件与现象的“极端经验”因其边缘的相对清晰使它具有了解释的自足性，又因其发生的原因的绝对的偶然或自觉化的必然而使得其阐释具有了客观的“理路”；同时，因为人类的历史意识和思维模式往往都建立在对极端经验的记忆、叙述上，并相应形成了各种价值判断系统，使得对极端经验的解释具有了丰富的传统甚至理论资源，以致这样的解释有时会成为一种不证自明的言说，这样，建立在极端经验上的言说在其意义构建上便具有了相对的优先条件。战争、军事行动、军旅生活相较于普通百姓的日常生活具有某种极端性，从这个意义上说，“极端经验”也正是军旅题材自身的优势和魅力所在。

当作家和读者都迷恋于所谓的“极端经验”时，对“日常经验”的忽略和遮蔽是否导致了对虚构叙事与现实生活的割裂？读过克里玛、昆德拉，你便会对文学产生一种朴素的认识，而这种朴素会有一种震撼人心的力量。看来，我们应该重新建立起这样的观念，即文学就是生活的一种，我们的现实生活需要文学去思考、去揭示、去批判、去提升，我们关心的一些形而上的问题应该如植物一般从生活中自然地生长出来。文学当然与想象有关，但想象的动力源自现实的经验，其本身是无法支撑我们的思考与理性的，当我们尚未将现实的经验处理好，当我们的文学尚未对现实作出令人信服的解释时，置现实经验于不顾如果不是文学策略上的失误，就是表明我们思想水平的低下，抑或缺乏正视现实的勇气。

就中国现当代小说发展演变历程而言，构成了小说叙事主流的其实正是与日常经验叙事相对立的，更多地以社会历史中的重大事件为主要关注对象的宏大叙事传统。然而，“宏大叙事向日常叙事转变，这是信仰危机时期人们向日常轮回的日常生活中寻找永恒之价值、生活之意义的一种方式，或者从琐碎的毫无关联的日常现象中解构传统的生命价值观，从而确立新的价值观的一种突围。前者是存在主义哲学家加缪的西西弗斯神话，后者则是另一位存在主义大师萨特的哲学或者是萨特之后后现代主义的叙事方式。艺术史学家赫舍尔说：‘在人的存在中，至关重要的是某些隐蔽的、被压抑的、被忽视或者被歪曲的东西。’作家就是在这种日常生活中发现意义和价值，对人日常生活世界的重视和肯定，表现了作家对人的自信。”① “日常生活”是一个内涵和外延随着社会历史的变迁不断有所伸缩、移动的概念，外部生活场景和现实文化语境不断地赋予它新的内容和形式。在“十七年”的一体化时代，“日常生活”找不到自己在文学中的位置。贺雄飞认为，“日常生活本身无法获得意义，无法获得显身于现代世界中的合法性依据。除非将它彻底地置于现代目标的控制之下，打碎它的自身逻辑，将它完全同质性，才能去除其平庸性质，获得崇高的意义。”② “日常生活”是在与“工农兵生活”、“火热的斗争生活”等“公共空间”以及“社会主要矛盾”、“时代本质特征”等“真实性”话语构成的二元对立中来确定自身，它因指涉一种凡庸的、缺乏理想激情、不能产生意义的非总体

① 徐兆寿：《新世纪作家面临的几个转向》,《小说评论》, 2008 年第 3 期。

② 贺雄飞主编：《守望灵魂》, 中国工商联出版社, 2000 年, 第 30 页。

性的偶然性存在，而不具备天然的合法性。进入1980年代之后，“人”的话语被重新询唤并被置于社会文化的核心，“日常生活”也重返文艺领地，并在诸种题材、体裁中得到了全方位、多层面的表现，成为不可回避的叙事基点和不可删削的表现内容。在张颐武看来，“对于以经济发展为目的的世俗的‘现代化’目标的追寻，‘现代化’对于生活的全面改造及由此带来的生活的极大改善一直是‘新时期’小说的基本叙事目标。”[①]

21世纪初年军旅长篇小说正在走向多元化和本体化。正如利奥塔所认为的那样，后现代时期的特点是从大叙事到小叙事的转变。自由伦理的个体叙事标志着军旅作家从现代性的“立法者”向后现代性的“阐释者”角色的转换。“立法者”是对于20世纪八九十年代作家叙事姿态和文化立场的形象描述。就20世纪八九十年代作家的主体叙事意旨而言，“‘立法’诉求使他们总是企图建立权威叙事地位和宏大叙事理念。‘立法者’的身份赋予了作家高屋建瓴式言说信心和指点江山的叙事锐气，他们占据着当时时代社会主流文化的有利地位，一度成为对历史和未来以文学形式进行论断和仲裁的叙事权威。‘阐释’，则是作家对于当下时代日常生活和生存状态‘非启蒙’、‘非驾驭’、‘非指点’式的关注和言说，真诚地呈现可以触摸和把握的当下真实，通过小说文本，将这种‘真实’和‘真诚’展示在多元化的文化广场中进行交流和理解。同时，‘阐释者’的身份还意味着作家从为‘集体’代言的宏大叙事理念中全面退场。在此意义上，个人自由主义叙事伦理将文学叙事更多引向‘文学自身’和‘文学性’。”[②] 进入21世纪初年以来，军旅长篇小说作家普遍放弃了既往“宏大叙事”的伦理理念，放弃了

① 张颐武：《从现代性到后现代性》，广西教育出版社，1997年，第5页。

② 张文红：《伦理叙事与叙事伦理——90年代小说的文本实践》，社会科学文献出版社，2006年，第260页。

启蒙主义精英写作立场，开始重建与现实常态生活的关联，重建日常生活的逻辑，从极端状态下崇高壮丽的美学追求回归到日常生活的诗意找寻。呈现微观经验，回归日常诗性，成为21世纪初年军旅长篇小说作家主题选择和诗学诉求的凝结点。就题材叙写向度而言，21世纪初年军旅长篇小说不仅体现了对于日常生活题材的倚重，同时放弃了对其进行“宏大”提升和“意识形态”改写的叙事意旨立场。军旅作家集体性地表现出了对日常生活经验和价值取向的认同和尊重，以军人个体的本位立场关怀现实，关照军人爱情婚姻的世俗经验，关照军人职业选择和个人命运，关照物质化、平庸化、欲望化的生活境遇。荷尔德林说，文学是为“存在”作证。“存在”是文学的精神边界，“存在”也是文学的永恒母题。那些伟大的文学一直在为人类的基本在场作出描述、解释和辨析——这是它的根本价值所在。21世纪初年军旅长篇小说作家正是通过对军人日常生活中的现实存在和精神存在进行个体化的艺术表现，摆脱了主流意识形态过度的“历史化”阐释，以个人化写作的叙事立场，守望当下军旅生活现实，以非功利性的审美眼光探寻军旅生活的“存在之境”。

在当代中国文学殿堂里，意义一直是缺席的，对于当代作家而言，表意的焦虑一直如影随形。与极端经验和意义的天然联系不一样，日常生活或日常经验与意义的联系似乎要淡漠得多，但是，对于大多数人而言，却更多的是与日常经验打交道；因此，对于作家而言，如何处理与提升日常经验可能更为重要。21世纪初年军旅长篇小说的“日常经验叙事”在文本建构上体现着自身特有的美学逻辑。首先，在题材内容选择上聚焦于细枝末节的日常生活领域。小说创作与日常生活直接对接，对日常经验进行汇集和放大，从而体现和满足着读者的日常审美习惯。其次，日常时间的线性结构使叙述显得清晰而简明，悬置、延缓、降低了情节的推进速度和戏剧化程度。一方面，细节成为文本叙事的支撑，作者不再过分倚重戏剧性的矛盾冲突，而是通过对生活流态的细腻呈现来结构故事；另一方面，日常生活的自我重复和延宕使得小说结构趋于单纯，作家在叙述过程中以不断“重复出场”的人生片段和生活遭际驱动情节，冲淡了故事情节的“复调化”。此外，对日常语言的强化，凸显了生活的在场感，创作主体在叙事中大量采用直白浅显、生动活泼的日常生活化语言，从而大大增强了文本的生活气息。当然，关注21世纪初年军旅长篇小说中的日常生活书写并不是说过去的军旅长篇小说就完全没有涉及日常生活领域，其实，“十七年”长篇小说中如《林海雪原》《烈火金刚》《铁道游击队》等小说中也有日常生活细节的描摹，但就其分量来讲，那不过是“万绿丛中一点红”的点缀；而且，这些作品写日常生活中的爱情、亲情与友情，更多是为了反衬斗争的残酷以及战争对美好人性的扼杀或压抑。在21世纪初年军旅长篇小说中，日常生活叙事则更多地被赋予了生活本源的意义。张爱玲说：“我发现弄文学的人向来是注重人生飞扬的一面，而忽视人生安稳的一面。其实后者正是前者的底子。又如，他们多重视人生的斗争，而忽视和谐的一面。其实，人是为了要求和谐的一面才斗争的。”① 铁凝的《笨花》所展示的是从晚清末年一直到抗战胜利这五十多年间中国历史状况的变迁过程；然而，与其他一些秉承着历史大于生活的基本艺术观念的小说家所不同的是，铁凝在《笨花》中采取了生活大于历史的艺术处理方式。所以，给读者留下难忘印象的并不是那些“城头变幻大王旗”式的历史风云变迁，反倒是笨花村人日复一日的日常生活景观，是那些体现着深厚传统文化积淀的乡土风俗习惯。

21世纪初年军旅长篇小说的日常经验叙事将审美和表现的对象从“宏大”的主题功能性中解放出来，从本体论的高度看待军人的日常生活，确立了个人化写作的基本立场；从日常生活中发现并强调意义和价值，开掘出新的叙事和表意空间，极大地拓展了军旅长篇小说的题

① 张爱玲：《自己的文章》，原载《苦竹》，1944年12月第2期。

材边界。21世纪初年军旅长篇小说涵盖了战争、历史、现实生活、婚姻与情感、军人伦理等等涉及军人与军旅生活方方面面的题材。概而言之，按照较为传统的题材划分，反映战争、历史题材的作品有《英雄无语》《历史的天空》《八月桂花遍地开》《音乐会》《百草山》《零炮楼》《悲日》《高地》《城门》《特务连》《我是我的神》《大崩溃》《记忆洪荒》《四面八方》《寂静的鸭绿江》《红翻天》《姐儿门前一棵槐》《秦武卒》《地平线》《马上天下》《老风口》《流芳记》《往生》《向延安》《红药》《遵义！遵义！》《琵琶行》《抗战枪王》《刀尖》《长津湖》《陕北红事》《穿越苍茫》《血地》等；反映军队现实生活的有《楚河汉界》《中国近卫军》《我们的连队》《士兵志》《明天战争》《炮兵家园》《赌下一颗子弹》《战士》《惊蛰》《白桦树小屋》《狼牙》《当兵》《超越攻击》《戎装女人》《兵者》《火蓝刀锋》《大断裂》《预警》《黑鹰基地》《锅盖头》《九号干休所》《全金属青春》《我雷了》《第三十九天》《军事忠诚》《魔鬼连》《同袍》《女生楼404》等；表现军人婚姻与情感的有《大校的女儿》《正午告别》《美丽行旅》《去日留痕》《爱在战火纷飞时》《家国天下》《幸福打在头上》等。还有的作品反映军队特殊战线官兵生活，在不平凡的工作岗位上，书写军人甘于寂寞，牺牲奉献的高尚情怀。如郭继卫《赌下一颗子弹》表现军队医学科学工作者的传奇，柳建伟、杨海蒂《石破天惊》揭秘导弹工程兵的特殊生活，王秋燕《向天倾诉》展现当代航天军人的情感秘密和精神世界，王锦秋、刘慧《雪落花开》写青藏高原汽车兵的故事等等。

《雪落花开》运用了三重叙事线索，结构极为精巧。小说以“高原聊天室”为媒介，运用复调式结构，在这个虚拟的网络世界，实现了历史与现实、高原与故乡的互通，官与兵、兵与兵情感的对流和几代军人内心世界的对接。作者并没有通过编织戏剧性的故事，以及对青藏高原上汽车兵们艰苦困顿的现实生活的渲染来刻画高原汽车兵这一英雄的群体；而是通过对他们极富烟火气息的日常生活的细腻描摹，在平淡、平凡、甚至平庸而富于喜剧色彩的生活流程里，凸显他们崇高的理想追求和丰富的情感世界。此外，有一些作品溢出了传统军旅文学的题材领域，如反恐小说、科幻战争小说、军事特情小说、灾难小说等等。有的作品所涉及和反映的题材甚至可以说在当代军旅文学史上绝无仅有，甚至是具有开拓性的。比如，黄国荣的《碑》涉及的是一个特殊的题材，小说正面表现了和平时期战俘的遭遇和命运。战俘在中国传统文化理念里是一个贬义词，作者正是以一种严峻的批判姿态展开叙述的。主人公在一次边境战争中成为一名战俘，尽管他在战场上表现英勇，立下战功，但仅仅因为战俘的身份，他返回家乡后受尽各种有形或无形的屈辱。可贵的是，作者并不是单纯地揭露和批判民族文化中的负面精神积淀，他始终把一份敬意投向主人公邱梦山，英雄主义铸造了他钢铁般的意志，即使在看不到前景的逆境里，他的意志也没有崩塌。作家对战俘生存状态和心灵世界细腻而有力的探寻，不仅填补了军旅文学的题材空白，更是将探索的目光延伸到了富有生命质感和存在意义的文学空间。

篇幅所限，笔者无法对近百部21世纪初年军旅长篇小说作品一一进行题材内容的细划；但不可否认的是，这近百部作品各个都有自己独特的观察视角、认识思考和艺术个性。这无疑说明了个人化写作状态下的21世纪初年军旅长篇小说覆盖了更加广阔的生活领域，拥有了更加丰富的艺术个性，对剧烈变革和转型中的部队生活可以进行更加及时而深刻的反映和思索。许多原先被一体化文学思维所遮蔽和过滤掉的生活和情感“细节”，在21世纪初年军旅长篇小说中得以很好的发掘和表现。一批军旅女作家和“70后”、“80后”军旅作家的创作为21世纪初年军旅长篇小说开辟了新鲜且可持续发展的题材生长点，也使得军旅长篇小说写作更加贴近当今时代和现实生活。尤其是王海鸰、刘宏伟、王秋燕、王霞等一批军旅女作家的作品，借鉴并吸收了苏俄战争文学中的感伤元素，不同于那些正面强攻战争、军事训练的作品，这些军旅女作家的创作从侧面切入军人的婚姻和情感生活，探索军人心灵和情感世界的丰富性和矛盾性。作品普遍格调清新、文字优美、感情充沛而又略带感伤色彩，立意和主旨往往直指人性和灵魂的至深、至柔之处，具有极强的艺术和情绪感染力。不同于军旅文学昂扬大气、深沉厚重的既有风格，这种轻灵细腻、关注个体生命经验的写作风格，因其拓展和丰富了军旅长篇小说的美学内涵而显得弥足珍贵。然而，也应该清醒地看到，这些带有强烈自叙传风格的作品在视野和格局上显得过于狭窄，对于生活的思考流于浅表，有概念化之嫌，过于浓重的主观主义色彩也违背了长篇小说的修辞特性，这些问题的存在一定程度上消解了作品审美意境的提升和思想意义的表达，应该引起军旅作家的共同关注。

2 个人化写作与私语化叙事

回溯长达半个多世纪的军旅文学史，真正意义上的个人化写作立场和姿态显得较为稀缺。“十七年”时期的军旅长篇小说虽然带有鲜明的作者主体生命经验的影子，但是当时的政治话语强力规约了溢出主流意识形态之外的那部分属于作者个人的思想和体验。20 世纪八九十年代的军旅长篇小说创作虽然在当代中国文坛独树一帜，但是集群性的“写作冲锋”使得军旅作家与军旅长篇小说更多的是作为一个整体现象被关注、被研究、被讨论。在这种政治色彩依然十分浓厚的文学生态环境中，“个人化写作”更多的是作为一种贬义性的、与主流意识形态脱节的写作理念而遭到排斥的。事实上，“一呼百应”式的召唤性写作也给军旅长篇小说带来一些负面的影响：由于整体思维惯性的限制以及强制性审美规范的约束，军旅长篇小说的模式化和同质化倾向比较严重。近似的风格和雷同的写作模式使得不同文体的差异性相对弱化。

进入 21 世纪初年，随着军旅文学政治语境的弱化，主流意识形态对文学创作规律表现出相当程度的认同和宽容，因之军旅长篇小说也迎来了一个真正意义上的个人化写作的时代。个人化写作现象的出现是对以往政治话语主导下的集体文学思维方式的反拨，是基于对文学创作规律的深刻理解而对文学实质和本性的回归。21世纪初年军旅长篇小说作家可以更自由、更灵活地切入部队当下生活、体验和表达军人情感、透析军队存在的各种现实问题、审视并重构历史时空、思索和前瞻未来战争，作家们可以根据各自的知识构成、生活阅历、关注兴趣、跟踪对象和认识角度选择自己熟悉的题材领域，以适合自己的技巧和方式来写作。正是这种较为纯粹的个人化、个性化的写作视角在较短的时间里极大地扩展了21世纪初年军旅长篇小说的题材空间。

事实上，正是因为以往的文学创作中主流意识形态色彩过于醒目，所以对于急切渴望能够在艺术上取得突破的中国作家而言，突破和剥离主流意识形态的规训，进而实现真正意义上的“个人化写作”已经成为某种共识。但是需要注意的是，“个人化写作”不同于自说自话、逃避文学的社会和历史责任、一味张扬个人庸俗趣味的“私语化叙事”。“私语化叙事”由于过分地将注意力集中于创作主体自身，而有意无意地忽略了对于自身之外更为复杂、更为广大的现实世界的关注，造成了视野的狭隘和思想的卑琐。因此，摆在当下作家面前的一个无法回避的问题就是，如何在不重返既往的宏大叙事的前提下，有效地克服并避免“私语化叙事”视野过于狭隘的思想艺术弊端。

当前的部分长篇小说由于缺少了现实主义的锋芒和力量而患上了“虚弱症”，我认为，其中重要的原因就是“私语化写作”的泛滥。相当数量的长篇小说作家长期脱离底层现实生活，对转型期中国社会既严酷又波澜壮阔的现实生活缺乏了解，也提不起兴趣；对艰辛困苦的底层生活经验的表达，采取冷眼旁观的消极态度。不知从何时开始，作为知识分子的作家群体不再关心现实，不再关注底层民众，不再拥有广阔的视野和悲悯的情怀；而是高高在上，俯视众生，以大师自居，盲目追求文学奖项和所谓艺术上的巅峰；近乎病态地执着于庸俗的个人趣味和狭隘的个人风格的锤炼，放弃承担文学的良知和作家的职责；不屑于关注和体验正在进行的转型期严峻的社会现实生活，仅靠过去的生活积累、个人经验和写作技巧，仅凭天马行空、不知所云的个人想象，编织着一个个虚空故事；满足于欲望化、功利化叙事，沉醉于自说自话的狂人呓语而沾沾自喜、无法自拔。毫不夸张地说，消极而虚伪的私语化写作已经成为困扰当下长篇小说健康发展的集体症候和亟待摆脱的梦魇。

不可否认，在21世纪初年军旅长篇小说创作中也存在着这种糟糕的“私语化叙事”理念。比如，张者的抗战题材长篇小说《零炮楼》在这方面就表现得十分突出。抗战题材长篇小说作为一种相对独立的题材类型有着较为深厚的文学史传承，从苏俄经典的现实主义战争文学到新中国建国后“十七年”的革命英雄主义战争文学，都成为当今抗战题材长篇小说创作无法逾越的文学史背景。然而时过境迁，对“新生代”作家而言，过往战争的主流历史记录和文学史讲述已然成为他们进行个人风格化叙事所必须跨越的障碍，加之战争生命体验的缺失及对战争历史的时代疏离都使得他们难以客观、准确地把握战争的真实场景。仅凭查阅史料和主观想象，使得这些作家们只能绕到战争和历史的背后，去寻觅一条鲜为人知的小径；当无法全面、准确地把握战争历史时，颠覆和戏仿便由不得已而成为必须。随着作家们对抗战题材本身在深度及广度上的不断挖掘，一种区别于主流意识形态和官方历史记录的民间视角与民间记忆逐渐浮出水面，并迅速成为另一种惯性化且炙手可热的写作模式。抗战题材长篇小说的宏大叙事和史诗性追求，不再作为一种深刻而必然的金科玉律规约着作家们的思考和写作。这种变化固然对拓展抗战文学的思考和想象空间、确立带有鲜明时代特征的全新视角、丰富并实验多样性的修辞和叙事技巧、探索战争的荒诞本质及人性的丰富内涵等产生积极的影响；但是作品中所包含的战争历史的真实性和作家态度的真诚性却决不应该被遗忘和背弃。当作家个人的主观意念和泛滥的想象力，缺乏读者对作品真实性的体认和对情感真诚性的趋同时，这类“新抗战题材”长篇小说也必然会沦为私语化写作的又一牺牲品，并成为一场无需证明的、纯属于作家个人的文字游戏。

《零炮楼》在情节编织和人物塑造上的拙劣表演突出表现在“虚”和“伪”两个方面。一方面，小说的情节链条是破碎的、零散的，各章节之间的转换因为缺乏逻辑关系的必然性而显得十分突兀和别扭。整部小说的故事情节缺乏连贯性和发展感，仅靠时间的顺延、场景的转换和主人公的交替出场不足以带动故事情节的跌宕起伏。具体来说，小说规避了对战争场面的正面描写，转而采用了一种看似讨巧，实则蹩脚的方式——即大段地、原封不动地引用各种史料记载。在各章节之间、时间和场景转换之际、新的事件发生之前都会出现这类概括性、交代性的文字。如此频繁地在小说语言与新闻体语言之间跳入跳出不仅无法生动地还原战争场面和历史氛围的逼真性，相反还严重地干扰了读者的阅读，也大大削弱了故事情节的真实性、可信性和现场感。另外，小说的情节主体完全由一些外在于村民生存现实的突发性传奇事件构成，缺乏战争背景下农村苦难生活的“坚硬质感”，缺乏对村民惨痛生存状态的鲜活而沉实的细节描摹。整部小说的故事情节游移在宏大叙事背景下对战争场面的真实刻画和民间视角观照下对生存现实的细腻描摹之间，两头儿不搭界，飘忽而空虚。另一方面，小说的部分情节设置既不合情理又冗长多余。例如，小说的开始部分写到贾寨和张寨合资修桥，大桥落成之日双方即发生了激烈的斗殴，这场斗殴成了小说情节发展的重要推动力量，并在随后的若干年里严重影响了贾张二寨的关系。然而就是这样一场至关重要的打斗，其起因居然是“当时，不知桥哪头的无赖后生向对方人群中扔了一块石头，把对方一位唢呐手砸伤了”。在双方隆重庆祝新桥落成的大喜日子，这种意外事件的发生既突兀又荒谬，让人读后莫名其妙，实在无法相信事件的真实性。而这场打斗的深层原因和意义何在，作者又没有给出合情合理的解释。也许作者就是那么随便一编，他也不知道真正的答案吧？况且，整部小说以贾寨我的“二大爷们”为主要描写对象，光是这五个大爷们走马灯似的轮番出场就已经使小说的整体叙事如赶场般疲态尽显，而作者还要再拉上无关痛痒的张寨作为陪衬。张寨人既非主要人物，又不能影响故事情节的基本走向，这种旁逸斜出的情节设置不仅显得多余，而且大大压缩了小说主人公形象深化和意义生成的空间。再如，小说里有这样的描写：玉仙每日里穿着旗袍去村外桥头等候贾文锦的归来，由此引来全村男人的垂涎和女人的嫉恨。这样的情节设计完全脱离当时的历史语境和农村的生活实际，徒具形式感却和小说的整体氛围极不协调。作者无非是为了凸显玉仙作为女人的与众不同，便完全不顾及人物心理和行为动机的合理性，随意编造了这样一个虚假、夸饰的噱头，而这一噱头居然是作为小说情节发展的重要支点而出现的。日后，玉仙的旗袍害死了“我”七姑荷花，又招引得日本鬼子龟田队长把她娶进了炮楼。作者还写道：“她除了穿旗袍外，还穿过女式的中山装，还穿过学生裙。看来咱大爷贾文锦完全是按照城里人的方式来打扮咱大娘玉仙的。”此种交代性的描述就显得更加可笑和不可理喻。还有，龟田的死引发了当地的日军拒绝向八路军投降，最后八路军不得不付出了巨大的代价才攻占了当地的炮楼。这样的情节也因缺乏必然的因果联系而无法令人信服。在全书中类似的值得推敲和商榷的情节还有多处，篇幅所限不能一一列举。小说情节编织的“虚”与“伪”暴露出作者主观创作意念的过分张扬。“小说中的人物和事件应该合情合理，甚至什么都可以没有，但不能没有这一点。合情合理的标准也就是生命力，即有关主人公的全面和一致的信息。这是小说的法则。有一个聪明和敏感的人曾半开玩笑地说过，如果他不知道主人公的生活资金来源，他就不会相信小说中描写的事件。显然，一个真正的艺术家从来不会强迫主人公做他‘不想’做的事情。小说中的人物描写具有一定的独立意志，而不取决于作者对这一意志的强迫——就是在艺术上的幼稚表现。”①

《零炮楼》的主要人物形象缺乏的恰恰就是鲜明的个性、独立的意志和行为能力。他们的性格和命运早在故事的起始部分就被作者人为地设定好了，深深打上了先验论和宿命论的烙印。在故事的推进过程中，主人公们的形象缺乏必要的发展感和成长性。“作者”就像一个无所不至的幽灵一样充斥了小说虚拟时空的各个角落，小说中的人物不会思考，没有自己独立的行动能力，就像是一个个任作者摆弄的吊线木偶一样。作者则像导演一样命令他们作出各种僵化的表情，说出不符合真实心理动机的话，作出不符合自身身份的动作。赋予作者此种私语化写作特权的就是主观想象的泛滥和对现实主义写作原则与精神的背弃。对于小说中的主人公——我的二大爷们，作者只满足于交代和展示，却拒绝进入人物的内心世界，体验并发掘人物形象的丰富性甚至矛盾性，以至于“我”的二大爷们个个都是缺乏个性神采、鲜活生命力和复杂人性魅力的“扁平人物”。人物对话是小说中塑造人物形象最关键的要素之一，而《零炮楼》中的人物语言同样令人失望，缺乏个性而趋于雷同，甚至全村不论男女老幼骂娘的话都是一成不变的那两句：“日你娘（姐）”或“娘那 ×”。全书五分之三的篇幅写的是人物对话，可小说中的人物对话要么缺乏个性，千篇一律；要么不符合人物身份，荒唐可笑。例如：日本鬼子龟田队长为了逼贾文清当维持会长而鞭打他，随后“龟田笑着通过翻译对大家说：‘皇军入乡随俗的，按你们中国人的方式，不听话的打屁股的。’”而贾文清则更绝，利用鬼子听不懂中国话的条件，大骂日本人。而当龟田通过翻译询问他说了什么话时，他又歪着嘴说：“屁股疼呀，屁股疼！”龟田哈哈笑，大家都哈哈

① [俄] 弗·霍达谢维奇：《摇晃的三脚架》，隋然、赵华译，东方出版社，2000 年，348 页。

笑。在作者笔下，原本应该紧张残酷的过程就像小孩子过家家似的和风细雨，在打打闹闹中透露出一种双方心照不宣的默契。也许作者在此一局部追求的就是这种喜剧化的味道；但是此种随意的、不负责任的处理方式却极大地削弱了贾寨人在日本鬼子统治之下生存的痛感，以至于后来的“送死队成立”这一绝妙细节失去了原本应有的痛烈的悲壮感，沦为一场空洞无物的儿戏。如此一来，贾文清那句传遍四乡八里的“士可杀不可辱，坚决不当亡国奴！”的豪言壮语便成了一句笑话。小说的基本情境虽然相对固定；但缺乏一个中心事件的统摄，始终无法聚焦到一个核心人物上来。尽管“我的二大爷们”都被面面俱到地写了个遍；却没有树立起一个真正令人印象深刻的人物形象。由此，张者为“咱二大爷”著书立说的美好愿望只能是沦为一句空谈。

在《零炮楼》中，张者以“作者”的身份介入小说叙事的方式和态度在我看来是非常消极的。“作者”对小说中的人物和事件所持的态度十分可疑，既非完全的敬畏，也非彻底的批判。“作者”喜欢不时地跳出来以今人的视点发表议论，而这种议论由于近乎油腔滑调而距戏谑反讽有很大差距，甚至给人一种不明就里、不伦不类的感觉，不仅没有发挥出与读者进行友善交流的积极作用，反而产生了消解小说自我意义、阻滞阅读顺畅进行的负面影响。例如：“如果有人骂咱：‘我操你二大爷。’咱一般都和他急。这在小的时候咱抡起板砖就拍他，要是现在咱肯定去法院起诉他，告他侵害了咱二大爷的人身权。”再如，“粮食才是立人之本。可见贾兴忠在那个时代就重视‘三农’问题了，好呀，有远见。”再如，“贾文清还真有点诸葛亮再生的架势。按照现在的话说，也算是两手一起抓，两手都够硬。”再如，“咱大爷当年先挣钱再娶美女当老婆的方式对我们也有指导意义呀！”在全书中类似的“作者”议论俯拾皆是，这种浅薄无聊的插科打诨，既背离了具体的历史语境，又游离于故事情节之外，更像是一种自我解嘲式的滑稽搞笑。此种消极性的“作者”介入纯属多余的败笔。

总体而言,《零炮楼》充分暴露出作者创作过程中过分张扬的主观意念和消极而虚伪的私语化写作倾向。从情节编织与人物塑造两个方面来看，作者既没占有丰富而翔实的历史材料，又缺乏独特而真切的情感和生活体验，完全凭借泛滥的主观想象和缺乏现实生活作为支撑的虚构技巧，炮制出了一部情感虚假、人物苍白、情节“虚”“伪”、严重缺乏人性关照和意义深度的失败之作。在当今文坛私语化写作风潮甚嚣尘上之时，我以为呼唤现实主义文学精神的回归是十分迫切而有必要的。

3　挣脱主流价值束缚

长久以来，军旅长篇小说一向以书写英雄史诗见长，注重宏大叙事，强调“以宏大的结构和全景式的描写展示出战争的独特魅力”；但是，21 世纪初年军旅长篇小说却更加关注过去被忽视的日常生活领域。如《历史的天空》，讲述了一位将军波澜壮阔的传奇人生，小说主人公梁必达经历了无数次战争与政治斗争的严峻考验，从一个鲁莽任性的草莽英雄成长为一位智勇双全、具有高度政治觉悟和军事素质的我军高级指挥员。作家在塑造梁必达这个人物时，非常注意日常生活层面的描摹。如梁必达和东方闻音的爱情故事，梁必达给自己的孩子与张普景的孩子取名的有趣情节。这些日常生活小叙事将人物最平凡最琐碎的生活层面呈现出来，将“人的历史”与“历史的人”并置，既写出了半个世纪来国家、民族、政党、阶级及集团之间错综复杂的政治斗争和血肉横飞的激烈战斗，表现历史和时代的巨大变迁，也描绘出个人在历史中的命运轨迹。日常生活叙事的参与使人不再是演绎历史规律的消极被动的符号，而以更鲜活的生命力来照亮历史的天空，兼顾到了“人生安稳的一面”与“人生飞扬的一面”，这是对人的世俗生活和日常经验的肯定。

日常生活，是最具有世俗意义的生活。从审美的角度论之，对日常生活的高度关注是小说价值取向世俗化的重要特征。然而，对日常经验的书写并非一定是属于大众文化的，隐含在作品中的作家的立场与态度才是决定作品文化取向的关键。日常经验叙事立场的确立带来了价值立场的变换，创作主体对日常生活的思维逻辑与价值取向给予了高度认同。这种价值取向体现在两个向度上：一方面，以平民本位的立场关怀现世，诸如对世俗爱情婚姻的祈求与执守，对传统伦理情感与民间精神的张扬，给人一种“在家”的温馨感觉；另一方面，日常生活的结构图式表现出来的实用主义倾向、经验主义倾向和重复性特征，又带来了日常生活的沉沦和日常生活的物质化、平庸化以及世俗化、欲望化。21世纪初年以来的部分军旅长篇小说似乎放弃了军旅文学赖以存在的对崇高感和英雄主义精神的美学追求，转而与“地方”文学的欲望化叙事合流。这种倾向不仅淡化和消解了军旅文学的“主流”精神与意识，还在某种意义上丧失了军旅文学存在的本质意义与价值。

表现和平时期军队建设的长篇小说无疑是当下的主流，而对过往战争的描写似乎只在篇中人物的脑海里保留了部分记忆。失去了外部战争作为参照物，崇高感和英雄主义精神如何表达成为军旅作家们面临的重大考验。战争内容的逐渐隐退使得战争“形式感”在军旅长篇小说结构中的重要性得以凸显，在军队内部重构对抗机制成为军旅长篇小说作家不约而同采用的叙事结构模式。复杂而微妙的人际关系，部队中上层领导之间的钩心斗角，军门子弟和平民子弟围绕职务提升而形成的“二元对立”等等官场斗争的对抗形态成为军旅长篇小说故事情节的主要内容。《楚河汉界》中的周东进（军门子弟）和魏明坤（平民子弟）的明争暗斗贯穿了小说情节的始终。小说人物关系的设置如此简单而概念化，且作者本身大都带有明显的价值判断：即军门子弟根红苗正，继承了老一辈的优良传统；而平民子弟或农家子弟身上依然保留着小市民或农民的劣根性，他们怀着功利目的参军入伍，成为军门子弟的对手，并在与之竞争对抗中暴露出一系列人性的弱点，他们的存在似乎更多地是为了衬托军门子弟思想境界的高尚。我们暂且不论这种人物关系的设置能否涵盖当今军队内部主流的人际关系，单是这种“二元对立”的模式恰恰就是包含在对庸俗化的、琐碎的、复杂且充满火药味的官场斗争的描写之中。贺东航们身上的军人纯粹理想和英雄气概没有得到充分的发扬，这样的人物形象无法带给读者崇高感，甚至连20世纪八九十年代那种军人形象中的理想主义色彩也在每天的迎来送往、钩心斗角中消磨殆尽。从他们身上读者感受不到更多的人性光芒的闪耀，有的最多只是读者身前背后、工作生活中似曾相识的“亲切感”。军旅长篇小说洋洋几十万言着力塑造的主人公形象无法给读者留下深刻的印象，更别提通过深入人心的英雄形象的塑造而达成对军队乃至社会的道德示范意义。无论是小说中的军门子弟还是平民子弟，几乎都放弃了军人的纯粹理想，转而沉入世俗的生命流程，为着各自功利的人生目标。他们当然无法和传统意义上的英雄人物相提并论，其中的优秀人物充其量只能算是爱岗敬业的行业模范的候选人。诚然，军营本身对于“官场政治”并不具备天然的排斥力，小说中描写的某些现象也是客观存在的，但这种对于军中官场斗争和人际关系的不加节制的书写，无疑会给读者一种先入为主的印象，即当前军队的中高级军官实际上和地方的某些领导干部没什么区别，甚至在小说的大段情节中如果将主人公的军装脱掉的话，读者的感觉反而会更加自然。这样的阅读效果的产生对于一直以“品质文学”为人称道的军旅长篇小说而言无疑是十分危险甚至可悲的。

在近半个世纪的军旅长篇小说创作中，对军人婚姻状况的描写并不是军旅作家关注的重点，而围绕着军人产生的男女之间的关系在军旅长篇小说中就更是一片空白。随着文学市场化的甚嚣尘上，普通读者对这片空白地带似乎产生了一定的阅读期待。21世纪初年的几部军旅长篇小说似乎不约而同地瞅准了这块未开垦的处女地，从无到有，由少到多，军旅长篇小说又迅速拥有了一种情节模式。《中国近卫军》中对贺家与肖家父辈、兄妹，以及甘充英、甘越英的婚姻及情感描写最为典型，它几乎囊括了当下社会中的各种婚姻和情感类型。贺远达与亚敏（冷云），苏正强与何菊梅，贺东航与卓芳、苏娅，贺小羽同肖大戎、岳成岭，甘冲英与边爱军、罗玉蝉，甘越英与兰双芝，卓芳与高见青等主要人物的情感关系形成了一个剪不断、理还乱的网。按照书名来理解，小说的中心情节似乎应该放在对武警部队战斗生活与和平建设的全景式的描写与刻画；但恰恰相反，这一部分内容只占到全书情节量的百分之三十左右。可见，作者的写作重心主要放在了小说主人公们复杂而多变的情感纠葛之中了。在《炮兵家园》（黄献国著，作家出版社，2004）中，白玫与赵铁钢、王老五的情感纠葛，肖可心与王老五、史北方、夏日声的多角关系、婚外情、包“二奶”等情节占据了较大的篇幅，且贯穿了小说情节的始终，甚至是情节发展的重要内在推动力。在郭继卫的《赌下一颗子弹》中，傅潮声对小他二十几岁的女学生江之湄若隐若现的精神恋爱与他对妻子的冷漠态度形成了巨大的反差；而江之湄与丈夫游侠克似乎同样感情淡漠，还背着丈夫与同事梁锷偷情。从这种对多角关系、婚外情、“父女恋”的大规模集中描写里，我几乎发掘不出丝毫的对该小说主题思想的表达和人物形象塑造方面产生积极意义的因素，反而会从中得出一个令人惊愕的结论：即军人的婚姻大都是不幸的。由于体制的原因和思想意识方面的长期束缚，他们在突破道德底线和背叛婚姻家庭时显得比普通人更加义无反顾，对寻求情感刺激更加乐此不疲。不可否认，军旅长篇小说对军人婚姻状况的关注，对军人情感世界的关照是有着积极意义的，它打破了某种思想意识的长期禁锢，为军旅长篇小说的题材创新开辟出一条新路；但是对于这一“新生”的题材类型如何把握是摆在军旅长篇小说作家面前的重要课题。作为小说中的情节元素，它自然要为塑造军人的崇高形象服务，自然要为挖掘军人的人性深度服务，自然要为军旅长篇小说的中心题旨和美学追求服务。一旦脱离了上述要求，对这一题材类型不加节制，甚至放纵地书写，将会消解掉军旅长篇小说通过几十年、几代人的不懈追求所树立起的崇高品格。

和平时期的军营生活和军营文化愈来愈多地受到来自地方的文化冲击与侵蚀，军人思想意识中掺杂进越来越多的世俗因素几乎不可避免。和平时期部队保障和基本建设的需要客观上决定了部队和地方上的关系日益紧密，接触也更加频繁；但是这并不意味着军营生活的特殊性和排他性可以就此被取消，部队的军事斗争准备和军营生活始终应该是军旅长篇小说作家关注的重心。然而，某些军旅长篇小说所表现的军营文化和军人生活中"军味"日益淡薄，军营生活的特殊性正在被地方社会生活所同化。《中国近卫军》和《炮兵家园》两部小说同时将准星瞄准了"部队营建项目面向地方招标，并由地方承包商承建"这一内容。而由此引发的招投标舞弊、军地勾结、行贿受贿、建筑过程中弄虚作假、以次充好等等问题成了《中国近卫军》中浓墨重彩描写的对象。通过这一情节内容最终生发出的意义无非是军中部分干部被金钱美色击倒；而主要领导能坚持原则，最终化解了矛盾，工程得以顺利完成。作家描写这一情节内容花费了大量的笔墨，却没有进行深入的思考，没有从中挖掘出新的更大的意义，这本身就是一种创作上的失败。与此相类似的脱离部队基本生活，侧重对中高层军官生活中小资情调的描写给读者造成的阅读感受即是，军人们穿着军装却过着与普通百姓差别不大的生活。这种模式化、平面化的情节描写在反映了军营生活被地方社会生活同化的同时，也暴露出军旅长篇小说作家对部队基层生活的陌生、隔阂，以及思想的肤浅，更谈不上形而上与哲学的层次。

与军旅文学相对应的，当下的"地方文学"小说创作的世俗化倾向更为令人担忧。相当一部分作品不但没有了 1980 年代中期"先锋文学"那种锐意探索创新的追求，甚至已经失去了最起码的人文理想的精神向度，充斥在故事与细节之中的是庸俗、暴力、滥情、性以及商界的尔虞我诈与官场的权力角逐，说道德伦理严重失范并不为过。人的世俗欲望被无限放大，我们看不到这个时代的政治、经济、文化、思想的背景，感受不到这个时代的精神状态，更没有中国社会重大转型期既波澜壮阔又严酷悲壮的现实图景。没有思潮，不见流派，甚至个性与风格也凤毛麟角；小说在充分地表达作家的世俗与卑下的叙事欲望的同时，成了取悦大众的工具，商家赚钱的手段。近年来，部分军旅长篇小说越写越长，却连最基本的“军味”都丧失了。规避政治风险，迎合大众阅读趣味，在作品中大量堆砌流行的商业文化元素已成为很多作家纷纷仿效的写作模式。这种世俗化的模式一旦泛滥开去，军旅长篇小说恐怕就再也难以扬起高傲的头颅，只能被商业文学的洪流裹挟着，最终失去自己最后的大本营与栖息地。

没有英雄人物的军旅长篇小说是无法被读者的记忆收藏的，丧失了崇高感的军旅长篇小说是苍白无力的。作为军旅文学精神品格和美学追求的“集大成者”，在世俗化的创作倾向席卷地方文坛之时，军旅长篇小说应该坚守住自身独特的美学追求，并以清新脱俗、昂扬向上的文学品格获得文学市场的认可和读者的尊重。

三　回归文学性本源

1　文体自觉与技术创新

中国当代军旅长篇小说与“现实主义”有着太多的联系与错综复杂的矛盾纠葛。作为一种艺术地关照并反映世界的方式，现实主义由来已久，最早可以上溯至古希腊时期亚里士多德所提出的模仿说。“现实主义作为一种文学思潮或文学运动兴起于19世纪30年代，它是对过于强调自我和主观的浪漫主义文学思潮的反拨，同时也是自然科学的飞速发展以及当时在欧洲占据主导地位的实证主义哲学发展的必然结果。”[①] 1930年代苏联的“社会主义现实主义”兴起，它“要求艺术家从现实的革命发展中真实地、历史地具体地去描写现实。同时艺术描写的真实性和历史具体性必须与用社会主义精神从思想上改造和教育劳动人民的任务结合起来。”[②] 新中国建立后，中国共产党的领导人对“社会主义现实主义”又有了新的阐释：“毛泽东同志提倡我们的文学应当是革命的现实主义和革命的浪漫主义的结合。”[③] 事实上，浪漫主义始终没能与现实主义真正地融合，这里的“革命浪漫主义”更为明确地指向了某种对革命生活的理想精神。“两结合”理论强力影响、规约了建国后，特别是五六十年代军旅长篇小说创作，并在其后相当长的

---

① 张鹰：《反思中国当代军事小说》，解放军文艺出版社，2001年，第111页。

② 同上书，第113页。

③ 同上书，第119页。

时期里持续发挥着作用。进入 1980 年代的军旅文学是以人道主义的张扬和现实主义的恢复为基本特征的，急切的表达和说教欲望使得"主题先行，思想大于形象"成为这一时期军旅文学的集体症候。陈旧的文学观念、传统的思维定式及审美心理积淀在相当程度上弱化了军旅文学中现实主义的力量与艺术感染力。1980 及至 1990 年代，"作家们力图遵循着现实主义文学严格地按照生活的本来面目表现生活的原则，以丰富、细腻的笔触表现生活中的各种形态，并不断地向着人物的心灵深处拓展；但是，过于强烈的'主题意向'又使得作家总是自觉不自觉地将意识到的思想内容生硬地灌注到作品中，而没有能够融会到艺术形象的塑造中。"[①] 总体而言，军旅文学与现实主义的关系始终处于一种焦虑和紧张的状态。在军旅文学史尤其是军旅长篇小说创作领域里，现实主义成了一个被数度改写并隐含了多种似是而非文学观念的模糊概念；但"写真实"的原则与对现实生活的热情追求始终被军旅长篇小说写作奉为圭臬。现实主义在表现和再现历史的深广度上，在揭示历史本质方面，确实有着其他文学流派所不具备的优势；然而，随着时代和文学的发展，现实主义文学自身也要寻求更新换代，不过，此种自我完善并不是简单地由现代主义和后现代主义文学观念颠覆和消解现实主义文学传统就能够完成的。20 世纪八九十年代的中国文学狂热地迷失于"文学进化论"的迷宫之中，急于割裂自身的文学传统，从而赶超世界"先进水平"，走马灯似的将现代主义、后现代主义的诸种文学风潮和写作技巧匆匆操练一番；而各种文学思潮之间垂直换代式的急遽更迭所形成的巨大裂隙，不仅吞没了部分原本优秀的小说家，更使得中国文学优秀的现实主义传统难以为继。

随着现实主义文学所固有的"宏大叙事"被颠覆和解构，小说创作，尤其是长篇小说中的现实主义精神变得面目全非。"而今则局面变

① 张鹰：《反思中国当代军事小说》，解放军文艺出版社，2001 年，第 140 页。

换，新世纪文学已不再追赶各种‘主义’，也不以‘先锋’为意，它似乎更加从容和宽容起来，今日文学与古今中外文学正在形成一种理性的对话关系，与现实与社会的‘紧跟’关系也由紧绷而趋于缓和。”[①]笔者以为，现实主义与其他文学思潮和流派之间本就不是非此即彼、二元对立的，作为艺术地关照并反映世界的方式，现实主义对浪漫主义、自然主义、象征主义、现代主义、后现代主义等等文学思潮并不具备天然的拒斥力，相反倒是有着相当程度的亲和性；而当代军旅文学，尤其是军旅长篇小说，之所以长期处于对现实主义的困惑与焦虑之中，最关键的原因在于“道”与“技”的疏离。在这一点上，当代军旅文学与当代中国文学在整体上好像两列双向对行的火车，沿着各自的轨道前行，彼此渐行渐远。当代军旅长篇小说一直没能突破固有的现实主义传统，艺术观念、艺术思维的僵化落后，技术素养的低劣和语言能力的欠缺束缚着军旅长篇小说作家，使得他们无法展开灵动的翅膀向现实主义的浩瀚天空飞翔。当意识形态的整合功能不再起到支配作用，文学形式探索的潜在力量就变得不可抗拒。在21世纪初年军旅长篇小说创作中，我惊喜地发现，随着现实主义和技术主义的双重祛魅，现实主义的“道”与现代主义、后现代主义的“技”正在发生自然的融合，军旅长篇小说向我们展示了“兼道并技”的趋向，突出地表现为军旅长篇小说作家对长篇小说文体的自觉和技术“创新”的努力。

吴义勤说：“在西方文体学家看来，文体其实就是语言，文体的本质不过是一个表达方式的问题，也就是说一个人如何言说的问题。就长篇小说的文体而言，问题可能远非这么简单，在语言背后其实还隐藏着许多深层的艺术问题，作家的思维与艺术观念、时代的审美风尚等等都会对长篇小说的文体产生巨大的影响。因此，文体绝不是一个平面的‘语言’问题，而是一个深邃、复杂、立体、多维的系统结构，

① 张未民：《开展“新世纪文学”研究》，《文艺争鸣》，2006年第1期。

它牵涉到小说的故事、情节、人物、结构、修辞、叙述、描写等几乎所有方面。"[①] 作为一种重型文体，追求思想和意义的"深度"自然是军旅长篇小说题中应有之义。1990 年代的军旅长篇小说作家已经主动而自觉地完成了思想主体从集体性的、阶级性的"大我"向个体性的"自我"的转化。作家们在作品中尽管依然表达着对社会、人生、历史等生活形态的"史诗"性追求，但却更加注重寻求独特的视角对思想进行个人化的表述。进入 21 世纪初年，军旅长篇小说作家继续寻求对"十七年"军旅长篇小说"诗史"情结的突破，作家们没有采取整体性的宏大历史视角，而是从微观的个人化视点切入，以点写面，把历史改写成了零碎的、具体可感的人生片断与人生经验。这样，宏大的政治历史场景被处理成了具体的生命境遇与生存境遇，这既赋予了"历史"以生命性，又感性地还原了历史的原生态。

项小米的《英雄无语》以孙女"我"的主观视角来追寻爷爷和奶奶各自的生命轨迹和情感历程，通过对爷爷、奶奶各自生活和内心隐秘的探寻营造了一段波澜壮阔、奇崛吊诡的历史；而通过"我"对历史材料的发掘，对爷爷、奶奶各自情感和人格的想象性重构，又勾勒出了一幅几近完整的、极富传奇色彩的红色革命历史。这种对历史的个人性、限制性、想象性的重构，彻底颠覆了以往军旅长篇小说对革命历史客观性、全景性、确定性的叙事，显露出现实语境下，新一代军旅长篇小说作家关注视野中革命历史的奇幻瑰丽和变化莫测。《英雄无语》的故事结构极具形式美感，三条线索穿插并行：现实时空中，独居女人"我"和申建、乔纳围绕着对一首客家歌谣的考证而产生的情感纠葛；"我"对于家族史，对于爷爷、奶奶的悲欢离合的兴趣和追踪、发掘和叙述；"我"对客家文化的研究和阐释。现实时空中，"我"的生活和感情经历与历史时空中爷爷、奶奶的命运遭际形成了关照和同构关系，对爷

① 吴义勤：《长篇小说与艺术问题》，人民文学出版社，2005 年，第 16—17 页。

爷、奶奶人生命运的想象性叙述因为融入了“我”的情绪和感情而显得鲜活生动，爷爷、奶奶悲喜命运的逐步清晰也对“我”的现实生活和心灵世界构成了某种刺激和压抑。在历史和现实故事线索之间躁动不安的客家文化阐释，则穿越了父辈们政治意识形态的阻隔，在祖辈和孙辈之间架起了一座精神和文化弥合的桥梁。《英雄无语》各自独立的故事线索看似破碎，“我”的限制性视角看似单薄；但“我”与爷爷、奶奶及“每”对话性关系的形成极大地扩展了小说的时空容量，历史与现实时空的平等叙事更使得小说的复调特性得以确立。作品没有设定一种占统治地位的世界观，而是存在着多重交互作用的思想立场；作者并没有对爷爷进行简单的道德批判，而是将“我”与其他人物一起置入真切的历史和现实语境下，探索人性的丰富与驳杂，从而更加切近历史的本质和真实。

朱秀海的《音乐会》同样采取了微观性、个体性的主观视角展开叙事，通过现在进行时态下朝鲜孤女金英子的回忆，勾连出一段鲜为人知的富于传奇色彩的抗战历史。作者对战争场面的描摹主要依靠小女孩个人化的心灵体验和象征性的病态感受（幻听症使金英子耳畔的枪炮声幻化为音乐会）来实现。“音乐会”这种极富象征意义的个人化想象成了主导战争叙事的推进要素，这无疑为军旅长篇小说战争叙事强调模拟性和写实性的描摹策略开拓了新的可能性。这种浪漫主义色彩浓重的战争叙事，一方面强调了东北自然生活状态的诗性和美好，突出了金英子少女生命的青春和活力；另一方面则突出了战争的惨烈和日本侵略军人性的泯灭。音乐与战争这两种本不相容，甚至极端对立的事物，被作者借助少女视角和病态经验巧妙地融合在一起，为小说的战争叙事建筑了极其强烈的结构张力。《音乐会》中的战争描写是片断性的，历史讲述是个人化的；而这种主观视角偏偏又是幼稚而且病态的。作者显然无意进行历史的宏大叙事，无意为读者全面而准确地讲述一段抗战历史，作者正是要经由这种浪漫化、写意化的战争叙事，探索历史背景下不期然被卷入战争的弱小灵魂对战争与和平、对博爱与人性、对生存与死亡等等一系列终极问题的新鲜想象。

马晓丽的《楚河汉界》通过周汉的灵魂视角游走于历史与现实时空之间，这种类似于交代前史般的叙述既构成小说一条重要的故事线索，同时也营造了一个极度个人化的历史空间。表面上，周汉与油娃子的矛盾体现为对“斗争策略”和道德原则的差异理解和选择，而在更深层次上引发出的价值取向上的矛盾和思想意识的对立，反映出历史的真假判断自有其特殊原则和残酷性。周汉的历史遭际在周东进身上得到了相似的映射，在这里现实对历史形成了审判性的关照。庞天舒的《白桦树小屋》在叙事视点的探索上走得更远。作家采用散文化的笔法进行了一次极为奇特的跨文体写作，通过对边防连的动物们加以拟人化、卡通化的夸张描摹，建构起了一个动物世界的整体视角；通过人与动物的对话和互动，营造了一个浪漫奇美的童话世界；通过描写动物们可爱、单纯、朴素的思维和行动映衬并赞美了边防连战士们质朴但却崇高的心灵。小说的故事极其纯粹、简单，作者并未对简单的故事作过多情节上的延展和深化；而是用散文化的语言营造了一个抒情写意的叙事空间，细腻地描绘出边防军人纯洁而又丰富的内心世界，将自然环境、动物世界和边防军人之间的和谐共处与互相包容编织进一个凄美苦涩的爱情故事，以展示人性的本真和美好。庞天舒通过对轻薄短小的故事主体加以散文化、写意性的唯美叙述，探索了军旅长篇小说以精神空间为叙事主体的可能性。

如果说 1990 年代的军旅长篇小说始终深陷于题材与思想突围的泥淖之中的话，那么 21 世纪初年军旅长篇小说则更关注形式与技巧的突破和创新，在上述作品中普遍出现了内容形式化、形式本体化的审美倾向。马尔库塞在其《审美之维》一书中就曾阐述过文学艺术作品形式和内容之间的辩证关系：“借助形式而且只有借助形式，内容才获得其独一无二性，使自己成为一件特定的艺术作品的内容，而不是其他艺术作品的内容。故事被述说的方式，诗文内涵的结构和活力，那些未曾说过，未曾表现过以及尚待出场的东西：点、线、面、色的内在关联——这些都是形式的某些方面，它们使作品从既存现实中分离，分化，异化出来，它们使作品进入到它自身的现实之中：形式的王国。"[①]从上面对几部作品的简要分析中可以看出，21 世纪初年军旅长篇小说对叙事视角的选择不仅仅是功能性的，更重要的是独具匠心的叙事视角，负载并拓展了作品的思想空间和精神空间。事实上，长篇小说的"空间是被琐碎的、具象的、实在的物象占据，还是被精神、灵魂、诗意、情感占据，将决定一部小说的艺术质地，决定小说的'浓度与密度'，决定小说艺术的纯粹性。"[②]

传统长篇小说，包括军旅长篇小说，"一般都有一个'加速度'的过程，故事、情节、人物等等常会以一种'加速度'的方式奔向小说的结尾，与此相对应，小说的结构也基本上是封闭的。"[③]在 21 世纪初年军旅长篇小说里我看到了一种新鲜而有趣的现象，即小说的速度出现了某种减缓的趋势。在《英雄无语》中我们可以看到意识流形式的大段心理活动描写，大段游离于主体情节之外的对客家方言的阐述，对梦境和灵魂的对话性书写，作者时不时跳出叙事插入对某一事物的评论和解释，类似"元小说"写作一般将故事编织过程清晰地显示给读者，第一和第三人称、历史和现实时空间的自由转换等颇具现代感的小说技巧的交替使用，这些叙事技巧的综合运用，使得《英雄无语》区别于传统军旅长篇小说的"线性叙事"。传统军旅长篇小说的情节"属于结局性情节，它的特点是有一个以结局为目的的基于因果关系之上的完整演变过程。"[④]而在类似《英雄无语》等 21 世纪初年军旅长篇小说中

---

① 转引自张鹰：《反思中国当代军事小说》，解放军文艺出版社，2001 年，第 211—212 页。
② 吴义勤：《长篇小说与艺术问题》，人民文学出版社，2005 年，第 25 页。
③ 同上书，第 27 页。
④ 同上书，第 30 页。

情节则属于"展示性"的。从作家的审美追求来说，在长篇小说表演性、炫技性的审美趣味里，"加速度"的叙事传统正在逐渐失去其过去一统天下的主导地位。在《音乐会》中作者以采访记录的方式将金英子的回忆，即主体故事情节人为地分割成若干章节，在其间插入采访记者马路的感受日记和给局长的报告等非叙述文字；而在金英子的回忆过程中也会经常插入作者的提问和与金英子的简短对话，这种故事结构方式大大延缓了叙事的速度。

在传统军旅长篇小说中，语言只是一种表情达意的工具而已；而在21世纪初年军旅长篇小说中，语言无疑已经成为一种基本的叙事策略。在《英雄无语》和《音乐会》中，语言的狂欢和膨胀不仅延缓了小说的推进速度，大量附加性、修饰性的语词也使得小说语言获得了独立的审美个性。叙述性语言、描写性语言、抒情性语言、评论性语言、说明性语言、对话性语言等等不同功能性语言的杂糅带给21世纪初年军旅长篇小说崭新的面貌。与之相类似，随着21世纪初年军旅长篇小说作家对文体认识的进一步深化，"跨文体写作"的趋势和文本也应运而生。上面重点分析的几部作品和军旅女作家的创作都显示出21世纪初年军旅长篇小说进行"跨文体写作"的可能，军旅长篇小说作家可以"广泛、自由地运用小说的描写与叙述、散文的铺陈、诗的直觉理性与穿透力、批评的分析……一切文学创作、批评的技巧与法则，乃至种种非文学话语的因素"[①]进行长篇小说文本写作。"跨文体写作"必将给21世纪初年军旅长篇小说带来革命性的影响，并预示着未来的发展方向。

"减速运行"的21世纪初年长篇小说让我们看到了作家的耐心，语言的耐力，看到了艺术的丰富和复杂；而军旅长篇小说在传统现实主义的基础之上添加了颇具现代性的写作技巧，将现实主义与现代、

① 吴义勤：《长篇小说与艺术问题》，人民文学出版社，2005年，第45页。

后现代主义的各自优长进行了有效整合，探索了长篇小说文体的多种可能性，其中故意暴露小说文本写作过程，将叙述与故事完全地融合并通过现代叙事技巧迟滞小说情节的“加速度”效应，以期最大限度地扩展小说的精神和想象性空间，在故事之外赋予作品更深刻的思想和意义内涵，则彰显了创作主体的文体自觉和技术创新的努力，标示着军旅长篇小说对文学性本源的回归。

2 诗意的现实主义与智性写作

当我面对刘醒龙的长篇小说《圣天门口》时，脑海里不由地泛起了“诗意的现实主义”这一概念。这部作者耗时六年创作的长达一百多万字的鸿篇巨制，以武汉附近的天门口小镇为切入点，对 20 世纪中国波澜壮阔的历史进行了一番个人化的另类讲述。然而，《圣天门口》最吸引我的既不是故事情节的跌宕起伏，亦非对革命历史的“宏大叙事”；而是作品所散发出来的浓郁的诗性气质和作家对“纯文学”信念的坚定执守。小说语言温婉而细腻，叙事节奏舒缓而静谧，结构布局灵动而飘逸，氛围的营造温暖但又诡异，人物形象新鲜、活泛而富有个性魅力，景物描写奇幻而瑰丽，民俗的呈现自然而富于生活的烟火气息，可以说刘醒龙不遗余力地营造了一个“文学性”的王国，将中国现代小说的写意传统发挥到了极致。我觉得所谓“诗意的现实主义”并不是浪漫主义与现实主义的简单融合，更不是在写实手法的基础之上添加进一些诗情画意的元素就能够达成的，其背后更蕴含着一种高贵而坚定的文学信念和精神立场。

“诗意的现实主义”主要是针对作者主观的文学追求和作品所呈现出来的美学气质而言的。在我看来，“诗意的现实主义”是一种艺术风格，更是一种叙事态度，一种作家的人生观念和文学理想。在《圣天门口》，无论是对自然风物的描绘，还是对日常生活细节和人物生存状态的描述，都带有浓重的田园牧歌式的诗性气质。作者对逝去历史的挽歌式书写与对残酷的现实生活富于超越性的价值判断，建构起了一种经由文学而至哲学，经由人性而通达神性的文学路径，我想这是刘醒龙所执着追求的，也是“诗意的现实主义”的核心价值的体现吧。我觉得在21世纪初年的文学场域里，尤其是军旅长篇小说写作中，“诗意的现实主义”作为一种纯粹的文学信念和孤高的精神立场显得弥足珍贵。从1990年代初期以先锋写作的转型和“现实主义回归”为表征，延伸而至21世纪初年小说的“贴着地面行走”，十几年来，中国当代小说似乎渐渐丧失了飞翔的能力，创作主体的边缘化、想象力和思辨力的退化、文学信念的失落，以及创新激情的减弱，使得当下的小说创作不知不觉中陷入了一种“千人一面”的尴尬境地。在文学市场化和阅读大众化的共同驱使下，“小说一定要写实，一定要讲述一个好看的故事”已经深入多数作家的创作观念，并成为由出版商和大众阅读所共同支配的商业写作机制中的不二法则。在此种单一而僵化的文学生态环境中，小说家的任何一点“别出心裁”，或者说“自主创新”都会成为炒作的卖点和评论家关注的焦点。

近年来，在我的阅读视野里，曹文轩的《天瓢》、张者的《零炮楼》、贾平凹的《秦腔》、余华的《兄弟》和莫言的《生死疲劳》等作品都包含着作家们追新逐异的企图。上述作品在叙写好看故事的基础之上也都不惜篇幅和笔墨来务虚，在艺术追求方面均有所突破；但是，这些作品除了情节和结构上的硬伤之外，影响或降低作品整体质量和格调的最重要的原因就是价值判断的虚无性和消极性。而在《圣天门口》中，看得出，以写实、写乡土而名噪一时的刘醒龙依然保持了相当高的写实功力，在众多人物和琐屑事件的缠绕穿梭中，在宏阔战争历史背景的时空跨度中，其笔力显得游刃有余、得心应手。在写实的基础之上，刘醒龙又花费了相当的笔墨来务虚，《圣天门口》所呈现出的不仅是一段关乎革命与战争历史的宏大叙述，更是一场场奇崛而瑰丽的浪漫爱情，小说所营构的不仅是围绕家族恩怨情仇而衍生的动人故事，更是一个由诗性语言、细腻情感、诡异氛围、奇幻风物搭建起来的“文学性”王国。我的一个突出甚或有些偏颇的个人化的感觉和判断就是，当前的小说家太务实了，而小说最迷人、最有价值、最符合小说本性的所在恰恰是这些“虚”的地方。刘醒龙的这种执拗的“务虚”实验，可以看作是作家寻求创作转型的努力，亦可视为作家秉持“高贵文学”信念而对当下“欲望化写实潮流”的叛逆和反拨。很多作家是被市场所牵引着，或者说是被市场所俘虏了，在某种程度上自觉或不自觉地放弃了对小说文学性的经营和对文学高贵信念的坚守。问题的关键不在于小说写作是应该务实还是更多地务虚，而是说我觉得当下的长篇小说整体性地缺乏一种高贵和优雅的气质，很少有作家还在坚守一种较为纯粹的文学信念，刘醒龙恰恰就是这样的作家。在他的作品中，我是真切地感受到了文学带给人心灵的温暖和灵魂的提升，我觉得在这一点上刘醒龙是真正的“现实主义”作家，再深入一步讲，是具有“诗意的现实主义”风格的作家。

“诗意的现实主义”更代表着作家的叙事态度，这一点在《圣天门口》中体现得尤为突出。围绕着雪、杭两家的恩怨情仇，围绕着红军与白军、与日寇的存亡之战。小说从故事的层面来说充满了血腥与暴力，人的生命在特定的战争背景和历史时刻是那样的脆弱而无助，势同蝼蚁；但是，作家却并未正面描写战争与杀戮，而是将之虚化，借助于女性的平和与坚韧，借助于情欲的温暖和柔软，填补了革命暴力和权、利争夺而形成的人性裂隙。不仅如此，刘醒龙第一次在中国近现代的革命叙事中引入了宗教的力量，借助于博爱、宽容、自省的宗教意识来提升和救赎人性的泯灭和灵魂的迷失，赋予生命和生存以尊严。刘醒龙的这种叙事态度，也恰恰是“诗意的现实主义”的精神内核。我以为，与传统现实主义不同，“诗意的现实主义”并不以“真实地描写现实”作为创作的唯一标准，也并不强求细节的惟妙惟肖，栩栩如生，而是突出以多种文学手段来揭示现实生活中人们不同的生命体验，以超越性的叙事态度来建构起一个关乎灵魂与精神的诗意且充满哲思的文学家园。

而在李亚的长篇小说《流芳记》中，文学的诗性与叙事的智性产生了奇妙的化学反应，带给读者的是一种超然于故事之外而具有独立审美意义的“纯文本阅读体验”。作为一个准职业读者，长久以来，我渴望触摸到小说文本内部的深层肌理，或光滑如丝，或粗粝如石；然而泛滥的故事、俗艳的传奇，以及作者强加于文本之上的戏剧冲突壅塞了我的视听。当故事重新踞于小说的核心地位，并在消费文化的推动下变得越发不可一世的时候，叙事的本体性正在消亡；当故事等于或正在大于小说本身时，写作和阅读的耐心都在逐渐丧失。不觉中，我们已经习惯于从故事中获取廉价而平庸的快感，读者在消费小说，故事也消费了读者。由是，我便近乎偏执地期待着一种升腾着诗性光芒的智性叙事。

如果说“智性写作”是以想象力的飞扬、现实经验的拓展和形而上思考的深度来标榜自身的文学趣味与审美品格的话，那么李亚的智性叙事，依然有别于时下流行的以科学的复杂和神秘为内在支撑的“智性写作”，而是到处氤氲着浓重的烟火气息和浪漫诗意。《流芳记》以母亲的五十五岁寿宴作为结构全篇的时空节点，旁逸斜出，前后勾连出一段苏氏家族的盛衰往事、串串发生在“谯城”这个皖南小城里的风物俗事，并进而演绎为“我”这个无所不在的幽灵对于抗战历史的“个人记忆”与“私语讲述”。各色人物无不天赋异禀，却又葆有一颗浪漫的赤子之心，在历史变迁和人世流转中如孩童般执拗地守望着生活的无常和命运的定数。父亲苏归海神乎其神的医术和医学著作、黄三婶子高超的厨艺与武功、表叔葛九章玄妙的炼丹术、姑父陈竹竿的赌技和棋艺、哑巴苏甲三的灵异悟性、苏茱萸忠贞的异国恋情……小说的主人公们好似涂抹着脸谱的演员，在苏家大院这个封闭自足的舞台上演出着充斥着个性、欲望、浪漫和想象的写意人生。李亚试图对宏阔的历史、世俗的生活和无常的生命进行一番富于哲学思辨意味的重新组合，催动浪漫奇崛的想象，调动丰厚沉实的生活经验，搭建起一个超然于历史世相之上的非现实世界，并且在对现实世界的浪漫审视和诗性关照中，完成对生命可能性的探索以及对终极意义的找寻。

母亲浪漫奢华的五十五岁寿宴，恍如一个容纳着各色糖果的糖罐，在“我”这个幽灵上蹿下跳的穿行透视间，慢摇轻晃着，透出五光十色的异彩，颠覆了我们对那段黯淡晦然历史的昏黄记忆。小说对日常生活场景、器皿什物、人物神态、言谈举止的细腻白描颇见功力。在李亚的眼中，庸常琐细的日常事象比之大起大落的戏剧情节更能承载历史的真实，因而不惜笔墨地对苏家大院乃至谯城百姓的饮食起居、衣着服饰、方言口语、群体性格、地域文化、自然风物进行了极富耐心的本体性书写。当时下的文学在以视听为强势标榜的新媒体文化面前卑躬屈膝时，当时下的小说放弃了对文学性的经营而渐趋沦为电视剧的故事梗概时，当作家们已经忘记如何写景状物，痴迷于编织故事、营造冲突时，当我们的阅读逐渐远离了丰赡多姿的感官世界而日益干瘪时，《流芳记》对生活本体的书写堪称视觉的盛宴，其华美和绚烂甚至超越了眼睛和耳朵，得以在每一个渴望湿润的心灵间洇晕开来。

真正的诗意并非来自于小说对诸种离奇事件的夸张处理，更不会因为引入了异国风情就魅力无穷，本质上还是存在于作家对文学性的不懈追求之中。对于当下的中国文学而言，1980 年代中期的“实验小说”式微后，文学性便每况愈下并非言过其实；尤其是 21 世纪初年以来的文学，在文学性的探索层面更是乏善可陈。我以为，中国作家最急需的并非是诸如“底层叙事”所引发的关于题材与生活层面的道德回归，而是应该重新回到文学性的本质场域，这个本质场域的入口就是语言。从这个意义上说，我认为《流芳记》堪称 21 世纪初年军旅长篇小说的重要收获，我的判断来源于李亚那华丽得烫人眼球的小说语言。《流芳记》的语言就像它整体风格的诗化一样，富于诗歌的华丽韵味；但诗化本身也并不怎么重要，重要的是李亚的语言尽得中国古典文学之精神与风采，还有那种味道。小说中精妙的比喻、动人的细节俯拾皆是；当然，还有写景状物、风俗俚语，尤其是人物描写，只用几句话，其音容笑貌已经跃然纸上。作家还有一种超凡的驾驭场面的能力，每个人的话语及表现绝不相同，且写得井井有条，津津有味。对话也写得极好，讲究。在结构上亦极有章法，前面写得很“闹”，接下来就写得很“静”，尤其是小说中多线并行、前后勾连、环环相套的叙事，彰显了李亚在结构谋篇方面超凡的大局观。

想象力的飞扬需要以对生活本体的纯熟把握为支撑，尤其是历史题材，绝不能用戏剧性的传奇故事来掩盖或者疏离生活本真的存在。我始终坚持认为历史题材小说中的历史不能仅仅作为背景和工具，而是需要置于前景的显要之处。《流芳记》作为一部书写成长史、家族史、风俗史、抗战史的“历史题材”小说，并没有对看似重大的战争过程作正面的直接描写，而是旁敲侧击，重在探索战争历史中个体的生存状态和情感世界。看似荒诞不经的情节和戏谑、反讽式的叙事，恰恰跳开了意识形态的藩篱、撇开了政治的规限，直指生存的本相和心灵的真实，书写出更为广阔的存在镜像，经过“我”这个幽灵的过滤，从而沾染了人类的体温和习气的历史图景更加深沉而厚重。李亚不屑于过度煽情，而是极其内敛地书写人物含蓄微妙的情感，相比于韩剧纠结于家庭伦理和男女之爱的软煽情，这种内敛深沉的抒情本身更加持久，如月光溪水静静播撒和流淌的情感漫过平原或者丘陵，最终渗透进入干渴的土壤中，发出丝丝声响，蒸腾起缕缕白烟，这种心灵被熨帖的感动甚至难于用言语形容。

当下的作家在叙事智性方面的孱弱，说穿了，就是创作主体艺术原创能力的不足，是作家缺乏对叙事技巧与审美思考之间进行巧妙嫁接的能力；由此而导致的结果是很多作家依然热衷于对故事表象的叙述，沉醉于故事情节的起承转合。虽然故事本身很好读，很有趣，可能也会让人有所思考，但终究无法抵达丰饶的隐喻之义，无法体现作家对生活和人性的潜在思索和独到发现。文学的任务应该是创造一个迥别于庸常经验的崭新的世界，并努力探索形而上层面的哲学思辨。而小说的“智性”，是对于小说可能性的探索，是对于无常生命的一种抚慰，是一重直指心灵的、打通现实与非现实世界的精神管道。李亚的“智性叙事”，其实是一种游戏，具有一种神秘的芳香，这种细节处极端细腻真实，而整体上又荒诞不经的魔幻效果，需要靠既沉潜于现实生活又游离于逻辑真实的火候拿捏。李亚就像一个炼金术师般，小心翼翼地调配着各种配方的比例，以求在想象虚构与现实经验间产生最佳的化学反应。在想象和经验彼此间离而又双重旺盛的情形下，形而上的思考便成为可能。真正的好小说就是重新组织事实，重新建构世界，或者给世界一个新的解释。《流芳记》在主题层面的多义和含混，正是世界本身存在诸多待解之谜的隐喻，甚至小说中一种主导的情调——感伤，也是作家世界观的体现。小说人物的孤独与哀伤是与生俱来，不可避免，它来源于人类生命的有限性和智慧的有限性。

3　内在经验的叙事探索

小说所要呈现和探索的，是生活中感性和隐秘的“内在经验”，是生命舒展的痕迹。生命的痕迹，往往被笼罩在历史这一巨大的幕布之下，小说就是要将原本隐匿的生命痕迹从历史和生活的各个角落、各种细节里发掘出来，让生命构成一部属于它自己的历史。项小米的长篇小说《记忆洪荒》写出了宏观历史与个体生命的变与不变。时代的变化是摧枯拉朽的，毫不迟疑；而人心的流转是漫不经心的，含情脉脉。相比之下，恒常的“存在”是人情、是人性，是生命和生活本身的义理和逻辑。《记忆洪荒》中既有对艰苦从军岁月和那场惊天洪水的追忆，也有对那个疯狂而荒谬年代的反思，还有对主人公直面理想和爱情“上下求索”而不得的痛憾。作者执着地回望生命的来路，发现即使是在那个疯狂荒谬的年代，那个洪水席卷了一切生灵的年代，依然有生命和爱情在潜滋暗长，并且正是在那个年代形成的信仰和人格伴随了整整一代人，虽然历尽坎坷，却依然坚定如昨。作者把时代的悲剧、命运的悲剧和性格的悲剧完美地结合，进行了充满情感的反思和追忆。小说以女主人公许北北的生命轨迹为主线，穿插有日记、梦境、与心理医生的对话及其手记、朋友的信件、父辈的传奇遭遇等内容。深刻的自我分析、怀疑及对人性的叩问使得小说更贴近日常生活的本相，作品内部不同的文本之间相互印证和补充，提供了不同的观点和视角。小说从现实众多的精神扭曲和情感迷惘中切入，直击当下社会诸多精神症候。书中所有的细节、人物都带有作家的体温和真切、实在的记忆，小说语言干净准确、心理刻画细致到位，小说在传递历史的悲情之余释放出震撼人心的内在力量。

李骏的《穿越苍茫》书写的是家族史和母亲的生命史。他笔下的革命历史不夸饰、不隔膜，氤氲着一层生活的烟火气，充盈着生命的热力与温度。作者对革命老区红安当地的风物掌故、风土人情、生活习惯的熟稔渗透沉淀于字里行间，精彩而动人的细节俯拾皆是。作品呈现出人类内心深处极为隐秘而又细微的经验，对历史与生命、与生活、与生存的关系等等极富存在感的哲学命题，进行了深入甚至于严苛的探索与考量；将人心的坚韧、人性的高贵、信仰的坚定、生命的力量置于风雨如磐的革命历史背景之中，书写得真实感人、摇曳多姿。武歆的《陕北红事》叙事结构非常别致，小说打通了历史和当下。所谓的“红事”，都是由当下人讲述的革命战争年代的往事；而当下的叙述者又或多或少地与当年的“红事”存在着千丝万缕的关联。他们生活在现实时空，传承着前辈的历史基因。“历史”和“现实”互为背景，互参关照，彼此间并没有明确的界限，而是缠绕前行，有效延伸、拓展了“红色叙事”的时间与空间。小说中所有的故事，无论是当下的还是过去的，都贴合并融入了当下陕北的风景、风情和风俗，在文本层面呈现出“游记的样式”。尤为可贵的是，小说的整体性并没有因此而被破坏和打乱，其整体结构反而因此更趋稳定、合理，显示出作家强大的叙事力量。

抗战题材因为承载着中国人民难以磨灭的民族记忆而历久不衰，亦被视作题材的富矿。然而，随着时光的远逝，抗战历史对于当下的作家而言渐趋模糊与混沌，能否有效介入抗战那段现代中国之“大历史”，对处于想象彼岸的“历史存在”进行富于主体性、时代性和真实感的新鲜叙述，无疑考验着当下作家的文学智慧与写作伦理。李西岳的《血地》并非传统意义上的“宏大叙事”，亦不见对大的时代风云、历史背景以及战争场面的全景式书写，李西岳将视点聚焦于战争中的个体生命存在，尤其是女性人物的命运轨迹，以富于生命痛感和抒情性的笔触构建起一个凸显作家主体性和地域风格性的独立而完整的“小世界”，对战争“大历史”进行了微观重述和浪漫抒写。《血地》之所以选择个人视角与民间立场，正是为了表现与探寻被宏大叙事所遮蔽了的历史缝隙与存在境遇，发掘个体生命在战争中面临的考验与存在的意义，并由此凸显战争本身的复杂性以及人性的丰富性。李西岳以极富个人生命和情感体验的“小叙事”勾勒出来的小而完整的“内在经验”世界鲜活生动，具象沉实，带有作者的情感温度和认知深度。所谓“小叙事”，就是关乎人物个体命运变幻的述说以及历史大背景中的小细节的特写。《血地》透过对个体的情感纠葛和命运轨迹的细腻展示，进而折射出大的历史和时代的面影。小说的气象并不因聚焦个体而渺小，反倒因为写出了人性的深邃和独特而更显开阔与完整，进而在更深层次上抵达人类共通的精神和情感世界。

张者的长篇小说《老风口》采用了复调式的叙述结构。一位是个老兵团人，一位是第二代兵团人，两种叙述相辅相成，第二代兵团人对第一代兵团人的叙述进行历史的考证，从而达到正史和野史的结合，这种叙述结构很巧妙。重要的是第一代兵团人的故事要贯彻始终，特别是到了最后，第二代兵团人的叙述要有敬畏感，不需要行进任何故意的消解，因为作者这部作品的写作目的不是消解。更有意味的是，《老风口》不再以作家擅长的“零度”姿态去写作，而在思想深层结构中有一种敬畏感，似乎回归到与经典作品主题风格更接近，或者说更有继承关系的叙事基调上来。把当事人父亲的战友指导员马长路作为第一人称叙事者，增加了小说的纪实色彩。在这个叙事之外，又加上了一个似乎更为理性的叙事者来描述历史背景，也参与对故事的叙述。两个“第一人称”叙事者的口吻交织在一起，使通常历时性的叙事有了一种共时性的效果。这种叙事技巧的探索既有新意，又成功地调动起读者的阅读兴趣，而且没有降低作品的现实主义力度。

就长篇小说而言，文体具有想象的时代体式的意义，因而显得尤为重要。文体的状况实际上正代表了长篇小说的意义状况，文体是意义在语言中的组织形态。长篇小说总是用语言去建构一个想象的生活世界，呈现一种独特的生存体验；因此，对语言的探索在很大程度上标志着一个作家创作活力的旺盛程度。部分21世纪初年军旅长篇小说，在语言风格上显露出由描述性、外指向的线型和面型语言，向意向性、内指向的场性语言递变的景观。张卫明《城门》的小说语言很有特色，可以说是雕字琢句书写出来的，“语不惊人死不休”是作者写作的立志。在当下的文学语境中，敢在自己的作品中设置阅读障碍，需要胆量和能力。《城门》的故事本身并不艰涩，但它有阅读障碍，除了插叙、倒叙搞乱了时空，没有生动的故事、激烈的矛盾冲突和悬念迭起的情节外，语言紧促、密集、铺排、跳跃，加之许多新造的词，读起来会有焦灼和疲劳的感觉；但读着读着就读出了特殊的滋味，反而成为那些人物不可或缺的词语，有了这些词语，人物更富有个性，形象更生动，他们的语言也更有味道。我喜欢《城门》的语言，是因为它的独创性。作者不下那种生死之力，无法让一百五十多万字的作品，以别具一格的语言贯通一气。这种冷峻的语言，给人以独特、质感、硬度、力度、韵律的感受，它似乎实现了某种期待，仿佛骑兵生活的小说天生就需要这样一种语言。《城门》的结构是一个“人”字形，从上部《盘马》的“骑兵耳”、“骑兵嗓”、“骑兵鼻”、“骑兵脑”，到中部《弯弓》的“骑兵肩”、“骑兵胃”、“骑兵肺”、“骑兵手”，再到下部《射天》的“骑兵腰”、“骑兵膝”、“骑兵胯”、“骑兵趾”，这确实构成了一个大写的“人”，像一个顶天立地的英雄。在章节的排序上，作者还采取了中国传统的“纲目”。这种既刻意又比较自然的结构，酷似中国传统的象形文字。小说语言和结构共同形成了一种阅读上的间离效果。有点陌生化，既像又不像；内核坚实而白炽，轮廓虚无缥缈，好似飘离了地面，具有一种“空灵”且“形而上”的味道。

关于《城门》，丁晓平与张卫明曾进行过一次精彩的问答：

问：这样的结构模式，对处于当下这个“快餐文化”主导的信息时代的读者们，无疑是一个考验——谁还会有那么多的时间和精力跟着你一路慢慢地品尝这样的“营养大餐”呢？尽管你全心全意地将《城门》打造成了当代长篇小说的一部奇书，它也毫无疑问地对汉语文学创作和阅读都意味着是一种难度，也是一次挑战！你觉得在这种难度和挑战面前，你自信吗？

答：如你知道的，我写的“结合部”，在编校中改为“接合部”、“骠悍”则应为“剽悍”。在博大精深的汉语体系面前——小些，小些，再小些——在《新华字典》面前，我哪敢说自信？我望字情怯。所以我躲在多民族的草原骑兵后面，借助他们的好奇心，仔细地打量北京话。他们管说北京话叫“咬金”。北京话的“胡同”，引发他们的语言自豪。“那些紧张、密集且又具有张力和诗意的语言”，我认为是草原骑手生命本色中就应当有的，我尽量以这样的语言节奏为他们的激情行动伴唱。另一面，“冗长甚至艰涩的叙述”，则是下了马、进了城、猛然脱离了速度、而往昔极善于捕捉瞬间的骠骑兵，因时间的停滞而陷入毛孔放大、微观膨胀那种迟钝、困惑、无所打发、甚至病态的慢节奏、慢镜头。三部书的节奏大约为三种大的变速。不能设想一个样子到底，该多么对不起读者。可我将骑兵的心灵痛苦诉诸形式诉诸阅读，岂不又添了一个对不起？又要说到“城里”和“城外”。只要马子没跑起来，即令特别好读的地方，也人为地增加了些涩度。但凡与主人公不相干、与情节不相干的别扭，那就是我的毛病。相干的那些，也远不能说接近完美。真心话，我十分不情愿辛辛苦苦地打磨那种“凉粉式语言”和“零障碍阅读”。宁可涉嫌雕琢，也要尽可能勾勒稍微区别于他人的语言风格。制造阅读麻烦就是新风格？我不是这意思。而且风格实在说大了。特点？特征？面目？记号？暂且记号吧。所说的“凉粉式语言”和“零障碍阅读”没什么不好，人家已经登峰造极了，我怎好亦步亦趋吃现成的。想弄成自己的，又没那么大的造化，甚而想要什么都说不清，只能尝试着追求一个过程——未完成的记号？但我也自信。我自动笔之日始就比较明确：说《城门》造就读者，和读者造就《城门》，都对。《城门》中大量地采用了西方意识流的创作手法，针对某一个细节长达几千甚至几万字几十页的细腻描述，读起来每每令人喘不过气、回不过神来，稍稍一不留神脑子里就是一片空白，有时候读起来又是一片天昏地暗摧枯拉朽般的酣畅淋漓。诸如傅天犁大便，诸如“屎壳郎”，诸如一个连的士兵与狼群的搏斗，等等这些细节的描写，现实主义手法中又掺杂着超现实主义的手法，充满着魔幻色彩和浪漫主义的思想。[①]

从这段小说责编与作者的对话中，不难看出作家张卫明对小说语言与叙事探索的执着与付出。在长达十余年艰苦寂寞的纯文学创作中，张卫明坚守自己的文学理想和艺术信仰，拒绝一切外来词汇，保护汉语的纯洁性，把这部反映冷兵器时代真正的血胆英雄主义的作品，写得呕心沥血、肝胆欲裂、玉石俱焚。小说体现出作家强烈的个人化写作理念、具有独创性的甚至明显雕琢的词句，还有“那些紧张、密集且又具有张力和诗意的语言，以及冗长甚至艰涩的叙述”，令人印象深刻。长达一百五十万字的《城门》，为21世纪初年军旅长篇小说的文体自觉与叙事探索树起了一面鲜明的旗帜。

① 张卫明、丁晓平：《关于军事长篇小说〈城门〉的对话》，《解放军报》2006年8月13日。

四　类型化写作

1　小说类型化与反类型化叙事

当中国电影开始进入大投入、高票房、类型化的全新发展阶段时，中国文学领域的类型化写作也早已开启，从青春文学、都市白领文学、情爱文学到铁血小说、官场小说、穿越小说等等，并渐渐成为一种主流和时尚。文学的类型化同电影的类型化一样，都是市场经济时代大众文化传播主导下，文学艺术商品属性被强化和放大的必然产物。类型化的文学与类型化的电影就像超市中摆放的货品一样，通过自身特征的集约化呈现和标签化的定位摆放，能够更方便快捷且有效地吸引特定消费群体的目光，最终实现文化的定向传播与快速消费。类型化小说是通俗小说基本的存在方式，传统通俗小说不脱言情、公案、武侠、科幻等门类，在新时期多元化社会生活的影响下，类型化小说在上述门类基础上进一步发展出悬疑、玄幻、推理、谍战、架空、探险、考古、盗墓、官场、都市、伦理、婚姻、战争、军旅、职场、商战等类型，作品琳琅满目，具有较高的市场占有率。近年来的军旅长篇小说正在成为又一个类型化了的文学场域和题材空间。21 世纪初年军旅长篇小说全面繁荣，在与网络和电视等新媒体联姻后，也造就了经济效益和社会效益双赢的商业传奇，由此所引发的市场对稀缺优质资源进行重新配置和资本重塑也是顺理成章的事情了。

类型化写作加剧了文学内部的断裂和对立，加剧了纯文学与通俗作品的对立，本质上体现为纯文学的思想价值、审美意味与通俗作品的娱乐性之间的冲突。类型化写作在类型的模式化复制中无限制地夸大了形式因素，把文学的原创性消耗在结构的程式化之中，作家的主体性因此被减弱甚至消失殆尽。类型化写作过程中形成的隐性的“创作规约”，限制了文学写作的多样性，也给作者和读者的想象力设定了边界，导致审美的单调和僵化。类型化小说之所以能够占有市场、赢得读者，首要原因在于读者阅读习惯的改变。重消遣轻思考的“浅阅读”在21世纪初年以来已经逐渐成为中国大众阅读的主流，类型化作品强烈的传奇性，使读者很容易从中得到刺激性的消遣享受；其次，由于类型化作品在题材处理、情节构思、主题表现等方面具有相似的约定，比如桥段的大量运用使得阅读过程变得容易和轻松；还有，类型化写作对现实的强烈变形令读者能够在某种程度上拓展想象空间，在阅读时产生脱离沉重现实的超越感；此外，类型化小说还具有“轻、快、新、奇、幻”的特征，能使读者在轻松快速的阅读中产生奇幻的享受，这是传统意义上的纯文学作品所不能比拟的。类型化写作在某种程度上亦可视作文学应对市场挑战的举措之一，是文学在信息爆炸时代的一种委曲求全，一种权宜之计，它让文学不至于脱离大众文化场域，从而保持一种鲜活、强势的存在状态。市场消费时代，文学的娱乐属性被扩大到极致，文学达情、言志的本质被遮蔽，纯文学在经济大潮中渐渐成为孤岛；而类型化小说、包括网络小说、影视同期书这类以消遣性、娱乐性、游戏型为主的文学样态，则成为另一脉络在读者中延伸。随着《亮剑》《历史的天空》等军旅长篇小说的畅销和常销，军旅长篇小说逐渐从小众走向大众，又从大众慢慢向畅销书行列迈进，这一细分市场体现出了巨大的利益价值。仅仅几年的时间，军旅长篇小说就以其品种多、印量大而为社会所瞩目。由于我国周边安全环境的变化、军事冲突危险的累加、国民国防意识的增强，以及我国武器装备方面的巨大进展，近年来的军旅长篇小说更是屡屡成为图书市场的销售热点，高居畅销书排行榜的前列。

站在纯文学的立场上来看，高度类型化的军旅长篇小说就如同包装精美的文学快餐，总还是少了些独特的味道和丰富的营养。对经典文学理想和纯文学标准的弃守，使得近年来的军旅长篇小说失去了对文学性的敏感和对语言的耐心，部分作者满足于对赢得市场的作品固有形态的重复，依据消费目的专注于对文本结构普遍法则的寻找，将文学转化为一个封闭稳定的系统，从而自觉或不自觉地拒绝了个性化的文学感觉与情感体验。大量的类型化文本表现出的呆板的模式化叙事倾向，割断了军旅长篇小说与广阔的社会现实、厚重的战争历史和鲜活的军营生活之间的丰富联系，也阻碍、禁锢了军旅作家对现实生活的准确把握和深度思考；但从普通读者"浅阅读"的现实需求来说，直白干净的小说语言、曲折生动的故事情节、个性鲜明的人物形象、浪漫传奇的人物命运、扑面而来的英雄气息、以爱国主义、英雄主义和理想主义为核心的价值伦理、剧本化的写作策略、瞄准当下读者尤其是广大青年读者的阅读变化、强调故事情节推进的速度等，所有这些都使得类型化了的军旅长篇小说可以最大限度地满足不同社会阶层、职业背景、教育程度、年龄层次的人们的阅读期待。换句话说，纯文学领域中的溃败或曰退潮，在带动了网络军旅小说和军旅题材电视剧繁荣的同时，也直接成就了商业出版市场中军旅长篇小说的兴旺。

类型化的小说是"标准化、公式化、可重复的产品"，是按照机械方式、专门化、分解化和流水线的生产形式制造出来的，因而，模式化是类型化小说的特点之一。在这方面，21世纪初年军旅长篇小说亦表现出了很强的模式化倾向，具体体现为情节的模式化、人物的类型化及悬念模式的营构。比如《亮剑》和《历史的天空》，这两部作品同年出版，结构模式上也惊人的相似。两部小说时间跨度大致相同：都从抗日战争写到改革开放。人物原型也极为相似：主人公梁大牙与李云龙都是农民出身，没有什么文化，但性格豪爽、智勇双全；在战争中都富于创造性，不循规蹈矩，却能屡建奇功；都在枪林弹雨中成长为军事与政治素质俱佳的我军高级指挥员；新中国成立后都曾进入军事院校学习，在“文革”中都受到了迫害；甚至两人的爱情故事也都是典型的英雄美人模式，梁大牙执着追求东方闻音，李云龙对田雨一往情深；东方闻音和田雨也属于同一类型的女性，都是秀外慧中、知书达理的女大学生，最终都被英雄的侠骨柔肠所感动。就连小说中主要人物之间的关系也极为相似：如梁大牙与陈墨涵、李云龙与赵刚，英雄惜英雄，彼此肝胆相照，而且同样身为我军高级将领的陈墨涵与赵刚都是大学生出身，这样，他们与梁大牙、李云龙又形成一武一文、一刚一柔、一动一静的配合。模式化在迎合读者阅读期待，让读者不断去“证实”他们“早已见过并渐渐喜欢上的某些东西”的时候，大大伤害了文学的原创精神，同时也培养了读者思维的惰性。这也就是大众文化的批评者批评大众文化“缺乏智力的挑战和刺激，偏爱一无所求的幻想和逃避现实的舒适”的原因所在。

“事实上，文学仅仅有独创性是不行的，如果每一部作品都与以往的作品毫无共通之处，都是完全的独创、完全的创新，这就带来一个问题，读者无法在已有的阅读经验和审美经验基础上来接受这个作品。不管是创作也好，还是阅读欣赏也好，都是人类经验的积累和展开，如果永远都是独创的，没有共同之处的，人类的经验就不可能积累、深化。因此，当文学创作中有一种新的因素被人们接纳并受到人们欢迎时，这种新的因素就会产生一种吸引力，作者会被这种吸引力所吸引，自然地靠近这种新因素，而读者则会在阅读中认同这种新的因素，形成固定的审美经验。这就是文学类型化倾向。由于存在着文学类型化倾向，审美经验才有可能获得不断的积累和提高。所幸的是，文学不仅仅存在着文学类型化倾向，而且还存在着创新性倾向，创新性是反类型化的……从一定意义上说，文学就是在类型化和反类型化的相互抗衡相互争夺的张力中发展的……单纯靠类型化，成不了经典，还必须有反类型化的加入……反类型化是类型化小说保持活力的内在动力。"①

周大新的《预警》从题材来看很容易让人联想起近年来流行的谍战小说；但是，《预警》的叙事却并不以故事为本位，而是以人物为主体。作者关注的中心，并不是故事的传奇性，而是故事中的人；不是人物的传奇性，而是通过人物来呈现当代军人的精神状态。作者对主人公孔德武的内心世界进行了淋漓尽致的剖析，在行动（故事）与心理的相互激荡中，展示孔德武的内心交战过程。在答记者问中，周大新声明《预警》是"反恐小说"，而不是流行的谍战小说。《预警》与时下流行的谍战小说的最大差异在于作品的现实主义的品格以及创作主体介入和反映现实生活的叙事立场。《预警》具有强烈的当代关怀，凝聚着当下军人实实在在的生活经验，从而改变了当前流行的谍战小说类型过分追求离奇情节和严重脱离现实生活的倾向，赋予谍战小说以深刻的批判现实的内容，使得谍战小说既有可读性，又有深刻的社会意义。与之相类似的是张品成的《红药》。小说借用了谍战小说的外表，这无疑是作者的一个叙述策略，但目的却是要表现前铺医院的十余个人物：国民党军医毕有康、传教士白长吉、乡镇名医诸葛逑泰；当然，它也要表现红军医院里的五个被怀疑是"内鬼"的人物：宋成庚、黄肃禄、黄任许、文各滔、凌信瑛；还有被派来当领导的连长刘锡吾和主要负责抓"内鬼"的保卫人员齐满年。总而言之，作者用这样一种方式目的并不是为了小说本身的好看，而是要写这么一些人物。这是一个很不错的想法，因为在这样的背景里，人物的面貌会含混不清，小说的情节会扑朔迷离，于是，小说的复杂性与叙述的内在动力也会自然产生。这无疑是张品成在长篇小说叙述方式上的一种探索，它让我想到了中国画构图的散点透视的方法，作者几乎是平行地分别介绍描

① 贺绍俊：《类型小说的反类型化写作》，《深圳特区报》2010 年 9 月 20 日。

写十余个人物，人物之间也少有交叉，有点近似于《水浒传》。在当下长篇小说创作更关注故事本身，而不是如何叙述故事的文学背景里，这种探索不仅仅使小说颇具另类的品质，还彰显了其俄国形式主义批评家雅各布森提出的那种使特定作品成为文学作品的独特性——“文学性”的积极意义。故事无论在西方小说还是在中国小说中都是最重要的构成元素，也是读者喜爱小说的本质性原因；但小说在进入“现代主义”及“后现代主义”之后，就不再局限于追求故事本身，而是在小说形式及哲学思想的更为复杂的层面进行广泛深入的探索，这种探索使得小说成为人类认识自身及社会的一种重要的方式。张品成显然是在向着这样的方向努力。

毕有康、白长吉、诸葛逑泰不但是《红药》着力描写的人物，而且还承载着小说的隐喻功能。毕有康、白长吉、诸葛逑泰的出身不同，文化背景有异，其思想与个性自是迥然。他们一开始对红军医院都是抵触情绪，都不配合；不久之后，他们被前铺的那些医护者，以及被送来治伤的红军战士们为革命前仆后继的大无畏精神所感染，他们不但改变了对红军的误解，还使他们用自己的高超的医术积极参与到救治红军伤病员的艰苦卓绝的工作中去。但作者并没有刻意将他们的思想拔高，一切都是那么自然与朴实，紧密地联系着他们的出身与文化背景。在“后记”的补叙中我们知道，在前铺医院撤出前铺随红军长征后，毕有康却没能离开，在一批又一批的伤员不断地送到他的眼前的时候，他说不知什么老扯他的脚，最终被白军俘获。红军伤员和医护人员都被杀了，但没杀他，他的结局有几种，或回老家隐居，或出家做了僧人，也有可能被放后又在半路上遭遇劫杀。诸葛逑泰回了老家云翔，仍做他的郎中。全国解放了，有人说这下你好了，红军得天下了；但他全然不管好不好，只是做着他的郎中。白长吉因为一直负责一位首长的治疗，在不明就里的情况下参加了两万五千里长征，也就是说，最终走上革命的道路。一切都是那样的素朴，甚至于平平淡淡，这反而让我感觉到了一种也是淡淡的忧伤与凄凉。这当然是一种审美的价值取向，但我更愿意把它看作是生活真实的呈现。《红药》的名字似乎有些费解，其实它是作为一种隐喻而存在。“红药”是什么在小说中并没有一个对应的指称，我把它理解为红军，共产党，是他们医治了毕有康、白长吉、诸葛逑泰们的思想与精神上的“伤病”，成为一个普通，但健康的人。大而化之，这“红药”便是拯救中国与劳苦大众的良药，小说的主旨由此而达成。

张品成的小说语言既有地域民族的特色，也很有自己的风格与韵味。在对话中，他没有像一般小说那样，将一个人的话放在一个自然段里，常常是分几行，一种自然的停顿，它表现了人物的心理活动在对话时所产生的影响，有一种真实的现场般的感觉，这可能是他的一个独特创造。在写细节的时候，他常常是不把细节一次性写完，而是回头用一种补叙的方式再接着写，而此时叙述人已经转换，也就是说，视角已经发生变化，使得小说空间更加广阔。还有一点，我觉得张品成小说的叙述方式更接近中短篇小说，时空的随意转换，叙述视角的转移，在当下的长篇小说中是不多见的。张品成在《红药》中，通过一个谍战小说的故事框架所作出的“文学性”探索不仅是难能可贵的，也彰显出了类型化小说中反类型化叙事的意义。

2 小说写作的影视化

21 世纪初年以来，随着我国社会的转型发展、军事实力的增强，以及国民文化多样化需求的上升，一大批反映历史、战争和军营生活的军旅长篇小说成为畅销书，在读者热捧的同时，电视剧改编也接踵而至。“数据显示，从 2000 年到 2012 年的 12 年间，创作军事相关题材电视剧共计 153 部，其中，军旅题材 126 部，占创作总量的 82.3%，在军旅题材电视剧中，现实题材 56 部，占总量的 44.4%，革命战争历史题材 70 部，其中约 80% 改编自中长篇小说，被改编成电影作品有

100余部。”[①]这些作品中不少相继获得“五个一工程”奖、电视剧“飞天奖”和中国电视“金鹰奖”、电影金鸡百花奖、华表奖和金像奖。

从1990年代后期开始，军旅题材电视剧逐步升温，其中大多数精彩纷呈且为观众称道的作品都是改编自优秀的军旅长篇小说。《波涛汹涌》《突出重围》《英雄无语》《走出硝烟的女神》《激情燃烧的岁月》等等作品在被改编成电视剧之前就已经在文学范围内获得了来自专家和读者的认可与好评。进入21世纪初年以来，军旅题材电视剧出现了前所未有的繁荣，《最后的骑兵》《新四军》《我们的连队》《DA师》《军歌嘹亮》《归途如虹》《历史的天空》《亮剑》《沙场点兵》《热带风暴》《红舞鞋》等等一系列优秀的军旅题材电视剧频频亮相于荧屏。一时间军旅长篇小说成了电视媒体的宠儿，军旅题材影视剧也成了广大观众关注的热点话题。不可否认，由于主旋律需要和市场拉动，一大批著名军旅作家作品像裘山山的《我在天堂等你》、朱秀海的《音乐会》、郭富文的《战争目光》、王苏红、王玉彬的《惊蛰》、马晓丽的《楚河汉界》、方南江的《中国近卫军》、朱苏进的《我的兄弟叫顺溜》、徐贵祥的《历史的天空》《高地》《八月桂花遍地开》、石钟山的《激情燃烧的岁月》《幸福像花儿一样》等等改编成电视剧，一方面提升了21世纪初年中国电视剧的品质，带动了军旅文学的繁荣，扩大了军旅文学的影响，弘扬了主旋律；另一方面也提升了军旅作家的影响力、知名度和生活质量。

这些热播的电视剧从题材而论覆盖范围很广。现代军旅题材以全新的视角关注我国当代国防建设、军人和军队，体现了我军不断成长壮大，在新时代环境下，迎接新军事变革的挑战，适应现代化战争；战争历史题材，打破以往军人“高大全”的形象，不再是传统的形象，而是身穿军装，脸上挂着硝烟，英勇善战，具有强烈的生活气息与军人

① 马维干：《积极反映部队生活，努力提高艺术质量》，《文艺报》2007年5月24日。

的铁血精神。还有一些柔性题材的电视剧，抓住了青春与爱情这个永恒的话题，融合了各种情感的纠葛和冲突矛盾，这些发生在军营中的日常琐事比战场上的生死搏杀距离当下生活更近，更加亲切和人性化、生活化，虽然没有战争的宏大场面，但情感真挚细腻。21世纪初年军旅题材电视剧改编作品对革命历史题材和当代现实题材的把握，在完成主流意识形态表达的同时，又满足了大众的审美趣味。在叙事策略上更加贴近现实生活，采用伦理情节剧的叙事模式：跌宕起伏的情节、曲折多舛的命运、一代人甚至几代人的悲欢离合，琐碎生活所折射出的时代与社会变迁等。文学文本与影视文本自觉地从一味纯粹英雄塑造向以家庭和生活为主的温馨场景实现多维转移，塑造饱满而富有人情味的人物形象，突出令人感同身受的真实感和强烈浓郁的人伦之情的目的。如《激情燃烧的岁月》(《父亲进城》) 开篇在全国解放前夕，而后的剧情几乎都在和平年代展开：石光荣追求褚琴、孩子教育问题、招待求助乡亲问题上的种种冲突，以及父子之间的矛盾，都让人感受到家庭内部伦理剧的味道。《亮剑》也是如此，通过近三十年的时代跨度，故事情节得以展开：带兵打仗、两次婚姻、与对手、兄弟的关系、家庭危机，"家国互见"的叙事伦理体现得淋漓尽致。另外，在主人公的塑造上，如李云龙、姜大牙、石光荣、常发等，个性十足，优点很多但是缺点也不少，有血有肉，让人有金无足赤、人无完人的认同感。贴近生活、情感共鸣、家庭伦理、细致入微、摒弃说教、潜移默化已成为21世纪初年军旅长篇小说影视化的特点。

在影像时代，从事文学创作时，作家会考虑到读者的需求、欣赏、接受的习惯变化，所以作家在描写方式上很自然会发生改变，这是由和人物与事件结合在一起的时代生活节奏与心理节奏决定的。作家在创作过程中会自觉注入一些影视剧的手法，诸如故事情节、人物的动作性、故事的立体画面、强化的对话内容、对话语言的简洁、情节生活化等。21世纪初年以来，影视对小说的"改编"热潮和作家对"触电"

的追求，共同催生了军旅小说的影像化叙事，即电影、电视剧语言和技巧在小说中的运用。刘猛的《最后一颗子弹留给我》《狼牙》《刺客》等网络小说，在传统写作方法之中大量引入蒙太奇的处置方法，存在广泛的现代感和镜头感，受到众多读者青睐，三部作品均被改编成电视剧。由《最后一颗子弹留给我》改编的，并由其本人亲自执导的电视剧《我是特种兵》也在2012年热播，影视与文学似乎找到了相得益彰之路。《狼牙》更是娴熟地运用了蒙太奇的处置方法进行小说叙述，在描写窗外场景时，有这样两段：

> 耿辉心里面一激灵，窗外，正路过红军坦克团的驻地。战士们在开饭，黄昏中一片喧闹，跟野营一样热闹。上着车衣的主战坦克静静地在夕阳下默默无语，38吨重的铁家伙满身迷彩。
>
> 倾盆大雨淋在即将被黑夜包裹的城市郊区的山脉，谁也说不清还要下多长时间。陆军学院门口站岗的哨兵在雨衣的雨帽下面的眼睛闪烁着年轻的敏锐和无言的沉默，于是你可以看见青春就这样在雨水中淋着，分量越来越重，犹如墨绿色的被淋湿的军用雨衣。和往常一样，在下雨的时候，就是侦查指挥专业17队的训练日；雨下得越大，训练就越艰难。侦察指挥专业的教官通常都有个被大家公认的称谓——“非人类”，很多内容就在这三个字里面浓缩了。不用别的什么形容，你就可以体会到那种令人凛然起敬的冷酷。和电影里面一样，侦查指挥专业17队的学员们在大雨中摸爬滚打，年轻的躯体在泥水里面蒸发着热量，在互相的厮打中迸发着嘶哑的“杀！杀！杀！”……血红的眼睛里面的光芒不是射出来的，是炸出来的，是一种灵魂的爆炸，是一种无坚不摧的爆炸。

很明显，第一段描述中传统的时间手法被转换为诸如“驻地”“开饭”“主战坦克”“夕阳”“迷彩”场景的切换，第二段本应丰富的内心描述却只能看到干巴、枯燥、毫无新意与深度的电影式场景布置，这样的描写只有在电影特写镜头以及镜头的不断推移中才能完整展现。这说明电影给小说叙事带来了一个明显的变化，即“作者在描写人物时，有时会自觉不自觉地不再面对活生生的人，而是对于银屏上的影像的记忆”。除了对电影特写镜头的模拟外，军旅作家们还将电影闪回、切换、交叉剪辑等技巧广泛运用于小说写作之中，以纷呈的物象、不断切换的场景切断小说时间上的连续性，达成小说空间化的效果。

传统的文学写作与电影、电视等其他媒体之间还是保持着相当的距离的，即便发生关系，也是当文学作品获得认可与成功之后，影视剧在文学母本的基础上进行二度创作。一般来说，文学文本越成功，电影和电视剧进行二度创作时对文学文本的依赖程度就越高。从某种意义上来说，是文学创作同构了影视创作。然而，随着大众传播事业的迅猛发展，1990 年代以来，文学空间在影视媒体的挤压之下发生了裂变与转型。影视媒体在大众文化消费时代中逐渐占据了主导地位，其与文学之间的主从关系似乎也发生了反转。从直观上看，当军旅长篇小说写作与影视结合的时候，文学传播的效力得到了大大提升。有许多军旅长篇小说文本在被改编成电视剧之前尽管在文学圈子内部受到了广泛好评，但在进入图书市场后却读者寥寥，始终默默无闻；然而在“触电”以后，其命运发生了翻天覆地的变化，这使我们不得不惊叹电视剧“化腐朽为神奇”的巨大力量。在这样的媒介转换过程中，尽管是两种不同的艺术形式，有着不同的审美规定性；但是文学写作的基本元素——譬如故事、人物、情节依然存在，军旅长篇小说作家依然是在进行较为纯粹的文学写作。随着军旅题材影视剧的持续繁荣和大批量生产，纯粹的、严肃的文学写作已经无法满足影视工业快速、大量生产的需要；因此，21 世纪初年军旅长篇小说写作出现了一个值得关注的新现象，即很多军旅长篇小说作家都把编剧作为自己的“主业”，完全迎合影视的生产逻辑，完全遵从影视叙事的法则，为影视剧量身打造出来的“小说”完全不像小说，而类似于影视剧的分镜头剧本。更有甚者，还出现了先有电视剧，再根据电视剧本套写出小说的情形。电视剧的热播使得读者对纸质文本产生了一定的阅读期待，于是这种将电视剧套写成小说出版的做法就变得十分普遍。

大众文化的复制工艺对21世纪初年军旅长篇小说的创作产生了内在的影响，仿像书写已经成为部分军旅长篇小说作家的一种创作方式。小说的仿像化书写一方面有利于作品的接受与理解，另一方面也暴露出艺术原创能力的匮乏。小说是一种语言的艺术，小说的魅力在于小说语言可以将人物的心理状态、感觉与氛围等表达出来。语言是一种人为的符号、一种抽象的代码，它依靠语汇所形成的概念，唤起读者对生活经验的联想来完成形象的塑造，具有间接的“意指性”。电视剧是以视听为主的综合艺术，电视剧更强调人物的动作性和画面效果强烈的视觉冲击，强调故事的戏剧化效果和矛盾冲突。这种创作方式改写了许多传统的文学观念，小说的文体特征也发生了相应的变化，一种新的小说写作类型应运而生，就是所谓的“影视同期书”。这是指与影视作品同时或相伴随上市的小说，它包括两种情况：一是小说创作先于影视剧，影视剧由小说改编而来，但小说本身就是为影视剧改编而量身定做；二是影视剧创作先于小说写作，小说是在影视的基础上创作而成。两种情况的共同点是，小说与影视几乎同时上市，而且小说大多以影视作品的剧照作为封面。小说的出版，对影视作品来说，是一种很好的宣传；而影视作品的炒作，也可以带动图书市场，让小说热销，最终达到双赢的目的。

对21世纪初年军旅长篇小说作家来说，这种本末倒置的方式对小说文体本身的独立性和独特性产生了莫大的伤害，许多优秀的军旅长篇小说作家在进入编剧圈中后似乎就淡出了纯文学写作。这种状况的持续发展，必然导致影视媒介对军旅长篇小说的殖民性同构，理应引起军旅长篇小说作家的警惕。尽管影视在传播上的优越性，以及影视特殊的媒介特性和表现方式给军旅长篇小说带来了相当的启发；但这并不意味着后者就一定要对前者采取亦步亦趋的态度。作为两种艺术形式，它们无法相互替代，军旅长篇小说还应坚守文学的独立个性和审美品格。从纯文学的角度来看，对于军旅长篇小说创作，影视化恰恰又是一把不得不警惕的“双刃剑”，收获了市场和经济效益的同时也斫伤了作家的文学感觉。

当红军旅作家在长篇小说影视化大潮中的基本状态，大致有四种情况。“一种是过去的优秀作家，现在不再原创作品，而是甘当‘二传手’，将别人的小说改编成剧本。比如赵琪，他在90年代写过像《琴师》《穷阵》《苍茫组歌》《四海之内皆兄弟》《援军》等好小说，显示出了一个优秀小说家的才华和潜质，现在在影视界里名声一样很大，价码很高，但我对他放弃小说原创曾当面向他表示过我的惋惜。第二种情况就是所谓的‘套写’，作家自己写剧本同时出同名小说，或先出剧本再改小说，或瞄着电视剧去写小说，其佼佼者当数朱苏进和王海鸰，他们的电视剧拍一部红一部，连带的小说也就卖得很好。不过这些从剧本套写过来的小说明显经不起细读，难以进入经典。第三类是专门做电视剧写手。这些人在小说创作中本来就处于二三流水平，但是适合写电视剧。这也证明了我的一个判断，即好的文学作品不一定能改成好的电视剧，比如莫言和阎连科。好的作家也不一定能写出好的电视剧，这也是作家才华性质所决定的，也叫做别无选择吧。第四种情况是专心小说，不触电。徐贵祥就是一例，他的长篇小说每一部都卖了影视版权，动则几十万。但他自己从来拒绝亲自操刀改编。这样的人首先对小说有坚定的热爱，同时对自己抱有信心。这是明智的，应了那句话‘写自己的小说，让别人去改吧！’改好了，是我的原著好；改砸了，算你没水平……在文学创作和影视的矛盾之间，难道作家就不能取中或者‘双赢’吗？答曰：很难。首先，因为两者的价值取向不同。影视剧制作是工业化产品，它遵循的是商业原则，一切以市场效益为判断标准，简单地说就是要追求收视率和收益率。情节、悬念、暴力、色情，是影视剧的‘潜规则’，金钱是文化市场最有力的操纵者。而纯文学（小说）创作呢，它是一种心灵的敞开，一种灵魂的飞扬，是作家对人性、人情、人世间的真善美的讴歌与亲近，对假丑恶的拷问与鞭挞，是个体生命对自然万物四季轮回的细腻感受、独特体验和完美表达，是不带世俗功利、甚至是没有‘目的’的精神活动。这就从根本上决定了文学（长篇小说）创作和影视剧制作的内在差异性。其次，它们对写作者的要求也不同。影视剧是一个多行当、多专业、多部门共同参与的综合性艺术，文字创作只是很基础的一部分工作。目前影视圈从业人员的素质良莠不齐，而且并不重视编剧的作用，只把它看作是从属地位甚至打工地位，只要你能编出吸引观众眼球的故事就行。为了吸引眼球，就可能先是跟着‘感觉’走，然后是跟着‘感官’走，最终是往‘下半身’走。再说到基本元素，纯文学创作讲究意境、氛围、心理刻画、环境描写、性格塑造等等。当然，电视剧也有语言要求，比如人物对话要精彩，但那更多是为了情节展开，交代故事，设计悬念，要一环扣一环；而纯文学写作又可能重在心灵挖掘上。如此等等，不一而足。严重一点说，长期的电视剧写作对作家可能是有害的，最终导致对作家个人品质和艺术才华的腐蚀。”① 而军旅作家们对改编电视剧的集体热衷，确实也伤害到了自身创作的文学品质，并直接导致军旅长篇小说在近两届的茅盾文学奖评奖中颗粒无收，双刃剑的负面效应已经显露无遗。

3　网络叙事空间的拓展

网络文学在不经意间改变了文学创作和接受方式，为文学的发展延伸出许多新的可能性和生长点。互联网的兴起对 21 世纪初年军旅长篇

---

① 朱向前：《单刃剪还是双刃剑》,《军营文化天地》, 2012 年第 3 期。

小说创作来说，不仅意味着带来了一种新的技术手段和新的传播渠道，而且意味着对传统文学观念、文学的文化精神资源、文学活动方式、文学写作形式等诸多方面的有力冲击和重新构造，更重要的是互联网给军旅文学开辟了一个全新的更为自由和广阔的创作与接受的平台。

网络军旅长篇小说创作是21世纪初年军旅长篇小说总体景观中最为模糊但却极具发展潜力的部分。刘猛的《狼牙》、漠北狼的《兵王》、周健良的《终身制职业》、卫悲回的《夜色》等作品在军事文学原创网站上，点击率超过数十万，拥有数量众多的读者。这些网络作者或是有过军中服役经历，或是狂热的军事发烧友。与传统意义上的军旅长篇小说作家相比，他们对世界各国军情、战争历史、战略战术、军事科技与武器装备都更加熟悉且有着长时间的跟踪式研究；因此，这些网络作者对中国军事发展的现状及高科技条件下的未来战争多持有自己独特的思考和观点。不同于传统意义上“闭门造车”式的写作过程，网络写作会受到来自网络各个角落里的读者的挑战。因为这些作品多是创作于原创军事文学网站，读者将不是被动地接收创作者发送与传播的所有文学作品信息；而是随时可以参与到创作中来，通过及时的反馈（包括他们的评价、体会、批评、甚至改写）影响着作者的写作。网络军旅长篇小说与阅读群体的关系由此发生更为直接和广泛的联系，构成一种互动的状态。包括铁血网、起点中文网、纵横中文网、搜狐原创等文学网站都有自己的军事小说板块，汇集了一大批作者，也出现了如《特战先驱》《雪亮军刀》这样的经典作品。虽然目前网络军事文学的创作还存在着这样那样的问题，但相信随着作者在创作上的逐渐成熟，会有越来越多的优秀作品出现。

简单梳理一下，不难发现，网络小说已经成为21世纪初年军旅长篇小说的类型化写作总体景观中最具发展潜力的部分。在军事文学原创网站上，网络军旅长篇小说动辄点击率超过数十万，拥有数量众多的读者。吸引如此众多读者的深层次原因，我想是由于上述这些作品中都蕴含着强烈的“铁血精神”，即出于对国家和民族的热爱，出于对军人职责与使命的崇高理解，出于对战争与和平的辩证思考，并伴随着国家综合国力的提高而升腾起来的直面战争挑战、勇于牺牲奉献的社会普遍情绪和价值认同。和平年代里，由于国家、民族、社会对战争的疏离和拒斥，军队、军人和军旅文学都不可避免地面临着边缘化的窘境。长久以来，军旅长篇小说的主题基本上都是军人对和平的向往和对和平生活的适应，军人的“铁血精神”正在被日益庸常化的物质生活所遮蔽，军旅长篇小说也渐渐失落了崇高感和阳刚之气。进入21世纪初年，随着高新技术在军事上的大量应用，战争形态发生了根本的转变，引发了军事思想、组织结构、军队编制、训练方式等方面的重大变革。与此同时，随着社会转型的不断深入，军队也面临着改革和调整。个人主义对集体主义的影响，功利主义对理想主义的冲击，都对军营文化产生了诸多消极影响。面对复杂而严峻的现实，军旅长篇小说理应发出自己强硬而积极的声音。军人的思维与普通人有着本质的不同，军人血液里流淌的首先是“英雄主义”和“尚武精神”，其次才是对和平的向往。诚然，战争是悲剧性的、是可怕的、是可恶的，而和平是美好的，但是和平不是向往来的。军旅长篇小说如果究根溯源，其本质属性也是“生而为战争的”。在网络军旅长篇小说中可以看到，“铁血精神”已经上升到国家、民族和军队集体的高度，成为一种普遍且有代表性的新型高素质军人的职业情绪。这种转变，我想除了作家本体创作观念的因素，最重要的原因来自于文学以外。进入21世纪以来，随着我国综合国力和国际地位的提高，人民军队面临的挑战和威胁也日益复杂和迫切，中国军队和军人的战争意识以及价值观念亟待加强和调整。网络军旅长篇小说中的“铁血精神”之所以被提升至主题层面表达，正是基于“现实生活内容”复杂而深刻的变化。

由于网络文学自有一套行为方式和价值标准，因此，当军旅长篇小说被冠以网络二字之时，固有的文学标准和评价体系也似乎面临着失效的境遇。作者除了表达自己的思想情感，更重要的是要尊重广大网络读者的阅读需要和审美趣味——通俗好看的故事、英雄美人的浪漫爱情、曲折的家族传奇、戏剧化的矛盾冲突、蒙太奇式的情节跳跃、影像化的语言表达成为网络军旅长篇小说共有的叙事模式。然而，我以为，虽说上述作品发生于网络，但当它们作为普通的出版物走下网络神坛，迈入正统文坛的门坎儿之时，它们就必然地需要接受纯粹文学意义上的检验。网络军旅长篇小说在艺术上还存在着不少缺陷：如同质化、模式化严重，不同小说之间写法类似，小说结构与人物定位单一，叙事策略以平铺直叙为主，较少使用悬念和"转角"，不能很有效地将战争中的场景进行生动展现，作品普遍存在着语言粗糙、叙事缺乏耐心、结构混乱、情节俗套、编造痕迹过重、不符合现实真实等问题，这也是网络军旅长篇小说应该改进和提高的地方。

网络上堪称优秀的军事文学作品毕竟不多，可登大雅之堂者更少而又少。网络写作的随意性贯穿其中就使得泥沙俱下，这是精品不多的原因之一吧。举例而言，在《血战》中，"风羽""季炎"这样的名字出现在抗战时期，会令人感觉很突兀，显得时空颠倒。在《抗战之钢铁咆哮》中，商人王飞与超级三体战列舰"闪光铁锤"号自 2011 年穿越到 1937 年的抗日战场上，显得过于儿戏。这等例子不胜枚举。无论如何，网络军事文学有时情节离奇归离奇，但一旦"走入战争"，文字就不会太出圈了，这些写手虽是"业余"级别，但所具备的军事知识却是"专业"的，用手榴弹把飞机敲下来的场景（见于电视剧《永不磨灭的番号》），不大会在他们笔下出现。尽管目前网络军旅长篇小说已达到了"泛滥"的地步，题材张扬，穿越、科幻无所不在，不过值得一提的是它们大多有"底线"，在战争细节的描写上不大会"雷人"。网络军事文学写手大多是军事发烧友，他们的军事知识过硬，对各种武器、战术、战例如数家珍，这些夯实了其写作基础。网络军事题材中虽也有不少引入"穿越"元素；但"穿越"起到的只是穿针引线的作用，具体的战争情节描写则要么严肃，要么朴素，可读性很强。

2010年首播的电视连续剧《雪豹》的网络文学原著《特战先驱》就是一部体现了鲜明网络军事文学特征的作品。从中可以看出，优秀的网络军事文学作品大致有以下特点：一、题材创新大胆且鲜明，以此而论，《特战先驱》就绝不在《亮剑》之下，甚至犹有过之。二、在情节设置上颇费心血，有些作品甚至具备“史诗”特征，如《特战先驱》从“九·一八”写到抗美援朝，格局很大，比起任何成名的军事文学作品都不逊色。三、语言简练，不过多作描写性叙述，但在细节上则不厌其烦，给人的感觉像是纯文学作品与影视剧本的结合体。这样的写作形式，也是最适合网上阅读的。在战争细节的描写上，可以举张磊《雪亮军刀》的例子（该书最初是成名于网络）。这部小说讲述了一个普通步兵团的抗日故事，其中对战争细节的描写细腻得无以复加，这样的功力恐怕连专业的军事文学作家也做不到，而这样的例子有很多。其原因在于，专业军事文学作家在作品中偏重“文学”层面，网络军事文学写手则偏重“军事”层面。这也引出了它的第四个特点：网络军事文学“军事科普”的意义更大。

从创作主体的身份来看，网络军旅长篇小说写手也有着共同点，即他们中很多没有当兵的经历，不像那些知名的军事文学作家大多为行伍出身。正是以非军人出身的军事发烧友身份，才使得网络写手的军事文学作品表现出更强烈的对军事本身的热爱（当然，其对人文情感的描述也毫不逊色）。从国内诸多文学网站上军事题材充斥的情况可以看出，军事发烧友在我们周围普遍存在。值得一提的是，这些军事发烧友在网络军事文学中展现的绝非业余水平，他们军事知识的博学甚至值得专业作家学习。比如有一个例子，中国海军史研究会的发起人陈悦就是一位民间发烧友，这说明网络这个草莽中也藏龙卧虎。

网络写手的军事发烧友身份，使网络军事文学天然成为一种“军事科普”读物，读者从中可了解到各种武器的细节特点、各种战术的细节运用、各种战例的来龙去脉。在国内著名的军事文学网站“铁血读书网”上，有描写炮兵的《传奇炮王》，有描写战列舰的《抗战之钢铁咆哮》，有描写雇佣兵的《毒牙》，有描写游击战的《冀中子弟兵》，有描写特种兵的《飞鹰特战队》，还有点击率一直排在首位的军事科幻作品《中日战争——第三次世界大战的序幕》。这些作品虽不乏夸大、臆想的成分，但其共同点却是：对战争细节的描写逼真，从细腻的描写中把写手日积月累的军事知识完美地展现出来，这也是传统军事文学作品与之相比的弱势所在。抗日战争在中国近代战争史上有其特殊性，抗战题材因中国军民八年浴血奋战伤亡数千万成为中国人民难以磨灭的民族记忆而历久不衰，亦被作家视为可供挖掘与探索的题材富矿。故网络军旅长篇小说有很多以此为背景，“军事科普”也不时涉及中日武器的对比与评价。有的作者说，日本鬼子的“三八大盖”一枪两眼，讽刺其为“最仁慈的武器”，不如国民党军的“中正式”好用；有的作者则说，“三八大盖”射速高、后坐力小，军人都喜欢，比“中正式”强。不过，对日本鬼子的“歪把子”和“王八盒子”则是近乎一边倒的“差评”。这些，都令读者读起来趣味盎然，而这样的武器科普只有在网络军事文学作品中才能尽享。

与“网下”的传统军旅长篇小说写作相比，“网上”的作者似乎不需要考虑各种限制，譬如是否合乎章法，是否会被编辑枪毙，是否会被批评家关注或否定，网络赋予更多热爱军事长篇小说的普通作者以展示自己写作才华的机会。当前军旅文学刊物和出版机构严重萎缩，文学新人和非著名作者很少能得到出版和发表作品的机会，网络军旅长篇小说创作在一定程度上填补了这一空白。网络军旅长篇小说多蕴含着充沛的爱国热情，激扬的想象力和通俗晓畅的文字叙述，吸引了大量的年轻网民成为阅读之、评介之、传播之的铁杆“fans”。凡此种种，都对巩固军旅文学读者群，培养年轻读者的阅读兴趣起到了非常积极和正面的作用。网络军旅长篇小说尚处在萌芽状态，其自身的生成状态和发展趋向尚不清晰；但是，网络军旅长篇小说的兴起必将大大扩展 21 世纪初年军旅长篇小说研究的理论边界，值得我们持续关注。

无论是在网络军旅长篇小说、影视同期书，还是以商业出版或改编影视剧为旨归和操作模式的类型化文本中，都存在着一个共性的问题，就是类型化叙事的创作主体对于战争场面的真实状态缺乏亲身经历与厚重的生命体验，无法提供有意味的鲜活生动的细节，作者也无意为这类“商业快餐”去下工夫研究历史真实和进行实地体验，读者从中感受不到历史的温度，也嗅不出战争的硝烟，小说文本层面展现出的更多的是娱乐化的审美趣味和电视剧化的叙事伦理。在类型化写作中，写作的主要动机不是去实现艺术价值的最大化，而是去实现市场销售价值的最大化，要迎合大众普泛的消费需求。一些作者对题材类型的选择已经不再服从于自己对生活的了解，而是服从于该类型题材是否畅销。类型化写作在创作主体怀抱这种写作姿态的那一刹那，就已经决定了他所能达到的艺术高度。类型化写作的消极影响是显而易见的，一是类型化写作可能导致文学创作走向“模仿写作”。诚然，在这个消费时代，虽然不能简单地将“大众文化”、“媒介文化”“商业文化”与“文学的危机”联系在一起；但必须承认，文学的场域已经发生了深刻变化。过去，“政治意识”与“文学性”是紧紧缠绕在一起的，是二维的；而现在，“意识形态、市场、文学性三极之间的均衡，构筑了当代中国文学的场域”，文学生产、流通和消费都在市场机制下运行。类型化写作可能使作家失去独创能力，使我们的文学世界变成一个模仿的世界，文学那天才、智慧、美好、高尚的神性也就丢失了。二是文学类型化写作可能导向一种完全商业化写作。文化产业具有高度灵敏的嗅觉和对利益的洞察力，它能从文学作品元素中发现那些最有增值可能性的元素，将其类型化，迅速进行再生产。类型化所包含的经济利益对作家来说是一个巨大的诱惑，使得他们的创作有意无意地朝着类型化倾斜。

五　悲剧精神

1　悲剧精神与超越性

“在世界战争文学中，悲剧色彩是战争文学最为厚重、最具魅力的审美标志。而新中国的军旅小说长期停留在意识形态的功利表层，跳不出人物脸谱化的歌颂模式，写战争而不去正视战争的残酷与非理性状态，不去探究战争内涵；写人却漠视对人的命运、灵魂和价值的哲学思考和追问，人为地把英雄与凡人、高雅和世俗割裂开来，意识形态层面英雄主义和乐观主义的主旋律造成了对悲剧艺术的漠视。”① 21 世纪初年以来，军旅长篇小说加强了对军旅人生悲剧的表现力度，悲剧精神的发现和建构成为 21 世纪初年军旅长篇小说的重要突破。对军旅人生的人性悲剧、英雄悲剧、女性悲剧、历史悲剧的生动呈现，使 21 世纪初年军旅长篇小说具有了深厚的艺术魅力和高蹈的精神境界。

1990 年代以来，军旅小说创作从中篇的繁荣走向长篇小说的繁荣，小说创作削弱了历史纪实的成分，而加大了艺术虚构和想象、提炼的力度，让革命战争中的中下级普通军人形象走近读者，陆续诞生了一批思想艺术上更为成熟厚重的军旅长篇小说作品，如《走出硝烟的女神》《英雄无语》《历史的天空》《亮剑》《我在天堂等你》《楚河汉界》《音乐会》《明天战争》等。在这些小说中，政治意识形态已经淡化，

① 牛金玲：《1990 年代以来长篇军旅小说的悲剧意识》，河北大学硕士学位论文，2011 年。

而富有个体生命光彩的军人形象登上了历史和现实的舞台，在枪林弹雨的战争风云、动荡不安的政治风潮、歌舞升平的和平侵蚀，以及社会转型的历史大背景下，演出了一幕幕壮美的英雄史诗和人生悲剧。"与此同时，受女性文学发展的影响，一直在中国军旅小说中可有可无、充当陪衬的女性形象，在男人为主的军旅长篇小说中逐渐走向核心地带，在战争的摧残下她们坚韧不拔，在情感的纠葛中她们追求自我又不得不委曲求全，哀婉又慷慨的女性悲剧从战争和军旅中浮出水面，丰富了军旅长篇小说的表现力。悲剧大都产生在时代的转换之际，它的出现就像是从吞蚀一个时代的烈火中升腾起的火焰，而等时过境迁，又只成为时代的装点缀饰。军旅长篇小说悲剧意识的崛起将我们重新带回历史的尘封、现实的诱惑和军人职业的使命中去，用艺术的手法还原军人的生命，为的可能就是'为了忘却的纪念'。"①

"悲剧是由悲剧意识和悲剧精神两个要素构成的，但这两个要素并不总是结合在一起的。"② 悲剧意识是认识到人生的悲剧性，而悲剧精神是超越人生的悲剧，在精神上达到一种自由、顽强的生命境界。悲剧意识是对现实生活悲剧性的意识，是对现实的悲剧性关照，是对现实悲剧性的一种文化把握，它既有反映现实的一面，又有主动地认识现实、结构现实的一面。悲剧性艺术是悲剧性现实的反映，又是悲剧意识的表现。"悲剧意识是由相反相成的两极所组成的。悲剧意识把人类、文化的困境暴露出来。这种文化困境的暴露，本身就意味着一种挑战。同时，悲剧意识又把人类、文化的困境从形式上和情感上弥合起来。这种弥合也意味着对挑战的应战。""由悲剧意识，即其暴露困境的功能，使人们对现存的东西产生怀疑和询问，这是悲剧意识具有的推动进步的力量；由悲剧意识，即其弥合功能，使人们对困境产生一

---

① 牛金玲：《1990 年代以来长篇军旅小说的悲剧意识》，河北大学硕士学位论文，2011 年。

② 王富仁：《中国文化的守夜人——鲁迅》，人民文学出版社，2002 年，第 292 页。

种韧性的承受力，这是悲剧意识具有的保持文化生存的巨大力量。”[1]

悲剧精神就是对现实人生悲剧的超越，悲剧精神的实质就是一种顽强的生命韧性和不屈的抗争精神，在现实困境或灾难中坚守自己的信仰、不放弃对未来的美好追求，为了实现自己的理想而勇往直前，甚至牺牲生命也不放弃的勇敢无畏的气魄。英国美学家斯马特指出：“如果苦难落在一个生性懦弱的人头上，他逆来顺受地接受了苦难，那就不是真正的悲剧。只有当他表现出坚毅和斗争的时候，才有真正的悲剧，哪怕表现出的仅仅是片刻的活力、激情和灵感、使他能超越平时的自己。悲剧全在于对灾难的反抗。陷入命运罗网中的悲剧人物奋力挣扎，拼命想冲破越来越紧的罗网包围而逃奔，即使他的努力不能成功，但心中却总有一种反抗。”[2] 朱光潜指出：“仅仅有没有不幸结局这一点，对于一部伟大的悲剧说来并不很重要”，“对悲剧说来紧要的不仅是巨大的痛苦，而且是对待痛苦的方式，没有对灾难的反抗，也就没有悲剧。引起我们快感的不是灾难，而是反抗。”[3] 可见，反抗是悲剧精神的核心，人的全部存在价值、人格力量、理想追求和精神风貌在平常的状况下难以展示，而只有在人生的种种困境和两难选择中才会凸现出来，才会使精神得以扩大和提升。由此，“悲剧美就在于生命的抗争冲动中显示出的强烈的生命力和人格价值，这种个体生命的价值品格、精神风貌和顽强的生命力联系起来，融汇为一种新的主观精神形态——悲剧精神。”[4] 而21世纪初年军旅长篇小说中的革命军人，无论是战争年代还是和平年代，男性还是女性，往往都经历了生命、情感、理想、品格上的种种困境和考验，并为之付出了沉重的代价，使人们在看惯了积极乐观的英雄主义和理想主义之后，能够细细品味真实的军人和悲剧的英

① 张法：《中国文化与悲剧意识》，中国人民大学出版社，1989年，第7页。
② [英]斯马特：《悲剧》，转引自朱光潜《悲剧心理学》，人民文学出版社，1983年，第206页。
③ 朱光潜：《悲剧心理学》，人民文学出版社，1983年，第206页。
④ 邱紫华：《悲剧精神与民族意识》，华中师范大学出版社，2000年，第6页。

雄，凸显了军人所特有的顽强的生命力和不屈不挠的抗争精神，军旅长篇小说文本以及军旅作家的创作观念也由此达到了新的历史高度。

悲剧意识是人对现实人生悲剧性的清醒认识和深刻思考，悲剧意识是现实精神和对社会、人生、人性深刻认识的表现。在国外战争题材的长篇小说作品中，我们看到的不仅是战争和军人、胜利和失败，我们还看到了战争笼罩下的人生悲剧、灵魂堕落和人性扭曲，如《这里的黎明静悄悄》《静静的顿河》《永别了，武器》等。在新时期之前的军旅长篇小说中，我们看到的更多的是胜利的喜悦、革命的乐观主义、对政治的信仰和对英雄的“高大全”式的塑造。抗日战争和解放战争的胜利给中国人民带来了民族的解放和国家的独立；然而，历史的转折和战争本身所带来的巨大牺牲和悲剧却被战争的胜利所遮蔽了。21 世纪初年以来，军旅长篇小说悲剧意识的觉醒让我们能够走进中国军人的精神深处，真切地理解中国军人承载着苦难与辉煌的生命历程，深刻地认知中国军队和军人在面临时代转型与和平考验时的生命困惑和精神困境。

21 世纪初年军旅长篇小说在悲剧审美、悲剧表达和悲剧精神的建构方面逐渐走向深入和成熟，它站在人性的高度、深刻地揭示出军人的生存状态、职业理想和精神信仰中的悲剧性，从历史与现实、人性与个性、牺牲与价值、理想与沉沦等错综缠绕的人生维度中深入挖掘军旅人生的哲学内涵，拓展了军旅长篇小说的思想宽度和艺术表现力。展示某种价值的毁灭无疑是悲剧的基本特征；但悲剧的意义绝不单纯是展示价值的破碎，从而给人留下一段伤感苦涩的沉郁。悲剧要通过展示悲剧英雄对不幸命运的抗争，使人看到一种更高的价值力量，营造一股历劫长存的浩气。悲剧精神就是悲剧主人公所表现的为实现某种价值信仰和人生理想，不屈从于命运和现实的抗争精神、生命意志和崇高的人格魅力。“悲剧并非仅指生命的苦难与毁灭，更重要的是面对不可避免的苦难与死亡的来临时，人所持的敢于抗争的态度和勇于超越的精神。”[①] 无论时代怎样变迁、军人职业怎样边缘化，社会怎样漠视英雄，文学怎样重构价值，英雄主义都是中国军队的灵魂，英雄主义和抗争精神永远都是军旅长篇小说的精神核心。

21世纪初年军旅长篇小说中有这样一批军门子弟，他们从小生活在军队中，吃的是军粮，唱的是军歌，听的是军号，接触的是军人，并在父亲那里受到较好的军事训练。他们相信军人是世界上最值得骄傲的职业，相信军人是男人中最优秀的一群，相信自己天生是军人，军旅自然而然成为他们的人生理想和必然选择。他们热爱军队并立志成为其中优秀的一员，做一个像他们的父亲一样铁骨铮铮的硬汉军人。就是这样一群优秀的军人却在自己的军旅生涯中演出了悲剧的角色，用他们自己的话说，他们太浪漫了，他们把军人这个职业理想化了，浪漫和理想使他们只知道把部队当事业干，而不知道把部队当作仕途干。仕途，是个太直接、太功利的通道，它看似理想，其实拒绝理想，其中看似充满机会，实则难以掌控。这些生机勃勃的年轻军人付出了青春的代价，更多的则只收获了苦涩和遗憾。《楚河汉界》中的战士王京津聪明活跃，对部队无限热爱并充满激情，同时博览军书而见识广博，还写得一手好诗，他创作的长诗《献给下一次世界大战的英雄》受到很多战士的崇拜。王京津本应该在部队大展拳脚成就一番事业，却因为爱耍干部子弟的做派，在部队关系很僵被命令复员了。当首长的老爹也不屑为不争气的儿子开绿灯，这个年轻人半夜跑到军营对面的山坡上，朝着军营方向敬着军礼，满面泪痕地大声喊着：亲爱的连队永别了！喊完就开枪自杀了。在他的遗书中只有六个字：不当兵，毋宁死。这只是一个极端的例子，他是那样痴情地爱着军队，不能接受被自己的所爱抛弃。周东进在作战前动员时曾说，一个男人一辈子不当兵是个遗憾，一个军人一辈子不打仗更是个遗憾。这足以证明军营对于一

---

① 邱紫华：《悲剧精神与民族意识》，华中师范大学出版社，2000年，第6页。

批铁骨铮铮、想要建功立业的青年具有足够的吸引力，军旅就是他们永远也解不开的情结，脱了军装他们就不知道自己还能做些什么。他们好像天生就是军人，不但要将自己的生命全部交付给军旅，还要将儿女们也尽可能地塑造成出色的军人，这样一代代地将军人的作风和荣光传承下去。

军人对军人职业的酷爱和坚守所凸显的都是无怨无悔的军旅情结，军旅不仅仅是一种职业的选择，它已经成为军人生命的选择、价值的皈依和精神的寄托。无论当初从军的初衷是怎样的，一旦他们跨入军营，穿上军装，走起队列，唱起军歌，就神奇地融入到这个年轻、朝气、富有生命力的集体当中。尽管生活艰苦、单调、甚至不近人情，但是一股对部队难以割舍的依恋却怎么也抛不开。也许这就是军营的魅力，这就是军人的情结：营盘如铁、兵如流水，军旅情感却会伴随人的一生。这种浓得化不开的军旅情结既蕴含着源源不断的正能量，也隐藏着军人在职业选择中的精神危机，其中所蕴含的悲剧性审美元素在21世纪初年军旅长篇小说中得到了充分的挖掘和展现。

悲剧的魅力不在于苦难而在超越，如雅斯贝尔斯说的，“没有超越就没有悲剧”[①]。在21世纪初年军旅长篇小说中，我们能感受到不被现实压倒、不向权力妥协的抗争精神和超越现实生存困境的英雄主义精神。当悲剧人物执著于纯洁的价值理想时，充斥着种种现实的世界就会变得无比坚硬，这样，困境就不可避免；但是，恰恰是这种艰难的困境更加激活了人的深层潜能，从而达到对自我的超越。悲剧英雄那种顽强执着、激扬豪迈的精神都是来自于对生命困境的抗争。21世纪初年军旅长篇小说中的种种人生悲剧中，人物的悲剧精神离不开创作主体的悲剧精神，没有军旅作家反思历史、正视现实、深入思考的悲悯情怀和批判现实的文学立场，就无法建构起富有悲剧性同时又具有超越

---

① [德]卡尔·雅斯贝尔斯：《悲剧的超越》，亦春译，工人出版社，1988年，第26页。

性的英雄主义精神伦理。

"英雄主义精神，是人类在与自然的和社会的敌对力量斗争中形成的，是伴随着人类进化历程的一派浩然正气。"①军旅小说不同于女性文学、乡土文学等其他题材的小说创作，军旅小说所特有的表现对象——军人，这个特殊的社会角色决定了，英勇执着、一往无前的英雄主义精神是军旅小说不容回避的重要内容。中华人民共和国成立以来，长期艰苦卓绝的革命战争给军旅长篇小说创作提供了丰富的生活素材，成千上万数不胜数的民族英烈也为军旅小说创作提供了英雄形象的模板，军旅长篇小说就是从这样的政治和历史环境中走来。英雄主义精神一直是军旅长篇小说的主要思想内涵；但这种英雄主义精神长期以来却是被政治意识形态所统率的，在这种英雄主义精神当中有太多的理想主义，却缺乏悲剧意识的关照，这样的英雄主义精神是理想化、政治化的，"缺少英雄的怯懦，缺少光明后面的黑暗，缺少明晰中的模糊"②。

黑格尔曾在他的《美学》中讲到，悲剧的主人公大都是那种具有高远志趣和行动坚定的人，可现实却又无法提供实现他们高远志趣的必要条件，于是悲剧就产生了，黑格尔所提到的这种悲剧其实就是英雄的悲剧。军营是热血男儿向往的热土，这里的氛围紧张严肃、热烈纯粹、摸爬滚打、操枪弄炮的日子充满了激情和挑战，无数的英雄在这里诞生、成长。对于满怀报国壮志，执着追求理想信念的职业军人而言，在战争年代他们用生命和鲜血挑战战争和死亡，在和平年代他们拒绝平庸，对抗堕落，超越世俗，挑战自我，用青春和坚守践行着崇高的理想和高贵的精神。现实生活中，优秀的军人和纯粹的信念都面对着世俗逻辑的严苛考验。21世纪初年军旅长篇小说从历史题材、现实题材以及女性视角等不同的层面切入，展现了一代代优秀的中国军人

---

① 张志忠：《执剑的维纳斯》，解放军文艺出版社，1991年，第94页。

② 莫言：《战争文学随想》，《解放军文艺》，2002年第10期，第93页。

在面临战争与和平、理想和选择、利益和职业等人生抉择时的精神境界和生命状态，建构起具有悲剧审美价值的精神伦理。

2 历史的悲剧

进入21世纪初年以来，文化语境的多元化、新历史主义文学观念的启发，都使得军旅长篇小说开始突破既有政治话语的禁锢，正视历史真实，反思战争本体，关照人性的深广度和丰富性。在21世纪初年军旅长篇小说中，人性的异化和扭曲已不再是丑化敌人的脸谱和政治斗争中攻击对方的手段，军人也不再是那种性格单一、立场单纯、信念纯粹的“一清二白”的政治符号，而是在历史发展的过程中真实鲜活、有血有肉的“生命存在”。

所谓的人性并非孤立和静止的，而是随着个人的认知经验和社会演变而发展变化，始终处于动态的过程中，并与广阔的外界现实发生着千丝万缕的联系。当外部世界发生巨大变化的时候，在价值信念面临两难抉择和现实考验的境况下，灵魂的自审与斗争常常是激烈而残酷的，人性的复杂性和矛盾性由此体现出来，人性也因此而彰显出深度和广度，人性的悲剧往往就是在难以言明的矛盾困惑和无法作出的价值判断中诞生。不同于“十七年”军旅长篇小说高扬党性、革命性的外化的主题表达，21世纪初年军旅长篇小说更加关注人性的内在探索，注重还原军人的生命本色，展现他们真实的精神状态和心路历程。

复杂而残酷的战争往往将军人置入极端的经验和情境之中，使之经受严峻而深刻的人性考验。李西岳的长篇小说《百草山》中有这样一个震撼人心的情节：小说主人公贺金柱在参军前，为了给被日本军官川野奸污了的姐姐报仇，纠合同村的伙伴企图用将川野的十六岁女儿惠美子也给“缺德了”的方式来为姐姐报仇，当他们扒了她的衣服却又不敢“缺德”她，可是又不甘心放了她，于是就把她绑起来，塞住嘴，将头塞进裤裆里，弄成窝脖大烧鸡，让她在高粱地里滚，结果无辜的日本小姑娘就这样被活活地折腾死了。类似的情节在“十七年”军旅长篇小说中是不可想象的，因为小说的主人公作为英雄人物其形象必须自始至终是高大的、纯洁的，不能有道德和精神的瑕疵，更遑论这种人性层面的罪恶。21世纪初年军旅长篇小说就着力还原了军人性格品德和精神信仰的形成过程，正视了战争给革命军人造成的灵魂的戕害和人性的扭曲。美惠子的父亲是残忍的，是中国人民的敌人；然而，他的女儿却是一个像贺金柱的姐姐一样纯净、善良的花季少女。原本单纯善良的少年，在巨大仇恨的控制下完全丧失了理性，在复仇的冲动中扼杀了一个同样美好、单纯、无辜的生命，作出了和日本鬼子一样惨无人道的行为。虽然这同日本人在中国犯下的滔天罪行相比微不足道，这两个年轻人毕竟表现出了某种同情或曰迟疑，没有玷污日本女孩子的纯洁，同日本人将人的脑浆煮开诱骗不懂事的中国孩子喝这类暴行相比，好像还算不上人性的堕落，但这也足以显示出战争对人性善的泯灭和对人性恶的释放。

“因为使命的强制性定位，战争建立在个体生命意志之上——建立在多数个体生命无法选择和抗拒的悲剧命运之上，建立在限制盘剥、把玩和消灭大多数个体尊严和生命的基础上。”[①] 战争将人分成两个相互对立的集团，人们为了自己的政治目的，为了战胜敌人、赢得生存不择手段，战争不仅摧毁了山河、城池和人的肉体，也扭曲了人性，使人变成了杀人的禽兽，变成了嗜血的狂徒。“战争将一切都推向极致，无论是人性还是兽性，是美还是丑，是善还是恶。只有在生死攸关的时刻，人才能真正认识自己和他人，才能真正体悟出生命的意义与价值。”[②] 战争的源头往往是政治，谈及政治斗争时，我们的印象往往是“你死我活”的，政治斗争堪称没有硝烟的战争。在政治斗争中，人性

① 邓一光：《回到人的立场》，《解放军文艺》，2002年第10期，第106页。
② 尤凤伟：《战争、苦难、生存》，《解放军文艺》，2002年第10期，第96页。

的底线往往一退再退，最终在政治的压力和个人利益得失的双重挤压下土崩瓦解。“十七年”军旅长篇小说受当时的政治语境影响，对政治斗争往往表现为敌我之间的阶级斗争，对于党内和军队内部事实存在的政治斗争却浅尝辄止、望而却步，对于我党我军内部的政治斗争所凸显的人性的猥琐、卑微甚至堕落更是避而不谈。进入 21 世纪初年，随着改革开放的深化和思想的进一步解放，历史题材军旅长篇小说普遍突破了谈“文革”色变的禁忌，作家们开始自觉地揭露和反省“文革”中的人性滑坡，并经由对军人的人性的深度呈现来探索历史的荒诞感和悲剧感。

“文革”制造了历史的悲剧、民族的悲剧，更凸现了软弱、苟安、随风摇摆、追逐权利的人性悲剧。在《英雄无语》中，“爷爷”出生入死为中共特科工作，“文革”中却被别有用心之徒诬陷为有说不清的政治污点的敌特；《亮剑》中李云龙对种种无耻的阴谋和诽谤终于忍无可忍，最终将枪口对准头颅，将最后一颗子弹留给了自己，悲剧性地结束了戎马一生的军旅生涯。此外，《我是我的神》《记忆洪荒》等作品也对“文革”那段历史进行了富于生命深度的痛切的反思和批判。在这些长篇小说中，创作主体都没有回避历史、美化历史；而是勇于直面历史，客观地把军队和革命事业内部“左”倾的政治漩流所造成的悲剧作为审视和反思的靶标，超越了以往单纯将悲剧的根源归结于极左政治路线的历史局限性，把有血有肉的人物的灵魂挣扎以及精神坚守作为表现的重点，从人性的深处和细部来挖掘深刻的悲剧内涵和悲剧精神。作品所要反思和批判的不仅仅是走了弯路、误入歧途的历史进程与私欲膨胀、卑劣无耻的个人品行；而且指向社会的各个层面，包括作为社会组织细胞的个体，特别是人们盲从、猥琐、苟安、贪欲和自私的精神暗影。特定时代的悲剧已经不仅仅是历史的悲剧，而是我们民族的精神悲剧和国民的人性悲剧，更是每个人自己的灵魂悲剧。

英雄人物对历史的进程起了重要的推动作用，历史反过来也成就了英雄的功名；然而，有没有被历史的沉沙掩盖的英雄呢？回答是肯定的。历史创造了英雄，也同样制造着英雄的悲剧。一切历史都是当代史，历史的面纱往往也会有意地掩饰真相，来维护历史及当下的合理性，而个体的生命往往成为历史建构过程中的牺牲品。21世纪初年军旅长篇小说已经具有了还原历史的意识，不再一味地回避战争中的屠杀和血腥；而是努力发现曾经被“历史”歪曲的真相，挖掘那些被掩埋于“历史”尘埃之下的英雄。徐贵祥的《高地》中老首长刘界河说得不错，所有的历史都会留下说不清楚的东西，他举了一个例子：红军时期，一支团队遭到敌军围困，就在决定突围的时候，接到密报说内部出了八个奸细。这让团长政委犯了难，抓住这几个所谓的奸细吧，证据不足；不抓吧，又怕真的是他们里应外合，带着他们突围有很大风险，而且没有时间调查。商量再三，团长政委决定，把这几个人毙了。在即将行刑的时候，一个“奸细”突然喊起来，说只提一个请求，说大敌当前，要节省子弹，我们自己了断吧，说完就一头栽在地上，脑门磕在石头上血流如注，其他几个纷纷效仿。可是行刑并没有停止，团长说，同志们，也许你们是冤枉的，可是情况复杂，没有工夫调查，如果你们是清白的，那就算为革命牺牲了。客观的历史已经一去不复返了，文本的历史出现了许多说不清的东西，人为了自身的利益构成了历史，又为了自己的利益去解释历史，明明在为革命工作却被当成叛徒而遭枪毙，生命个体在历史长河和民族战争的漩流中往往别无选择地成为某种意义上的牺牲品。历史就这样轻易地吞噬了英雄的个体生命，再用历史的文本将原有的鲜活现实记述成真假难辨、面目难分的史料文字。历史歪曲、湮没英雄的悲剧频频上演，却少有作家关注；于是英雄的内涵不再丰满，而是被抽空并纯化为历史的胜利者。

自古成败论英雄，但成败毕竟不是可以随意涂抹的，即使时过境迁，英雄的灵魂终须安置妥当。徐贵祥的长篇小说《高地》就是围绕着一段扑朔迷离的战斗历史展开的：朝鲜战场上，一直以来被组织上认定为是一次达到了我军作战意图、并挫败敌军进攻的典型战役双榆树大捷，却是一场不折不扣地对敌情作出了错误的判断，造成了战场情态的严重失利的战役；虽然战役最终得到了补救，也是以战士勇敢的牺牲为代价的，是一场偶然的负负得正的胜利，或者根本就是一个失败。这场战役的两个主要指挥员对于这场战役是胜是败争论了一辈子，最后终于明白了真相。双榆树大捷一直是作为光荣历史被载入荣誉史的，有很大一批干部也是因为双榆树大捷的战功而实现了人生的转折；然而，谁能想到这却是一场失败的典型。历史跟我们的英雄们开了这样一个玩笑。战斗英雄以坦荡的胸襟接受并正视了这样的历史现实，尽管是一次失败的胜利，英雄却还是英雄，他们为民族的解放英勇奋战直至献出了宝贵的生命，任何人都没有资格按照自己的意愿和功利目的随意涂抹和改写这段历史。可悲、可怕、可怜的是英雄用生命赢得的战斗，日后却成了后人追功求利的政治工具，英雄与历史的关系似乎远没有我们想象中单纯，复杂、动荡而令人心生恐惧和疑虑的历史造就着英雄的辉煌，不经意间也埋下了英雄悲剧的种子。

3 现实的悲剧

军人的使命就是保家卫国、以牺牲和奉献赢得战争的胜利，换取国家和民族的和平安宁。和平既是对军人的最高褒奖，某种意义上说也是对军人的埋没。当今盛世，承平已久，置身于歌舞升平和灯红酒绿的物质世界，和平年代的军人所面临的职业困境、情感困境和人性困境又是怎样的？21 世纪初年军旅长篇小说在表现和平年代的现实军旅生活时，已经不再是空泛化、模式化地表现军人崇高的思想境界，而是表现出了一种思考的深度。

“和平岁月是军人用生命与鲜血编织而成的，它既是军人的荣耀，又是军人的某种精神泥淖，使之无法逃避地隐进去，在其中进行沉重而悲壮的挣扎。”[①] 军人为维护和平、遏制战争而存在；然而，每个优秀的军人都对战争有着挥之不去的向往，对军人来说，只有战争才是自己的归宿，只有在战争中才能体现出军人职业和精神的价值。战争的渴望、战斗的激情成了一代代军人难以了却的战争情结。《楚河汉界》中，周东进所在的部队到南部边境轮战，一直处于钻猫耳洞或同小股游击敌人作战的状态，没有打过一场像样的战役，这使他很不痛快。当接到攻打1422主峰前面的395高地的命令时，他两眼放光。当他仔细研究395高地以及1422主峰附近的地形，发现这阵势很像二战中的克伦战役。克伦战役是二战中以少胜多的辉煌战役，这一发现对于一名军人来讲意味着机遇和挑战："周东进激动不已，他只觉得一种压抑不住的激情在胸中汹涌澎湃地冲撞起来，充盈着他的每一根血管，弹拨着他的每一根神经。一种自幼就熟悉的冲动使他周身燥热，坐立不安，恨不能立刻开战，打一场功垂史册的好仗。”[②] 这就是军人充满阳刚的战斗激情，战斗就像他们的情人一样，他们时时刻刻思念那战争女神，当他们有幸匍匐在战争女神裙边的时候，他们愿意献出自己的一切甚至是生命。养兵千日，用兵一时，虽然战争是令人厌恶的，但是作为军人，他们仍然渴望着被用之时，因为军人存在的核心价值就在于驰骋疆场、主宰战争、赢得胜利。为此，他们忍受着被养千日而无用武之地的精神煎熬，这就是和平年代军人拼尽全力对抗平庸，最终却又无可避免地流于平庸的悲剧。

然而，即使在如此世俗、尴尬和寂寞的和平年代，仍不乏优秀的军人不甘心无所作为，要作出不平凡的业绩。为此，他们付出了多少努力和代价，又收获了多少回报呢？有一些承担着特殊使命的军人群体，他们远离城市消费、远离家庭温暖、放弃了正常的生活欲望，在比一般

---

① 汪守德：《困境与突围》，转引自北乔，《枪是有灵性的》，《解放军文艺》，2002年第10期。
② 马晓丽，《楚河汉界》，解放军文艺出版社，2002年，第161页。

部队更艰苦的生存条件下坚守自己的使命——导弹工程部队成天钻在山沟里，只能看着蓝天，对着大山，为导弹筑巢。《石破天惊》中可爱的工程兵战士，成天钻在坑道里，冒着生命危险铸造大国剑鞘，却连导弹都没有见过就复员了。边防军人，他们驻守在条件落后的祖国的边境，过着单调、乏味而又充满危险的生活。《楚河汉界》中质朴的边防军人周东进和舍己救人的英雄战士朱志强就是边防军人的骄傲。他们在和平的时代中坚守着理想、对抗着平庸。周东进将中国军人比作兵马俑中的跪俑，他说："这就是中国军人，即便跪着，也永远准备着蓄势待发。"[①] 这是一种悲剧姿态，也是一种坚韧的精神。

和平年代，战争随时会来临，军队和军人长期处于引而不发的状态。可是当战争真的悄然来临，军人又是否做好了准备？《楚河汉界》中的周东进出身将门，自小练就出一身过硬的军事素质，熟读兵书和世界著名战例，自以为只要战争来临就能大展拳脚，实现自己的生命理想。当赶上部队到南线轮战，可以想象他会多么的激情澎湃、跃跃欲试；然而，就在那次最重要的攻打395高地的战斗中，由于他的失误过早暴露主攻方向，丧失了作为主攻连的机会，只能用惨烈的激战拖住敌人火力充当助攻连，一次难得的实战机会就这样擦肩而过。和平年代的只是纸上谈兵缺乏实战的历练，当战争突然降临的时候，再出色的军人也容易被激动冲昏头脑，而一个指挥员最重要的素质就是冷静慎思。周东进本想在战争中再将自己的败绩扳回来的时候，部队却接到命令撤离了战场，他失去了在战场上转败为胜、洗雪耻辱的机会，郁闷地回到现实中来。和自己的理想不期而遇却又可惜地失之交臂，这样的英雄悲剧让人惋惜。现实中的考验并不比战争来得容易，周东进，因为自己干部子弟的种种做派——骄傲轻狂、不谙世故，使得自己的军旅生涯充满坎坷："周东进真搞不懂，老天爷怎么会这么

---

① 马晓丽：《楚河汉界》，解放军文艺出版社，2002年，第246页。

这么器重自己，总是一而再，再而三地‘苦其心志，劳其筋骨，饿其体肤，空乏其身，行拂乱其所为’。他周东进已经无数次地‘困于心，衡于虑，而后作’了，可为什么到头来还是不能‘徵于色，发于声，而后喻’呢？”[①] 和平年代的军人单纯，壮志满怀地想要扎根军营，在军队施展自己的才华和抱负；但是现实的不堪和束缚，以及人际关系的纵横交错，使他们在自己的军旅生涯中处处碰壁、处处受阻，即使是一身武艺、满腹经纶的将门虎子也难以建功立业。

和平年代的军人，更多的是在开放热闹的世俗中孤独地坚守，在日复一日的生活琐碎和平淡中抵御平庸，在复杂的关系网和个人利益的角逐中举步维艰。21 世纪初年以来，“演习文学”成为现实题材军旅长篇小说的重要模式，和平年代的军旅英雄们只能在实验型军事演习的方寸之地释放出自己的英雄激情。21 世纪初年军旅长篇小说以军队新军事变革为基点，以打赢信息化条件下局部战争为目标，塑造了一批身处和平却不乏忧患意识，面对挑战锐意改革永不服输的军旅硬汉形象，为日益萎靡的文坛带来了一股劲风。能够成为精英的职业军人毕竟是少数，更多的普普通通的军人是现实军营的主流，他们没有太多崇高的理想，没有太多对现实的抱怨，更没有什么卓越的军事素质，他们的平凡、淳朴、勤奋、勇敢和默默的坚守最终成就了英雄的英名。衣向东的《一路兵歌》中有个怕娶不到媳妇才来当兵的战士李祥，是个典型的农民军人，没有什么崇高理想，部队的教育使他决心在军营干出点成绩。他主动要求去当了一名养猪兵，在这样一个谁也不愿干的岗位上他尽职尽责地将猪喂好，最后为抢救落水的猪而牺牲了，被追认为烈士。这里面似乎有点荒诞的痕迹和意味。就这个人物本身而言，他不懂得枪炮导弹，也不懂得战略战术，他不是战场上的勇士，也不是演习中的明星；可是读者却从和平年代，平凡的岗位，平凡军人的

① 马晓丽：《楚河汉界》，解放军文艺出版社，2002 年，第 125 页。

悲剧人生中看到了英雄的诞生。这些军人是沉默的大多数，他们的人生是平凡的，职责是平常的，他们的人生命运也充满了悲剧的意味，一颗执着的心却使他们的生命无比光彩。

一直以来，军队都是作为一个整体而存在的，集体主义、无私奉献一直是作为军队的核心价值来弘扬的，集体荣誉感是军人的灵魂，令行禁止是军人的纪律。一样的军装、一样的口号、一样的步伐、一样的军歌将军人们打造成了“钢铁长城”。融入庞大的军队，军人就是一种符号。个体生命、个性化存在似乎从未成为过军旅长篇小说的叙事主流。不过对于社会而言，每一名军人都是独立的个体，对于家庭来说，每个军人都是鲜活的、不可替代的唯一；因此，21 世纪初年军旅长篇小说更加关注军人个体的生命体验。作为一个集体，人民军队坚不可摧；然而一个普通军人，却不得不面临种种生存的压力和精神的困境。除了职业的限制和困惑，军人也拥有自己的情感生活，他们有养育之恩的父母，有温馨浪漫的爱情，也有活泼可爱的儿女；然而，他们当中有很多却不得不远离家庭、远离繁华的都市，只身一人戍守在外，他们为了军队兢兢业业、尽职尽责，留给亲人的却是太多的无奈与等待。古语说忠孝不能两全，当一个善良、正常人的情感需求被剥夺而无法实现时，人性的情感悲剧就在所难免。军人的家庭在经济和物质的浪潮中面临诱惑和考验，军人边缘化的职业和清苦的生活被人讥笑和不解，他们能否在物欲横流的社会攀登上精神的高地、树立起价值的标高呢？

21 世纪初年军旅长篇小说在表现和平军营时摆脱了生硬的理想和空洞的口号，从平凡的日常生活中表现普通军人的真实精神境界和价值选择，也正是从这个角度切入，才挖掘到了和平时期军旅生涯中的那份苦涩的人性悲剧。如《一路兵歌》《向天倾诉》《将军楼》等，这些现实题材军旅长篇小说中没有战争的残酷血腥，没有历史的沧桑厚重，没有慷慨悲怆的英雄豪气，有的只是和平时期普通而又平凡的军旅生活。衣向东的《一路兵歌》就是展现和平时期军人平凡中坚守信仰的作品，小说围绕着北京的一个使馆区勤务中队展开，中队长、指导员都是勤勤恳恳、任劳任怨的基层带兵人，他们长期和妻子两地分居，独自一人坚守在军营中，放弃了种种天伦之乐。指导员的妻子是个下岗女工，天天盼着能随军到北京团聚，可是就在愿望即将实现的时候丈夫却不幸得肝癌去世了。平凡的军人、卑微的死亡，可是谁又能说他不是一个称职、敬业的军人？有人说做军人就意味着奉献和牺牲，做军属就意味着无奈与等待，这可能是不错的。在《一路兵歌》中，没有战场、没有英雄，有的只是普通的人、平凡的军人。军营是他们热爱的地方，是他们实现理想价值的平台；可军旅生活所特有的种种限制和现实的困惑也给他们带来了难以弥补的情感缺憾，这种生死两隔的遗憾又何尝不是苦涩而痛彻的悲剧呢？

4 女性的悲剧

在21世纪初年军旅长篇小说中，英雄已不仅仅是男性，女英雄亦成了不容忽视的重要存在。女性英雄或者是军人的妻子、女儿，或者本身就是军人，抑或两者兼任。不论是在战火纷飞、尸横遍野、英雄辈出的革命战争年代，还是祥和安宁的和平年代，女性为中华民族的崛起和中国军队的发展都付出了巨大的牺牲，表现出顽强坚韧的精神品质。

女性作为一贯受压迫的群体，在“五四”以后有了自觉的反抗意识，她们为了追求独立、自由、解放的新生活而逃离封建家庭的安排和束缚加入了中国人民解放军；而女性所特有的性别特点和社会地位决定了要解放自己就要参与到残酷的战争中去，付出比男人更大的代价。《走出硝烟的女神》让我们认识了在世界战争史上绝无仅有的一支正规女性武装力量：“恐怕在世界战争史上也难以找到像西路军妇女‘独立团’这样以整团建制、长期独当一面地完成歼灭敌有生力量的女性军事集团了。她们跟男军人一样走过了雪山草地，长征后未休整就西渡黄河与马匪军的6个旅和4个保安团作战。梨园口一战，妇女团接受的任务是：掩护首脑机关和主力撤退。在阻击中，她们奉命改为二六八团的番号，接替他们的任务。这些女性不假思索地剪去了秀发、女扮男装……"[1]为了解放自己、追求自己理想的生活，她们隐藏起自己的性别所赋予的美丽和娇柔走进战争的阴霾，坚强地面对这硝烟弥漫、生离死别、残酷厮杀的战争，她们像男人一样独当一面。熟悉这段历史的人都知道，刚从长征的死亡中走出就转战西北的妇女独立团在梨园口战役失败后，被马步芳的部队俘虏，妇女团遭到马匪兵的奸污和迫害，即使是在这样的困境中，她们仍然没有放弃自己的信仰和忠诚，想方设法逃离匪窝。勇敢、坚强的中国女性在她们的军旅生涯中承受了比生死更为恐怖的折磨，从肉体到灵魂都受到了残酷的蹂躏；然而，就是这样的女人、女军人，以她们坚韧的精神和顽强的毅力在残酷的战争中叱咤风云、披坚执锐、冲锋陷阵。除了西路军妇女团，《走出硝烟的女神》还让我们认识了另一个特殊的群体：一群挺着肚子转战陕北的女军人，她们承担着特殊的生理困难，她们在非常的环境中以伟大的母爱孕育生命，将孩子生在转战南北的征途和生死未卜的战场上。除了牺牲，她们还要在战争中承受孕育生命的痛苦，在战争中饱受了身体和精神的磨难。《我在天堂等你》同样为我们讲述了在进军西藏的征程上、在雪域高原的生命禁区，女性以自己坚韧、独立、伟大的人格，为了自己的事业和理想经受了身体和情感的双重折磨。美好的女性为了革命，为了追求自由、解放顽强地抗争，不得不放弃女性的特征和权利，与男人一样的加入战争，其代价却是女性本质特征的丧失。

战争带给她们的除了肉体的痛苦，还有种种精神上的折磨，其中最令人痛苦的是来自自己同志的歧视、疏远和亲密爱人的遗弃。《走出

---

① 姜安：《走出硝烟的女神》，解放军文艺出版社，1998年，第498页。

硝烟的女神》中陈大蔓就是一个逃脱俘虏的西路军女军人，在被俘期间被马匪军强迫为妾受尽侮辱，当她历经万难重新回到党的军队激动地奔向自己的恋人时，却遭到了歧视和遗弃，从此决定一辈子不嫁人。在带领孕妇队转移过程中，还要装作若无其事地照顾那个负心男人的妻子生育，当她经过了战争的锤炼终于走出情感的阴影，决定接受郑强的感情时，郑强却牺牲在为孕妇队送药品的路上。坚强自立的女性为了追求自由、解放加入战争，为了革命坚贞不屈，她们在战争中遭受了非人的待遇，不但没有得到同志、战友的安慰、理解和呵护，反而成为被自己同志蔑视、挖苦、隔离的历史污点；执著勇敢地寻找解放自己的途径和力量，最终却被自己所信仰的革命力量套上了更加愚昧、冷酷的枷锁。残酷的战争、冷血的敌人和革命队伍中残留的封建观念共同制造了女性解放的悲剧。对于女性而言，爱情的悲剧对她们青春的扼杀、灵魂的戕害似乎更加致命。在英雄军人的爱情生活里，女性往往处于被动的地位，她们向往自由、美好的爱情和理想的伴侣，却无法摆脱组织的安排；从封建婚姻逃出来，在枪林弹雨中追求自由，却又不得不面临新的包办婚姻，婚姻的悲剧在历史题材军旅长篇小说中比比皆是。《楚河汉界》中周汉为了留下后代而娶了于恩华并与她同房，却连她的脸盘都没看清楚，于恩华仅是他发泄自己情欲和繁衍后代的工具；而他却一直都没有意识到妻子的不幸，是女儿川川提醒了他这一点，但他仍然一意孤行。让女儿嫁给自己喜欢的警卫员，从而破坏了女儿自由选择爱情和婚姻的权利，还自以为这是对女儿的疼爱，就这样他按照自己的意志制造了两代女性的情感悲剧。当然，被包办的婚姻中，也有一些女性能在婚后的生活中渐渐爱上自己的丈夫，这其中既有对政治的认同，更有英雄人格魅力的感染。如《历史的天空》中的小政委东方闻音，好不容易接受了梁大牙的爱情，却在战场上牺牲了；《走出硝烟的女神》中的郭小凤，同自己青梅竹马的伙伴惠娃一起来到延安参加革命、追求自由，却被组织安排嫁给了独立旅长，不得不离开自己爱恋着的人。她怀着惠娃的孩子将丈夫送向战场，发现自己已经渐渐地爱上了这个战斗英雄；当她决定将自己的不忠向他坦白，为他生自己的孩子时，丈夫却在大决战中负伤失去了生殖能力，小风再也没有机会为自己的丈夫生孩子了。战争中的女军人注定要为职业和爱情承受巨大的考验和痛苦。

除了组织包办，即使是心甘情愿的婚姻中，被丈夫抛弃和遗忘同样给军队中的女性的人生造成了巨大的悲剧。《英雄无语》中被爷爷抛弃的“奶奶”，为丈夫的遗弃遭受了一生的孤独和苦难；《走出硝烟的女神》中水莲的丈夫英雄团长爱上了年轻美丽的女文工团员阿霞，为了躲避丈夫，水莲嫂撒谎怀孕进了孕妇队，成天咒骂怨恨他。在得知丈夫牺牲后，巨大的悲痛纠缠着往日的怨恨和今日的内疚，她宽容地接受了抢走丈夫的女人和她肚子里的孩子；《百草山》中，一级战斗英雄贺金柱丢弃了农村妻子魏淑兰而同年轻漂亮的女学生张敏结婚，使妻子从此憎恨男人，决定一辈子不再嫁人，造成了一生的悲剧。魏淑兰因为败给了张敏开始了悲剧的一生，而张敏得到了理想的英雄军人做丈夫，可是她的人生也难逃悲剧的笼罩。张敏热爱生活、青春美丽、个性好强，是个有独立追求的知识女性。在那个崇拜军人、崇拜英雄的年代，她最终选择了比她大十几岁的贺金柱做自己的终身伴侣，正当她准备迎接幸福的时候，命运给了她一个讽刺的开局，新婚之夜她的丈夫因为得知父亲为了他的喜新厌旧而上吊的消息，因而产生了心理障碍，这对他们今后的婚姻是个不幸的暗示。张敏毕业之后留校做了一名大学老师，在那个大学生还凤毛麟角的年代，大学老师是个令人羡慕的职业。她本想在大学好好干一番事业，却因为丈夫的移防被迫跟贺金柱驻扎在大山里，在部队作了军人服务社的主任，跟一群农村来的、没文化、只会拿自己当军官的丈夫来炫耀的家庭妇女打交道。就这样她疏离了自己的专业，陷入了浅薄、愚蠢的炫耀和互相攀比之中，整天拿着首长夫人的派头颐指气使、发号施令。随着丈夫升为师长、军长，她也逐渐丢掉了自己，生活在了丈夫权力地位的阴影里。她贪恋物质利益，私下滥用丈夫的权力为自己的亲友牟利，陶醉在第一夫人的虚荣里。直到百万裁军的命令一下，丈夫所在的八十九军被成建制地裁撤，丈夫不愿当副职而离休了，她才从权力的快感中跌落下来，这时她才真正反思到自己丧失个性的一生、为权力所奴役的一生是多么俗气、可悲。为了爱情伤害了别人，为了爱情迷失了自我，为了爱情荒废了一生，为了爱情变得世俗堕落，爱情没有毁灭人性，却使人陷入了重重怪圈中。21世纪初年军旅长篇小说的历史题材创作中，女性不仅仅是男人世界和战争背景的点缀，不论是男作家还是女作家都对军人世界中女性的成长历程、心灵变化和悲剧命运投入了更多的关注和思考，探索了社会、时代和个性心理等女性悲剧的多方面根源，表达了对女性生命的关照和敬意。

徐贵祥的《高地》中有这样一位女军人：杨桃。上海医科学校毕业后她参军成了一名战地护士，成了军人严泽光和王铁山的共同追求目标。当他们俩当着自己的部队公开向她表达爱情时，她不得不逃掉了。这是一个爱情故事多么美好动人的开端啊，然而这春季般的爱情花苞还未及绽放就被战争扼杀了。她在战斗中失踪了，严泽光和王铁山带着部队搜遍了整座山也没有找到她，后来部队接到入朝作战的命令不得不开拔了。大家都以为她牺牲了，可是几十年过去了，大家才知道，原来那个美丽的女兵受伤后被一个郎中带走，并为他生了一对龙凤胎；而她的丈夫因为曾经被迫为国民党军队治过伤，被定性为匪医，在反右中被错误杀害了。她带着两个儿女来找原来的部队，部队首长将她悄悄安置在地方工作。为了孩子将来不被父亲牵连她迫不得已将自己的儿女分别交给两对夫妇收养，自己只能隐姓埋名地生活，远远地关心着自己的儿女却不能相认。这就是一个在战中丢失了青春、丢失了爱情、丢失了给予母爱权利的美丽女性的命运，她的人生是悲剧性的，虽然没有浪漫的爱情，不能同自己的孩子团聚，但却尽己所能让那些在战争中失去生育能力的军人们拥有了儿女绕膝的幸福。杨桃的生命中深深地印刻着军人悲剧、爱情悲剧和女性的悲剧，这是一个被战争夺去了一切美好的女性；可是她没有被命运击倒，没有被战争压垮，她勇敢顽强、自尊自立，始终坚强地帮助着别人，她为我们展现了女性在战争与和平环境中坚韧的心灵与崇高的精神。

没有悲剧的战争是不存在的，没有悲剧的军旅是不真实的，没有悲剧精神的英雄主义是不深刻的。不朽的传世名著大都是悲剧，有着深刻的悲剧意识和鲜活的悲剧人物；而缺乏悲剧审美空间的军旅长篇小说是难以成为经典的。进入21世纪初年以来，军旅长篇小说摆脱了红色革命历史的宏大叙事，彻底走出了高大全的虚假的颂歌模式，开始探索军旅人生的悲剧表达，从历史的悲剧、现实的悲剧、女性的悲剧等不同层面切入，使我们在悲剧人生和现实浮华的对比中看到英雄主义的豪情和悲壮。悲剧意识和悲剧审美成为军旅长篇小说走向成熟的重要标志，悲剧意识的崛起和悲剧精神的注入将使得21世纪初年军旅长篇小说能够真正超越时代、超越政治、超越功利，拥有永恒的艺术魅力。

结语　浪潮的渐隐与文学的危机

起始于1990年代末期而在21世纪初年蔚为大观的军旅长篇小说，继20世纪五六十年代革命历史题材长篇小说的繁荣之后再创辉煌，掀起了中国当代军旅文学的“第四次浪潮”；然而，进入21世纪初年军旅长篇小说这股主潮已经显出了疲态，有些后劲不足，其现状不能不令人担忧。

1　审美的俗化与文学性的弱化

大众文化在“文革”之后重新兴起始于1990年代初，21世纪初年以来的文化产业化，则强烈地助推其成漫卷之势，并且成为文化消费的主流，影视剧无疑是这一思潮中的巨浪。当然不能简单地将大众文化指认为低俗与庸俗；但它的娱乐性与民间趣味及当下的文化消费背景，决定了它的品质。影视剧就其形式而言，本来就是大众文化，加之文化产业化后的利益原则，娱乐消费便成其为主要美学及社会价值取向，世俗化，甚至于庸俗化是其必然的逻辑与策略。

起始于1990年代末期而在21世纪初年蔚为大观的军旅长篇小说，本来极有可能继20世纪五六十年代革命历史题材长篇小说的繁荣之后再创辉煌；但影视剧创作所带来的巨大利益的诱惑使得军旅作家在大众文化场域中迷失了写作方向，成为文化产业的工具与影视剧的写手。电视剧《亮剑》与《历史的天空》因主人公的草莽英雄个性及故事的传奇色彩，为21世纪初年之初的社会思潮的萎靡与人的理想价值的虚妄注入了一股清新的活力，唤醒了人们对军旅题材的巨大热情，继而再度引发了“红色经典”改编浪潮。军旅题材影视剧的巨大成功，无疑深刻影响了军旅作家长篇小说创作的美学价值与意义指向，富于传奇色彩的人物与充满戏剧性及悬念的好看的故事成为军旅长篇小说的艺术圭臬，最终，适应影视剧改编诱惑了作家创作的走向。当红的十几位军旅作家的数十部长篇小说在大众文化消费中一路高奏凯歌，却离优秀长篇小说渐行渐远，更遑论“伟大的小说了”。

影视剧的诱惑也许可以看作是一种表象，那么其本质又是什么呢？我觉得，一方面是作家缺乏伟大文学的理想，另一方面则是缺乏知识分子的社会担当，也就是“精英文化”思想。并不是说大众文化与“精英”思想完全相悖或无法融通；但是，就其所传播和承继的文化思想的价值取向而言，它们的区别与差异是显而易见的。一个民族或国家的核心价值观与主流文化，一定是由具有社会担当的知识分子的“精英文化”思想引领并构建的。20 世纪五六十年代的革命历史长篇小说无疑对建立不久的中国共产党领导的新政权的合法性进行了极具说服力的诠释，对正在投入新中国的和平建设的人民群众起到了极富诗意与激情的鼓舞，这种作用几乎是无法评估的，其影响在半个世纪后的今天仍在延续。军旅中短篇小说因直面南线战争在 1980 年代初的振聋发聩自不必说，而长篇小说在 1990 年代末及 21 世纪初年因对革命历史的重新阐释、对和平建设时期军营现实生活的现代性冲突的深刻描述，以及艺术形式上的创新探索，亦彰显了军旅作家的现实担当与文学的时代精神，创造了军旅文学的“第四次浪潮”。遗憾的是，多数军旅作家们尽管口头上排斥电视剧的影响，事实上却依然难以摆脱电视剧的遥控。产量要多、速度要快的市场需求与长篇小说写作要不断沉淀与思考、艺术上要精益求精的文学规律之间的矛盾，过多地消耗了军旅作家的生活积累和艺术感觉，进而迷失于商业出版和影视改编所联手营构的利益链条之中。关于这一点，笔者曾在多篇文章中提醒军旅作家需保持自觉与警惕；可惜的是，在军旅影视剧及革命历史题材、“红色经典”改编的热潮中，没人会理会这样的刺耳反调。

在大众消费文化勃兴的时代里，纯文学写作的美学向度一再发生偏移；而军旅作家们本来就缺少自觉的艺术探索的维度，于是，在娱乐化、商品化的汹涌浪潮间随波逐流也就在所难免。与军旅作家形成鲜明对照，第八届茅盾文学奖的五位得主，均无人触电，刘震云甚至极力地表白他并没有介入影视，只不过是他的作品介入了影视，他说他清楚地知道小说和影视是两个完全不同的东西，这无疑是作家的肺腑之言。并非是说军旅作家都不要去写影视剧，而是说作为一种集体性的对文学的放弃和对影视剧的迷恋，已经严重影响或者说改变了军旅文学的生态环境；而失去平衡并且严重恶化的军旅文学生态，最终将影响甚至是扼杀军旅文学的未来，这才是最令我担忧的。毕竟，文学性的弱化，不仅直接损害了当代军旅文学经过几代作家建构起来的美学品格和文学品质，长此以往，也会降低读者的关注度和忠诚度，最终损害的还是军旅文学自身。

雅各布森说：“文学科学的对象不是文学，而是‘文学性’，也就是说使一部作品成为文学作品的东西。”艾亨鲍姆也说，俄国形式主义者最初是通过“把诗歌语言和日常语言相互对照”来把握文学性的，并由此意识到，“艺术的特殊差异不是在构成作品的要素中表现出来的，而是人们具体利用这些要素时表现出来的”。[①] 文学性当然不仅仅局限于语言，而是泛指文学最本体的诸如叙述、结构、视角、时空、故事、人物等元素。近年来军旅长篇小说文学性的弱化指的便是包括语言在内的上述这些本体性元素。21世纪初年以来军旅长篇小说似乎整体性地被一股追求“好看”和“写实”的风潮所笼罩。军旅作家们、书商们、电视剧投资方们似乎抓到了拯救军旅小说阅读危机的救命稻草，要求

---

① 以上见王先霈、王又平主编：《文学批评术语词典》，上海文艺出版社，1999年。

军旅长篇小说编织传奇性的故事，塑造传奇性的英雄，取悦于大众的世俗化审美心理。如此一来，军旅长篇小说确实更多地吸引了读者的眼球，也更多地被改编成了电视剧，作家们拥有了更多的读者，聚积了人气，21 世纪初年军旅长篇小说的繁荣某种意义上成了军事题材电视剧的繁荣。写实也好，好看也罢，这本身无可厚非；但将“好看的故事”无限制地拔高到小说写作的第一要义，将“写实性要求”内化为小说的本质属性，问题就变得十分可疑了。对小说的文学性探索，永远都应该成为作家的终极性追求。当前的军旅长篇小说在对故事的无限推崇中，逐渐丧失了对文学性的经营和对艺术形式的探索。

21 世纪初年，项小米的《英雄无语》、朱秀海的《音乐会》、庞天舒的《白桦树小屋》等一批作品为追求军旅长篇小说文体自觉和形式探索作出了可贵而有益的尝试，遗憾的是，这种对“纯文学”信念的坚守和对小说本体性的追求在当前的军旅长篇小说中已经难得一见。张卫明的《城门》可以算作异数，作家执著甚至执拗地进行着小说语言、结构和表达方式的探索，三大卷一百多万字的作品考验着作家的艺术功力和叙述耐心。张卫明的努力在这股军旅长篇小说通俗化浪潮中颇有一种异类的味道；但是，他对长篇小说文体的高度自觉和纯粹的文学立场是异常宝贵的，也是值得尊敬的。

2 生命体验日渐稀薄

一个作家也好，一部作品也好，其所以成功的因素有很多，但最重要的还是他所描绘的生活的质地。是否真实，是否厚重，是否艺术化地还原了人生存的本真状态，这对作家是一种最根本性的检验。当前的一些军旅长篇小说越写越轻，越写越粗糙，自我重复和模式化的倾向严重。缺乏亲身的经历和痛切的体验，仅凭过去的经验、当下流行的观念和想象，熟练的写作状态之下掩盖的是作品生活质地和生命体验的稀薄。

近年来的军旅长篇小说创作已经可以不必再依靠对军旅现实生活的考察与体验，而仅仅依靠想象和虚构就可以编织一个很好看的传奇故事、一组很复杂纠结的人物和情感关系、一系列很吸引眼球的矛盾冲突。有了这些元素，似乎就可以满足一般读者的快餐化阅读消费，就可以满足电视剧的大众化审美趣味和改编要求，就可以满足作家自身的利益诉求。出版社卖书、读者消费、电视剧改编、作家名利双收，在这个以逐利为诉求的文学生态链里，大家各得其所，各取所需，倒也是一派和谐的繁荣景象。许多作家强调文学的滞后性，我则不以为然。文学对当下现实的描写肯定不是新闻式的跟踪，而是作家对现实的深刻认识与理解，以及对时代精神的把握。《红楼梦》写的就是曹雪芹所生活的“当下”，《人间喜剧》更是巴尔扎克生活的“当下”了，而且巴氏直言不讳，就是要当一名社会的书记员。然而，我们的一些专业军旅作家却早已远离了部队现实生活，对当下正在进行中的部队变革不但不熟悉，甚至还有些隔膜，对转型期广大基层官兵看似平淡、实则驳杂多元的生存状态、个人理想、思想情感、前途命运、家庭关系、社会地位等等现实问题疏于观察、思考，似乎也提不起兴趣。军旅作家们的目光或“向后看”（表现战争历史），或“向外看”（书写非军旅生活），而无法聚焦到“当下”部队现实生活中来。部分军旅小说，从题材上看似乎表现或涉及了部队现实生活，却远未能深入到军旅生活的深部、细部，未能切中时代精神的脉搏，未能对新一代军人的生活、情感、思想、命运构成有效的关照。军旅长篇小说正在逐渐远离现实生活、远离时代主潮，沦为一种不及物的、没有难度的写作。

专业军旅作家脱离军旅生活现实的问题日益突出，少有作家愿意深入部队现实生活，去跟踪表现新军事变革的伟大实践，其创作自然难接地气，有甚者即便说是胡编乱造也并非言过其实。现如今，已经很少有作家愿意下苦功夫甚至是笨功夫去写长篇小说了，很多作家都坐在书斋里，凭借想象和过往的经验进行某种观念化的写作，其作品离当下真实的生活既遥远且隔膜。当越来越多的作家都沉浸在对历史的虚妄想象和苍白表现中，挥霍自己的文学才情和空洞的想象力，作品故事情节的虚假和生活质地的稀薄也就不足为奇了。由此，我想到，长篇小说写作到底是靠主观想象呢，还是靠生活经验，甚至生命体验呢？这似乎是个常识问题，也是一个伪问题，毕竟这两者并非二元对立，而应该和谐统一于作家的思想和情感之中。我不能不想到20世纪五六十年代创作了一大批革命历史题材长篇小说并在数十年后成为“红色经典”的那批作家，比如罗广斌、杨益言、曲波、冯德英、吴强、刘流、雪克、刘知侠、李英儒等，他们的文学水准及作品的艺术成就确实无法跟当下的军旅作家及作品相比拟，但他们亲自经历的置生死于度外的革命战争的生命体验决定了他们的作品的真实性及品格。我还想到了姚雪垠、草明、杜鹏程等老一辈作家，他们均以各自的方式去深入体验生活，让自己的作品带有鲜明的时代印迹和自己温润的体温。当然，我不会忘记路遥，现在，还有谁会像他那样，全身心地扑到现实生活中去，然后将生命幻化成感染并激励了无数读者的《平凡的世界》。21世纪初年，湖北作家陈应松在神农架广袤无际的大山中与山民一起劳作、生活，浸泡了数年，记满了几十本日记，才写出了感人至深、震撼文坛的“神农架系列中篇小说”，并影响和催动了“底层叙事”的进一步展开。陈应松的小说诚然经过了虚构和艺术加工，但很多人物就是曾经和他一起蹲在房檐下抽烟的老农，很多故事，就是他亲身经历或亲眼所见的真事。面对自己身边的真人真事，作家首先被生活本身所震撼，由此，调动起长久在生活现场浸泡积累起的经验，投入全部的情感和创作激情写出的作品，自然能够真切地打动读者，引发共鸣，也自然能够长久地留存在读者的记忆深处。第八届“茅奖”获得者刘醒龙说：在写作上，他与莫言、张炜比较是很笨拙的，“所以我只是一个老老实实的写作者，多年之后才发现，其实我的根就在我记忆深处、生我养我的那块土地上。”

文学所要关注和守望的永远都是那些关乎生命、生存、生活的最本真也最本体的“存在”,“存在”既是物质的更是精神的。文学对“存在”的守望就是介入，包括作家主体的介入。只有这样才能去除那些模式化的语言、意识形态的藩篱、世俗化意趣对作家心灵的遮蔽、对人类个体生存处境的遮蔽、对当下现实的“真实”与“真相”的遮蔽，呈现出生活与文学的双重深度。

3　文学的精神性缺失

关于文学的“精神性”内涵，我赞成这样一种概括：一是指理性的批判精神，并富于形而上层面的哲学意味；二是纯文学意义上的审美追求，是文学创作的自律。从这两个向度上考量中国当代文学，其差强人意，甚至于相距甚远是显而易见的。1980 年代文学的人道主义思潮和实验小说之所以让许多人在三十年后仍然怀想，正是在这两个向度上进行了执着的追问与探索，充分体现了中国作家的社会担当与艺术质素。当然，我们与萨特、陀斯妥耶夫斯基、昆德拉、卡夫卡，还有马尔克斯、略萨等大师们仍然不在一个层面上；但这不可怕，重要的是我们要在这两个向度上坚持不懈地追求，在一条通向“伟大的小说”的路径上前行。我觉得，在获第八届“茅奖”的五位作家，当然还有相当一批作家身上及作品中，我看到了这样的痕迹，甚至于光芒。

遗憾的是，当中国一部分作家在一条通向“伟大的小说”的路径上孑然前行的时候，很多军旅作家却执拗地热衷于对故事表象的叙述，沉醉于故事情节的起承转合。虽然故事本身很好读，很有趣，可能也会让人有所思考；但终究无法抵达那些更加丰饶的隐喻之义，无法体现作家对生活和人性的思索和独到发现。在中国当代军旅长篇小说史中，文学的精神性缺失从没有像近年来这样严重。在第八届“茅奖”的 81 部备选作品中，只有一部军旅作家写作的长篇小说《拆裂》。作者是一名医学专家，业余写作。他将自己的医学知识巧妙地融入到了文学写作，应该说与大地震题材非常契合，尤其是对人的情欲和生理感受的细微呈现，可以说是当代长篇小说中少有的有特色的文学表达。作者歌兑曾参与抗震救灾，目睹了汶川地震的巨大灾难，并在大震之后经过两年的沉淀思索和精心创作，推出了《坼裂》这部震撼人心的长篇小说，以独到的方式对汶川地震进行颇具文学意味的观照，更富哲理色彩的思考和祭奠，其对地震、人生的崭新解读和哲理的认知，令读者回味不已。作品的超越性不仅仅体现在对民族的灾难寄予深切同情，对英雄行为极尽赞美与颂扬，更反映出某种批判的理性。正如作品题旨所表明的，碎裂的可能是大地与山川，在人心深处，也藏着这一"坼"。在人与人之间、人与单位之间、人与环境之间、情人感情的走向与结局之间，都存在着某种坼裂的现象。因此，我们从作品所看到的既有伟大崇高，也有卑劣渺小；既有生活中的逻辑与秩序，也有怪谬与荒诞。这无疑是对人的本性和本质的深刻揭示，是对中国当下社会现实的有力批判。当然作品并未止于批判，而是以冷峻中的温情来描写特定情境下人们精神的救赎、黏合与修复，从而使批判本身具有更强的精神力量和更高的思想境界。

文学的思想当然不同于哲学，但哲学对文学思想的产生与影响却是极其重要的。换句话说，作家不是哲学家，但作家若是没有哲学的滋养是很难成为文学大家的。在特定的意义上说，文学最深刻的力量所在，就在于对人的精神境界的拷问，对人的心灵世界的深度展现和对生活表层事象的超越。米兰·昆德拉说，从塞万提斯、薄伽丘到卡夫卡、布洛赫，一以贯之的文学传统就是对于不同时代的人们及其生存环境的执著追寻。昆德拉自称他的创作是对于存在的诗意凝思，是对于人的存在的严肃的质询："全部小说都不过是一个长长的疑问。深思的疑问（疑问的深思）是我的所有的小说赖以建立的基础。”①昆德拉当然是作家，而且是很独特的作家，他对小说可能性的极端性探讨，使他成为20世纪的文学大师；但我们读昆德拉的小说所获得的感受，与其说是文学性的，不如说是思想性的。昆德拉把小说分为三种类型：叙事的、描绘的和思索的。昆德拉的极端表现在他就是要把小说和哲学结合起来，就是以小说的方式进行哲学思考，而且20世纪以卡夫卡、萨特、加缪等为代表形成了这种现代主义小说的潮流。托尔斯泰则用他一系列的经典性作品阐释了他对人道主义的理解，而陀思妥耶夫斯基的小说更是一个庞大的思想与哲学的宝库，所触及的人类思想与心理问题至今仍为无数研究者提供了无限的阐释空间。我当然无意要求我们军旅作家都去一股脑地探索哲学问题，只是想为当前军旅长篇小说思想深度和精神容量的不足，提供一种参照。与上述文学大师相比，甚至与地方作家们相比，当前的军旅长篇小说作家们都似乎缺少了点“表意的焦虑”，他们似乎并不在乎作品提供了多少有新意、有价值的判断，多少有深度的意义，多少富有哲学意味的思辨。思想能力曾经一度是整个军旅作家群体共同的强项，20世纪八九十年代有诸多中短篇小说的思想或思考震撼了文坛；但现在的军旅长篇小说的思想能力严重下降，很多作品放弃了对军队现实的思考、对历史的思考，思想的平面化造成了作品思想深度的丧失。

军旅长篇小说之所以能够得到如此众多读者的青睐，能够引发不同年龄层次和文化背景的读者的共鸣，能够产生广泛的社会影响，我以为根本原因就在于，在一个物质主义的时代，面临着精神矮化和道德失范的严峻情势，置身于高度物质化、粗鄙化的精神境遇中的人们开始怀念精神的崇高和丰饶，开始召唤灵魂的伟岸和富足；而军旅长篇小说恰恰可以以其崇高和英雄的审美建构填补人们精神层面的失落，

---

① [捷]米兰·昆德拉:《小说的艺术》,孟湄译,生活·读书·新知三联书店,1992年,第29页。

以爱国主义、理想主义和英雄主义的核心价值伦理唤醒人们麻木而低沉的神经。然而，仅仅停留在对军旅文学最为核心的价值伦理的坚守层面是远远不够的，文学，或者小说的最重要的价值，是它的独特性，包括作家的思想与经验。卡夫卡就是一个典型的例子，他对我们是至关重要的，他的困境就是现代人的困境。卡夫卡是一种纯粹的个人写作状态，他写作不是为了发表，而是一种思想情感的表达。正因为如此，他"才有可能更真实地直接面对生命个体所遭遇的处境，写出人的本真状态,并最终上升为一种20世纪人类的生存状态"[①]。如何有效整合个人经验与世界关系，真正地进入一种自由创造的文学精神空间和层面，提供融入自身独特生命体验与个性化价值判断，建构对于历史和当下现实生活富于穿透力和超越性的思想，回归生活本体，进入灵魂深处，重视对复杂人性的揭示，重视对人类共同性的美好情感和精神品质的观照，是改变当前军旅长篇小说意义雷同、精神同质和思想深度不足的有效途径。我们的很多表现战争的长篇小说，太看重具体条件下的政治派别和集团的胜负，很少上升到人类关怀的层面，于是很难写出让全人类共同感动，表达了人类共同的痛苦、共同的屈辱和共同的承担的作品。而俄苏的、欧洲的一些描写战争的作品，会让读者感受到人类的每一个成员都是息息相关的，会真切地感受到人道主义的强大感染力。

除了小说本身，我还想到了与创作相关的其他层面。比如作家的生存状态和写作状态，从这里仍然可以窥视出作家对文学的精神性的追求。张炜花费了二十多年的时间，写出了长达四百五十万字的长篇小说《你在高原》，据称它是已知的中外小说历史上篇幅最长的一部纯文学著作。在当代中国社会整体转型、风气浮躁的大背景下，张炜始

① 吴晓东:《从卡夫卡到昆德拉——20世纪的小说和小说家》,生活·读书·新知三联书店,2003年。

终默默地坚守，不为各种潮流和诱惑所动，坚持自己的纯文学写作与精神性探索。何建明说，《你在高原》的诞生和存在价值，对跟着快节奏步伐前进的当代人而言，具有多方面的意义。比如它告诉我们什么是文学艺术创作的严肃性，什么是静心凝神的艺术境界，什么是漫长旅行的终极目标，等等。总之，在这个伟大时代，我们既需要网络和手机一样的快而薄又方便实用的生活辅助器，又应当有那些沉静、深刻与高尚的精神艺术。面对张炜，或者说面对张炜的精神性写作，那些在大众文化中迷失的军旅作家们是否有一种汗颜之感？他们的物质生活何其优越，而写作状态和文学趣味却又何其物质？有了物质的支撑，又要无限地去追求物质，进而放弃了文学的理想和精神，这似乎就不是一句遗憾可以敷衍过去的了。

莫言在谈到自己的创作时说：“几十年来，我们一直关注社会，关注别人，批判现实，我们一直在拿着放大镜寻找别人身上的罪恶，但很少把审视的目光投向自己，所以我提出了一个观念，要把自己当成罪人来写，他们有罪，我也有罪。当某种社会灾难或浩劫出现的时候，不能把所有的责任都推到别人身上，必须检讨一下自己是不是做了什么值得批评的事情。《蛙》就是一部把自己当罪人写的实践，从这方面来讲，我认为《蛙》在我十一部长篇小说里面是非常重要的。”[①] 从这段话里，我感觉到了一种中国作家极其匮乏的基督教里的忏悔意识，以及宗教感。这当然也是一个向度或层面的精神性追求，而且是一种发自内心的真诚的追求。而刘醒龙更是把自己的《天行者》称作“心灵的故乡，精神的故乡”。

在这个流行“浅阅读”的时代，精彩好看的故事对于某些以市场反应和大众阅读为旨归的军旅作家来说，无疑是其写作成败的关键；但是，文学自有其相对恒定的艺术评判标准，能够成为经典的长篇小

---

① 杨桂青：《莫言 写作时把自己当罪人》，《中国教育报》2011 年 8 月 27 日。

说，必定是将优美精致的语言、细腻鲜活的细节，以及对人物内心世界的深度刻画和对人物情感的细腻描摹集于一身，从而反映出作家深邃的思想和对社会生活以及人情人性的独特认知。要想达到这样的高度，文学的美学价值、作家真实的生命体验，以及文学的精神性追求都是必不可少的维度。军旅长篇小说创作虽有其题材的特殊性，但在文学的自律性上亦如是。

4 叙事就是一种伦理

“消费时代”“商业社会”“市场机制”“大众文化”“欲望”与“纯文学”……如果让我来概括21世纪初年军旅长篇小说的文学生态的话，第一感就会从脑海中冒出上面这些关键词。在当下这样一个物欲横流的时代语境中，在消闲和娱乐取代了严肃阅读的文化背景下，面对“日渐肤浅而轻松的写作处境，叙事的伦理向度应该成为一个新的尺度，以保证写作的精神重量……对叙事伦理的召唤，甚至可以看作是一场新的叙事革命。”[①] 利奥塔就认为，当代社会背景下的伦理本身就是一种叙事。确实，在现代乃至后现代的语境中，伦理以“立言”的方式存在已经非常困难，人们更热衷于叙事的伦理，而不是枯燥呆板的伦理学理论体系的建立。伦理只有进入叙事或者说进入生存才能凸现它的存在价值。在现代秩序的规范下，人们生存的压力与生命感觉的破碎，需要能够重新整合人的存在时空的叙事来弥补，而不欢迎冰冷而空洞的理论与说教。

的确，消费时代的来临和大众文化的崛起，正从根本上改变着当下文学的言说机制，也包括我们所谈论的21世纪初年军旅长篇小说。我以为应该从两个方面来考量市场机制对21世纪初年军旅长篇小说的影响：一方面，市场机制颠覆或者说消解了既往军旅文学“政治性”

---

① 谢有顺：《铁凝小说的叙事伦理》，《当代作家评论》，2003年第6期。

的生态环境，给军旅文学带来了巨大的冲击，加速了军旅文学边缘化的进程；另一方面却是进入市场经济转型期以来，一种市场化的、新的文学生产机制在逐渐建立，一个集印刷、出版、报纸、刊物、影视、市场于一体的文化公共领域已经打开，职业化的作家文人阶层和实力雄厚的市民读者消费阶层正在形成，这也为军旅文学的发展创造了契机。多元、宽松的文化语境，使得21世纪初年军旅长篇小说得以摆脱意识形态束缚，摆脱政治代言人和权力传声筒的尴尬角色，从而回归文学自身，回归对军人个体灵魂及其生命体悟的具体表述，回到对作为“个体”的军人的生存状态的真实反映，进而将对诸如勇敢、坚毅、忠诚、顽强、牺牲、奉献、崇高、英雄等等普世性价值及人类美好感情的赞颂汇入中国当代军旅文学的精神传统之中。21世纪初年军旅长篇小说所张扬的爱国主义、理想主义、英雄主义精神，满足了物欲横流的时代背景下人们心中空虚失落了的精神需求。

在这个精神逐渐失重的时代，文学似乎一夜之间变成消费文化与欲望故事的囚徒，应该如何看待我们这个时代的文学？无论时代的语境如何变换迷离，文学总是关于人的灵魂的叙事，是对人类存在可能性的勘探。这种可能性并不等同于个人经验表达的大胆与新奇，只能产生于对人类精神复杂性的关照之中，否则人性中模糊的、暧昧的、昏暗的、未明的区域便不能被真正照亮。质言之，小说叙事要讲究伦理。叙事伦理是在现代个体生命故事的讲述中，通过叙事来探求生命的感觉。现代生活的丰富性及文化形式的多样性为人们提供了更多的生活想象的可能性。叙事不仅讲述曾经的生活，也讲述想象的生活。小说叙事的意义不仅仅在于讲述故事，更应沉入人性的深渊，探究人类心灵的真实，并负起“重整生活信念的现代使命”，这恰恰是小说叙事的伦理意义之所在。也正因为如此，笔者对21世纪初年军旅长篇小说的伦理叙事与叙事伦理问题的提出与阐释，就不仅仅是出于研究的需要，更是基于对一种文学观念，甚至可以说是一种文学信仰的坚守。伟大的文学首先是一个伦理现象，其次才是一个文学现象；伟大的文学首先是一个道德现象，其次才是一个诗学现象。21 世纪初年军旅长篇小说正是沿着这样的精神轨迹，完成了从“人民伦理的大叙事”向“个体自由主义小叙事”的转型。对于 21 世纪初年军旅长篇小说的未来——2010 年代的军旅长篇小说，我愿意耐心地期待，并真诚地守望着。

附录

2007—2012
年度军旅长篇小说综评

颠覆"高雅"与"通俗"的二元对立模式

——2007年度军旅长篇小说综评

2007年军旅长篇小说在图书市场和电视剧市场火暴依然，成为大众读者与观众重点关注的文化现象；但这能意味着军旅长篇小说自身的生长吗？抑或日益远离小说的文学性而身陷"俗文学"之泥沼无法自拔？这种困惑或困境在我看来几乎是一个哲学悖论，也是中国传统文化观念与思维的二元对立定式或模式的文学呈现。一个世纪以来，中国作家与评论家们就是在这样的状态或场域里痛苦地折磨着自己，也折磨着读者，甚至小说自身，其状无异于西西弗斯神话。当固有的理论思维已经与创作实际脱离甚至对立的时候，沟通与理解似乎就显得尤为重要而宝贵，至少我们急需重新认识军旅长篇小说的方法和角度。新世纪之初，引领军旅长篇小说文体自觉与技术创新的新思潮已然消失殆尽，代之而起的是以市场为导向，以网络、电视、商业出版为媒介的"通俗化"浪潮。悄然间，军旅长篇小说已经完成了自我转型，变换了存在方式和发展路径。面对这种情势，我不想在这两者之间作出一种非此即彼的生死抉择，却想进入小说文本自身，进行零距离的分析与阐释。在我看来，富于想象与学理的阐释才是批评的更可靠方法。

新世纪中国文学的格局发生了渐变，通俗文学与高雅文学之间的差距越来越小，界线越来越模糊：一方面，高雅文学逐渐呈现出俗化的倾向；另一方面，通俗文学却有一股"雅化"的趋势，使得多年来雅俗文学相互对峙、抗衡的紧张关系正逐渐趋于融合与互补。通俗文学正稳步跻身于主流文化，并以自己独特的审美品格和鲜活的时代精神在新世纪中国文坛争得了重要地位。事实上，新世纪以来的军旅长篇小说一直处在转型的焦虑之中，在渐趋边缘化的窘境中寻觅着自身的文化定位，探索着属于自己的表达方式，一批颇具探索性与文学性的长篇小说无疑为军旅文学重归当代文坛重镇奠定了坚实的基础。但问题是，新世纪以来的文学艺术已被纳入产业化范畴，没有观众喝彩的演出便是它们最为现实的命运。2005 年似乎是军旅长篇小说的一个历史性的转折点，电视剧版《亮剑》在全国范围内热播以及《历史的天空》折桂茅盾文学奖，可视为新世纪军旅长篇小说发展过程中的重要分水岭。此前的新世纪军旅长篇小说由于承袭了当代军旅文学的精英传统和启蒙立场，在文化惯性的牵引下尚算勉力地值守于纯文学背景下的“文学性”探索；此后的新世纪军旅长篇小说在《亮剑》和《历史的天空》的巨大示范效应下，开始了文化与文学层面的“通俗化”转向，经过 2006 年的试探和调整，2007 年的军旅长篇小说借助“通俗文学”特有的审美特征，以集群冲锋的姿态迅速抢占了图书出版与电视剧市场的“高地”，并凭借着对军旅文学核心价值体系的深化和高扬产生了巨大而广泛的社会影响。也就是说，雅与俗不再以二元对立的方式矛盾与冲突，相反，融合与互补可能是它更真实的存在。

2007 年的军旅长篇小说在颠覆“高雅”与“通俗”二元对立模式上呈现出以下几方面特征：

一、“好看”。直白干净的小说语言，曲折生动的故事情节，个性鲜明、多姿多彩的人物形象，浪漫传奇的爱情，扑面而来的英雄气息，以爱国主义、英雄主义和理想主义为核心的价值伦理，与电视剧同构的生产、宣传、消费机制，网络时代视频文化的崛起所延伸出的反馈与交流平台，所有这些都使得军旅长篇小说可以最大限度地满足不同社会阶层、职业背景、教育程度、年龄层次的人们的阅读期待。“好看”是通俗文学最为核心的价值追求，它以阅读快感的最大化为标志，建构一种顺畅无障碍的被动审美过程。“好看”已经成为军旅长篇小说近年来最为突出而显明的审美特征，甚至是军旅长篇小说成功与否的决定性因素；因此，“写好故事、写好人物”成为军旅长篇小说作家的集体共识和自觉追求也就不再让我们感到疑惑与诧异。以一个“好看”的故事和“好看”的人物为蓝本，可以衍生出多种艺术形式，实现社会效益与经济效益的最大化。今年最火爆的军旅题材电视剧《士兵突击》就是横跨了话剧、电视剧和长篇小说等多个艺术门类，且都取得了骄人的成绩。

二、生动鲜活、紧张曲折、浪漫奇崛的故事情节。徐贵祥的《特务连》开篇不久便设置了耿尚勤生死之谜的悬念，直至结尾才揭开其真实死因，极具宿命感和神秘感。围绕这条主线展开故事，在三十多年的时间跨度中将兄弟情、战友义表现得真实生动、细腻感人，在悲壮沉郁的氛围中升腾起军人的尊严与豪迈。柳建伟的《爱在战火纷飞时》更是出奇制胜，小说主人公张世杰本欲与未婚妻杨紫云一起参加新四军，却阴差阳错地看着爱人上了抗战第一线，自己却在上级的安排下，做了一名地下经济工作者。情场、商场、战场的多线并进，家族恩怨、亲情与爱情、革命与战争的缠绕纠葛，使得故事情节跌宕起伏，一波三折。王霞的《家国天下》以人民武装警察部队半个多世纪波澜壮阔的战斗历程为背景，书写了武警将士不畏艰险、舍生忘死报效祖国、守卫边疆的战斗经历，将楚泰与李雨依的生死之爱书写得真挚浪漫，感人肺腑。曾皓的《战争黑客》，故事情节险象环生，悬念迭出，屡屡出人意料，以强烈的忧患意识探索了未来高科技条件下的战争形态。冯骥的《火蓝刀锋》更是凭借着奇崛瑰丽的想象，编织出了一个充满神奇和玄幻色彩的故事，全景式展现了海军特种兵的神秘生活。

三、形象丰满的人物。“通俗化”的军旅长篇小说一改以往通俗文学以情节取胜的套路，不再单纯地讲述“好看”的“故事”；而是以塑造人物性格，挖掘人物心灵，描写人物心路历程为主要创作手段，让形象丰满的人物“表演故事”，使得作品的文学性含量大大增强，也提升了作品的美学品位。为了迎合读者的心理需求，追求新奇性和刺激性，小说中的人物在性格、命运、道德等方面一般对比强烈，又互为依存。传奇的人物与生动的情节有机结合所产生的独特的审美效果强烈地吸引着阅读者；因此，个性鲜明、独具人格魅力或某些现代气质的“新奇”人物成为2007年军旅长篇小说的一大看点。王霞的《家国天下》，浓墨重彩地塑造了楚泰和李雨依一男一女两个主人公：楚泰刚猛顽强，敢爱敢恨，浑身洋溢着纯粹而理想化的男人气息；李雨依柔弱中蕴含着坚忍，历尽坎坷，命运多舛，依然执着于真挚坚贞的爱情。这两个理想化了的人物，其思想与情感的纯粹、明丽，多少给人以不食人间烟火的感觉，却在半个世纪的历史风云里，演绎了一场痴情不悔、荡涤世俗心灵的爱情传奇。王霞正是经由对人物内心世界的深入挖掘和细腻呈现，建构了一段超越功利、超越时代的心路与情感历程，处处闪耀着高尚而可贵的人性光辉。徐贵祥凭借着扎实而深厚的部队生活体验，在《特务连》中再次塑造了一组生动鲜活的基层官兵群像：牟卜、耿尚勤、陈骁、武晓庆等人物形象性格迥异，个个身怀绝技，有着很强的典型性和生活概括性；但是作者并未停留于对单个人物形象的外部塑造，而是着力在对他们的成长过程的叙述中建构一代军人的心灵轨迹，最终呈现给读者的是纯粹军人的精神质地。柳建伟的《爱在战火纷飞时》通过对张世杰、杨紫云、郭冰雪等人物形象的去功利化的个性张扬，凸显了时代和政治风云对人物命运的控制伟力，不无悲壮地细腻展现了历史对鲜活人性的强力改写。魏远峰的《兵者》塑造了“卓越”这样一个时代感极强的新型士兵形象：作为一个超级军事发烧友，卓越知识渊博，素质全面，上了大学，却退伍参军，头脑灵活，个性张扬，极具现代精神。在他身上看不出任何旧的时代痕迹，突破了以往军旅小说塑造人物的条框限制，当属距离当下生活最近的新型军人形象。在阎欣宁的《来复线》中，主人公龙海山和楚天雷身上都存在着狭隘自私和利己主义的农民劣根性；但同时他们作为革命英雄的勇敢、坚毅、顽强、阳刚的一面也体现得淋漓尽致。作者借用游击队扑朔迷离的革命战斗历程为背景，探索了革命英雄人物的真实而复杂的人性。谢颐丰的《气血飞扬》重在勾勒人物关系，通过对一群犯人们在抗战中的英雄壮举的生动描摹，塑造了梁满柜、赌三、大白菜、小耗子等一组另类人物群像，于生存的本能之上升腾起了中华民族的血性和力量。

四、大众文化观。“通俗化”的军旅长篇小说渐渐远离了纯文学话语，自觉融入了当下处于强势话语的大众文化空间。事实上，图像时代的到来赋予了雅俗文化的继续分化和融合的多种可能性的情境，问题当然在于作家自身的理想追求与价值选择，存在本身已经确定了它们的合理性与合法性。“通俗化”无疑舒缓了军旅长篇小说文化身份的焦虑，使得军旅长篇小说可以放下架子，轻松愉悦地步入生活现场，直面当下的军旅现实生活，近距离观察，第一时间反映正在进行中的新军事变革的伟大实践。长久以来困扰军旅长篇小说的“写历史”与“写当下”的失衡态势正在被打破。就题材本身而言，徐贵祥的《特务连》、庞天舒的《陆军特战队》、郭富文的《女子陆战队》、曾皓的《战争黑客》、冯骥的《火蓝刀锋》等作品都将目光瞄准了新军事变革条件下，以特种作战为核心的新型部队建设，军旅长篇小说对军旅现实生活的介入能力和快速反应能力从未如此这般地得以增强。消费时代的大众文化里，文学不再是高高在上只为少数知识分子所欣赏的象牙塔里的“阳春白雪”，而必须面对和接受更为宽泛的读者选择。在中国的传统里，小说就其本质来说就是通俗的，离开了大众接受的小说是不可想象的，也是很难生存的。毋庸置疑，“通俗化”的军旅长篇小说在精神实质和思想内核方面仍然坚守并高扬着以“爱国主义、英雄主义、理想主义”为核心的军旅文学的基本价值伦理，从技术操作层面来看，可以说是在以最通俗、最好看的故事，表达最崇高的英雄精神和最深沉的爱国情怀。2007 年的军旅长篇小说无不是从各自的角度张扬英雄气概和军人荣誉，由此，小说追求“好看”的“通俗化”本源与军旅文学的意识形态规定性相契合，军旅长篇小说所负载的“强健而充分”的现实主义价值伦理与大众追求愉悦刺激的阅读期待达成了完美的遇合。军旅长篇小说在短时间里迅速聚拢了人气，培养并巩固了数量庞大的读者群，军旅长篇小说所高扬的崇高感和英雄气在全社会得以广泛传播，进而形成一个牢固而强势的“军旅亚文化场域”，这对社会主义精神文明建设，对国家的崛起和民族的复兴而言都将是一股无形但却巨大的精神动力。这一点也正是我对近年来军旅长篇小说颠覆“高雅”与“通俗”二元对立模式这一现象持支持态度的重要原因所在。

然而我们亦应清醒地看到，近年来军旅长篇小说的“通俗化”转向也不可避免地带来了悖论的另一面，那就是军旅长篇小说在向着小说通俗好看的故事性本源回归的进程中，小说的艺术性和思想性当以怎样的面目存在？毕竟独具个性的文学性探索才是伟大文学的本质性规定，远离了文学性与思想性的军旅长篇小说，长此以往，其品质肯定让人怀疑，更不要奢望驻足于文学史了。简单梳理一下便不难发现，2007年的军旅长篇小说接近半数都是“电视剧化”了的小说文本。所谓“电视剧化”大体包含两种情况：一是小说家有着明确的电视剧改编诉求，因而在创作过程中自觉地服从电视剧本的结构与艺术特征；二是作家将电视剧本稍加改写，甚至几乎不加改动便以小说文本的形式出版。这便意味着新世纪军旅长篇小说全面退出了主流纯文学期刊这块传统阵地，转而经由出版社、书商、电视剧制片人建构起了一套完整而时尚的生产、传播和消费机制；而电视剧改编位处这一流程之终端，实际上几乎掌控着这一运作机制的全过程。电视剧改编与新世纪军旅长篇小说的接轨和直接对话，迫使小说写作进入了一个批量制作的时代。产量要多、速度要快的市场机制与小说写作要不断沉淀与思考、艺术上要精益求精的文学规律之间的矛盾在短时间里无法统一，而且迅速导致作家“库存”积累的不足和创作状态的浮躁。就像被推上了过山车一样，军旅长篇小说开始被以电视剧为表征的大众传媒本身所拥有的巨大动能裹挟着，一路狂奔，在短暂的不适应症和磨合期过后，电视剧化了的新世纪军旅长篇小说迅速进入了一种熟极而流的惯性发展阶段——即我所谓的快餐化写作。其突出特征概而言之：透支作家有限的写作资源，自我重复、批量生产，小说剧本化、情节戏剧化、故事世俗化、意义大众化。快餐化写作作为军旅长篇小说通俗化转向的深化和延伸基本排除掉了小说的艺术性和思想性，完全成为一种文化消费品；因此，全面提升军旅长篇小说的文学性和思想性，也便成为新世纪军旅长篇小说“通俗化”转向过程中无法规避的重要课题。因为小说经由西方浪漫主义、现代主义、后现代主义，已经完全逸出中国传统小说观念，成为文学中最为重要的门类，甚至表征了一个民族或国家的文学成就与思想高度。对中国当下小说而言，真正意义上的“回归”，我以为，一定是在诗意与思想相融合的本真存在方式中，对人的存在、人性的深刻体察与发现，以及小说存在的历史开放性和未完成性的继承与推进之中才有可能完成。新世纪军旅长篇小说也只有在这种意义中，沿着军旅文学光辉的来路，才能持续、健康、快速和可持续地发展下去。

日常经验的崛起与情爱叙事的强化

——2008 年度军旅长篇小说综评

2008 年对中国而言，可谓大悲大喜、惊心动魄、震撼世界，没有哪个国家可以与我们相比拟。在这样一个背景里考察 2008 年的军旅长篇小说，无论如何都会感觉相对平淡与分量不够，尽管与其他样式相比，长篇小说仍然是收获最丰富的门类。本年度比较值得言说的军旅长篇小说大概有十部左右，包括邓一光的《我是我的神》、徐贵祥的《四面八方》、李燕子的《寂静的鸭绿江》、刘宏伟的《大断裂》、王秋燕的《向天倾诉》、王棵的《幸福打在头上》、王锦秋、刘慧的《雪落花开》、李海鹏的《团政委》、温燕霞的《红翻天》、何存中的《姐儿门前一棵槐》。

2008 年度的军旅长篇小说主要有三个方面的特征：一是日常经验的崛起，二是情爱叙事的强化，三是地方作家的大规模介入。首先，“日常经验的崛起”可以说是新世纪军旅长篇小说近十年发展进程中，继“文体自觉”与“通俗化转向”之后的又一种极富倾向性的创作现象。创作主体普遍放弃了既往“宏大叙事”的伦理理念，放弃了启蒙主义精英写作立场，开始重建与现实常态生活的关联，重建日常生活的逻辑，从极端状态下崇高壮丽的美学追求回归到日常生活的诗意找寻。呈现微观经验，回归日常诗性，成为创作主体主题选择和诗学诉求的凝结点。2008 年度军旅长篇小说不仅体现出对日常生活题材的倚重，同时放弃了对其进行“宏大”提升和“意识形态”改写的叙事立场。作家们集体性地表现出了对日常生活经验和价值取向的认同与尊重，以军人个体的本位立场关怀现实，观照军人爱情婚姻的世俗经验，观照军人职业选择和个人命运，观照物质化、平庸化、欲望化的生活境遇。其次，情爱题材成为2008年度军旅长篇小说的主流叙事，并且体现出了作家鲜明的女性立场，即从女性的生理感受和生命体验出发，将男性置于观照视野中进行审视，开始寻求女性主体意识的自觉和女性情感生活的独立，并且有意识地规避政治话语的束缚和意识形态负载，建构起一种本体性的情爱伦理叙事样态，可以说女性人物普遍写得好也是2008年度军旅长篇小说的一个亮点。此外，从2008年度军旅长篇小说的作家构成来看，地方作家占据了相当的比例。这一现象可以从两个方面来理解，一方面，地方作家对军旅长篇小说创作的大规模介入，说明军旅题材作为一种精神传统、写作资源所具有的非凡而持久的题材魅力，而现实性需求也是吸引地方作家介入这一题材领域的重要因素；另一方面也提示了传统意义上的军旅作家群体的散落，老一代军旅作家的创作活力趋于下降，而年轻作家的成长相对缓慢，军旅长篇小说创作队伍出现了青黄不接的局面。

徐贵祥是一个“力量比较大”的作家，擅长在历史与现实的巨大吞吐中营构宏大叙事，编织富于传奇色彩的故事，塑造生动丰满、个性鲜明的人物形象，借助于戏剧性的矛盾冲突和跌宕起伏的人物命运来展现时代主题。他最近的几部作品虽然难见新意和突破，但也都较为圆熟地保持在水平线以上，在读者、图书市场和影视剧的改编领域都保持着较好的口碑。目前徐贵祥的创作日趋成熟，相应地也应该步入一个转型和继续上升的阶段。对于徐贵祥这样一个“干大活儿”的作家来说，如何在创作中兼顾宏大、厚重与细腻、精致，并在两种风格中求得平衡应该是他未来需要着力解决的问题。他的《四面八方》，写得很好，但却难免失之粗疏，比如小说中成语的运用。成语本身是经过高度提炼、概括的公共性语言，它的负面作用是淹没了个性和个人的感觉，成语多了肯定不是一种好的小说语言感觉。这虽然是细枝末节，但却让我们不能不提醒徐贵祥要注意“萝卜快了不洗泥”的问题。

邓一光人虽然不在军旅，却是军门之后，军人血统让他的英雄主义情结、理想主义情怀不逊于任何一个军旅作家。1990年代以后，一股新的英雄主义文学浪潮，就是由他的《父亲是个兵》《我是太阳》等作品掀起的，至今还在延续、发展和深化。二十年来，他对英雄主义叙事的执著追求，为军旅文学提供了相当有力的补充、支持和呼应，甚至也可以说是一种引领。《我是我的神》可以说是邓一光英雄主义叙事的集大成之作，是新世纪军旅长篇小说最具冲击力的作品，即便说是新世纪中国文学最重要的收获也不为过。《我是我的神》在许多情节设置和细节描写上与《我是太阳》相类似，在故事的基本形态上同样是家族叙事，同样也是书写父子的故事；然而，经过十年的沉淀，邓一光再出手时，小说叙事的向度和意旨都发生了根本性变化，从对父辈英雄传奇的叙写，转到了对“子我”主体的成长性建构。如果说，在《我是太阳》中，邓一光是以崇拜的仰视目光塑造了一个充满了阳刚气、英雄气、凝聚着崇高与神性的“父亲”形象的话；那么，《我是我的神》，正像其书名一样，“子我”成为叙事的主体，“父亲”则成为对象化的存在，成为“子我”在成长过程中需要战胜的对手和必须跨越的障碍。邓一光变换了叙事策略，站在子辈立场上进行了双向度叙事，一方面展示了子辈与父辈在家庭空间内部激烈的对抗，另一方面呈现了子辈寻求“自我主体”成长的过程，将新世纪军旅长篇小说的“父子伦理叙事”在原有的“审父”意识的基础上又向前推进了一大步。作为“50后”作家，邓一光试图建构属于自己这一代人的历史——在父辈们老去之后，在民族国家的集体想象与认同被固化之后，在曾经的“子辈”也早已成为“父辈”之后，探寻与共和国共同成长的这一代人的心路历程和精神轨迹。将新世纪军旅长篇小说“父子伦理叙事”二维结构中的叙事重心从“父”转移到“子”，在相当程度上标示出了“父子伦理”

作为一种伦理叙事模式的丰富性和继续深化的方向。

年轻的军旅作家王棵，是70后代表性作家之一，近两年在坚持中短篇小说写作的同时，开始进军长篇小说和影视领域。《幸福打在头上》是他的第二部长篇小说，和他的军旅短篇小说一样，有着一股挥之不去的潮气，湿润而暧昧，平和且淡定，注重在平淡的日常生活和不经意的时光流逝中呈现人物的内心世界。小说书写了上尉雷米多个人几段富有戏剧性的情感遭遇，通过这样一个典型人物将基层部队年轻军官的日常生活和婚恋问题生动、风趣而又不失大胆、尖锐地揭示出来，极富生活的烟火气息和真情实感，体现出作者扎实的基层生活经验和对生活细节的敏感捕捉。相较于以往的作品，这部长篇小说体现出王棵的一种转变，即更加重视故事性和矛盾冲突的设置，单线推进的叙事结构，更富于阅读快感，也更适合改编成影视剧。作为军旅年轻作家中的翘楚，王棵的这种叙事风格的转变本身也可以视作军旅文学整体发展态势的一个缩影。

与此同时，军旅女作家也出手不凡，佳作迭出，她们整齐的方阵与合唱，成了2008年军旅长篇小说很大的亮点。从数量上讲，军旅女作家的作品占据了2008年军旅长篇小说的半壁江山；而且，她们以女作家特有的写作风格和独特的文学观念为本年度军旅长篇小说注入了一股“柔性”的力量。

刘宏伟是早期军旅女作家的代表人物之一，《大断裂》可以说是目前为止她耗费心血最多、也最有分量的作品。她查阅了大量的相关资料，深入系统地研究了与地震相关的科技和专业问题，几乎成为一个地震问题的“专家”了。在当今“快餐化写作”成风的背景下，能如此严肃、认真、扎实、深入、细致地写作很难得。多年来刘宏伟的风格大致没有脱出女作家特有的阴柔与纤细；而在《大断裂》中，她第一次表现出了笔力上的阳刚与雄健。在那些有关大场面的描述中，在那些对于历史事件、历史氛围的概略性描述中，她表现出了与宏大叙事这类小说结构旗鼓相当的语言驾驭能力。在这部小说中，她追求一种从容沉稳的叙述风格，不急着直奔故事，直爆情节，常常不惜花费大段精心推敲的文字对景色、物体、氛围、场面进行冷静而精细的描摹，其中不乏诗歌所特有的奇诡意向和修饰语法。小说以当年唐山大地震为背景，出版后却正好赶上了汶川大地震，一时之间吸引了社会关注的目光。《大断裂》是刘宏伟多年来不断跋涉，自我提升结出的果实，也体现了刘宏伟作为一个军旅作家强烈的责任感和使命感。

李燕子的《寂静的鸭绿江》突破了以往历史题材宏大叙事的常规，呈现出一种“小写”历史的美学风貌。灵芝与九柱一波三折、感人肺腑的爱情故事贯穿了全篇，围绕在戏剧性的情感纠葛周围的是对赵家的家庭成员们生存状态、情感世界、生活场景的日常化且琐碎的描摹，经由对极富鸭绿江畔地域特色的民风民俗的浓墨重彩的描写及对一个小家庭的聚焦，展示了“闯关东”的先民们在隐忍和苦斗中求生存、求发展的心灵史。随着故事的不断推进，这个家庭和村庄又接连遭遇了日军侵略和国共两党政治斗争的洗礼。作家没有选择波澜壮阔的历史呈现，而是通过对灵芝如何忍辱负重、与各方势力斗智斗勇，最终最大限度地挽救了家族命运，完成了她的文学性书写。在一幕幕日常生活场景和一段段人生细节的细腻描绘中映衬出“大历史”的冷漠、虚幻和无常，折射出被“大历史”所遮蔽的富于痛感的日常生活本相，在对俗世男女的质朴且悠长的情感关照中折射出顽强且坚贞的人性辉光，在消弭了历史深度模式的同时，却重建了战争历史与英雄话语得以附丽的生活场域，挖掘并塑造了灵芝这样一个感人至深却极易被大历史所遮蔽的另类的“生命英雄”的形象，生发出独具个性的艺术魅力。

王秋燕的《向天倾诉》在艺术风格和小说语言层面都比较精致、小巧，几乎没有瑕疵。小说借助于“气象”这样一种自然现象，成功地对高科技题材进行了艺术转换；同时，浓墨重彩地书写了当代女军人的情爱，细腻描摹了女主人公苏晴错综复杂的情感世界、心理世界，是一部女性主义的情感挽歌，一部女性情感成长和成熟的心灵史诗。王秋燕完全写进去了，沉入到作品之中，将自己的生命和情感体验注入到了人物身上，小说也因之具有了一种感人至深、催人泪下的力量。我感觉小说唯一的瑕疵就是作为主题意向反复出现的那首诗，与全书的意境、风格和人物的性情显得不太和谐，有点儿跳。总体来说，王秋燕是一个精致细腻有余而力量有限的作家，这部《向天倾诉》距离她上一部作品长篇散文《女人出海》，也过去若干年了，她擅长于几年攻一部，往往能打磨得纯熟而圆融，这也是王秋燕的写作风格。

温燕霞的《红翻天》也是一部很有特色的作品，书写了六位女红军战士的情爱故事，将宏阔复杂的抽象历史细化为鲜活的生命遭际，以“生命叙事”呈现出别具感染力和震撼力的“人情之美”。王锦秋、刘慧的《雪落花开》表现青藏高原汽车兵的生活，没有用过去时复述风雪弥漫的青藏高原，汽车兵们爬冰卧雪，在常人难以想象的恶劣的自然环境和寂寞的精神世界中默默无闻地工作、战斗的故事；而是用现在进行时，用和普通人视线平行的视角，塑造了李勇、马林等军人形象。这些形象有别于我们习惯的“纸上军人”，他们平凡，甚至平庸，他们只是一些穿着军装的小人物，在生活的枝枝蔓蔓中有悲有喜，有欢有乐，这些悲喜和欢乐都是凡人的，不震撼却让人感动。小说以“高原聊天室”为媒介，运用复调式结构，在这个虚拟的网络世界，实现了历史与现实、高原与故乡的互通，官与兵、兵与兵情感的对流和几代军人内心世界的对接，不仅弥补了散文化容易造成的叙事的纤弱与单调，还为我们敏锐捕捉了高原军营的最新动态。如果说，兵站是青藏线汽车兵们旅途奔波中小憩的梦中家园，网络中的高原聊天室就是汽车兵们进行心灵展示的平台。随着青藏铁路的通车，青藏高原上的兵站或许会逐渐淡出历史舞台；但是，一种让官兵进行心灵瑜伽的兵站正呼之欲出，必将构筑崭新的精神高原。《雪落花开》在题材、人物和叙事结构上都表现出了新意，但故事的内容还是有些单薄，整体上看不够厚重。

第七届茅盾文学奖也可以作为2008年度军旅长篇小说的一个亮点来谈谈。尽管《湖光山色》与《暗算》并不是2008年出版的，但是周大新与麦家继上一届柳建伟和徐贵祥之后，又一次双双折桂“茅奖”，成为2008年度军旅文学的重要事件，同时也意味着以徐贵祥、柳建伟、周大新、麦家等为代表的一批中年作家已经成熟并形成了一支稳定强健的军旅作家队伍。他们大体上可以算作同一代作家，年龄在五十岁上下，正处于各自文学创作的黄金时期。按照“茅奖”这一中国文学最高奖项的标准和作家自身创作实力来衡量的话，《湖光山色》和《暗算》还是有点美中不足的。首先，《湖光山色》并非军旅题材，从最早的《汉家女》表现农家女军人，到《香魂女》《第二十幕》《21大厦》，写乡土一直是周大新的强项；但是《湖光山色》对当前农村生活的把握还欠丰富和深刻，有点过于诗意和理想化。同时，作为一位优秀的军旅作家，我还是希望他能够坚守军旅题材阵地，写出更有分量的军旅题材的鸿篇巨制。麦家开创了军旅题材的一种另类写作，用他自己的话说叫“军事特情小说”，拓展了军旅文学的题材边界，这是他的独特贡献。但是他也要注意模式化的问题，他的这种写作路子比较窄，在形式和叙事技巧上与博尔赫斯的路数对接上了，给人一种耳目一新的感觉；但是书写的都是间接经验，生活的积累不够丰厚。麦家在这条路子上究竟还能走多远，取决于他是否能够进一步突破自己。

期待更有难度的写作

——2009年度军旅长篇小说综评

2009年是新中国60华诞，很多学者纷纷著书撰文来重新审视和评价当代文学在中国文学乃至世界文学体系中的地位；那么如何来评价当代军旅文学的成就和意义，显然也是一个无法绕过的问题。一般看来，当代军旅文学始终都是一个围绕“国家/民族核心价值观”不断建构与弘扬的过程，为不同时代的思想精神与价值观念提供着最具核心意义的表征。即便是深陷大众文化和商业语境中的新世纪军旅文学，也依然凭借着对“十七年文学”浪漫传奇的现代改写和对崇高、英雄精神的高调宣示，及时填补了物欲时代人们理想精神的空洞，从而掀起了以长篇小说的繁荣为标志的“当代军旅文学的第四次浪潮”。然而十年过去了，新世纪军旅长篇小说的现状及其在当代文坛所处的地位究竟如何，值得细细考量。

翻检2009年的军旅长篇小说，或多或少更加深了我对新世纪军旅长篇小说前景的担忧。首先是大牌作家或为名所累，或为利所诱，频频出手，新作迭出；但影视化的牵引先在地暗伤了小说的内质，再加上“萝卜快了不洗泥”的马虎操作，使其新作水准多未达到他们自己的基准线。徐贵祥的《四面八方》未出先热，提前半年早早展开的宣传攻势吸引了足够多的眼球；然而，小说文本却缺乏新意，依旧是自我重复的浪漫传奇，题材层面的勉力拓新却更加暴露出作者对特定年代和生活本体的陌生与疏离。也许是为了电视剧改编的需要，作者省略了对人物性格心理的细腻描写，跳过了对情节发展的应有铺垫，流于交代故事发展的结果，人物的内心情感和精神世界则无暇顾及。情节的跳跃和人物的突变无疑增强了阅读的快感，“四条蚂蚱”与舒家四姐妹的情感纠葛推动着故事一路狂奔。爱情故事固然“好看”，却难掩语言的粗糙和思想的乏力。石钟山的《天下姐妹》作为一部水平线之下的滥情之作本来不说也罢；但其一贯的注水和粗制滥造的风格已经凭借着电视剧的影响改变了军旅长篇小说的文学生态，让人无法继续对其存在保持沉默。三姐妹离奇夸张的情感纠葛，既矫情且荒谬，没有充分细致的描写，没有真实生动的细节，看不出人物形象和性格，更遑论意义、价值和精神建构。石钟山一年两三部“长篇小说”加改编剧本的工作量，确实也只能靠简单的人物关系和故事梗概来应付了。周大新的《预警》，确实像封面上介绍的那样，讲述了一个谍战加反恐的故事；但作家对这类题材本不熟悉，故事情节缺乏内在推动力，结构裂隙只能依赖外部戏剧性来弥合。诚然，当前谍战戏很火爆，很有市场；但当周大新闯入这个对其本人来说极其陌生的生活领域，驾驭这一特定题材时，即便是茅盾文学奖得主也令人遗憾地写得“不像”。王玉彬、王苏红的《黑鹰基地》多重线索同时推进，试图书写三代人为了军事科研牺牲奋斗的精神史诗；但是笔墨的平均分配，以及杨戈既作为叙事视点又作为主人公的结构方式，使得小说的故事情节和情感都较为平淡，缺乏爆发力。

几部年轻人的长篇处女作虽然可喜可贺，但存在的问题却不能不说。陈可非的《红菩提》延续了近两年来军旅长篇小说“日常经验崛起和情爱叙事强化”的写作风潮，于荒凉的生存背景和崇高的精神质地之上书写浪漫传奇的爱情。与王秋燕等女作家相比，陈可非的叙事与描写还失之粗疏。雷诺与林若水的爱情由于缺乏对各自心灵和情感的细腻描摹与细节刻画而流于简单空泛，对林若水其他几段情感经历的拼贴过于随意和主观，对丁小北、罗仁宁等人物丑陋人性的挖掘游离于故事主体之外，故事结构支离破碎，大大削弱了对主题、意义等小说精神层面的建构和提升。西元的《秦武卒》讲述了王离这样一个小人物伴随着大秦帝国的强盛一步步接近权力中心的过程，其间穿插着与公主赢妩以及项妍这两个女性的情感纠葛，试图展现历史进程中的个人的渺小以及其所处的历史时代所不可避免的悲剧宿命。然而，作者对那段历史缺乏充分细致的了解和把握，在小说中历史仅仅沦为了讲述爱情故事和个人成长历程的背景，时代风云、生活风俗等等历史的细节在小说中得不到真切的再现。当历史不具备本体意义，仅仅作为“背景”存在，其所映衬出来的“当代情感故事”的意义和价值自然令人生疑。裴志海的《锅盖头》表现了一个社会混混到特种战士的成长历程；但是这种成长和质变缺乏令人信服的逻辑和内在伦理，前半部分的混混生涯与后半部分的军营生活脱节，结构上的两张皮更像是两部中篇小说的拼贴。

如果说 2009 年的军旅长篇小说有什么亮点的话，倒是有几个文学“新人”在新的题材领域的探索呈现出不俗的佳绩。党益民的《父亲的雪山母亲的河》通过江河、江雪、江果三个人不同的视角，在讲述父辈们故事的同时，也在叙述着自己的感受与经历，对同一件事形成前后参照，相互映衬，使本书在结构上显得灵动新奇，堪称本年度艺术水准较高且比较均衡的优秀作品。老作家凌行正的长篇处女作《九号干休所》第一次浓墨重彩地书写了军队离退休老干部的晚年生活，一个个性格鲜明内心丰富的人物、一段段从战争年代绵延而来的情感经历、一桩桩生动诙谐的故事，散发出浓郁的生活气息；但是对日常生活过于庸常细碎的描写和过于浪漫化的人为提升也在一定程度上耗散了作品的深度。阎欣宁的《地平线》真实生动地反映了人民军队初创时期充满激情活力却混沌懵懂的状态，它以 1929 年朱毛红四军离开井冈山，到闽西开辟根据地的这段特殊历史为背景，直接描写了在党史军史上有着特殊地位的古田会议这一重要的历史事件。小说以下沉的视点以小见大，描写底层民众和基层连队的生存景象，人物的描写和塑造尤见功力。黄松、王初恩、柳达夫、丁泗流、连顺舟几个人物生动、风趣且颇具深度，没有离奇夸张的故事，却有细腻精巧的细节，极具美感的语言和叙事耐心令人印象深刻。何存中的《太阳最红》延续了上一年度《姐儿门前一棵槐》中优雅细腻的诗性语言，而且在对战争本质的探索和苦难的理解方面极具深度。尤其是正面描写了黄麻起义前后，革命的血雨腥风给平凡的生命个体造成的伤痛，直面生命的尊严和价值让位于革命的目标和追求这一矛盾的伦理命题，悲剧性地描述了特定历史情境中几代人被革命洪流席卷的苍白人生，对历史的深度发掘和对人性的深刻揭示凸显了小说的伦理意义。王筠的《刺破青天》第一次将目光聚焦于"Y 字方阵"，全景式、多层面地展示了预备役部队的生活图景。王凯的小长篇《全金属青春》揣着一颗极度真诚的怀旧之心，搜索着属于作者的青涩而温暖的军校记忆，刻意营造但并不生硬的幽默搞笑的语言之下，缝补着细密的生活细节。一如王凯所擅长的中篇小说写作，其长篇处女作依然展现出灵动扎实的生活积淀和炽热的情感，塑造了一群可爱、可亲、可信的军校学员群像，风趣的故事让人忍俊之余，心生淡淡的哀愁。冯骥作为 80 后军旅作家的代表，近年来的崛起令人瞩目，他的"特种兵系列长篇小说"的第三部曲《我雷了》以排雷工兵为表现对象，将工兵看似封闭、枯燥的专业生活与紧张刺激的反恐作战紧密融合，将盗墓与寻宝情节嵌入故事主体，将武侠小说中的种种桥段揉入叙事，展现出迥异于前辈作家的强烈的时尚叙事风格。直白干净的小说语言，绵延全篇的重重悬念，曲折生动的故事情节，扑面而来的英雄气息，凸显了冯骥直面市场与年轻读者的文学观念与写作立场。

如果从纯粹文学的角度衡量，不可否认，近年来军旅长篇小说在生活质地、思想内涵和文学品质等方面均呈现出下滑的趋势，除了依旧叙写着一段段性格英雄的浪漫传奇，变换一下表现题材和讲述故事的角度，以情感纠葛来强化日常叙事之外，缺乏有意味的新鲜经验，回避原创性的文学探索，放弃思辨性的精神建构，淡化“伟大文学”的理想追求，相当数量的作品呈现出影视化趋向，似有挂羊头卖狗肉之嫌。当下军旅长篇小说正在或已经透支了新世纪初年人们对崇高理想和英雄精神的怀旧情结，在自我重复和彼此复制的模式化叙事策略的裹挟之下，沦为一种“没有难度的写作”。新世纪之初那股以文学性、精神性，以及人性的探索和发现为推力的“第四次浪潮”已难以为继，即使变更和放松评价的标准与尺度，也无法掩饰其与“文学性”渐行渐远的事实。

光芒与阴影

——2010年度军旅长篇小说综评

虽然诗歌集《烤蓝》、散文集《藏地兵书》、长篇报告文学《震中在人心》和《解放大西南》及短篇小说《海军往事》都不是2010年发表、出版的作品，但它们在2010年联袂出击，集体登上第五届鲁迅文学奖的领奖台，以量多质高而为人瞩目，形成了本届鲁奖的一大亮点，也是上世纪80年代以来军旅文学在全国大奖中的最大丰收，使军旅文学在多年黯淡之后再度大放光芒，军旅文学界莫不欢欣鼓舞。但是，冷静观之，就会立即发现光芒之下的阴影，它是如此的刺目，与光芒炫目几成正比，那就是获奖作家年龄的严重老化——五人中最年轻者47岁（陆颖墨），最年长者81岁（彭荆风），平均63.5岁！这也许远不是一个成熟作家的年龄上限，但它与上世纪80年代青年军旅作家冲锋陷阵摘金夺银的矫健身形（李存葆以《高山下的花环》获1982年全国中篇小说奖时年方36岁，而以《射天狼》列为同榜的朱苏进仅29岁）相比，已经显出了很深的暮气，尤与本届鲁奖得主中集体崛起的新生代“70后”作家（如中短篇小说奖得主鲁敏、乔叶、李骏虎、王十月等）同台亮相，其反差之强烈也成为一道独特的风景。毋庸讳言，这就是今天军旅作家队伍的一个缩影，青黄不接、后继乏人的问题空前凸显，只不过它以一种喜剧的方式给我们敲响了警钟！当然，这已经溢出本文讨论的范围之外。

进入新世纪以来，以《亮剑》和《历史的天空》为标志，军旅题材影视剧在全国范围内热播，收视率持续走高，并引发了全社会对战争、军事、军营、军人的关注。军旅影视剧的热播极大地提升了军旅文学和作家自身的影响力和知名度；然而，对军旅文学而言，电视剧化又是一把不得不警惕的“双刃剑”，在收获了市场的同时也可能斫伤文学本身。当红军旅作家在长篇小说电视剧化大潮中的基本状态大致有四种：一是过去的优秀小说家，现在不再写原创作品，而是甘当“二传手”，将别人的小说改编成剧本；二是所谓的“套写”，作家自己写剧本同时出同名小说，或先出剧本再改小说，或瞄着电视剧去写小说；三是专门做电视剧写手；四是专心小说，绝不“触电”。电视剧化了的军旅长篇小说的突出问题是：透支作家有限的写作资源，自我重复、批量生产，小说剧本化、情节戏剧化、故事世俗化、思想贫乏化。长篇小说要想获得电视剧的青睐，首要的条件就是要有“好看”的故事，只要能够编织出一个跌宕起伏、戏剧性强、富于传奇色彩的故事，小说也就“成功”了 80%，而文学性则被悬置或忽略。文学纯度的下降，不仅直接损害了当代军旅文学经过几代作家建构起来的美学品格和文学品质，长此以往，也会降低读者的关注度和忠诚度，最终损害的还是军旅文学。

徐贵祥是第六届茅盾文学奖得主，读者对其作品的期待度自然很高。在其长篇新作《马上天下》中，我们看到的依然是一个传奇得有点玄乎的故事，战术之神陈秋石的传奇人生被演绎得一波三折、枝蔓横生。在叹服作家编织故事的超强能力之余，一种虚飘的感觉也笼罩着我。非但看不出历史年代的社会风貌，甚至连原来拥有的优美流畅的小说语言、细腻鲜活的生活细节、人物内心的精心刻画、人物情感抽丝剥茧般的耐心描摹都不知去向，只见作者一路惯性滑行而来，留下的是一个故事框架和一个刻意求新的人物形象。张慧敏的长篇小说《回家》是第一部大跨度表现海峡两岸 60 年离散风云的长篇小说，以较为中性的立场和客观真实的视角，贯通尘封的时光隧道，穿越意识形态的遮蔽，重现了那段特定年代诡谲的历史风云，表现了人性的光彩与中华民族的传统美德；但同样缺乏对特定年代历史风貌、生活场景正面、细腻、生动的描摹。看得出作家对那段历史和地域的生活场景都不够熟悉，没有写出生活本身的风韵和情趣来；另一方面，仅仅满足于编织一个完整的故事，对思想的提升、对生活本身的充分描绘、对人物的细腻刻画、对文学性的经营都不够充分。阎欣宁的《美国来鹰》取材于抗战时期援华的陈纳德的飞虎队，作者并未展开那段惊心动魄的历史政治的叙述，也没有正面表现“飞虎队”与日本飞机战斗的细节；而是叙述了莱茵克和小姨这一异国恋人的“魂断蓝桥”般的爱情故事，浪漫华丽不假，却因人物形象单薄而无所依附。

张者的长篇小说《老风口》书写了新疆生产建设兵团屯垦戍边的悲壮、曲折、复杂的创业史、奋斗史，在人与自然、男人与女人、汉人与少数民族同胞之间，上演了许多匪夷所思的故事，展现出令人动容的苍凉的青春风采。作品通过复调式的叙述方式，经由不同的叙事主体和视角勾连起片段性的历史事件，并将历史真实融入到主人公对父辈灵魂的寻觅和精神的理解中去，呈现出一段忽而整一、忽而驳杂的丰饶的历史图景。李星的长篇小说《童言》以超越现实的魔幻笔触，回望童年时代的超然心绪，呈现出部队大院生活不为人知的另类图景，荒诞不经的叙事升腾出的却是极具深度和超越性的思想认知。梅国云的长篇小说《第 39 天》透视了“转业”这一重要的职场军人的伦理维度。牛大志是一个理想主义者，也是世俗意义上的失败者，他的孤寂与身份转换的艰难，隐喻着难以回避的时代难题。军旅文学对现实问题的介入，彰显了军旅作家的现实担当与文学的时代精神。

2010 年度军旅长篇小说，包括整个军旅文学，最令人惊喜也最值得言说的作品非李亚的长篇小说《流芳记》莫属。李亚的写作是一种升腾着诗性光芒的“智性叙事”,《流芳记》带给我们的正是这样一段超然于故事之外而具有独立审美意义的“纯文本阅读体验”。如果说“智性叙事”是以想象力的飞扬、现实经验的拓展和形而上思考的深度来标榜自身的文学趣味与审美品格的话；那么，李亚的智性写作，依然有别于时下流行的以科学的复杂和神秘为内在支撑的“智性叙事”，到处氤氲着浓重的烟火气息和浪漫诗意。李亚试图对宏阔的历史、世俗的生活和无常的生命进行一番富于思辨意味的重新组合，以此催动奇崛的想象，调动丰实的生活经验，搭建起一个超然于历史世相之上的非现实世界，在对现实世界的浪漫审视和诗性观照中，完成对生命可能性的探索和对终极意义的找寻。不断探索写作的“智性”，并持续发现新的文学可能性，是军旅作家自我提升和完善必须跨越的文学窄门。当下的军旅作家在写作“智性”方面的孱弱，说穿了，就是创作主体艺术原创能力的不足，是作家缺乏对叙事技巧与审美思考之间进行巧妙嫁接的能力。由此而导致的后果是很多军旅作家执拗地热衷于对故事表象的叙述，沉醉于故事情节的起承转合，虽然故事本身很好读，很有趣，可能也会让人有所思考；但终究无法抵达那些更加丰饶的隐喻之义，无法体现作家对生活和人性的思索和独到发现。文学的“文学性”，应该是创造一个迥别于庸常经验的崭新的世界，并努力探索形而上层面的哲学蕴涵。

如何改变军旅长篇小说在诸多方面失衡的现状？笔者认为，中青年军旅作家们要凸显创作实力，既要坚守住文学的阵地，回归到纯文学的“智性”写作中来，又要积极投身于对新军事变革伟大实践的密切关注和对当下军旅生活的及时书写。军旅文学不仅要及时反映现实生活，更要积极融入新军事变革所引发的高科技浪潮；不仅要塑造出和平年代的英雄形象，更要表现出军事高科技给部队带来的新情况新变化。当下现实“存在”是军旅作家最应当守望和探寻的文学维度，富于“智性”的纯文学写作是军旅文学最急需坚守的写作伦理。如此，军旅文学重新成为当代文学重镇才有可能成为现实。

强势的类型化与孱弱的现实性

——2011 年度军旅长篇小说综评

近年来，笔者反复强调和预警军旅长篇小说创作影视化倾向“双刃剑”的弊端。当一种题材、一种文体、一个作家群落已经在相当程度上放弃了本应坚守的题材阵地和文学理想时，自我解构、放逐或曰主动转型的结果便是，文学性与精神性的建构被抽空后留下巨大裂隙。近年来的军旅长篇小说无论是在生活质地、思想深度还是文学性等方面均呈下滑趋势。诚然，作家个体的创作都是阶段性的，状态的起伏与调整本属正常，文学界也有“大年”“小年”之说，然而若将军旅长篇小说作为现象统而观之，最令笔者担忧和焦虑的却是作品数量的逐年下滑，已从五年前的年均三四十种，下降到近两年的年均不足二十种。据从有关出版登记与统计部门了解，2011 年中国长篇小说产量在四千三百部以上，军旅长篇小说产量的下降，与长篇小说出版市场的大发展大繁荣形成了强烈的反差和鲜明的对照。没有了一定的数量作为基础和支撑，军旅长篇小说的发展前景似乎更加黯淡。就在这少之又少的数量里，军旅作家作品所占比重也在迅速降低，甚至不足半壁江山。若再细察，则发现专业军旅作家的创作活力之委顿更是前所未有。

在笔者有限的阅读视野里，2011 年度比较重要的军旅长篇小说有苗长水的《军事忠诚》、裴指海的《往生》、黄国荣的《碑》、雪岛的《琵琶行》、沉石的《谍杀》、菜刀的《魔鬼连》、乔信明和于玲的《掩不住的阳光》、哈金的《南京安魂曲》、阎欣宁的《遵义！遵义！》、海飞的

《向延安》、李燕子的《咆哮的鸭绿江》、赵冬芩与长缨合著的《中国地》、李晓敏的《抗战枪王》、高杰贤的《撤退》、文清丽的《渭北一家人》、张品成的《红药》。在这十六部作品中，军旅作家的有七部，而专业军旅作家的只有三部，“70后”新一代军旅作家的只有两部。试想若没有大量地方作者对于军旅题材的“加盟”和“支援”，军旅长篇小说之萎缩和衰弱将达至何种地步。阅读2011年度的军旅长篇小说，留给笔者最深的两个印象便是“类型化叙事的强势”与“现实性写作的孱弱”。

海飞的《向延安》是一个类型化写作的集成之作，将谍战、悬疑、抗日、青春成长等融为一体，通过酷爱厨艺的富家少爷向喜从懵懂的革命青年成长为沉着、坚定、成熟的革命者，再现了一批革命青年和共产党人在波澜壮阔的历史洪流中，对理想与未来美好生活的追寻，表达了特殊岁月中的年轻人“即便把我们撕成碎片，每一片都将写满忠诚”的鲜明主题。海飞在小说所依托的重大主题下，坚持追求一种极为纯粹而非流俗的小说品格，使之成为一部可以细读慢品的佳作，实属难能可贵。那种暴力蹂躏之下的惨烈人生、那种火一般热烈而微妙的青春、那种义无反顾的绝地抗争，都使小说传达出一种极为动人的力量。不仅跌宕起伏的故事情节扣人心弦，而且在那些看似平淡的地方也写出多样的人生意味，从而将历史的丰富包孕在含蓄之中，把生活的韵味隐含在单纯情致当中，其细密中的凌厉、温婉中的坚硬，都使这样一部革命题材的作品呈现出别样的风采。

书写战争是军旅文学永恒的主题，但并非唯一的主题。即便书写战争题材，历史生活的“现实性”也是必不可少的。李晓敏的《抗战枪王》是典型的类型化文本，书写了一个发生在抗战时期的有关枪的故事。让人既有阅读的快感，又打心底里生发出英雄的豪气。小说对于草根人物英雄传奇的书写容易满足当下大众读者对精神偶像崇拜的期待，每个读者都会把对草根英雄的崇拜投射到自身的现实境遇中。但作者毕竟对战争场面的真实状态缺乏亲身经历与厚重鲜活的生命体验，缺乏有意味的鲜活生动的细节积累，作者也无意为网络小说式的文本去下工夫研究历史真实和进行实地调研。从这样的战争历史题材中，我们感受不到历史的温度，也嗅不出战争的硝烟。小说文本层面展现出的更多的是娱乐化的审美趣味和电视剧化的叙事伦理。当下的军旅长篇小说存在着严重的“伪历史叙事”倾向，部分作家不去采访历史的亲历者，不去做田野调查，就依靠着有限的历史资料、飞扬的想象力和圆熟的叙事技巧，将人物关系和故事情节植入历史与战争背景中去，就炮制出所谓的战争历史小说。从中读者看不到当年的现实生活场景和扎实可信的生活细节，感受不出时代的风貌和历史的温度，此种“伪历史叙事”是难以令读者信服的。《中国地》更像是一本“影视同期书”，但是电视剧的高质量或曰编剧较高的文学水准使得作品呈现出独特的文化特质。小说对于乡土文化的亲近和细腻呈现使得战争题材与乡土题材较好地融合。赵老嘎这个人物形象有自身深厚的现实文化积淀，而非那种脱离地域与历史文化背景横空出世的性格英雄。故事发生的主要场域——清风岭可以说是乡土中国的缩影和标本，当小说在故事情节的起承转合之余，关照到了历史境遇中的现实存在和文化风貌时，小说便具备了较为厚重的历史感。毕竟，在传奇的光影下，如果缺乏厚重的生活存在作为依托，即便再精彩好看的故事也难免显得虚妄苍白。

在某种意义上来说，军旅生活的现实性往往又是最难写的，作家如果缺乏深厚的生活与生命体验，过分依赖想象，显然不是一条正确的写作途径。在这个意义上说，苗长水的《军事忠诚》所表现出的强大的生活概括力和穿透力是值得称道的，所呈现出的关注当下军旅现实生活、直面新军事变革中的新情况新问题的文学立场和写作伦理是十分宝贵的，也是值得提倡的。《军事忠诚》堪称是一部国防后备力量建设的小“百科全书”，书中关于如何征兵、如何抓好民兵预备役建设、如何搞好社会治安、如何支援地方经济建设、如何处理突发事件、如何抢险救灾，都描述得非常翔实生动。苗长水聚焦于当下的军旅现实生活和国防建设，正面、全面且生动、深刻地表现军民融合式发展遇到的新情况、新问题，从题材上填补了当代军旅文学的一个空白，可以说是距离当下军队现实最近的一部长篇小说。阎欣宁的《遵义！遵义！》表现的是一个极为复杂的历史空间，在这种历史的断面上，生动地展示出作者对历史的重叙、探寻与想象。战争所及的地理人情、山川风物、历史掌故，生活什物都在文本中得以细腻呈现，使得作品从历史的细部切入，赋予生活本体以丰富的色彩、声响与滋味。2008 年，哈金开始构思《南京安魂曲》，然而困难重重：材料太多，难以取舍，找不到角度，"选择魏特琳是想从第三者的视角来看这件事，但写起来变了很多。这本书也是讲述者高安玲的故事，直到改到第 32 遍才找到这个角度"。在写作的三年多时间里，哈金一直生活在七十年前南京的气氛中，"自己很沮丧，但这是工作的条件，没有选择，常常哭完了还得写下去"。正是这部与泪水相伴而成的作品，让我们面对历史的伤痛，在追思和慰灵的小路上无声地行走。哈金的《南京安魂曲》证明了，在通往伟大的小说的写作中，技巧、技术和语言的花哨，并不一定比一颗质朴沉静的心灵更重要。

裴指海的《往生》并非是以常规的结构和手法来描写这段为国人所熟知的历史，作者以一名当代军人的身份，不断地进入对前国军连长李茂才的采访与追寻的过程。时空穿越般的对话与沟通，意在寻觅中国军人的精神本色和中华民族的精神本体。小说的故事情节不断穿行往返于历史与现实两端，第一人称的采访式叙事视角，既增强了小说的真实感和现场感，又人为地阻滞降低了叙事推进的速度，形成了较为强烈的个性化风格。解放军出版社年底推出的黄国荣的《碑》让人眼睛为之一亮，其对战俘题材的深刻表现和对复杂人性的深度挖掘呈现出令人震撼的文学品质。作家积四年多之功，七易其稿，将对凡人、军人、英雄以及对和平、战争和人性的深刻而痛苦的思辨探索熔铸进跌宕起伏的故事情节和主人公邱梦山传奇而悲壮的人生命运之中。小说对战争场面的描写秉承了“战壕真实”的风格，对现实生活的叙事和对人性的探索叩问更具有终极关照和哲学思辨的高度。李燕子的《咆哮的鸭绿江》是《寂静的鸭绿江》的姊妹篇，正像书名一样，作家此前的寂寞沉静的创作状态已经变得激情澎湃，不可遏抑。小说的故事情节更加曲折生动，人物更加众多，大家族几代人的命运与辽南战争历史的宏大图景扑面而来，读来的确过瘾；但是较之此前水静流深、细腻温婉的笔触和对人物内心情感世界的细腻描摹，《咆哮的鸭绿江》在复杂故事的裹挟下一路狂奔，作家已经无暇也无力在过于宏大庞杂的故事线索之外再去经营小说的文学性。作为一部电视剧化了的长篇小说文本，《咆哮的鸭绿江》已经足够出色；但以文学的标准审视，“咆哮”却未必比“寂静”更加令人印象深刻。

复杂性是文学的最高追求，系统内充满大量元素，非线性地相互作用着，犹如被风吹动的千万树叶，每片树叶或许并不知道树与自身的名字，但却共同构成了这株树的形象。总体而言，当前军旅长篇小说的现状令人担忧。类型化的军旅长篇小说过于线性直白，而且就类型化本身的发展而言也极其不均衡。“现实性写作的孱弱”暴露出的本质问题其实就是军旅作家对现实军旅生活的陌生和疏离，军旅现实生活在军旅长篇小说中的缺席是令人遗憾的，也是值得深思的。

含混而暧昧的面影

——2012 年度军旅长篇小说综评

新世纪以降，与经济同步崛起的大众文化市场达至了空前繁茂，在经过了一个短暂的冲突与龃龉后，纯文学作家与通俗文学作家开始在市场中分割各自的生存空间；继而，又出现了相互交织缠绕的含混而暧昧的面影，经济利益的最大化正在改变着新世纪的文学格局已成为不争之事实。军旅长篇小说创作因为杂糅了政治意识形态的属性、商业意识形态的新质和现实主义文学的传统，纯文学写作与类型化叙事的并行不悖也就不让人感到惊讶与新奇了。军旅长篇小说类型化的整体态势虽日益加深；然而，近年来在图书市场上的表现却风光不再。“谍战类”和“铁血体”已不再是吸引读者关注的万能噱头，更加成熟而挑剔的读者已不再满足于苍白的“敌后暗战”和虚妄的“战争想象”。读者渴望更加新异的主题、更加精准的叙事和更加丰富的内涵。只要有好的主题和创意，哪怕小说语言粗糙、故事情节生硬、人物形象单薄，作品也能畅销的类型化写作的初级阶段已经一去不复返了。

2012 年度的军旅长篇小说类型化的文本数量虽多，但真正值得言说的重量级作品却寥寥无几。麦家的长篇新作《刀尖》（阴阳两面）是典型的类型化文本。与以往的智性叙事风格不同，作者力图以彻底的口语化语言营构出一种无障碍的阅读快感，小说更加通俗易懂的同时却忽视了对文学性的经营。在上部“刀之阳面”中，叙事是以金深水的视角展开，通过这一视角，女主人公林婴婴呈现出一个聪颖、能干和坚强的“革命间谍形象”；而在下部“刀之阴面”中，叙事则完全建构在林婴婴的自述上，作者是想通过这一“背面”视角，让读者窥视到一个革命间谍真正的成长和心路历程。麦家试图以评书艺人“花开两朵，各表一枝”的叙事结构，借助双重视角、补充叙事来达成文本的互文性和复调性。但故事层面多有漏洞，小说语言亦无个性和美感，尤其是双重文本间缺乏精准的情节对照，林婴婴这一个性复杂的人物形象还未及充分展开，就在前后叙述的“走调”和“仓促”中被自我颠覆了。小说腰封上“语不惊人死不休”的广告词与作品的内在品质之间的巨大鸿沟，令人不得不怀疑该书在图书市场上的真实表现。

张品成的长篇小说《红药》借用了谍战小说的外壳，运用的却是反类型化的叙事策略。作者的深层次创作旨归是要反思极左路线这一“红色毒药”对革命事业的危害，而展开主题和故事是依靠敌我双方在前铺医院的十余个人物：国民党军医毕有康、传教士白长吉、乡镇名医诸葛逑泰等；当然，小说也要表现红军医院里五个被怀疑是“内鬼”的人物：宋成庚、黄肃禄、黄任许、文各滔、凌信瑛，还有被派来当领导的连长刘锡吾和主要负责抓“内鬼”的保卫人员齐满年。作者并不单纯追求小说本身的好看，而是要写活这组人物。在谍战的紧张氛围和诡异情绪里，人物的面貌会含混不清，小说的情节会扑朔迷离；于是，小说的复杂性与叙述的内在动力也会自然产生，这无疑是张品成在长篇小说叙述方式上的一种探索。类似于中国画构图的散点透视方法，作者几乎是平行地分别介绍描写十余个人物，人物之间也少有交叉。在当下长篇小说创作更关注故事本身，而不是如何叙述故事的文学背景里，这种反类型化的叙事探索为《红药》烙上了颇显另类的作家主体风格。

海军出版的金锚丛书集中推出了四部长篇小说，表面看似有类型化之嫌，但细读却并非完全如此，题材的同一，却进行着各自不同的对海军生活的描述与阐释。宋树根的《深蓝》用近似写实的手法，从历史中挖掘一支军队在走向“深蓝”过程中成功的经验和失败的教训。这些经验和教训一度被曲解和误读，作品努力将其还原于真实，使作品承载了一定的教化功能。李忠效的《从海底出击》是一部由潜艇水兵出身的海军作家创作的反映潜艇生活的作品，没有惊世骇俗的传奇故事，但是有原汁原味的潜艇生活气息。那段尘封已久的潜艇往事，那些无人知晓的海底秘事，以及主人公波波折折的经历，构成了这部小说与众不同的故事。潘宝玉的《护卫艇之歌》围绕接装新艇而展开富于传奇色彩的故事。徐锁荣的《海神》亦将时下诸种类型小说元素重新整合，融入对海军守礁官兵真实生存图景的细腻描摹，将守礁官兵执拗的信仰与时下随波逐流、陡转直下的精神失重相比对，塑造了司令员、部队长、礁长、士官及礁嫂等众多的人物，读来催人泪下。

小说是生命的学问，它对生命有一套自己的勘探和论证路径，小说家面对的研究本体是生命本身，它是对生命的解析，也是对灵魂的守望。小说家经由故事深入个体生命的内部，辨析存在的细节，对生活、生命和灵魂都饱含宗教般的悲悯和哲学式的思辨。周大新的长篇小说《安魂》采用了对话性文体，与逝去亲人的对话是生者最直接、最本能却不可得的渴求。在想象与虚拟的世界里掂试、体察充满正能量的精神，在现世与彼岸间摆渡、安放无依而多情的灵魂，离别之痛、相思之苦得以舒缓与解脱。在情绪与结构上，这一曲“安魂”二重唱又可分为上下两阕。上阕是对逝者生命历程的回溯，亦是对生者心灵和情感的检视。相比于上阕近乎“残忍”的“情景再现”，下阕中虚构的彼岸天国和灵魂对话更富诗性和超拔之美。父子间的对话超越了世俗和生命的局限，上升到了哲学和宗教的高度，对何谓幸福、何谓存在、何谓永恒进行了终极思辨。周大新以痛彻肺腑的心灵剖析和理性深沉的灵魂叙事完成了对生命存在的考证，强有力地验证了纯文学写作之于凡俗生命和日常生活的意义。

小说是虚构的艺术，借助于奇崛的想象和娴熟的叙事，固然可以营构出迷人而绚烂的生活别史；然而，当前的军旅长篇小说创作过度依赖虚构和想象，缺乏实证精神和文体意识。更为致命的则是价值观的混乱，既无对人生义理的追求，又无追问存在意义的勇气。即便有崇高的精神和精彩的主题，假若没有实证和考据的能力，没有文体创新的自觉，最多也只是一种概念性的写作，无法从根本上把小说真正塑造为灵魂的载体。正是在这重意义上，杨志军的《西藏的战争》彰显了纯文学写作的魅力。作品从宏大历史与隐秘心灵双重角度复现了这场惊心动魄的战争，并通过战争写出了西藏独特的文化精神，以及作者对这种文化精神的理解和认同。小说中其实没有太多惊心动魄的战争场面，作者着重描写的是战争中普通人的心灵感受，强调的是藏族同胞身上所具有的精神力量，这种精神力量无疑来自于他们的信仰。作者用浪漫主义方式来叙述战争，超越了历史真实本身，写出了一部关于藏地、藏民的心灵别史。王筠的《长津湖》则最大限度地展示了历史真实的力量。小说首次锁定了六十年前中美两国精锐部队在朝鲜战场上改变历史格局的一次强强对决——长津湖之战，以历史和文学的眼光重塑战争，解密历史。由于历史本身的复杂和时代条件的局限，我们很多重大历史往往被误读了，所以一般人了解的历史是非常局限的历史，更丰富真实的历史就需要通过文学艺术作品表现出来；因此，写革命历史题材的作品，首先应该最大限度地还原历史，这是第一个层面。第二个层面，是对新发现的历史进行个性的解读和诠释。第三个层面是将历史诗意化，这就需要有更丰富、丰满的形象和更高的精神境界。《长津湖》可以说是面临着这三重挑战并且不同程度地都有所超越。

刘春光的《那时满地霜红》堪称复调式的“农家军歌”。语言清新简洁，结构均衡熨帖，故事张弛有致，散发出浓郁的自传气息。主人公阳天来，朴素、真挚、自然、丰满，具有本分、善良、仁爱、感恩的人格魅力。特别是阳天来与沈越医生及双胞胎女儿之间不是亲情胜似亲情的微妙、复杂、敏感乃至暧昧的情感纠葛，吊人胃口而又拿捏到位，真情沛然而又纯净高洁，显示出作家手眼别具的艺术匠心和功力，给人留下深刻印象。在《成都老鬼》一书中，刘春光另辟蹊径，唱出一个“后军人”的“农家军歌”。也就是说，许猛子的故事是从退伍还乡之时才真正开始。他是个地道的农民，但又经过了八年部队大熔炉的淬炼，他的秉性一如既往，又加上了军人的勇敢、顽强、不屈不挠和正义感、荣誉感，其实已经由一个农民式的军人变成一个军人式的农民。农民的血液遗传加军人的骨气熏陶，使许猛子在一贫如洗的山村艰辛创业和随着中国城镇化大潮挺进成都的过程中，“正唱”了一曲千回百转、命运多舛、愈挫愈奋的“农家军歌”。作品的深刻主题也由此升华：人生多艰险，人生无捷径；但只要守住底线，不改本色，脚踏实地一步一步朝前走，终究可以获得令人尊敬的人生。

新世纪军旅长篇小说要展现出阳刚而向上的一面，变得充满憧憬、激荡人心，必须致力于对日常化、世俗化生活流程中潜在的崇高精神的挖掘，致力于对庸常生活中真实的英雄精神的挖掘和重塑。梅国云、杨文森的《国防线》从一个远离团机关的通讯连队写起，进而扩展到整个通讯团、集团军，并延伸到地方政府、企业、百姓，展示着这个时代军人的忧患、理想和担当，真实而生动地塑造了金子贵、谢勇、程伟这些立足战争、勇于牺牲、甘于奉献的当代军人形象。王甜的《同袍》则以崭新的视角塑造了置身于消费时代语境中的高学历年轻军人群像，拓展了新世纪军旅文学的题材领域。语言是推动《同袍》叙事前行的首要动力，这在当下的军旅长篇小说中是极为少见的。与新世纪军旅长篇小说迷恋讲述“好看”故事的整体情势不同，《同袍》没有跌宕起伏的故事情节、没有传奇性的矛盾冲突，有的是大量琐碎但却鲜活的细节，细节成为《同袍》最重要的构成元素，也是最重要的文学性特征。王甜将大量的细节描写与人物心理刻画融会在一起，互为表里，互动交融。由于故事情节的匮乏，细腻的心理刻画就显得愈发重要，也更加考验作家的能力。《同袍》在文学性层面上的探索与努力让我对“70后”新生代军旅作家们生出一种由衷的激动与期待。

以类型化文本为表征的商业化写作的甚嚣尘上，彰显了消费时代里商业意识形态的崛起和大众文化语境下文学生产结构的裂变。大众文化生产和纯文学生产的分化加剧了传统文学格局的转型。类型化所包含的经济利益对作家来说是一个巨大的诱惑，使得他们的创作有意无意地朝着类型化倾斜。事实上，类型化写作并不直接与简单、粗糙、雷同画等号。类型化的小说文本面世之初往往需要彰显自身的类型性；但不能仅凭类型化的故事和题材迎合大众，根本上还是要靠对文学性的探索，引入丰富的现实内容，承载深厚的人文内涵，追求更高的审美价值，以期占据文学的一席之地。

部分参考作品

1.《走出硝烟的女神》，姜安著，解放军文艺出版社，1998 年。
2.《英雄无语》，项小米著，作家出版社，1999 年。
3.《我在天堂等你》，裘山山著，解放军文艺出版社，1999 年。
4.《亮剑》，都梁著，解放军文艺出版社，2000 年。
5.《历史的天空》，徐贵祥著，人民文学出版社，2000 年。
6.《美丽行旅》，张慧敏著，解放军文艺出版社，2000 年。
7.《父亲进城》，石钟山著，群众出版社，2001 年。
8.《我们的连队》，陶纯、陈怀国、衣向东著，云南人民出版社，2002 年。
9.《白桦树小屋》，庞天舒著，解放军文艺出版社，2002 年。
10.《惊蛰》，王玉彬、王苏红著，解放军文艺出版社，2002 年。
11.《楚河汉界》，马晓丽著，解放军文艺出版社，2002 年。
12.《音乐会》，朱秀海著，解放军文艺出版社，2002 年。
13.《DA 师》，王维、邵钧林、嵇道青、郑方南著，长江文艺出版社，2002 年。
14.《红海洋》，翟晓光著，作家出版社，2002 年。
15.《战争目光》，郭富文著，人民文学出版社，2002 年。
16.《暗算》，麦家著，世界知识出版社，2003 年。
17.《士兵志》，中夙著，解放军文艺出版社，2003 年。
18.《当兵》，北乔著，人民武警出版社，2003 年。
19.《战争传说》，周大新著，长江文艺出版社，2003 年。
20.《女兵营》，李镜著，解放军文艺出版社，2004 年。
21.《明天战争》，徐贵祥著，人民文学出版社，2004 年。
22.《战士》，刘健著，作家出版社，2004 年。

23.《炮兵家园》，黄献国著，作家出版社，2004年。
24.《赌下一颗子弹》，郭继卫著，解放军文艺出版社，2004年。
25.《百草山》，李西岳著，解放军文艺出版社，2004年。
26.《去日留痕》，燕燕著，中国文联出版社，2004年。
27.《八月桂花遍地开》，徐贵祥著，北京十月文艺出版社，2005年。
28.《中国近卫军》，方南江著，解放军文艺出版社，2005年。
29.《零炮楼》，张者著，作家出版社，2005年。
30.《悲日》，丁旸明著，济南出版社，2005年。
31.《狼牙》，刘猛著，大众文艺出版社，2005年。
32.《圣天门口》，刘醒龙著，人民文学出版社，2005年。
33.《城门》，张卫明著，解放军文艺出版社，2006年。
34.《高地》，徐贵祥著，长江文艺出版社，2006年。
35.《超越攻击》，苗长水著，解放军文艺出版社，2006年。
36.《戎装女人》，刘静著，解放军文艺出版社，2006年。
37.《高地》，徐贵祥著，长江文艺出版社，2006年。
38.《鸽子飞过天空》，温亚军著，河南文艺出版社，2006年。
39.《家国天下》，王霞著，华艺出版社，2006年。
40.《解密》，麦家著，人民文学出版社，2006年。
41.《风声》，麦家著，南海出版社，2007年。
42.《气血飞扬》，谢颐丰著，解放军文艺出版社，2007年。
43.《来复线》，阎欣宁著，解放军文艺出版社，2007年。
44.《爱在战火纷飞时》，柳建伟著，南海出版公司，2007年。
45.《士兵突击》，兰晓龙著，花山文艺出版社，2007年。
46.《超越攻击》，苗长水著，解放军文艺出版社，2007年。
47.《火蓝刀锋》，冯骥著，解放军文艺出版社，2007年。
48.《狼毒花》，权延赤著，解放军文艺出版社，2007年。
49.《特务连》，徐贵祥著，作家出版社，2007年。
50.《大校的女儿》，王海鸰著，作家出版社，2007年。
51.《兵者》，魏远峰著，花城出版社，2007年。
52.《团政委》，李海鹏著，解放军文艺出版社，2007年。

53.《雪落花开》，王锦秋、刘慧著，时代文艺出版社，2008 年。
54.《我是我的神》，邓一光著，北京出版社，2008 年。
55.《寂静的鸭绿江》，李燕子著，解放军文艺出版社，2008 年。
56.《向天倾诉》，王秋燕著，解放军文艺出版社，2008 年。
57.《幸福打在头上》，王棵著，解放军文艺出版社，2008 年。
58.《大断裂》，刘宏伟著，长征出版社，2008 年。
59.《向天倾诉》，王秋燕著，解放军文艺出版社，2008 年。
60.《姐儿门前一棵槐》，何存中著，解放军文艺出版社，2008 年。
61.《最后一颗子弹留给我》，刘猛著，大众文艺出版社，2008 年。
62.《红翻天》，温燕霞著，解放军文艺出版社，2008 年。
63.《红刃》，张品成著，解放军文艺出版社，2008 年。
64.《幸福打在头上》，王棵著，解放军文艺出版社，2008 年。
65.《天下姐妹》，石钟山著，东方出版社，2009 年。
66.《四面八方》，徐贵祥著，安徽文艺出版社，2009 年。
67.《黑鹰基地》，王玉彬、王苏红著，解放军文艺出版社，2009 年。
68.《地平线》，阎欣宁著，鹭江出版社，2009 年。
69.《我雷了》，冯骥著，作家出版社，2009 年。
70.《预警》，周大新著，北京十月文艺出版社，2009 年。
71.《红菩提》，陈可非著，解放军文艺出版社，2009 年。
72.《秦武卒》，西元著，解放军文艺出版社，2009 年。
73.《父亲的雪山母亲的河》，党益民著，解放军文艺出版社，2009 年。
74.《九号干休所》，凌行正著，解放军文艺出版社，2009 年。
75.《全金属青春》，王凯著，解放军文艺出版社，2009 年。
76.《地平线》，阎欣宁著，鹭江出版社，2009 年。
77.《锅盖头》，裴志海著，新世纪出版社，2009 年。
78.《太阳最红》，何存中著，解放军文艺出版社，2009 年。
79.《刺破青天》，王筠著，解放军文艺出版社，2009 年。
80.《回家》，张慧敏著，解放军文艺出版社，2010 年。
81.《马上天下》，徐贵祥著，人民文学出版社，2010 年。
82.《童言》，李星著，作家出版社，2010 年。

83.《美国来鹰》，阎欣宁著，中国青年出版社，2010 年。
84.《老风口》，张者著，作家出版社，2010 年。
85.《流芳记》，李亚著，作家出版社，2010 年。
86.《遍地狼烟》，李晓敏著，江苏文艺出版社，2010 年。
87.《横赌》，石钟山著，百花洲文艺出版社，2010 年。
88.《滴血的刺刀》，徐晨达著，新世纪出版社，2010 年。
89.《第 39 天》，梅国云著，金城出版社，2010 年。
90.《谍杀》，沉石著，金城出版社，2011 年。
91.《魔鬼连》，菜刀著，凤凰出版社，2011 年。
92.《掩不住的阳光》，乔信明、于玲著，解放军文艺出版社，2011 年。
93.《南京安魂曲》，(美)哈金著，江苏文艺出版社，2011 年。
94.《中国地》，赵冬苓、长缨著，湖南文艺出版社，2011 年。
95.《坼裂》，歌兑著，解放军文艺出版社，2011 年。
96.《撤退》，高杰贤著，解放军文艺出版社，2011 年。
97.《咆哮的鸭绿江》，李燕子著，解放军文艺出版社，2011 年。
98.《往生》，裴指海著，解放军文艺出版社，2011 年。
99.《军事忠诚》，苗长水著，山东文艺出版社，2011 年。
100.《向延安》，海飞著，浙江文艺出版社，2011 年。
101.《抗战枪王》，李晓敏著，江苏文艺出版社，2011 年。
102.《刀尖》，麦家著，北京联合出版公司，2011 年。
103.《琵琶行》，雪岛著，江苏文艺出版社，2011 年。
104.《遵义！遵义！》，阎欣宁著，解放军文艺出版社，2011 年。
105.《西藏的战争》，杨志军著，人民文学出版社，2011 年。
106.《碑》，黄国荣著，解放军文艺出版社，2012 年。
107.《红药》，张品成著，百花洲文艺出版社，2012 年。
108.《长津湖》，王筠著，湖南文艺出版社，2012 年。
109.《同袍》，王甜著，解放军文艺出版社，2012 年。
110.《国防线》，梅国云、杨文森著，中国长安出版社，2012 年。
111.《从海底出击》，李忠效著，作家出版社，2012 年。
112.《深蓝》，宋树根著，作家出版社，2012 年。

113.《海神》，徐锁荣著，作家出版社，2012年。
114.《护卫艇之歌》，潘宝玉著，作家出版社，2012年。
115.《成长》，王海鸰著，作家出版社，2012年。
116.《大崩溃》，都梁著，北京联合出版公司，2012年。
117.《蓝狐突击》，刘克中著，山东文艺出版社，2012年。
118.《那时满地霜红》，刘春光著，解放军文艺出版社，2012年。
119.《记忆洪荒》，项小米著，北京出版社，2013年。
120.《血地》，李西岳著，花山文艺出版社，2013年。
121.《王牌班》，赵江著，解放军文艺出版社，2013年。
122.《陕北红事》，武歆著，北京十月文艺出版社，2013年。
123.《成都老鬼》，刘春光著，解放军文艺出版社，2013年。
124.《女生楼404》，吕怡慧著，解放军文艺出版社，2013年。
125.《红妆·武装》，孙彤著，解放军文艺出版社，2013年。
126.《狗日的战争》，冰河著，海峡书局，2013年。
127.《懦者》，梁晓声著，湖南文艺出版社，2013年。
128.《纸上的枪声》，韩征天著，光明日报出版社，2013年。
129.《引爆》，冯育军著，山东文艺出版社，2013年。
130.《斑斓》，丰杰著，四川文艺出版社，2014年。

后记 “新世纪文学”应该终结了

十五年前的那个冬日的夜晚，我想我跟地球上的许多人一样，都在期待着子时到来的那一刻，期待着在那一刻里千禧年钟声的敲响。那一年我刚17岁，还不太理解这“新世纪”为何物，它的到来对我们意味着什么，或者说它能改变我们什么？但仍然是充满一种不明所以的兴奋与喜悦，我跟随着父亲和母亲来到距家不远的玉佛苑，在高大且金碧辉煌的庙宇里有一尊被称为世界第一大的玉佛。偌大的院落里外早已经是人山人海，虽然是冬日的夜晚，寒气有些逼人，但没有人在乎，人们的脸庞不知是被冻的还是被霓虹灯光辉映的，一片膨胀般的彤红，本来寂静的冬夜却成为了一段喧嚣的时光。钟楼上那个披着红绸的巨大铜钟终于被什么人撞响了，我置身于其中的人山人海瞬间里沸腾了，人们挥舞着双臂，以及手里的什么东西，欢呼着，跳跃着，兴奋与喜悦和那嗡嗡的钟声缠绕在一起，幻化成了我永恒的怀念与记忆。

我知道，在那之后的一段时光里，人们开始以不同的方式消费“新世纪”这一概念，但我不知道这一概念的真正意义在哪里，我只知道好像挺时尚。那时我正在老家鞍山读高一，没白天没黑夜地埋头于茫茫题海，“新世纪”对我而言似乎没有任何意义，我只是记住了那个冬夜里嗡嗡的钟声。2000年之前的漫长时光则被统统纳入了“80后”这一代人的生命前史，不时被人从记忆的深处翻腾出来，伴着种种文化符号被矫情而怀旧的情绪缅怀和纪念着。而怀旧的意义在某种程度上也印证了标新的价值，“跨越世纪”的标签不仅被鲜明地标注在“80后”

这一代人身上，同样充斥于文学史的断代以及文学批评的言说。2004年，我在解放军艺术学院文学系读本科二年级，刚开始涉足文学批评。这时我才知道，21世纪初年的短短几年间，“新世纪文学”的概念和表述便已覆盖了理论批评的话语空间，无论你喜欢与否，至今并未见到更为有效的概念取而代之。就像不知道“新世纪”意义在哪里一样，我同样不知道“新世纪文学”的意义在哪里。我知道有许多批评家与理论家对此有过争论，但也没争论出个所以然来，大家图省事般地都认同了这一概念。这就印证了鲁迅先生的那句话，世上本没有路，走的人多了，也便成了路。我之所以在我的批评里消费这一概念完全是因为我眼前有了一条现成的路，或者说，至少我觉得“新世纪”概念标示出了中国当代文学“变革前行”的轨迹并且与1990年代的文学历史有效地区隔开来。不论如何，2004这一年对我而言还是有着非同寻常的意义，说我的人生真正成熟就是始于这一年一点都不为过。从那以后，我作为个体生命才开始具有独立的思想，才开始在这个世界真实地存在与生活。换言之，文学批评让我开始独立思考，而且有了自己的立场与人格。

十年之后的2013年，冬日的某一天，我开始写作这本列入中国作家协会重点扶持项目的专著。偶然向窗外一瞥，只见北京上空飘荡着厚重的雾霾，眼前的许多景物都变得模糊不清。再回到电脑屏幕上来，刚刚写下的副题——“新世纪军旅长篇小说创作论”也像遭遇了窗外的雾霾一样，似乎有了些暧昧的味道。我突然觉得，“新世纪文学”的概念似乎有些可疑，似乎到了终结的时候了。何以如此？我自己问自己。之后我首先就想到的是这“新世纪”究竟要新到哪一年呢？如果说在2010年之前称“新世纪”还情有可原的话，那么，2014年了，还能叫做“新世纪”吗？你总不能一直这样子“新”下去吧？我就想起我们对1920年以后至1930年以后的文学的称呼，叫做上世纪二三十年代文学，或者上世纪四十年代文学，五六十年代文学，如此，2010年代后的文学是否可以称为21世纪一十年代文学？而此前的2000年至2010年的文学不妨称之为21世纪初年的文学。我就又想到了“新时期文学”的概念，这也是个似是而非定义模糊的概念，但毕竟还有一些内涵的东西让它具有一定的本质意义，从而与文革时期的文学区隔开来。“新世纪文学”与1990年代的文学似乎就不具备这样的本质意义的区隔，它只能让我想起中国人对“新”的独特喜好，一种鲁迅也曾信仰过的进化论的观念。从文学的内部与外部看，“新世纪文学”的文学就是一种世俗化的文学，或言大众化的文学，如果觉得用这两个概念来表述这一阶段的文学不方便，那就不如老老实实地用纪年的方式，即21世纪初年的文学，而此后的文学可以效仿20世纪的称谓，即21世纪一十年代的文学，二三十年代的文学。“新时期文学”的概念在近年来的理论批评中就有淡出的迹象，很多人开始使用20世纪八十年代文学，或九十年代文学的表述。从长远计，“新时期文学”及“新世纪文学”也终将退出历史舞台，而我以为，现在就是它们退出的时候了。

“新世纪文学”应该终结了？这个话题似乎多少有点游离于我的这部专著的题旨之外，但选择一种什么样的表述并非徒具形式的意义，形式从来就没有脱离过内容，也就是说，我用21世纪初年的文学进行表述的深层意味在于我对这一时段的文学的一种理性认知与观念上的转向。

当这部书稿最终完成时，我的儿子傅抱一也恰好伴随着农历马年的春光降临到这个世界。父亲节这一天，北京酷热难耐，我把自己关在书房里修改这篇原本作为“前赘”的“后记”。某一时刻里，小家伙在妈妈的怀抱里砰的一脚踹开了书房的门，瞪着又黑又亮的眼睛好奇地打量着电脑前赤膊上阵的爸爸，嘴里咿咿呀呀地咕哝着什么。妻子抚摸着儿子胖嘟嘟的脸蛋笑着说：“看看爸爸在写书呢，宝宝长大后要不要向爸爸学习啊？”我急忙拦道：“咱儿子以后可别干文字工作了！”二十多年前，类似的对话也曾在我父母之间展开过，父亲希望我学理工科的态度非常坚决。现如今的我更能体会当年父亲的初衷，爬格子的苦乐，冷暖自知。当我自己也成为父亲时，我脱口而出的想法居然和父亲惊人的一致，时光恍然回到了 1980 年代。面对着儿子懵懂却又专注的眼神，我突然感慨起生命的传续和命运的神奇。感谢妻子唐棣对我的爱与支持，这一刻里，我很想把这部专著当作给儿子的一份小小礼物，静静地摆放在他生命的起点处。而命运在这个小家伙的身上，又会划出怎样的轨迹呢？我和我的父亲（抱一的爷爷）该是都有一个共同且简单的期许：就让他健康快乐、自然而然地长大吧……